ZHONGGUO XIAOSHUO
100 QIANG

中国小说 100 强（1978—2022）

关关雎鸠

林 森 著

北京联合出版公司
Beijing United Publishing Co.,Ltd.

图书在版编目（CIP）数据

关关雎鸠 / 林森著. -- 北京 : 北京联合出版公司, 2023.9

（中国小说100强）

ISBN 978-7-5596-6985-8

Ⅰ.①关… Ⅱ.①林… Ⅲ.①长篇小说－中国－当代 Ⅳ.①I247.5

中国国家版本馆CIP数据核字(2023)第111300号

关关雎鸠

作　　者：	林　森
出 品 人：	赵红仕
出版监制：	张晓冬　范晓潮
责任编辑：	夏应鹏
特约编辑：	和庚方　张　颖
封面设计：	武　一

北京联合出版公司出版

（北京市西城区德外大街83号楼9层　100088）

北京兴星伟业印刷有限公司印刷　新华书店经销

字数252千字　650毫米×920毫米　1/16　26印张

2023年9月第1版　2023年9月第1次印刷

ISBN 978-7-5596-6985-8

定价：68.00元

版权所有，侵权必究

未经书面许可，不得以任何方式转载、复制、翻印本书部分或全部内容。
本书若有质量问题，请与本公司图书销售中心联系调换。

电话：010-65868687

中国小说100强（1978—2022）丛书

编委会

丛书总策划

  张　明　著名出版人
  张　英　资深媒体人

编委主任

  吴义勤　中国作协副主席
  　　　　中国小说学会会长

编　委

  吴义勤　中国作协副主席、中国小说学会会长
  宗仁发　《作家》杂志主编
  谢有顺　中山大学教授、中国小说学会副会长
  顾建平　《小说选刊》副主编
  张　英　资深媒体人
  文　欢　作家、出版人

总　序

"中国小说100强"(1978—2022)是资深出版人张明先生和腾讯读书知名记者张英先生共同策划发起的一套大型文学丛书。他们邀请我和宗仁发、谢有顺、顾建平、文欢一起组成编委会,并特邀徐晨亮参与,经过认真研讨和多轮投票最终评定了100人的入选小说家目录。由于编委们大多都是长期在中国文学现场与中国文学一路同行的一线编辑、出版家、评论家和文学记者,可以说都是最专业的文学读者,因此,本套书对专业性的追求是理所当然的,编委们的个人趣味、审美爱好虽有不同,但对作家和文学本身的尊重、对小说艺术的尊重、对文学史和阅读史的尊重,决定了丛书编选的原则、方向和基本逻辑。

从文学史的角度来说,1978年以后开启的新时期文学是中国当代文学的黄金时代,不仅涌现了一批至今享誉世界的优秀作家,而且创造了许多脍炙人口的文学经典,并某种程度上改写了20世纪中国文学史的版图。而在中国新时期文学的经典家族中,小说和小说家无疑是艺术成就最高、影响力最大的部分。"中国小说100强"（1978—2022）就是试图将这个时期的具有经典性的小说家和中国小说的经典之作完整、系统地筛选和呈现出来，并以此构成对新时期文学史的某种回顾与重读、观察与评判。呈现在读者面前的这套丛书是对1978—2022年间中国当代小说发展历程的一次全面、系统的整体性回顾与检阅，是中国当代文学经典化的重要成果，从特定的角度集中展示了中国新时期文学在小说创作方面的巨大成就。需要说明的是，与1978—2022年新时期文学繁荣兴盛的局面相比，100位作家和100本书还远远不能涵盖中国当代小说的全貌，很多堪称经典的小说也许因为各种原因并未能进入。莫言、苏童、余华等作家本来都在编委投票评定的名单里，但因为他们已与某些出版社签下了专有出版合同，不允许其他出版社另出小说集，因而只能因不可抗原因而割爱，遗珠之憾实难避免，而且文学的审美本身也是多元的，我们的判断、评价、选择也许与有些读者的认知和判断是冲突的，但我们绝无把自己的标准强加于别人的意思。我们呈现的只是我们观察中国这个时期当代小说的一个角度、一种标准，我们坚持文学性、学术性、专业性、民间性，注重作家个体的生活体验、叙事能力和艺术功力，我们突破代际局限，老、中、青小说家都平等对待，王蒙、冯骥才、梁晓声、铁凝、阿来等名家名作蔚为大观，徐则臣、阿乙、弋舟、鲁敏、林森等新人新作也是目不暇接，我们特别关注文学的新生力量，尤其是近10年作品多次获国家大奖、市场人气爆棚的新生代小说家，我们禀持包容、开放、多元的审美立场，无论是专注用现实题材传达个人迥异驳杂人生经验、用心用情书写和表现时代精神的现实主义作家，还是执着于艺术探索和个体风格的实验性作家，在丛书里都是一视同仁。我们坚信我们是忠实于自己的艺术理想、艺术原则和艺术良心的，但我们并不认为自己的角度和标准是唯一的，我们期待并尊重各种各样的观察角度和文学判断。

当然，编选和出版"中国小说100强"（1978—2022）这套大型丛书，除了上述对文学史、小说史成就的整体呈现这一追求之外，我们还有更深远、更宏大的学术目标，那就是全力推进中国当代文学"经典化"的历程和"全民阅读·书香中国"建设。

从1949年发端的中国当代文学已经有了70多年的发展历程，但对这70多年文学的评价一直存在巨大的分歧，"极端的否定"与"极端的肯定"常常让我们看不到当代文学的真相。有人认为中国当代文学达到了前所未有的高度和水平。王蒙先生在法兰克福书展上就说：中国当代文学现在是有史以来最繁荣的时期。余秋雨、刘再复甚至认为中国当代文学的成就远远超过了现代文学。也有人极端否定中国当代文学，认为中国当代文学都是垃圾。他们认为现代文学要远远超过当代文学，中国当代文学连与现代文学比较的资格都没有。比如说，相对于鲁（迅）、郭（沫若）、茅（盾）、巴（金）、老（舍）、曹（禺）这样大师级的人物，中国当代作家都是渺小的侏儒，根本不能相提并论，两者比较就是对大师的亵渎。应该说，与对中国当代文学的肯定之声相比，对当代文学的否定和轻视显然更成气候、更为普遍也更有市场。尽管否定者各自的角度和出发点不同，但中国当代作家、作品与中外文学大师、文学经典之间不可比拟的巨大距离却是唱衰中国当代文学者的主要论据。这种判断通常沿着两个逻辑展开：一是对中外文学大师精神价值、道德价值和人格价值的夸大与拔高，对文学大师的不证自明的宗教化、神性化的崇拜。二是对文学经典的神秘化、神圣化、绝对化、空洞化的理解与阐释。在此，我们看到了一个非常有趣的悖论：当谈论经典作家和文学大师时我们总是仰视而崇拜，他们的局限我们要么视而不见要么宽容原谅，但当我们谈论身边作家和身边作品时，我们总是专注于其弱点和局限，反而对其优点视而不见。问题还不在于这种姿态本身的厚此薄彼与伦理偏见，而是这种姿态背后所蕴含的"当代虚无主义"。这种"虚无主义"的最大后果就是对当代作家作品"经典化"的阻滞，对当代文学经典化历程的阻隔与拖延。一方面，我们视当下作家作品为"无物"，拒绝对其进行"经典化"的工作，另一方面又以早就完全"经典化"了的大师和经典来作为贬低当下泥沙俱下的文学现实的依据。这种不在同一个层面上的比较，不仅毫无意义，而且只能使得文学评价上的不公正以及各种偏激的怪论愈演愈烈。

其实，说中国当代文学如何不堪或如何优秀都没有说服力。关键是要进行"经典化"的工作，只有"经典化"的工作完成了才有可能比较客观地对当代的作家作品形成文学史的判断。对当代的"经典化"不是对过往经典、大师的否定，也不是对当代文学唱赞歌，而是要建立一个既立足文学史又与时俱进并与当代文学发展同步的认识评价体系和筛选体系。当然，我们也要承认，"经典化"问题是一个非常复杂的问题，并不是凭热情和冲动一下子就能完成的，但我们至少应该完成认识论上的"转变"并真正启动这样一个"过程"。

现在媒体上流行一些对于中国当代文学经典化冷嘲热讽的稀奇古怪的言论，其核心一是否定中国当代文学有经典、有大师，其二是否定批评界、学术界有关"经典化"的主张，认为在一个无经典的时代，"经典"是怎么"化"也"化"不出来的，"经典化"是一个实实在在的"伪命题"。其实，对于文学，每个人有不同的判断、不同的理解这很正常，每一种观点也都值得尊重。但是，在"经典"和"经典化"这个问题上，我却不能不说，上述观点存在对"经典"和"经典化"的双重误解，因而具有严重的误导性和危害性。

首先，就"经典"而言，否定中国当代文学早就不是什么新鲜事，对当代文学的虚无主义态度在很多人那里早已根深蒂固。我不想争论这背后的是与非，也不想分析这种观点背后的社会基础与人性基础。我只想指出，这种观点单从学理层面上看就已陷入了三个巨大误区：

第一个误区，是对经典的神圣化和神秘化的误区。很多人把经典想象为一个绝对的、神圣的、遥远的文学存在，觉得文学经典就是一个绝对的、乌托邦化的、十全十美的、所有人都喜欢的东西。这其实是为了阻隔当代文学和"经典"这个词发生关系。因为经典既然是绝对的、神圣的、乌托邦的、十全十美的,那我们今天哪一部作品会有这样的特性呢?如果回顾一下人类文学史,有这样特性的作品好像也没有。事实上,没有一部作品可以十全十美,也没有一部作品能让所有人喜欢。在这个问题上,我们应该明确的是,"经典"不是十全十美、无可挑剔的代名词,在人类文学史上似乎并不存在毫无缺点并能被任何人所认同的"经典"。因此,对每一个时代来说,"经典"并不是指那些高不可攀的神圣的、神秘的存在,只不过是那些比较优秀、能被比较多的人喜爱的作品而已。从这个意义上说,当今中国文坛谈论"经典"时那种神圣化、莫测高深的乌托邦姿态,不过是遮蔽和否定当代文学的一种不自觉的方式,他们假定了一种遥远、神秘、绝对、完美的"经典形象",并以对此一本正经的信仰、崇拜和无限拔高,建立了一整套关于中国当代文学的伦理话语体系与道德话语体系,从而充满正义感地宣判着中国当代文学的死刑。

第二个误区,是经典会自动呈现的误区。很多人会说,是金子总是会发光的。但对文学来说,文学经典的产生有着特殊性,即,它不是一个"标签",它一定是在阅读的意义上才会产生意义和价值的,也只有在阅读的意义上才能够实现价值,没有被阅读的作品没有被发现的作品就没有价值,就不会发光。而且经典的价值本身也不是固定不变的。如果一个作品的价值一开始就是固定不变的,那这个作品的价值就一定是有限的。经典一定会在不同的时代面对不同的读者呈现出完全不同的价值。这也是所谓文学永恒性的来源。也就是说,文学的永恒性不是指它的某一个意义、某一个价值的永恒,而是指它具有意义、价值的永恒再生性,它可以不断地延伸价值,可以不断地被创造、不断地被发现,这才是经典价值的根本。所以说,经典不但不会自动呈现,而且一定要在读者的阅读或者阐释、评价中才会呈现其价值。

第三个误区，是经典命名权的误区。很多人把经典的命名视为一种特殊权力。这有两个层面的问题：一，是现代人还是后代人具有命名权；二，是权威还是普通人具有命名权。说一个时代的作品是经典，是当代人说了算还是后代人说了算？从理论上来说当然是后代人说了算。我们宁愿把一切交给时间。但是，时间本身是不可信的，它不是客观的，是意识形态化的。某种意义上，时间确会消除文学的很多污染包括意识形态的污染，时间会让我们更清楚地看清模糊的、被掩盖的真相，但是时间同时也会使文学的现场感和鲜活性受到磨损与侵蚀，甚至时间本身也难逃意识形态的污染。此外，如果把一切交给时间，还有一个前提，那就是对后代的读者要有足够的信任，要相信他们能够完成对我们这个时代文学的经典化使命。但我们对后代的读者，其实是没有信心的。我们今天已经陷入了严重的阅读危机，我们怎么能寄希望后代人有更大的阅读热情呢？幻想后代的人用考古的方式对我们这个时代的文学进行经典命名，这现实吗？我不相信后人对我们身处时代"考古"式的阐释会比我们亲历的"经验"更可靠，也不相信，后人对我们身处时代文学的理解会比我们亲历者更准确。我觉得，一部被后代命名为"经典"的作品，在它所处的时代也一定会是被认可为"经典"的作品，我不相信，在当代默默无闻的作品在后代会被"考古"挖掘为"经典"。也许有人会举张爱玲、钱钟书、沈从文的例子，但我要说的是，他们的文学价值早在他们生活的时代就已被认可了，只不过很长时间由于意识形态的原因我们的文学史不谈及他们罢了。此外，在经典命名的问题上，我们还要回答的是当代作家究竟为谁写作的问题。当代作家是为同代人写作还是为后代人写作？幻想同代人不阅读、不接受的作品后代人会接受，这本身就是非常乌托邦的。更何况，当代作家所表现的经验以及对世界的认识，是当代人更能理解还是后代人更能理解？当然是当代人更能理解当代作家所表达的生活和经验，更能够产生共鸣。因此，从这个角度来说，当代人对一个时代经典的命名显然比后代人更重要。第二个层面，就是普通人、普通读者和权威的关系。理论上，我们都相信文学权威对一个时代文学经典命名的重要性，权威当然更有价值。但我们又不能够迷信文学权威。如果把一个时代文学经典的命名权仅仅交给几个权威，那也是非常危险的。这个危险表现在什么地方呢？就是几个人的错误会放大为整个时代的错误，几个人的偏见会放大为整个时代的偏见。我们有很多这样的文学史教训。在这个问题上，我们既要相信权威又不能迷信权威，我们要追求文学经典评价的民主化、民主性。对一个时代文学的判断应该是全体阅读者共同参与的民主化的过程，各种文学声音都应该能够有效地发出。这个时代的文学阅读，最理想的状态应该是一种互补性的阅读。为什么叫"互补性的阅读"？因为一个批评家再敬业，再劳动模范，一个人也读不过来所有的作品。举个例子：现在我们一年有5000部以上的长篇小说，一个批评家如果很敬业，每天在家读二十四小时，他能读多少部？一天读一部，一年也只能读三百部。但他一个人读不完，不等于我们整个时代的读者都读不完。这就需要互补性阅读。所有的读者互补性地读完所有作品。在所有作品都被阅读过的情况下，所有的声音都能发出来的情况下，各种声音的碰撞、妥协、对话，就会形成对这个时代文学比较客观、科学的判断。因此，文学的经典不是由某一个"权威"命名的，而是由一个时代所有的阅读者共同命名的，可以说，每一个阅读者都是一个命名者，他都有对经典进行命名的使命、责任和"权力"。而作为一个文学研究者或一个文学出版者，参与当代文学的进程，参与当代文学经典的筛选、淘洗和确立过程，更是一种义不容辞的责任和使命。说到底，"经典"是主观的，"经典"的确立是一个持续不断的"过程"，"经典"的价值是逐步呈现的，对于一部经典作品来说，它的当代认可、当代评价是不可或缺的。尽管这种认可和评价也许有偏颇，但是没有这种认可和评价，它就无法从浩如烟海的文本世界中突围而出，它就会永久地被埋没。从这个意义上说，在当代任何一部能够被阅读、谈论的文本都是幸运的，这是它变成"经典"的必要洗礼和必然路径。

总之，我们所提倡的"经典化"不是要简单地呈现一种结果，不是要简单地对一个时代的文学作品排座次，不是要武断地指出某部作品是"经典"，某部作品不是"经典"，不是要颁发一个"谁是经典"的荣誉证书，而是要进入一个发现文学价值、感受文学价值、呈现文学价值的过程。所谓"经典化"的"化"实际上就是文学价值影响人的精神生活的过程，就是通过文学阅读发现和呈现文学价值的过程。可以说，文学的经典化过程，既是一个历史化的过程，更是一个当代化的过程。文学的经典化时时刻刻都在进行着，它需要当代人的积极参与和实践。因此，哪怕你是一个对当代文学的虚无主义者，你可以不承认当代文学有经典，但只要你还承认有文学，你还需要和相信文学，还承认当代文学对人的精神生活具有影响力，你就不应该否定当代文学经典化的重要性。没有这个"经典化"，当代文学就不会进入和影响当代人的生活，就失去了存在的意义。每一个人，哪怕你是权威，你也不能以自己的好恶剥夺他人阅读文学和享受文学的权利。

从这个意义上说，当代文学的经典化当然是一个真命题而不是一个伪命题。在一个资讯泛滥的时代，给读者以经典的指引是文学界、出版界共同的责任，而这也是我们编辑出版这套书的意义所在。

最后，感谢张明和张英先生为本套书付出的辛劳，感谢北京立丰天文化传播有限公司、北京金圣典文化有限公司的资金支持，感谢全体编委和北京联合出版公司各位编辑，感谢所有对本套丛书的出版给予大力支持的作家和他们的家人。

是为序。

吴义勤

2022年冬于北京

目 录
Contents

第一章　闹军坡____1

第二章　南风云____74

第三章　酬宴会____167

第四章　弄手花____265

第五章　喜盈门____334

第一章　闹军坡

1

　　私立小学在小镇上是新鲜事物，之前只是听说，哪有人见过？私立小学开办了，不会被公立学校叫人去拆了吗？私立小学的学生毕业了，有没有中学愿意招？这些都是让人困扰的问题。瑞溪镇要设私立小学的风言风语传了两年了，一直没下文，等到镇上人关心的热度随南风吹散了，事情又有了转机。老潘是镇上的杀羊户，菜市场那帮肚腩浑圆的杀猪佬豪气冲天地组织校董会时，牵头的歪嘴昆曾邀请老潘入股。老潘犹豫了两天，拒绝了。他觉得学校嘛，那是国家办的，这又不是旧社会，几人合伙请个老师就办私塾？

　　歪嘴昆抖出一身猪油，笑老潘过时。可校董会五巨头油头油脸地讨论了两年，分歧极大，怎么入股、怎么分成等等，都是能把人脑袋想成猪脑袋的麻烦问题。吃了二十多次粉汤，喝了近百斤糯米酒，脸红脖子粗，拍桌扔凳，问题解决了，时间已过去一年多。租房子当教室又让杀猪佬的头再次涨大。落单的房子好找，租连成一片的则很难，折中的解决办法,是租一排临近的,一间教室和另一间教室之间,既夹着卖豆芽的住户,也夹着织麻绳的人家。租房的事解决了,可以招生了,歪嘴昆一刀砍在案板的猪腿上,叫道:"拔你母!忘了,还没请老师呢!"

请老师可不容易,公立学校的老师岗位稳定,端着铁饭碗,钱再多也挖不来。杀猪校董们急得天天海灌糯米酒。最后还是老潘给歪嘴昆支了一着,让去邀请县里的退休老教师,专请名气大的,创办之初,没有一些县里的名师撑场面怎么行?老潘说这话时,摸了摸腮下的山羊胡,对歪嘴昆有着智力上的优越感,有着指挥若定的优雅风度。歪嘴昆给自己的歪嘴一拳,他恨自己肥猪脑袋,怎么就没想到这一层?老潘扬扬得意的模样,引出歪嘴昆的一句粗话:

"拔你母!"

那是一九九三年夏天,数学奥林匹克竞赛正在神州大地上生机勃勃,歪嘴昆请到了曾教出数学奥林匹克获奖学生的老师,在其他校董中,威信就更高一些。威信高就表示在开校董会时,他可以随便"拔你母"而其他人不能"拔"。老师到位了,就开始当年秋季的招生。老师们的意见是,只用一年来培养,并不能代表"瑞溪新街私立小学"的教学水平,起码要四年——最高的年级设为三年级,四年后小学毕业考,便可初见成效。杀猪佬校董们都是浑身肥油的火暴脾气,哪有耐性等四年,拳头纷纷捶落,会议桌上都是猪油印。歪嘴昆说:"拔你母!四年?鬼知道我能不能活四年,你们个个比我老,更活不了那么长。两年好了,最高的,招五年级的。"

退休教师们为鸣响第一炮,在一九九三年热风弥漫的暑假,四处寻访镇上学习成绩好的小孩,让其家长把小孩转学过去,说是学费可以少交,入学考试排前三的,还可以免学费,"只要来了,一切好商量！"

"好商量。"

"先来，再说咯！这是入学考试的报名单，填了，就拿来给我们……"

"好商量的！不成问题。"

…………

经过一九九三年秋到一九九四年夏整整一年的努力，私立小学已初见成效，不少学生在考试中力压瑞溪镇中心小学，杀猪佬天天嗓门奇大酒量倍增，满嘴"拔你母"都带着光荣和骄傲。一九九四年暑假时，老潘接到了歪嘴昆的邀请，让他把即将升六年级的小孙子潘宏亿转学到新街私立小学。老潘犹豫不决，又在捋山羊胡，做深深思索状。歪嘴昆指着他大骂："叫你入股你不入，让你孙子来读书你也不肯？我免他学费行不行？不然，我叫人在街上打他，见一次打一次，把他的嘴打得比我的还歪。"老潘说："我考虑考虑，你们选学生，我也得选老师。"他摸着胡子，摸得歪嘴昆吐出满口猪油腻腻的脏话。老潘是越来越得意了，偏偏歪嘴昆有解决不了的事，还得找老潘指点"一二三"，歪嘴昆忍气吞声，喷出来的猪油腻腻，还得吃回去。

后来上门当说客的老师就和老潘谈得极为愉快。看到镇上或周边村子一些学习好却一贫如洗的学生已纷纷到私立小学报名，老潘也心动了，他决定去私立小学探访一番。老潘最不满意的，就是学校竟没有一扇校门，也没写一个门牌。一个老师叹气说："一个教室散一个角落，把门牌摆哪儿？"老潘说："那也得有个东西，让人一看就知道这是学校吧？"那老师手一指："那不是？"手指的方向，竖立着一根高耸的旗杆，比镇中心小学的旗杆要高几米。这自然也是歪嘴昆的杰作，他坚持在旗杆的高度上，有压倒性的优势。

暑假了，旗也就没升，要不然红旗招展，这满地乱飞的垃圾，很像是被红旗扇起来的。新街虽叫"新街",房子是近些年才修建,却也继承了瑞溪镇老街旧巷的光荣传统,粪便与污水争臭,袋子和灰尘齐飞。老潘伸手抓住一个飞过来的塑料袋,手一甩,袋子改变个方向,继续飞。

老师说:"老潘啊,我们校长的孙子,上四年级,原来是县一小的尖子生,现在也转来新街小学了。连他都把孙子转过来,你还有什么不放心?"老潘当即帮潘宏亿报了入学考试的名,耳边忽地听到一声:"呜……"

"呜……"

——耳鸣又严重了吗,还是又听到那声音了?在家里,他一听到这声音,就伸手去夺孙子手中的小号,小孙子跳开,回答:"我哪有吹?你哪只眼看到我吹了?"老潘想说不是眼睛看到,是耳朵听到,可他又很清楚,是无论如何也解释不清了。他能跟孙子说,他半夜里时常听到有小号吹响?他能跟孙子说,除了小号,在半睡半醒之间,他还听到各种说不清是什么声音的声音?

……想得远了,老潘觉得胸闷,觉得胸膛塞进了两块大石,相互挤、碾、发胀、碰撞敲击,绝不相让。他忍不住了,问:"有人吹喇叭吗?"

老师指着一间房子:"我们的学生仪仗队,今年也要参加军坡节表演啊,哪止喇叭,还有鼓。要不要过去看看?"

"不看了,不看了!小孩崽,屎都拉不臭,带着奶味,有什么好看?我那孙子也整天拿着一只喇叭在吹,我见到就吃不下饭。"老潘松了口气,真是有人吹的就好了,不是无中生有,不是没有来由,不是那从睡梦中追杀到现实里来的恐怖声音。真是的,那些小孩崽——打鼓的那几个,没力气吗?也不把声音敲大点,让鼓声盖过这"喇叭"声?

……………

恼人的小号声,恼人啊,这个暑天开始,他已被这声音折磨得几近崩溃。

"真恼人……"他想,内心涌起一股惆怅,"军坡节过完了,应该就好了吧!"

喷射两口痰,他想把霉运喷掉。

老潘没有直接回家,号声在他脑里回旋好久,赶都赶不走,一想起回到家里,小孙子还要对着他耳朵吹,步子就更迈不开了。他到邮政局对面的小饭馆里坐了好久,菜酒入肚,却吃了风一般,越吃越觉得心里发空,在肚里刮起阵阵风暴。

店主叫黑手义,是老潘的老朋友。没迁到镇上以前,他和黑手义已相识多年,一起到南渡江打过鱼摸过虾,也一起偷过生产队的番薯。老潘记忆最深的,是有一年深冬,黑手义不知从哪儿弄来半坛子番薯酒,半夜叫他去解馋。老潘顺手摸了半扎藏得颜色发黄的粉丝,到黑手义家让他炒上。黑手义躲躲藏藏不敢声张,手一慌,竟把点灯的煤油倒了起锅。粉丝烧着后,闻到煤油臭,黑手义随手一瓢水洒进锅里,两人相对苦笑——也没舍得浪费,用水冲洗了好几遍后,没能把煤油味除去,勉强翻炒翻炒,就吃了,竟也把酒喝得昏沉沉。多年以后,黑手义把灶前挥铲的功夫发挥出来,率先在镇上开了饭馆。老潘是晚他一些时日才迁移到镇上的,那已经是二十世纪八十年代末了。

搬迁到镇上经营杀羊的生意,老潘是听了黑手义的建议。

瑞溪镇不大,窄小的街道拖住了发展的步子,镇上的人口袋空空,却人人爱吃,赚到两块钱,先吃两块五,再借五毛来,凑成三块,也吃了。爱吃的人多了，镇上便出产一些名扬省内的名吃，比如说"瑞溪牛肉干""瑞溪粽子"这些小吃把镇上人的嘴养得秤钩一样，刁得很，若非黑手义手艺非凡，他的小店也经营不下去。镇上原先还有另外两个杀羊的，老潘的生意被压得起不来。黑手义明着暗着传出一句话："要吃羊，得吃老潘杀的，其他人摸过了，能吃吗？羊肉不像羊肉，带着鸡屎味，还吃什么吃？"黑手义的活广告把老潘越吹越神，把那两户杀羊人吹得门前寥落生意凋零。那两户联起手来，又是请黑手义喝酒又要低价给黑手义的店送羊肉，黑手义概不应承。

软的不行，要来硬的，可看到黑手义铁塔一样壮健的身子，两户人都放弃了，转行做了其他。老潘成了独家生意，每日两到三只羊，就把一家人的生活给解决了。两年后，把之前低价买来的宅基地上搭建的油毛毡棚子拆了，找黑手义借了一些钱，把第一层建了起来，前面住人，后院围墙没封顶，当院子杀羊，墙壁连石灰也没抹；三年后，又建了第二层，也没抹石灰——镇上很多房子都这样，砖石裸露。

平日里，老潘一有闲暇，就爱到黑手义的店里喝两杯，他的影子在门口斜斜一掠，黑手义就铲子一敲锅沿，炒上一盘老潘爱吃的菜。老潘有时会很奇怪，他和黑手义同年生，可差别极大：他腰板弯成了钩刀，杀羊时手上没劲可使，晚上睡着的时间越来越短，上厕所后忘记拉上裤链的次数越来越多，记忆里老伴的模样越来越模糊——种种迹象证明，他生命的晚年正迎面劈来；而黑手义腰杆仍直如标枪，像一头角尖眼红随时发情的公牛，左手能握着炒锅甩上两个时辰也不手酸……

——想到这些，老潘的脑壳又痛了，筷子在碗沿敲得很响，引来在一边收拾桌子的黑手义的大儿媳阵阵逼视。

"想起那是什么事没有？"黑手义寻个间隙，坐在老潘对面，把儿媳的目光硬生生斩断。

"哪还想得起,不是还要问你嘛?"

"你都不知什么事,我能知道?你说你总觉得心底有事,缠得你睡不着,又说不出什么事,我如何能知道?见鬼了吧?"黑手义发现老潘最近常有一些魂不守舍,眼珠子发浑,带着青灰色——青灰色是死人的颜色,长期在眼珠里闪现可不好。问了,老潘原先还不愿回答,回答了,又含混不清。其实,连老潘自己也不清楚,近来心里发虚,动不动就心口抽紧眼皮乱跳,要记起什么事,却又说不上;跟什么人有关,却又不一定;灵光一闪若有所悟,又混沌一片……这事让老潘流了不少虚汗,多次对着尿桶挤不出水,还差点病了一场。更有好多次,他半夜里从沉睡中惊醒,瞪紧一面墙,想从乌黑混沌的墙上看到某个让他恍然大悟的形影。那时时纠缠他的"呜呜呜"的小号声,不过是很多种纠缠他的东西中的一种。

"去六角塘村看看婆祖咯!你不信?不信也看看咯。"

"看婆祖?真以为我见鬼了?倒你的酒。"

黑手义给碗里添了酒,摇摇头。

老潘想问黑手义一些关于老伴的事,可能这些纠缠,和老伴有关。

黑手义见他言语吞吐表情矛盾,只说:"喝酒,喝酒。"几杯酒下去,黑手义说起镇中学角落的那间日本人留下的炮楼,小日本投降了,那留下的炮楼成了诡异的去处,经常闹鬼,老潘还约他一起夜闯过。提到日本楼,老潘兴趣就来了:"有过这事吗?最后怎么样?"黑手义大笑:"闯进去不久,你就说有什么在拍你的右肩膀,我转身往外跑,你跟着跑了出来。谁知道几天后你说,那是你假装来吓我的,根本没人拍你肩膀。"

老潘眼睛眯成一条线,迷惑不已:"有过这事?"

"连这你都忘了？我气你骗我，我打了你一拳，把你左眼都捶黑了。"

老潘摸摸自己左眼，没有任何印象，脑子一团灰，只乱想，为什么那炮楼一直留在校园里没拆呢？老潘忽地想，是不是有什么东西丢在那间日本炮楼里了？他想了许久，也没想起丢的是什么。

又一口酒后，老潘咂咂嘴："黑手义，我今天给宏亿报名了，让他考一考，我想让宏亿去新街私立小学。那歪嘴昆话多，我得让宏亿考前三名，不交学费就读书。"

黑手义的脸被泼墨一般，顿时黑了。

老潘一拍自己脑袋："忘了，不提这个，让你心乱的人，就住新街，我忘了。人老了，就不是人脑，是豆腐脑，是猪潲水，屁都记不得。不说这个了。"黑手义憋了长长一口气，叹道："你说不说，都成事实啦。是我做人不行啊，连听说'新街'都不行了，会不会以后连'瑞溪'也听不得啊？再以后，连'海南'都听不得了吧？"他眼里的忧虑多到装不下，溢出来，四处横流，收拾不干净，脸上的皱纹就加深了——腰板再直，他也战不胜年岁。

老潘拍拍他的肩膀，酒碗一推："记账！"摇晃着走出店外。

黑手义怅然地坐了好一会儿，叫过来大儿媳，让她跟在老潘后面走一段，免得他在街上摔了。大儿媳白眼一翻："你孙子上学，都没见你送一送，还心疼潘爹了？潘爹老是记账，已经一个月没结了，你还心疼他？"她的手在毛巾上擦了擦，擦出更多的油滑，光亮耀眼。黑手义觉得有些发腻，有些反胃，有些要作呕却还能忍住，只好自己跟到门外，见老潘走路没摇晃，微驼的背好像也挺直了，才放心回店里。大儿媳收拾着一张桌子上的碗筷，嘴角有些嘲笑，黑手义来了怒气，抄起菜刀，刀背在砧板上一拍。

嗡……嗡……嗡……

他一发怒就拍刀。

2

"宏亿,过来,我今天去新街小学帮你报名考试了。到开学了,你就去新街小学考试。"老潘朝小孙子招手。

潘宏亿走过来时,仍紧紧握着小号。

"你要叫我去新街那个烂小学吗?呜——"话一落,他就对着小号挤了一声。

"烂?我怕你是没胆子去吧!"

"呜——什么?我没胆子?"

"你怕去新街小学了,考不过那些同学啊!我听说那边有好几个同学很厉害,数学奥林匹克,经常拿奖。"

"我肯定会赢他们的……呜——我要练习吹啦,学校选我入仪仗队,我要参加七月初七的'装军'的——呜——"

……呜……老潘又被这声音纠缠。

老潘对潘宏亿参加仪仗队很有意见,毕竟一开学就是毕业班的学生了,玩这些无用的东西,浪费时间。但潘宏亿鼻孔朝天开,拍拍胸脯说:"暑假嘛,参加一下仪仗队,有什么不好?放心,等到开学,我肯定是班上学习第一……"潘宏亿的话是不足以说服老潘的,老潘同意小孙子参加仪仗队,是因为他隐约听到一些消息,说今年七月初七军坡节的装军是最后一届了,不让孙子参加这一次装军,或许会成为他一辈子的遗憾。

军坡节是为纪念南北朝时期南方女英雄冼夫人而形成的民间节日。冼夫人原籍并非海南，是南北朝时期高凉郡内越族大姓冼氏人，冼氏世为越族首领。冼夫人自幼聪敏，勤学经书，苦练武艺，长大后有智谋，懂军事，在多次平叛乱中战功卓绝，威望甚高。冼夫人辖治海南期间，建置崖州，恢复海南与中原的联系，平定叛兵匪贼，使得海南地方安定，百姓乐业。每次平贼灭盗，冼夫人手下将士气势雄壮，无往不胜。冼夫人死后，在各个朝代皆被追慕，而她带兵出征的威风场面，也为之后的海南人所向往——为表达这种向往，后人模仿冼夫人当年壮观的出军程序和仪式，组织队伍举着刀枪举行阅兵；当然，也仿制当年冼夫人的百通小令旗，一令传下百事顺，模仿者自豪，旁观者尽欢，谓之"装军"。

装军这一天，便是军坡节。

军坡节在海南各地都有，多在农历二、三月举行，为何独独瑞溪镇把日子选在七夕，是老潘一直以来的疑惑。他有时也想过问问镇上知情人，却总是奇怪地错过。每年七夕，瑞溪镇上都模仿冼夫人集军、阅军、出军的表演，小学生仪仗队加入装军队伍，是镇上的古旧传统。已经传出消息说，因为每年军坡节都有"铁杖穿腮""过火山"等表演，县委县政府觉得是在宣扬封建迷信，已经在商议取消军坡节装军表演——但在正式通知取消之前，节日将要上街表演的各方，都在有条不紊地进行排练。

"呜——呜呜呜——呜——呜呜"潘宏亿的吹号声，成调，或者不成调地在院子里回响，有时还夹杂在小孩崽哭一般的羊叫里。羊哭声也不是要钻进耳朵，而是直奔额头而来，撞得老潘脑壳阵阵眩晕，发热发胀，甚至要肿出一只角来。

"呜——"老潘好像又听到吹号声了，已经连续几夜，今晚还是没能避免。恍惚间就被惊醒了，他习惯性地瞪着那面墙，指甲用力掐了掐自己的下嘴唇——这是他自创的能最快提神的法子。神是提起来了，吹号声还继续从二楼传下来，后院里的几只羊也此起彼伏地叫唤。老潘的房子只修了临街的一半，后面空着当院子，前面的二楼不是平顶的，而是瓦房，因此说是两层，其实只有平顶房的一层半那么高。二楼后边房子传来儿媳陈梅香的声音："宏亿，半夜了，你吹什么吹？引鬼吗？半夜了，还吹？"

　　老潘反应过来，这不是幻听，是小孙子潘宏亿在吹号子。

　　扯开房门，他准备上二楼把小孙子教训一顿——他刚才好像梦见四个数字了，可才刚把前面两个数字看清楚，就被吹号声吵醒，接着又被陈梅香的叫声震得忘了一个，只记得一个孤零零的"3"，下一期新加坡白小姐的彩票头奖就被这几声震丢了，他能不气？不把潘宏亿屁股拍烂，他太阳穴的疼怎么安抚？老潘还没爬上楼梯，已见到灯光顺着楼梯流下来。

　　潘宏亿说："哥，你快点，再慢，那贼就跑了。"潘宏亿的哥哥潘宏万，借着房门的灯光，跑出一阵风，从老潘身边跳过，楼梯噼啪响，老潘伸手要扯，只抓到一股气。潘宏万拉开家里的前门，跑到街上去。老潘头皮发麻，都半夜了，两个孙子又是吹号又是狂奔上街，到底要干吗？莫不是鬼上身了，跑出去夜游？

　　潘宏万人一出去，话就丢了进来："抓贼啊！抓贼啊！成爹，你家进贼了。"

　　老潘也跟到街上，外头黑压压，每迈一步，就有在暗夜里失踪的可能。潘宏亿只穿着内裤，手上还攥紧着小号，顺着楼梯下来，吹得很欢,完全不在调子上,停下来歇气时,他得意地对老潘说:"阿公啊,贼是我先看到的。我刚刚起来喝水,从二楼窗子那看到那个黑影翻到成爹屋里面了。"成爹是镇上修农用车的,因某一年吃了南蛇,把肚子吃得胀气浑圆,像怀着双胞胎,别人都叫他"大肚成"。大肚成的修车铺就在老潘家斜对面,后边住人,临近街道的这一面,还只是搭着油毛毡的棚子,棚子铁门不高,手脚轻便的人,翻身进去并不难。潘宏亿很得意:"我看到那人爬到门上去了,就朝着他吹号,想把他吓跑,可他胆子真大,还是爬进去了。"大肚成棚子里已经有灯光和声音漏出,是大肚成的声音。

他一喊,声音就在肚子里九转十八弯:"打贼,打贼。"

潘宏万在修车棚门口跳着:"打!胆太大了,打!"他是要在门口等着堵截那个翻墙的贼了。老潘头一昏,宏万那贼八仔,不知天高地厚,要是那贼子跳出来,手上拿着刀子棍子什么的,见宏万喊叫那么卖力,不会送他一下子?老潘快步走向修车棚,要把宏万拉扯回来,才迈两步,听到身后儿媳陈梅香喊声凄厉:"宏万,赶紧回来,干吗啊你?"潘宏万说:"妈,抓贼啊!贼子偷东西,不抓啊?"

"回来!"陈梅香斩钉截铁不容置疑。

潘宏万犹豫了一会儿,还是朝自己家门口走回来,他谁都不怕,就是不敢惹泼辣如火的母亲。

老潘摇头苦笑,儿媳的嗓门算是整条街无敌,即使放在瑞溪镇也是排得上号的,但和外人骂架的时候毕竟比较少,为了发挥功用,她平日里把嗓门对准老公潘江和她肚子里拉下的三个蛋:潘宏萍、潘宏万、潘宏亿。潘宏萍嫁人后,潘宏万和潘宏亿两兄弟就得两人承受原先三姐弟分担的口水,对母亲的嗓门闻之色变。在宏万走回来的间隙,陈梅香绝不浪费难得的机会,拳掌全都往潘江身上招呼,边打边骂:

"看你教出的好儿子！你这个当父的，怎么教的？教出的儿子，都爱惹祸。"潘江不反驳，只是呵呵地笑，陈梅香抓起潘江的手，准备咬一口泄恨。看到老潘有意无意地瞪她一眼，她暗暗叹息一声，把潘江的手给松了。

陈梅香咬人不成，意犹未尽，见潘宏亿还举着小号"呜呜呜"，在他头顶敲了一下："吹鬼啊？让不让人睡觉？再吹，把鬼勾来。"潘宏亿腰板一挺："有贼我才吹，我又没在晚上吹过。"陈梅香恨得牙痒，又敲了两下："只耍一张嘴。"潘江拉开陈梅香的手："别敲啦，再打，就打得脑塞了。"陈梅香冷笑："哪比你脑塞？"

潘宏万高调出战，可壮志未酬即被召回，有点垂头丧气。

这时，大肚成的修车棚内，噼里哗啦一阵响，铁门摇晃，摇得潘宏万目射精光。陈梅香率先把潘宏万的雄心和计划抹杀："你是不是还要过去抓贼啊？"

"啪"的一声，修车棚的铁门顶上已经有一个人落地，大肚成喊着："抓住贼子毛遛！"那个人影顺着街道朝东奔去，大肚成的铁门刚打开，那人已远在三十多米外。潘宏万猛地蹲低，捡了一个拇指大的石子，朝黑影奋力掷过去。

"啊！"那人捂着自己的头，喊疼不止，脚步就慢了。

见宏万丢得精准，本来一直责备儿子的陈梅香也来了精神，她觉得该自己出马了："抓贼啊！贼子出来啦……"她的声音尖细如针，刺亮一些窗口，亮起的窗口也传出喊打声，但都是口头上帮助，是精神支援，没人开门拦截。潘宏万丢出的第二和第三块石子，都落了空，甚觉可惜，怪母亲破坏了抓贼大计。贼子见势不妙，跑得更快，他得在更多人喊叫追赶之前，得在一些气力无处发泄的年轻人摩拳擦掌追来之前，消失在小巷子的深夜里，消失在亮起又暗淡的光亮之外。

大肚成站在他的铁门前,气粗如牛,他说:"潘爹,你看清楚那贼子吗?"

老潘说:"哪看得清?跑得那么快,只看到黑影。"

潘宏亿跨了两步:"成爹,要不是我追那贼子,你的东西肯定被偷了,你要请我吃粉汤。你怎么抓不住他啊?"

大肚成苦笑:"棚里就我一个人守,你没看到我的肚这么大,走路都得抱着,晕昏晕昏的,哪追得上?"

潘宏万牢骚着:"妈,那贼……"陈梅香嘴角一歪,潘宏万就不多说了,闪身钻回房内。陈梅香只好把话撒给小儿子潘宏亿:"你也去睡了。再吹,我就把你这喇叭丢到马六甲,看你拿什么还给学校。"她抢着潘宏亿手里的小号,潘宏亿不松手,被拽提进屋。

潘江跟在后面,摸摸宏亿的头:"天光再练,晚上就不要练了。天光了再练。"

大肚成抛一支烟给老潘,亮起的窗又黑了,只有两个人的烟头闪着。

停了好一阵,大肚成又问:"潘爹,你见到贼子是谁了吧?"

"没丢东西就好。"

"不抓住,不心甘。"

老潘笑笑:"你也知道是谁吧?刚才都快扯住他了,你会看不到?"

"看不是太清。"

"看不清,就算了。看清,也当看不清。烂仔臭贼,你真打他两拳,打出什么事来,不是找苦吃?"

"也是,装看不见就是了。其实,也没什么给偷的,几个坏螺丝破扳手,偷去也是按斤卖废铁,不值三两块钱。惹了这些祸害,除了臭一身屎,也没益处。"

两人在街边恶狠狠地抽烟。

3

夏日天亮得早,眼看天穹还染着蓝黑,把烟吸进嘴里,还没吐,天已浮白;再吸一口,东面便是血红一片,金黄色已争先恐后洒下。亮得早,也就热得快,有些睡眠浅的人,还没等到昨夜的热气散去,汗湿漉漉地刚合眼,天又烧热起来了。黑手义把记忆里的热天都回想了一遍,没有一次能比得上这个夏日。当然,也许天并没有更热,只是他觉得热了。烦心事越来越多,尤其是那个叫杨南的女人带着儿子来找他帮忙的时候,他更是觉得很无助,不知道该不该帮一帮——其实,他很清楚,要是自己不伸这个手,不合情也不合理,甚至算不得一个人的,可他真的伸手了,引起的风波能不把他淹没?他会不会因此而心怀另外的内疚?他害怕身后站着的老婆和两个儿子直愣愣冷冰冰的目光。

多年前他已错过一次,实在不愿再错。可,怎么选,才是对的?

今年年初的那一次,杨南的儿子在他的店门外四顾茫然,杨南则在他面前神情悲戚。他心已软,正要一口应承,却感到了身后射来的强光,他老婆正用鼻孔发出"哼哼哼"的冷笑;他两个儿子,那两个粗壮、黝黑的儿子难得地团结一心,正等着他的裁决。黑手义深深吸气,把菜刀在砧板上拍得手腕都震麻了——没说任何话,却已是最坚决地拒绝。杨南顿有所悟,腰板一挺,拉着她儿子走了。黑手义知道这个女人不会再来找他了。杨南工作在省城，一个月才回来镇上一次，可她的女儿、儿子就租房住在瑞溪镇的新街上，女儿在镇中学读初中，儿子在新街私立小学，和黑手义就在一个小地盘上生活，步子一大，难免碰面撞肩。"新街"成了他避讳的一个地方，谁无意中提到，他都认定是对他的讽刺与嘲笑。黑手义很难做到若无其事，却又只能若无其事，只要他的心变软，家里每个人都对他充满敌意和仇视。黑手义好面子，在朋友老潘面前得奋力挺着，腰比旗杆直，老潘转身一走，他就得反手捶自己的腰，有些话，他没法跟老潘聊。

后半夜的吹号声他听到了，喊打声听到了，老潘家陈梅香的尖叫他也听到了，他感觉到那贼会从自己店门前跑过，只要开了门，棍子一扫，那贼子肯定会被抓到。他起床，要去拉门后的灯，一个不留神，撞到了额头，灯拉开，棍子握在手里，却浑身泛酸，力气全无。上一次浑身发酸，已经是让他模糊的事了——那时他婚后不久，兴趣正浓，在女人身子上上下下一夜爬了六回，第二天觉得骨头缝都松垮了，可那时年轻，精力恢复得快，很快又要往女人肚皮爬。此时身子骨将要散架，却是没法恢复了，这是年老的征兆，背将弯手丧力的征兆。贼子奔跑的脚步果然从店门前闪过，他力不从心，没法开门抓个正着。握着那根棍子，他像握着自己的救命稻草，一直到天亮。

人老了，睡不熟，也起得早。

屋内闷烧起来后，他拉开店门，让日光把他浑身捋一遍，看能不能把零散的骨头缝粘上。左右两扇门往里一收，就把那粘在门上的纸扯成两半。黑手义苦笑一声，把破纸一合，上面歪歪扭扭，是两行字，是他熟悉的字迹。

岂止他熟悉，瑞溪镇上有谁不熟呢？

曾德华半夜做贼
　　大肚成肚大赶不上

　　纸上的糊还没干透，显然贴上去并不久。黑手义把纸揉成一团，往角落一丢。他想，往他门上贴纸的人，肯定已连夜写了好多张，把镇上的电线杆、墙壁、木门甚至车辆都贴到了。

　　这张纸上的新闻早报，将是全镇人最可口的早餐。

　　把门拉上，他来了兴头，他要去问问老潘。才走出几步，就在向群茶店看到老潘了。老潘正把一杯茶奶喝得"脆脆"响，喝两口，就看着小镇的街道摇头。这条街叫解放路，从名字就能得知，这是贯穿小镇的主干道，解放路往东是永发镇，往西是县城，可就是这条主干道，狭窄拥挤，横跨不过七步，有些人干脆抛弃了"解放路"这个学名，取了个"七步街"的外号。按照老潘的说法，这街说是七步，要让高个长腿的人来走，只需五步。由于路太窄，小镇上的隔天一集，就塞满各种车辆，有些人把手扶拖拉机往边上一靠，下车找茶馆、粉店去了，把在县内几个镇子之间跑来回的客车司机急得"拔你母""插屁孔""挖眼屎"等粗话滔滔不绝。

　　黑手义点绿茶，五毛钱一杯，玻璃杯里洒满的，不是茶叶而是黑褐色的茶梗。

　　"昨晚，你看到贼了吗？"黑手义把老潘吃了一半的包子掰开，咬着一小块。

　　"哪看得到？那么晚，跑得又快。"

　　"那半脑老师贴出来了，说是曾德华，你觉得，那黑影像不像他？"

　　老潘笑了："半脑老师都贴出来了，不是也得是。"

　　黑手义也笑了。

老潘说:"那半脑仔也是,看到了就看到了,到处都贴出来,曾德华那吸毒仔不去打死他?"黑手义喝了口茶,吐飞两根茶梗:"有好戏看啦。老潘,你让你两个孙注意点,他们昨晚也跑出来,又是吹,又是叫,我怕那吸毒仔会……"话没说完,老潘手一摆:"借那吸毒的两个胆,他也不敢。"黑手义说:"还是要注意点。"老潘喝了一口茶奶,说:"你怎么爱喝绿茶?又苦,你还不放糖,有什么好喝?还是茶奶好。"说完这句话,两人就不说了。

黑手义看出老潘有些担忧,却不清楚他担忧的是他孙子,还是那个半脑老师。

那个所谓的"半脑老师"叫王科运,三年前在镇中学教初中物理。那时镇上的好老师比较匮乏,一个国线大学毕业生,不在大城市发展,回到这个地图上没有痕迹的小镇上当中学老师,一时让很多人想不通。老潘和王科运老师相熟,主要缘于他的大孙女潘宏萍。王科运在镇中学一直单身,有人给介绍了好几个,一直没谈成,潘宏萍就是其中一个。王科运和潘宏萍没谈成,却和老潘有了交情。老潘也是很久后才知道,王科运在大学期间,曾和同学一起密谋策划过一些事,牵涉到八十年代末那次大学潮。他没上北京的街头举过旗,更没在天安门广场中央绝食喊口号,甚至还没来得及在自己的学校游行,就已被同学告发,计划流产。他的学籍档案中有了浓黑的一点,毕业后一直没有正规单位接收,在各城市辗转来去,没找到合适安稳的工作,回到镇上中学教书,是无奈之下的一个选择。

起先老潘还安慰他:"人嘛,有时运气不好,有时,便好起来了。你肯定有机会的。"说得王科运满脸乌黑,老潘就不敢再提。王科运在镇中学算是比较低调的,和领导、同事、学生相处都算不错,可甜蜜期并没持续多久。一九九三年初,镇上各个角落都有人贴出纸张,说是镇中学领导贪污教室修建钱款。这件事闹得沸沸扬扬,县教育局有人来清查,不知是校领导神通广大还是确实清白,调查结果显示,张贴纸上的话纯属子虚乌有;同时调查出来,贴纸诬蔑的正是王科运。王科运被停了职。停职后,王科运并没有改掉到处张贴的嗜好,反而时不时提供一些领导贪污的新证据。校领导烦恼沮丧,找镇派出所的人去说过,找烂仔去威胁过,都不奏效。被王科运写到过纸上的人,只要有机会,都申请调往其他地方。王科运提到的人都走得差不多了,他还不屈不挠,继续提供那些人在新单位犯事的新罪证,并继续在瑞溪镇中学挖掘之前没挖掘完的人,瑞溪镇中学的老师人人自危。

王科运从物理老师变成了一个卖粽子的,他没有机会再讲牛顿第一定理,没有机会讲物体间的摩擦,水的浮力和磁场的相吸相斥,别人也更愿意跟他谈他粽子里肥肉的多少和味道的咸淡,其他老师送他"半脑""走神""笃鹅"之类的称号,他照单全收。他时不时对着粽子摊边的一个墙角哼哼冷笑,狠狠剥开粽子叶,好像要把那些人当粽子给扒光了——墙角上满满是他告发的人名和罪恶,纸上的罪恶由于风吹日晒渐变斑驳。王科运的家人对他是从怜惜到灰心再到怨恨,一个名牌大学学生,惹什么学生运动?惹了也就惹了,好不容易回到镇上,有了稳定工作,还闹得丢了饭碗,变成了一个卖粽子的,丢不丢人?

老潘劝过王科运,让他不要动不动就到处贴纸,有本事,到县里、省里告去啊?王科运说:"我试过,没人理。"他信誓旦旦,不把这些人拉下马誓不罢休。王科运的大字报,变成了镇上人小道消息的重要来源,真假莫辨也不愿去辨,大家只贪图口头上的快意与酸辣甜咸。王科运的报道领域很快扩展,不限于揭露校领导的贪污,谁家婆媳争吵,谁家兄弟分家,谁家买白小姐的彩票中了头奖,都曾在他的大字报上以大标题形式出现过。当然,除去时不时贴大字报,惹得被报道者牢骚不止甚至挥拳相向,王科运大多时候还是比较正常的。他说话得体语气温和,到他摊子上买粽子的人,也大都得到过他的热情招待——他准备的蘸糯米粽子的白糖,分量比其他人都足。

瑞溪新街私立小学招老师时,老潘向歪嘴昆力荐了王科运。歪嘴昆犹豫好久,还是被老潘说服了,老潘的理由是:王科运在中学教的虽然是物理,但以他一个名牌大学的毕业生,应付小学的功课,无论语文还是数学,不都是母猪吃潲水,张口的事?王科运原先也答应了重新出山当老师,却在最后关头,看了看在那奇高无比的旗杆上迎风猎猎的五星红旗,心生悲戚,竟流下泪来,一口回绝,说:"我更喜欢包粽子。"

老潘、歪嘴昆和王科运的家人,都哑巴吞了长鱼刺,有苦难言。

王科运这一次到处张贴曾德华当贼的事,老潘不得不为他担心。老潘确实看到了那个贼有些像曾德华,但正因为是曾德华,所以就不愿说。曾德华作为镇上第一批吸毒者,其知名度远远超过镇委书记和镇长,风头直逼香港四大天王的刘德华——他爱炫耀的一句话,自然就是。"我就是德华!"与曾德华同时染上毒瘾的人,要么瘾重身亡,要么奔逃在外不知所终,只有他的活动范围一直在镇上,偷鸡摸狗是可以想得到的事。他的家人被气得卖了镇上的房子,搬回村里,也不出镇上人所料。至于他躲到三角街一间塌了半截、传言闹鬼的老房子住,更是理所当然。曾德华和其他吸毒的烂仔只要欺负得不是太过分,镇上人即使被占一些小便宜,也都睁只眼闭只眼。倒也不是怕他们,而是真当真了,出拳重了,把这些挂着鼻涕一身烂肉的家伙打残了,岂不是后患无穷?

王科运贴出了曾德华到大肚成店里偷盗的消息，镇上人都有了一个期待：吸毒的曾德华对决半脑的王科运，那不是精彩纷呈的一场好戏？人们关注的重心从七月初七军坡节的装军仪式转移到这两个人身上。老潘没读过几年书，对那些能读书尤其是上过大学的人心存敬意，大孙女潘宏萍没能嫁给王科运，他觉得挺可惜；更可惜的，是觉得王科运没把读的书用对地方，包粽子过活也就罢了，贴大字报也就贴了，要揭发也该揭发那些讲五讲四美讲四个现代化的老师嘛，何苦惹吸毒的烂仔呢？

4

　　老潘第三次叫向群茶店的老板娘加水时，街上骚动起来，人群往东边十字路口涌去，有人喊着："打起来了。"今天是集日，正是乡下人到镇上来吃粉汤提神的日子，一有人喊，粉汤店和茶店里的人都闪身出来，老板拉住客人叫先付钱。街上的人肩碰肩，过往车辆被挤得干脆熄了火——人不散去，除非车能长出翅膀飞起来，否则休想前进和后退分毫。黑手义甩出茶钱，说："开始了。"拉老潘一起钻进人流。王科运的粽子摊就在十字路口的电线杆下，那里已经形成多层包围圈，把东南西北四个方向都塞死了，后面的人问："怎么样了？"前面的人回答："我也没看到。"包围圈核心处的阵阵喊叫和喝彩，惹得看不到的人心痒难耐，黑手义个子高，可踮起脚尖也没看清是米还是糠。
　　里头的人又欢欣鼓舞喝彩连连了，外面的为了表示自己有着强烈的参与感，也嘿呵哈嘻地怪叫。突然，人群迅速分开，撕开一条缝来，有人眼尖，要从缝里钻进去，却被人从身后扯住。那条缝没有合拢。一个人从缝里跑出，丢下一只鞋、两根鼻涕和几句话："哈，敢写我做贼，我打死你？胆大皮厚，不识丑，坏我名声，瑞溪镇谁不知道，我名声最好，我做贼？我去学校时，年年三好学生的。说我当贼？五海公当贼还轮不到我！"他口中的"五海公"，是镇上人祭拜的最重要一个地方神，他的庙就离十字路口往北不到一百米，七月初七军坡节要祭拜的诸神之中，最重要的就是五海公。

"五海公哪比你曾德华厉害啊。"

"曾德华，你皮厚过柚。"

"你看，还吊着鼻涕。"一个人指着曾德华鼻孔下的两只虫，笑得直捂肚子，"吸毒仔，鼻孔里挂着两条粉。"

"活得差不多啦，过不了两年啦。他能再吃两年，我把头砍下给你当凳子。"有人跟身边的人打赌，"两年，你信不？肯定的，用不着两年。"

…………

曾德华喊着："我打死你，走神老师，不知丑，大学毕业？我呸，我呸，不比我小学不毕业的过瘾，我呸，我呸！知道我是谁？我是德华啊！"他口头上给自己壮声势，却节节败退，往人群外跑。有些人不愿让开，要把他堵在人群里，把他堵回去和王科运对峙。曾德华两手在鼻孔下一抹，举着十指浑黄黏稠，从聚拢的人群中划过去。人们喷喷着退后，躲避着曾德华的手，倒也不是怕鼻涕脏，是在担心，曾德华是吸毒仔，被他的鼻涕抹上了，不烂皮至少也得痒几天吧？曾德华感觉到自己虽然口头上威势不减，可毕竟是败退，在这么多人面前输给半脑运，太丢份了，他转身不断引诱半脑运去追他，多少挽回一些面子。曾德华的鼻涕供货量十足，像刚开盖的牙膏，刚一抹掉，又迅速流出两条。源源不绝的鼻涕是他的败逃十分顺利的原因之一。

另一个主要原因，是王科运根本不打算追。人们原先都以为曾德华的愤怒出击，会让半脑运狼狈不堪，至少，也是势均力敌吧？可王科运挥出两拳后，立即把曾德华打翻在地。之后，王科运一拳换回一声惨叫，曾德华见势不妙，只好逃跑。

"吸毒仔就是不行，放尿不上壁。他吸毒那么久，全身都没有一块好肉，怎么有力打架？一根牙签也捏不起来吧？"有人这么猜测，围观的也认为这是比较合理的解释。大家往各粉汤店和茶馆散去，纷纷表示这场戏不够精彩，远远低于之前的期待。

老潘想走过去帮王科运扶起那块原先架在一只竹筐上的木板——板已跌地面上，粽子四散。王科运也不想卖了，挑起筐，夹着板，狠狠把掉落地上的粽子踩扁，闷着头回家了。黑手义原本最喜欢看热闹，捡点话头就够咀嚼几天，可眼前的情形却只让他想起多年前发生在他家里的另一场打架，那是他最不愿去碰的，每每想及都追悔不及。拥挤的人群、扭打的人，都和当年如出一辙。而且在围观曾德华逃跑的滔滔人头中，黑手义看到杨南的女儿张小兰了，这个正好初三毕业的小女孩，一瞧见他，不顾人多，就朝地上吐了几口痰，嘴角挂着嘲讽。要不是人群喧闹，黑手义肯定能听到她口中连续吐出的，就是"呸，呸，呸"！张小兰眼中都是对他的恨。

怨恨事出有因，根源就是他黑手义，就是当初那场发生在他家里的打架。

黑手义觉得腰又泛酸了，只得用力挺了挺，不能在老潘面前弯下来。

老潘并没有注意黑手义，他也有自己的烦恼。照他的性子，他是不会来围着看这种热闹的，可他却来了。看到曾德华被打跑了，他有些许安慰，可没能帮王科运扶一下那块木板，让他有些遗憾。

草草收尾的这场架并没立即画上句号。王科运之后连续几天不把粽子摊摆出来，点了一个长长省略号，引起镇上人的种种猜测。不少嘴馋要吃粽子的人，走到十字路口电线杆下，发现那里空出一块，没有半脑运、竹筐、木板和粽子叶，更闻不到粽子叶剥开时弥漫的香气。半脑运贴在电线杆和墙角的纸，一层一层，大多都褪色了。第五天，半脑运的摊子又摆出来了，木板换了新的，他的左脸颊瘀青一块，右额头也肿起一个鸡蛋，下嘴唇则裂开一个口。种种迹象都表明，他这几天暗地里经历的争斗，远比镇上人所知道的要精彩——他肯定被打了，而且竟然也不敢把事情贴出来了，这能不引人猜测？

各种版本的传言纷纷出来，老潘相信最接近真实的说法来自黑手义。其实也不是黑手义最先说的，传言的源头是镇派出所的蛤蟆二。蛤蟆二在黑手义的饭店多喝了二两酒，嘴巴就撕开，手掌拍得四方桌摇摇晃晃，说出一席酒话，抽去了酒后的结巴和重复，大意如下：曾德华被打跑后，不服气，就去召集了人，嘿嘿，别人不知道他召集的是谁，我还能不知道？要知道我是做什么的？我蛤蟆二，什么不知道，他叫的，是两个吸毒仔，黑须三和白毛春。三个人把半脑运打了一顿，他们堵在半脑运家的巷口，半脑运一露面就打。半脑运也是嘴硬得跟死鸭子一样，死不认输，被连续打了两天。筐也踢坏了，板也打折了，全身十几个伤疤。我去买粽子，没买到，全日都没精神，不过瘾啊，去问了，才知道半脑运被打了。我气火啊，为了吃粽子，我也得去把那几个吸毒的收拾了。我带着两个人去了三角街那间破楼，把吸毒华踢下床，唉，你都不知他的床多臭，比烂十个死老鼠还臭，打得他哼都不敢哼。他敢跟我哼？我掐断他的喉！我让他最近要老实一点，不要太过分。七月初七要到了，要过军坡了，要装军了，最好收敛一点……不然，让他的军坡节过得淡水一样没味。他让我没有粽吃，我让他没有白粉吃……"

"是啊，军坡又要到了啊！"

——黑手义转述到这里，加了这一句。他和镇上其他人不一样，他是最害怕过军坡节的一个人。每年进入农历六月底，他就开始失眠、流汗、暴躁，严重时还会呕吐发烧，到门诊吊盐水——吊盐水并不能使他的病情好转，但会让他心里好过一点，让他觉得关于军坡节的恐惧症，会随着医生开出的药片、扎在屁股或手腕的针头而烟消云散。今年的恐惧症好像来得更早也更严重，吃药扎针没用了，浑身疏松的骨头缝得等到军坡节过去才能再次绷紧，每个酸疼的部位也得等到军坡节过去才能好转。

早到而加重的"军坡节恐惧症"，和杨南从今年年初把女儿、儿子安置在新街有关，和当年那场发生在他家里的打架有关，和杨南的儿子垂着双手等在他店门口有关，和杨南来寻他帮忙他却拒绝有关……临近军坡节，黑手义不得不把每件事都与自己的心病联系起来，这当然包括半脑运和吸毒华的争斗，他聆听并传播关于这两人的一切消息，希望让口头的快意减轻的内心的起伏。

5

潘宏万瘀青着左脸回到家里，闪闪躲躲。

"是不是打架去了？都初二的人了，开学就初三了，都要毕业了，不好好学习，整天打架。快说，脸上怎么回事？"陈梅香的口水劈头盖脸。潘宏万嘴巴张着，舌头打结，吞吐半天，一会儿说同学打架，他去拦架被误打了一拳；一会儿又说，他去同学家玩，爬楼梯时不小心摔的；过了一会儿，就咬紧牙关，说："我脸上有黑青了吗？没有啊！妈，你看错了，我的脸根本不黑青。"各种病句把陈梅香绕得伸脚去踢两只羊，还差点摔坏一只碗。老潘悠悠说："别问他了，我猜他是不敢说。"陈梅香就等着老潘的答案，潘江则黑着脸，从抽屉里翻找出半瓶正骨水。

潘宏万神情绷紧，害怕老潘说出他的躲藏和害怕。

"是曾德华打的吧？"

"就是他，他说我破坏了他偷东西，就报仇，还不让我说出来。要是我说了，他下次叫别的人来一起打我！"潘宏万迫不及待，爷爷的反问倒给他提供了一个合理的理由，让他惊喜地抓住一根救命稻草。

"呜——根本不是，我知道，哥是去找女同学玩，被人家女孩子打的，他没脸皮说。"潘宏亿嬉皮笑脸。

"你乱说，想挨揍？"潘宏万面目狰狞。

陈梅香怒气冲冲就往外面冲。

老潘叫道："干什么去？"

"去三角楼，打死那个吸毒的！打不过，我还骂不过吗？吃毒仔，连小孩都打！"

"别去了，宏万被打了，这是好事，说明这事就这么完了。曾德华要不打，说不定还有什么黑招呢。你去三角楼骂他，不把事情闹大？宏万被打一下也好，免得下次还胆大包天，见到贼就追，不怕死。"

陈梅香只好回来，把怒气发泄在替潘宏万擦正骨水上。陈梅香每捏一下，每揿一次，潘宏万就鬼哭狼嚎。旁边邻居听了，以为老潘家又在杀羊，鼻孔间升腾弥漫一股羊膻味。

潘宏亿继续宣扬他的真理："我还是认为，他是逗女同学被打的，肯定是。"潘宏万伸手要夺弟弟的小号，潘宏亿转身就跑，潘宏万夺了个空。潘宏亿跳到门槛上，头向上侧抬，把小号吹得"呜呜呜"。潘宏万挣扎着要去追潘宏亿，他的乱动被陈梅香判定为对她母爱表达的极度漠视，手指头力气更大，潘宏万惨叫声不断升级。潘江看不下去了，说："轻一点，轻点咯！"陈梅香把那瓶正骨水一丢："子这样，父也这样，全家一样样。"

老潘瞪了她一眼——她想，老潘怎么老是在她即将发作时瞪她。最让她心虚的是，老潘僵硬的脸上，其实是没表情的，却又透露出一股威严，她多次尝试在老潘面前发飙如常，却做不到，她被镇住了。"那眼神，谁不怕……"她想。她回想起老潘杀羊时，连羊的嘶吼都要少许多，难不成羊见到他都害怕？陈梅香扭着腰，把正骨水捡起来："累不死我，也气死我！"

潘宏亿的吹号声不再是简单的呜咽了，声音起伏有调，还很生涩，但再练练，在军坡节的小学生仪仗队上表演不成问题。

把罪名推给曾德华后，潘宏万并不心安，他害怕黑手义会来找爷爷，把他看到的说出来。要是那样，爷爷会把他的皮都剥下来。黑手义都看到了——这个既成事实让潘宏万躁热不安，他多希望下午在新街跟那个叫张小兰的女孩打招呼这件事根本不存在。但当时他确实走过去了，在三个同学的怂恿下，他走过去了。同学给的理由很充分：一、据信誓旦旦拍着胸膛说摸过张小兰胸的人透露，那种抚摸的感觉着实美妙；二、要是他连跟张小兰打招呼都不敢，怎么有资格加入龙虎会……或许，就算没有这些理由，潘宏万也会走过去。

张小兰这个暑假刚从镇中学初三毕业,这个高他一个年级的师姐,年初才从省城转学来瑞溪镇中学,她有着小镇女孩完全没有的味道。漂亮、尖刻、眼高过顶,她透露着一种难言又让人抓狂的吸引力,把镇上其他女孩的风头都盖过去了。校内暗恋她的男生曾分帮分派火并过,场面惨烈,有人捡到五颗牙、三根棍子,都带着血。人红是非多,关于张小兰的各种传言很多。有一个摸过她胸脯、却被她打黑一只眼的男生到处宣扬着他的掌心、手指和张小兰胸部触碰的奇妙一瞬。他说就算黑两只眼也值得,为了摸她的胸脯,他随时准备当熊猫。潘宏万有好几次悄悄跟着放学的张小兰回她租在新街的房子,觉得她的目空一切让人浮想联翩,她的拒绝充满着诱惑,她的排斥埋藏着吸引。

"请问,你是张小兰同学吗?"潘宏万脸红耳赤,挤出了明知的故问。

"有事?"张小兰答非所问,不看他,只顾着甩动被子,甩出一股水汽和洗衣粉的芬芳。日头很好,她刚洗了被子,要在门口的石头堆上摊开。

潘宏万回头看隐藏在一面墙后面的几个同学。这几个同学平时爱看武侠小说,看着看着,有人召集一声,便组成了一个叫"龙虎会"的小团伙。团伙的老大,是杀猪佬歪嘴昆的儿子红毛升。他之所以叫"红毛升",是因为别的人头发需要去染才会变红,而他,则天生一头火红,远远看到,还以为有人在他头上泼了汽油点了火柴。用歪嘴昆的话说:"这贼拔生,生来就是做贼的,你看他那头发?"多年来,红毛升打伤人无数,歪嘴昆赔钱赔到手软,他还有话说:"拔你母,我的嘴,赔笑赔到歪……"歪嘴昆和红毛升之间像有着不共戴天之仇,时常是见面就互殴,可除了打出更深的仇恨,红毛升没有任何转变的迹象,倒是红毛升很是大度,说:"歪嘴,要有人打你,你就报我的名……"

红毛升不断挥手,让潘宏万赶紧动手。潘宏万哪敢,他在想着怎么回答张小兰。凑过来之前,他设想过各种应变,真站在张小兰面前,所有准备好的话,硬生生吞回去了。他脖子红如火鸡。

几个同学的招手潘宏万都视若无睹,他们就喊了起来:"快点啊!"

"胆小鬼!"

"快啊!"

…………

张小兰眼角扫了扫那三个站在墙角处的啦啦队员,等着潘宏万说话。

红毛升实在是憋不住了,叫起来:"宏万,你去死吧,叫你摸她的奶,你都不敢摸!赶紧摸啊,你不摸,我来摸。"这句话突兀大胆,不仅张小兰一愣,潘宏万也傻了。

红毛升的手掌一收一放,末尾了,拇指还在食指和中指上抚摸,动作很引人遐思,好像他已经实践了他的喊话,好像已经真正触碰到了张小兰的胸部。张小兰被这动作刺激得手向上一甩,装被子的塑料桶飞起,桶底砸到潘宏万的左脸颊。喊都没来得及喊,潘宏万捂着脸蹲下来,慢慢后缩。红毛升招呼:"一块上,快点啊!现在不摸,等什么时候?等人家解开衣服送给你们啊?"龙虎会的会员左手龙爪、右手虎臂向张小兰扑来。张小兰捡起塑料桶,挥舞着,不让三个人靠近。几乎在一瞬间,张小兰狰狞毕现:

"来啊,都来啊,来摸啊,就在这儿,看你们敢不敢摸?"

潘宏万捂着脸往后躲,三个同学已把张小兰围着,张小兰把水桶甩在身前身后,那三人也没敢靠太近。他们逼近,水桶甩得风声呼呼,又把包围的圈子吹大。要不是喊话的红毛升还在竭尽全力逼近张小兰,另外两人实在是厚不下脸皮继续靠近了,光天化日之下喊着要摸奶,真让他们头皮发麻。

"疼!"有一个同学大叫一声往地上一滚,蹲到潘宏万后面,叫,"谁用石头丢我?"红毛升说:"谁?张小兰的弟弟。过去打他!"其余两个人恨不得找个借口躲开张小兰,他们不是怕被水桶打上——就算打上了,能有多重呢?他们是不敢直视张小兰的眼睛,那眼睛里的不屑和敌意,能把他们逼到窒息。

只剩下红毛升一个人面对着张小兰,他伸手一捞,抓住了水桶。

张小兰手一松,回头朝弟弟喊:"小峰,快跑!他们要追你了。"

张小峰没跑,他左手右手各自丢出两块石子,又蹲下捡石子,看着那两个人扑过来。

"快跑。"

张小兰声音凄厉,像哭了。

张小峰还是不动,反而是那两个要去打张小峰的同学顿时停住了。他们对视一下,没有向前,两个初二生欺负一个五六年级的小孩,还真下不了手。红毛升觉得自己的三个跟班太失败了,不想再招呼他们,把水桶往地上一砸。噼啪一声,也不知道有没有摔裂。

张小兰看着弟弟,张小峰也木木地看着姐姐。两人都眼珠发红,却没泪水。

红毛升觉得该出手了,此时的张小兰毫无防备。

红毛升把手伸过去。

"姐姐!"张小峰叫。

"贼子,要做什么?"

——这一声高喊把潘宏万的魂都喊散了。他太熟悉发出声音的身体了,高大,壮健,浑身带着油烟。黑手义拖着一身油蒜头味,朝红毛升冲过去。红毛升见一座铁塔压过来,哪还敢把手继续前伸,往后一缩，撒腿就跑。张小兰捡起水桶，朝逃跑的红毛升砸去，红毛升步子太快，水桶摔在地上，又是噼啪一声。潘宏万看得真切，水桶裂开一条很大的缝。黑手义瞟了一下潘宏万，一点表情也没有，潘宏万心虚得手心冒汗，跑开时腿脚都不利索了。

噼啪——又是一声，怎么又扔水桶了？潘宏万回头，水桶正从黑手义身上弹到地上，滚了几圈。

张小兰指着黑手义："贼！你是贼！"

"贼！"

"贼！"

"贼！"

…………

所有的喊"贼"声，都来自张小兰，之前她极力围堵的眼泪冲出重围，在她脸上横冲直撞。黑手义的出现，让她修筑的堤坝瞬间溃塌。张小兰把拳头奋力打在黑手义的胸口，沉闷地响，黑手义一声不哼。他能哼什么呢？张小兰说的，他只有接受。张小兰跳起来，双脚踩下，把本就有裂痕的水桶踩扁了。张小兰喊："贼！我爸已经死了！贼，你是贼，你把我爸还给我。他死了。你害死他了。贼，新街的人都来看啊，黑手义是一个贼。黑手贼，贼，看到你，我就想吐，我宁愿给红毛升摸奶，宁愿跟红毛升睡觉，也不愿看到你的贼脸。你怎么不去死呢？去南渡江啊？从新街去，不到五分钟，去跳水啊……"

张小兰话语恶毒气吞万里。

潘宏万见到黑手义几乎成了一根木头，他从没见过黑手义有过这样的神情。在他印象里，黑手义爱笑，爱喝番薯酒，爱嘲笑他爷爷老潘腰弯得跟虾一样……他把所有记忆中黑手义的表情搜寻出来，没一个能和眼前的人重合。

张小峰走到张小兰身后,他左手握拳、垂着,右手平放到张小兰肩膀上。犹如施了神奇的魔法,张小兰立即安静下来。张小兰回头时,脸上的泛滥洪水已被衣袖吸干,她的嘴角还带着笑,她牵着张小峰的左手手腕:"姐以后再给你买一只狗。"

张小峰说:"那只狗死了就死了,再买,也买不回来了。"

"我还是要买。"

"不买了。买来,再死了,不是又要心疼一次?"张小兰拍打张小峰的左手掌背,想把他掌心的沙灰拍掉。张小峰不愿松手,他紧紧握着石块,准备随时丢出,帮他姐姐解围。

张小兰把张小峰的手指一个一个掰开,才挖出了他掌心的石块。

"小峰,妈有没有跟你说回来过军坡节啊?"

"她说回。上次她回来,跟我说一定会回的,她还要看我的表演呢!我可是新街小学仪仗队的队员。她还跟我说,她想回来看琼戏,还让我到时候帮她拿凳子去戏台前占位。肯定会回的。"

"她要赶快回来才好,得让她再买个水桶,要不,都没水桶洗衣服了。"

…………

潘宏万想,一回家,爷爷会磨刀霍霍把他宰了,肯定会的,黑手义和爷爷关系那么好,会不把他准备摸女同学的事说出去?爷爷一发火,他能躲得了?顺着新街一路走,尽头就是新街小学。教室是哪一间和哪一间,没法辨认。旗杆上的红旗摘掉了,本来该在夏风中猎猎招展火热鲜红的地方,空出白白一块。一间房子的走廊里,有老师在指挥着学生排练仪仗队,潘宏万远远看着他们敲、打、吹,百无聊赖。半小时后,他看到张小峰手上拿着一个小号跑过来,加入排练的队伍。

张小峰举着小号:"呜……"

张小峰的吹号声让潘宏万很是怅然,远远看了一会儿,就躲开了。

潘宏万想，连新街小学都搞仪仗队了，今年军坡节的装军阵势一定很大，看来今年是要让中心小学和新街小学比一比，到底是哪所学校的仪仗队更加威风！潘宏万有些遗憾，在这一次装军中，镇中学没组织仪仗队，不然他可以报名试试，要是能参与，穿上那身光彩四溢的衣服，走在游行的队伍中，该是多么春风得意啊！往年的装军，他都围着看，他幻想过成为冼夫人麾下的一名将士，指挥千军……镇中学有个武术队，他倒是去报了名，但武术队的教练对红毛升十分不满，他跟红毛升的龙虎会走得有些近，也就被踢掉了。

回到家后，潘宏万久久没回过神，黑手义当时好像狠狠瞧过他，又好像没有。潘宏万想，以前有见过张小峰吗？好像没有。没有见过吗？怎么那么脸熟呢？是因为他很像他姐姐张小兰，所以才觉得熟吗？当然，张小峰和他姐姐，有着一样的脸廓，但那份熟悉感绝非来自张小兰，而是另外的人。

"我知道了！"潘宏万喊给自己听，"我知道了。"

他猛地想到，张小峰的脸，和黑手义竟惊人的相像。那是掩饰不住的血缘痕迹，从一代人，转移到下一代人，相似的容貌在流淌。潘宏万又骂自己笨，这又不是什么难得的发现，爷爷老潘早就跟家里人说过了，那个叫杨南的女人，是黑手义一个离家儿子的老婆——张小兰和张小峰，就是黑手义的孙女和孙子。孙子和爷爷长得像，有什么奇怪的？但爷爷没说清楚，为什么黑手义的这两个孙辈，是从省城海口回到镇上的；为什么他们单独租房住在新街，黑手义没把他们认进家门；为什么黑手义姓"许"，而他的孙女和孙子，却是姓"张"；为什么张小兰那么恨黑手义，一见到就情绪失控……

潘宏万想得脑袋隐隐发疼，针刺一般，真是……不该去新街的，怎么会去了呢?

"我怎么会去呢?而且还给黑手看到了。"

潘宏万专门挑了一只和张小兰那只一模一样的水桶,贵了点,口袋翻遍了也不够。杂货店老板问他要不要换另外一种颜色,比如白色,白色的,就便宜点。潘宏万摇头,他一定要那只红的。他让老板把红的搁好,他去找同学借来了钱,拎走红色水桶,拎着内疚和忐忑,心惊肉跳地跑进学校。夜色降临,他提着桶走到新街,等了好久,他才等到张小兰所住房子里的灯光灭去。

他蹑手蹑脚,把水桶放在门口。

为了避免别人顺走,他用绳子在水桶和门把上都打了死结。他没想到,这个死结也同时打进了他的心。走出很远,他还觉得那只红色水桶,是一团燃烧的火焰,装满他所有的愧疚和慕恋,装满他所有忐忑的心跳。

过去好多年,那团红色还在把他烧疼。他有时心想,或许当时应该选那只白色的,白色的,火就不会烧那么旺。

6

敲着牛皮鼓和铜锣把镇政府门口围起来的,是"抬公队"的人。

"抬公队"是七月初七装军队伍中的核心,主要负责抬着"五海公"等地方神,走在队伍的前头,引领后面所有的表演、游行。抬公队的活动,都听从"公首"的调配。每年军坡节活动的资金筹集,户籍在镇上的人，按人头交钱，也有一些外出赚到大钱的人自愿捐赠，而负责收钱、管理并对所有活动统筹的那个人，是谓"公首"。今年的公首，是镇上的首富的父亲。说是镇上的首富，其实除了过年过节回来露一下脸，他几乎都不住在镇上，他有生意在省城。一年多以前，他花了大钱，在瑞溪镇的菜市场前面买了一块很大的宅基地——这块地分属几个人，他以高于市场价三成的价钱买了，有一个无论多少钱都不愿意卖的，也在一些烂仔的威逼胁迫下把钱领了。转眼之间，菜市场前面竖立起一幢贴满瓷砖的四层楼。四层，可是镇上的高楼了，镇政府里的房子，最高不过三层。首富的父亲站在四楼的玻璃窗前环视着小镇破败、凌乱、泛灰的一间间矮房子时，志得意满。唯一一栋比首富家高的房子，是农业银行的五层楼。人们都传说首富中了新加坡白小姐的彩票。有人说首富家产好几百万，有说几千万，甚至有说几个亿的。他家里的人，都对此讳莫如深。一有钱，也就讲究了，首富家里时常有阴阳先生进出。阴阳先生是南渡江北岸的谭烈村人，原是个"石头爹"，也就是打石头的，因有高人传法，石头爹对五行术数了如指掌，能辨吉凶祸福。某个与石头爹关系好的人，问他首富发家的路数。他回答："做中。"听者再问下去，恍然大悟，明白首富其实是在省城当中间人。时值海南建省之后，房地产风起云涌，他专门为有钱没处投的人盘地，也为想出手田地的城郊人介绍买家，他收取百分之三的中介费，无论买家卖家赚还是亏，他的中间费一分少不得。起家之后，他开了一家公司，这家公司经营什么，石头爹也捉摸不透。镇上每年的军坡节，七月初六、初七、初八三晚，都要有通宵琼剧助兴的，而今年，首富一个人出钱请海南省琼剧团连唱两晚。首富说："本要捐三晚的，但，总要给别人机会嘛，一个人包了，不好。"首富的父亲牵头组织装军各项事宜最合适不过了，那帮小年轻敲鼓、打锣和抬着神明木身游行的路线，都是他定的。组织排练，他都尽量到场，注意每一个细节，尤其是队伍从菜市场左侧他的家门通过时，更是不能疏漏任何细节。一听到消息说，县政府已做出明确的决定，今年的瑞溪镇的军坡节装军节目务必取消，首富的父亲就把在镇中学操场排练的队伍拉到了镇政府门前，围堵住了。

镇政府有人出来了，问为什么围着门口？公首说，已经训练那么多天了，要是临时取消，会激起民愤。镇政府出来的人，公首都很熟，但他口袋鼓鼓腰板硬，说话底气足，恨不得往那些人脸上吐痰。镇政府的人解释说，这是县里的决定，镇上也没办法。公首则说，那你们想办法跟县里说一下，明年是明年的事，今年的要如期进行。公首说这话时，有些哽咽，他觉得自己担负着全镇人民的重托，担负着他们在这个节日的快乐和吉利，甚至担负着整个镇的兴衰。公首涌起一股豪情，心想无论如何也要坚持到底。县里不松口，他指挥着的抬公队，绝对不散。

两边你来我往，互不相让，也没法把话说得通。

围观的人把街道塞满，路过的车已全部熄火。

正僵持着，有人喊了一声："把政府那些贼打一顿。"

这句话像一滴水洒进烧热的油里，立即引起沸腾。原先大家多是围观、谈笑、喧哗与鼓掌，看那些政府的官员脖子饱胀青筋，现在却有参与的兴奋了。喊打声此起彼伏，此前认为取消也无所谓的人，也愤愤不平，是啊，我们装军不装军，关县里什么事？为什么要取消？要取消，不早点通知，钱交了花了，现在取消，不是笑话？不是把我们的钱丢进火里烧？坐办公室的猪头狗脑，每天看报纸喝茶就领钱，没事就抠着脚趾缝里的黑泥，叫盖个章还推来推去，不送几包烟绝不见红薯印，今天想取消，就取消了？不是把我们这些人当鸭子了，爱怎么赶就怎么赶？往日积累的不满情绪，在此时无限放大，一粒芝麻，也被放大成西瓜。场面山呼海啸。

公首开始还鼻孔朝天，看到群众渐渐涌动，眼看要把那几个政府的人给啃了，也慌了手脚，真的闹出什么事来，把罪名盖在他头上，那也不好担待。

"打，不打不行，那些贼子毛遛，打。"

"把他们皮剥了，当鼓敲。"

"捏死他，捏只蚂蚁一样。捏啊！"

"吃白饭的。打！你们打，我出力喊！"

"……"

…………

"谁喊打的？谁先喊的？"扔出这句话，蛤蟆二从政府院子跑出来，他双手一捞，把那些敲锣打鼓的人手中的棍子都收缴了。有人不愿交，他一巴掌就扇过去，噼啪，响声清脆。被打者眼睛一翻，蛤蟆二又是一巴掌："棍子！"就纷纷把棍子塞给他，他把棍子往镇政府院子里一丢。他的警服是起皱的，扣子也没扣上，带着一股霉味，站得近的人，或许还能看到他衣肩上一些蜘蛛丝——他套着警服，完全成了一个陌生人，大家都熟悉他穿着人字拖鞋，两只脚蹲在椅子上喝茶的形象。蛤蟆二竟穿警服了，这比曾德华穿上警服还让人惊奇。

锣鼓声停了，喊打声也渐趋熄灭。

蛤蟆二不屈不挠，不愿放过那个喊第一声的人："谁先喊的？拔你母，不是胆大吗，站出来！"凸起的蛤蟆眼从无数人脸上扫过，他的眼像带刺，被扫过的人都觉得疼，往后躲。

他的眼睛在一个人脸上定住了。

蛤蟆二蛤蟆一般扑过去，压在那人身上，左右挥拳，噗噗噗，灰尘四起。那人惨叫:"不是我,真不是我!不是我喊的。"蛤蟆二站起来,用脚踩住地上的人:"有你白粉华的地方,怎么会不是你?"

曾德华叫:"二哥,真不是我!"

"叫我哥?谁是你哥啊?拔你母,我哪是你哥?我的拳头是你哥的拳头吗?我裤裆里的鸟,是你哥哥的鸟?我是穿警服的,能有你一个吃白粉的弟弟?败我名声!找死。"蛤蟆二狠踢两脚。

"蛤蟆……"

"蛤蟆?这也是你叫的?"又是两脚。

"真不是我!"

"我听到了,就是你的声音!"

"你听错了,不是我!"

辩解无效,躺在地上的曾德华气恨交加,突然浑身发抖,手脚抽搐,眼睛翻白,鞋底在地上磨着,磨得人人都觉指甲发麻。

"不会吧!公祖降童了吗?军坡还没到,就降了?"有人说。

"降个屁孔,公祖会降童到吸毒仔身上?你的意思,是公祖也吸毒?你不知道曾德华是吸毒的?他是毒瘾发作了。"说这话的,见多识广,表示再发作一会儿,曾德华还会口吐白沫。很多人是第一次看到毒瘾发作的模样,备感新鲜。"只要不吸毒,就是好青年仔"这句话,就是在这一幕场景后在镇上流传起来的。

蛤蟆二有些紧张,他蹲下,靠在曾德华耳边悄声说:"我知道不是你喊的。但,我说是你,就是你,不是你也得是。不是,你也得给我认了。你回去吧,别装了。再装,你更吃亏……"曾德华望着蛤蟆二,眼睛蹿出两条火龙,这两条龙绕来绕去,最后落在公首身上。所有的事,都是因他而起,不就是他儿子会捞钱吗?他得什么意?带人来政府闹了,要是他不带人来,自己能被蛤蟆二打一阵?公首不敢看曾德华,自从儿子修建了镇上最豪华的房子后,他对那些贼子和吸毒仔的担惊受怕与日俱增,他害怕买到农药没洗净的菜,怕吃鱼会被鱼刺卡。曾德华甩出的两条火龙,引起了他的不安。

曾德华弯着腰,鼻涕流出,眼看要滴落了,一个吸气,又缩回,受冻一般,抖着钻进人群。

"还有谁喊打的?"蛤蟆二继续搜寻对手,对他来说,曾德华太好收拾了,每次过得憋屈了,就可以到曾德华身上找找自信和活力。

曾德华挨揍的下场,就是下一个接话人的下场,围观的都怕被蛤蟆二的蛤蟆眼扫上。蛤蟆二对站在门口发傻的几个镇领导喊话:"还站着?赶紧去给县里打电话,说要是取消装军,瑞溪的人就要把镇政府给烧了,看他们还要不要取消?那些拉屎不擦屁股的猪脑,问他们想不想看到被火烧光的瑞溪镇政府?拨你母,讲取消,就取消啊?谁要点火,我给他借火机!"

那几人反应过来,也没空计较蛤蟆二话粗,跑回院子找电话机。

一个半小时后,县里传来消息了:今年装军如期举行。但明年,肯定会取消。

出来宣布这个消息的,是此前一直躲着的镇长。他和镇上几个搞批发的老板在摸麻将,有人给他报告事态,他淡淡地说:"这事,你们想办法去吧。不是简单的事?还来问我?要真不懂,你们就借这件事多多锻炼处理紧急事件的能力。"手下的人给县里电话时,添油加醋,说双方冲突,已有五人受伤,再不改变决定,场面就要严重失控。收到消息的人,骑着车找了个把小时,才在县招待所里找到分管此事的县领导。县领导昨晚喝酒太多,还没睡醒,报告的人说,已经有十人受伤。县领导说,这么严重?他们就那么爱装军?那就让他们装去吧。当然,政府的决定是很严肃的,今年已经放松了,明年一定严肃处理,一定要取消。让瑞溪镇的人，不要抱着幻想了，明年的军坡就不要召集游街的事了。不来点硬的，县政府颜面何存？县里态度明朗后，麻将桌前的镇长淡淡地说："还是我出面吧，你们怎么办事的？以后还敢说是跟着我的？"镇长把一副烂牌推倒，其余三家是顾大局的人，也不追究。镇长走到大院门口，说："在我们镇政府的极力争取下，在县领导的亲切关怀下，今年的装军继续举行。当然，我很严肃地强调一点，明年，不可能了。这是底线，这是县里的最后底线，希望大家要记住。"

掌声如潮，抬公队的人用拳头让锣鼓响起来。镇长闪身回去，刚才出来太急，忘了今天赢了几局了，算得不是太清，可惜。不过，也罢了，作为一个政府的官员，为群众着想，为群众放弃个人的利益，不是很应该吗？他打一个响指，为自己感到光荣。

蛤蟆二觉得有些不过瘾，有些失落，有些被镇长抢了风头的遗憾，他把警服甩在肩上，走到公首面前，咬牙切齿地说："你儿子有两个钱了，放在口袋里咬你的身了？你不得了是吧？你厉害了是吧？带头来政府闹事？你儿子再有钱，也有丢光的时候。刚才看到没有，吸毒仔，已经放眼看你了，回家，要看好你放钱的抽屉哦！把钱锁好，别让吸毒仔找到了。"镇定的公首慌了手脚。准备当公首之前，他问过石头爹的意见，石头爹说："出钱可以，越多越好，但公首，你最好别当。"当时他还怪石头爹没远见，捐了钱了，这个头不当也得当，不出来压压场怎么行？照现在的情况看来，石头爹说的是对的，他得赶紧回去，让大孙子骑摩托车载他过南渡江北岸去，问问石头爹是不是还可以补救。他还想，经过江边的木桥时，一定要下来走路，骑摩托车，在木桥上摇晃，还有风吹，多危险啊。走路才保险。

公首自儿子发达后患上的疑心病，从此时开始骤然加重，一直到他三年后过世。

7

在镇政府门口发生的事,老潘看在眼里,却没多少心思去理。

他刚刚从镇中学的那间日本楼过来——他想去那楼里看看到底丢了什么,可什么也没寻着。

那间日本人建的房子风格奇特,有的说是炮楼,也有说是日本人办公的地方,已荒废多年,目前被镇中学一个教音乐的老师当柴房用了。房子的骨架完整,风和雨暂时毁不了它。日本楼背靠下村岭,岭不高,却是一处绝好的风水地,因而埋了无数的坟墓。岭的最北角,与朝东流淌的南渡江呈九十度角垂直,江水浩荡不息,带水汽的风直逼岭上,让人脚底发凉。江水流过,人们在岸上生活,洒下笑声和哀鸣,可他们也是在水里生活,南渡江缓缓流淌,带走流水,也带走岸上人的目光和呼吸。岭的最北角原是郁郁葱葱之地,清乾隆年间,岭角正对的南渡江北岸的夏寮村有一名唤吴缵姬的考中进士,是澄迈县历史上仅有的三进士之一。揭榜之日,下村岭亦欢喜感应,岭角轰然崩塌了一块,灰黄色的土直逼眼睛。岭下的小墟,改名"崩溪";后来的某一年,有人觉得"崩溪"不吉利,斟酌良久,改成"瑞溪"。新中国成立前,下村岭上有日本人的哨岗,哨岗一把枪,整个瑞溪人就服服帖帖了。岗哨早已在坟地的疯长和岁月的消磨中不留痕迹,剩下这间用途不明的砖房坚挺顽固,是一段耻辱的见证。

老潘一直挂心着这间房,就找来了。穿过浓浓树荫,走到楼前,老潘不敢进去看，破门里透出一股幽深，即使白天，也有种森森阴气。他想进去看看，又没敢跨步。看了好一阵，他犹豫着，还是转身离开了。一离开，他又后悔没有进那间日本楼了，走着走着，脑子却一晕，猛地走到小镇的北边，看了看那流淌不息的南渡江。他再也不能平静下来，耳边的"呜呜"声渐变轰鸣，几乎把他淹没，他又觉得心口挤压和憋闷了。

他站在人群里看抬公队包围镇政府门口，有些心烦，只瞧两眼，他便钻进空空茶馆里。对于装军，老潘既不很赞同，也不反对，人家要装，他就站出来看，要取消了，是不太热闹，却也说不上有什么坏。

小孙子潘宏亿却对装军很在乎。

抬公队包围镇政府门口，装军取消的消息传到镇小学仪仗队，有些队员感觉委屈，淅沥沥哭出声。潘宏亿原本不是太在意，也被那氛围影响，眼圈泛红。渐渐地，他想，是啊，都练那么久了，现在取消，是什么道理？委屈顿时放大，他的哭声盖过了所有同学的总和。回到家后，潘宏亿一直拍着胸口，说幸好最后时刻又同意装军了，要不，他不白练了？他想象过多次的行军场面，不是成泡影了？

他很得意，心想，要不是我哭一场，人家会再次同意装军吗？肯定不会，都是我的功劳啊。

8

黑手义想，我是唯一一个害怕过军坡节的人了吧？

人群朝镇政府门口流动,他干脆退回房间里,把门也闭紧,还是挡不住声音。他想,看来今年军坡节,是真的要去别的地方过了。更早些时候,他不是这样的,他以前酷爱过节,刚过完元宵已经在期盼下一年的大年三十。节日的重要,不仅仅意味着热闹起来的村子和肥美的鸡鸭,还有时刻响起的鞭炮,村人脸上难得一见的笑容与慷慨……当然,还有各种节日里需要遵守的禁忌,更重要的,亲朋好友,都能吃到他亲自下厨弄出的可口饭菜。

他能不喜欢过节?

那是搬到镇上的第三年七月初七,黑手义记得很清楚,是第三年。那时老潘还在村里,而黑手义店里的生意在日渐变好。军坡节当日,他接待了一拨又一拨的亲戚朋友,家里已经摆到第六桌了,眼看准备的吃食快要不够,黑手义喊来二儿子:"赶紧,再去买菜买肉。"一年里所有的日子都勒紧腰带,也不能在军坡这一天让前来吃食的人不尽兴。人家上门来,那不是给你面子吗?在今天,随便去哪一家没有吃的?

第八桌的肉菜摆上后,临近下午,街上人来人往,很多人已往戏台而去,黑手义终于可以靠着门歇一会儿了。他整整一天都在厨房里熏着,吃盐都尝不出咸淡了。他点燃烟抽了几口后,第一次撒烟灰时,他看到了那个衣服笔挺的人,衣服笔挺,但藏不住衣角好几处洗得发黄的机油污。烟头已经没有烟灰,黑手义的手还在抖着,把整根烟都抖掉了。

黑手义抬起头看第二遍时,就确认了,来人是他的儿子。

"你是黑手爹。"

"是。你是?"

"张孟杰。"

姓张？那就没错了，跟了他母亲的姓。黑手义在张孟杰的脸上看到自己的脸，也看到另一张不愿想起的脸。那张脸多年以前离开他时，对他满怀绝望与悲戚。她跳进村里的池塘，水太浅，淹不死，吃了一肚子黄水，只惹出村人的一番劝慰和笑话，之后不久，她就走了。在一个结婚了就是一辈子的年代里，他和她是整个大队第一对离婚的夫妻。老潘从那时起就笑话他："你都敢和老婆'脱离'，还怕什么？"是啊，还怕什么？黑手义之后的无所畏惧，来自和她"脱离"后的无所谓。还有什么大不了的呢？从那时起，他就再也没见过她，当然听过一些关于她的事，有说她之后又嫁了两个人的，有说她一直就一个人过，他都信，也都不信。

张孟杰说："我找你，有事。"

"我知道。"没有事，他能找回来吗？张孟杰说话时，几乎就是她说话，几乎就是她的欢喜和悲伤。黑手义有些恍惚。

"有两件事。"

"来了，先吃饭吧。"

"不吃了。"

"吃吧！"

"话不讲完，我吃不下。"

"那就不吃。先回村里看看。"

黑手义让二儿媳跑出去买香烛鞭炮。他不知道自己为什么要叫儿媳去买炮仗，这是他第一反应。看到张孟杰了，他就想起了祖屋。黑手义两个儿子眼睛都直瞪着，黑手义的老婆眼带愤怒，能把黑手义整个吞下去，不吐骨头和毛发。他们都知道黑手义以前有过老婆，也隐约知道黑手义的前老婆生过一个男的，却没人见过——连黑手义也没见过——可他儿子在七月初七这一天出现了。张孟杰说："本来我早就该回来了,也不敢乱回,听说是要择好日子才可以。问了公祖,选了今天,说是镇上'五海公'的诞辰,大日子,回来吉利。我就选了今天。"

"先跟我回村里吧。"

回,就回吧!张孟杰需要的,不就是黑手义带他回去吗?黑手义随口的一句话,点燃了他老婆的怒火,更让两个儿子坐立难安。

都沉默着,说什么呢?没什么好说,那就笑吧,笑了,就显得客气了,就不会错。

黑手义带着张孟杰回到村里,鸡和饭在八仙桌上摆好。天已很黑了,尤其是祖屋,弥漫在一股化不开的黑沉里。张孟杰犹豫了半个小时,没进去,站在门口点了一根烟,这间祖屋和他有关吗?没有关吗?要不要进去?要不要在对自己来说完全陌生的牌位面前作揖与祈祷?要不要恭祝他们佑护母亲、自己、老婆和儿女?黑手义没强求他,一个人进去祭了祖,说了一些他以为从来不会说的话。其实,黑手义很害怕张孟杰跟着进去,他甚至后悔带他回来看祖屋。黑手义几乎是被一股力扯着这么做,内心排斥,却只能这么做。祖屋,是给外人看的吗?祖屋,是能给外姓人进的吗?他可是姓"张",随了他母亲姓。

鞭炮点燃,噼啪破碎,返回镇上。

镇上流光溢彩,是一年中最光芒四射的夜晚。

回到镇上饭店里,一家人等着两人,一言不发。

坐下后,张孟杰开门见山:"第一件事,我这一次是回来认祖。我想知道,我到底能不能上你们许氏家谱?"许?黑手义心里一震,想起自己在谱上的名字,是许昌义。

"上你妈的屁孔!"说这话的,是黑手义的二儿子许召才。

黑手义一动不动。

"第二件，我想带黑手爹去看看我妈！"

"好笑！看什么看？有什么好看？都多少年了，火灰还要再起火吗？要烧山吗？"黑手义的老婆说了这句话，顺便给了黑手义一个耳光。

黑手义一动不动。

二儿媳在这凝重的氛围里憋得不行，说："我去戏台看戏，琼戏开始了，我爱看。"

大儿媳说："阿珍她们打麻将了，我去看看。"

两人借机走开。

"就这两件事，答应不答应，都很简单的。我等着。"张孟杰把话给拐回来，免得话头迷路在外，越拐越远。

每个人都在等着黑手义回话，他两个儿媳其实在店门外躲着，竖耳倾听。黑手义能说什么呢？所有的眼光都在他身上，能把他烧起来了。后来回想起，他无法想象那种浑身发痒，恨不得把皮剥下来的难受……更后面？更后面的事，黑手义更不愿回想，当然，他时时都在回想，尤其是临近七月初七军坡节时。实在回避不了，他就让事情在回想中一闪而过，以最快的速度闪过。沉迷于细节，让他撕心裂肺。是他大儿子许召文还是二儿子许召才给张孟杰先丢了碗筷呢？反正也说不清了，后来召才倒是承认先动的手，可他明明看到召文先给二儿子使了眼色，他也看到了召文用筷子敲着饭碗。

饭桌乱成了一团。

没有出去看戏的亲戚和朋友都上来劝架，就更乱了。场面是如何失控，又如何变成二十多人的混战的，黑手义实在是不清楚，也不愿想清楚。每次回想，他都强迫跳过这一幅画面……跳过，跳过，跳过……跳到蛤蟆二出现。派出所的蛤蟆二带人过来劝架，被打掉了两颗牙。蛤蟆二说话就是从那晚开始漏风的，他也渐渐不管不顾个人形象，皮肉松垮，流里流气。最后，蛤蟆二扶着满头是血的张孟杰离开黑手义家。是谁的血，已难分辨，混战的人都带着血色。黑手义的两个儿子、老婆，也有，掉了两颗牙的蛤蟆二也有。

那是黑手义第一次也是最后一次见到张孟杰。他想，那，才是他的大儿子，可他没姓"许"，姓"张"。

黑手义用沉默和旁观阻止了张孟杰认祖归宗。

黑手义家的谱，终于没在略显空白处，填写上那三个期待着被填写的字：

"许——召——杰。"

该填上这三个字的地方，空着……

空着，泛白突兀，刺人眼睛。

再次听到张孟杰的消息，是张孟杰的老婆杨南带着两个孩子张小兰、张小峰回到瑞溪镇之后。杨南多次来找黑手义，让黑手义看在那两个孩子是他孙女孙子的情分上，给他们的生活施以援手。不仅仅是生活，杨南直接托出底盘，两个小孩的读书的钱，黑手义怎么也得出一个，她一个女人，真的撑不下去了。从杨南的话里，黑手义得知，张孟杰已经过世，张孟杰的母亲——他的前妻，也不在了。杨南在黑手义面前低声下气时，张小峰站在门口，垂着手，神情慌张可怜兮兮，被街上的热风吹出一阵阵汗。黑手义不敢细看张小峰，也不敢看杨南，他在砧板上摆上两瓣蒜头半截姜，用手腕狠狠地拍刀，蒜头碎了姜扁了，气味扑鼻，呛眼睛。

杨南转身，在门外给张小峰擦了擦汗。

黑手义对军坡节的忐忑，变得更深，也更难以释怀。

杨南租来的房子在新街，离新街私立小学很近，黑手义在愧疚难忍时，曾去新街远远看着张小兰和张小峰。他不能走近，一走近就能引起张小兰的沸腾和爆炸。只要张小兰看到他在新街出现，到了晚上，他的店门肯定会被石头砸，乒乓、乒乓。知道是张小兰丢的，他又能如何呢？张小兰天不怕地不怕，对他怀恨入骨，他又能如何？张小兰，是流着他的血的孙女。黑手义去新街，家里反应最激烈的是他老婆，摔三个碗两个调羹，那是情绪好的时候，碰上揪心头痛，她还会把烧好的菜，整锅倒掉。

几天前，老潘的孙子潘宏万跟同学要去摸张小兰胸，他也是暗中瞧了好久才冒头。怎么说张小兰也是他的孙女，他能眼睁睁看着她被那些烂仔侮辱？那晚，门没被丢石头，可他老婆砸扁了一口铝锅。

他有好几回想和老潘说说潘宏万，话到口边，都出了舌头了，还是被嘴唇塞回去。

老潘以为黑手义说话结巴了。

……锣鼓队包围着镇政府门口，让黑手义脑袋膨胀，让他眼前冒光，一亮又一黑，一黑又一亮。无论门关得多紧，喧闹的声音，总是循着缝隙钻进来。

他想，谁都觉得军坡热闹，只有我，是怕的吧？

9

黑鬼的房间，在镇农业银行的五楼，全镇最高的地方。

张小兰从玻璃窗看出去，下面的人好小。张小兰在省城长大，见过的高楼数不胜数，但在省城里，即使是十楼，看起来也没这里的五楼高。黑鬼的父亲之前是在三亚农业银行当领导，后来关系调动，回到澄迈县农业银行当副行长,在他退休前,把他高中毕业的儿子黑鬼塞进了瑞溪镇农业银行工作。这是一套两房两厅的房,银行给他住,却不属于他。银行其他员工都觉得五楼太高,离地远,住人不好,而他年轻,正是好高骛远的年纪,对这房间是很喜欢的。因为喜欢,就布置得很好,他买了一台尺寸很大的日本电视机,买了一台播放镭射的机器,买了一台录像机,买了一台款式少见的录音机和大批磁带,还买了一台小霸王学习机,能连接电视打游戏。他还通过某个香港的亲戚,买了几套香港版的金庸小说。但因为是一个人住,电视机有灰了,磁带塞在一个纸箱角,录音机开的时候也不多,那些港版书,早就丢得七零八落了。

张小兰说不清和黑鬼是怎么认识的了,是学校里那伙男生围向自己的时候吗?她有力气,也有胆量,可毕竟比不过男生,何况对方又有四五个人……一根挥舞的木棍打散了几个男生……这个在镇农业银行上班的黑鬼出现在她面前。黑鬼时常骑着摩托车到新街找她,她没坐过几次——但终归是坐过的。下雨天,泥泞的街面让人无处落脚,她就坐了,在车后座撑着伞。张小兰有时觉得黑鬼在同学侵扰时出现的事并没有真正发生过——两人的认识或许太平淡无奇了,平淡得她都遗忘了,平淡得她要自我虚构出一个显得曲折的开头,好让自己觉得不那么乏味和单调。

——可两人终究是认识了。

黑鬼是她在这个镇上认识的为数不多的几个人之一。

初三升学考试,她就考了一科语文,数学和英语她都没进考场。为了下定决心,考完语文后,她把准考证丢进火炉。她看不起母亲杨南,竟然去求黑心的黑手义。黑手义那个人,值得低三下四吗?父亲张孟杰死后,她所有的恨,都在黑手义身上,母亲竟然求黑手义出钱给她读书,她干脆断了后路,不读了。杨南好几次带着弟弟张小峰去黑手义的店里,现在好了,她不考了,不去读高中或中专了,只剩下弟弟读书,母亲应该供得起了吧?暑假开始后,班上的同学,大多都领到各个高中、中专、中师的录取通知书了,她不敢听这些消息。

杨南回来送伙食费,会问到她考试成绩出来没有。

她说,还没。

还没。

还没。

她只能这么说。

她已经好几次来黑鬼的宿舍看录像了。黑鬼对她还算是尊重,她要走,绝不强留,也没对她动手动脚。张小兰有些恍惚,她一直趴在玻璃窗那里看着楼下的一切。那么多人在镇政府门口聚集又分开,那么高,听不到下面在闹什么,只能看到一片黑压压的人头。

黑鬼早就跑下去看热闹了。

人散之后,他就上来,哇哇哇地叫着:"哈哈哈,过瘾,白粉华被蛤蟆二打得真惨啊。"张小兰回过神来:"我要回去了,今天轮到我煮饭了,我弟还在仪仗队练吹喇叭呢!"

"要回去了吗?"

"要回去了。"

"我下楼推摩托车送你回去。"

"不用了。"张小兰很沮丧,刚才那一片黑压压的头顶让她觉得沮丧。

她甚至不想见任何人了,她更想不清到底为什么要到黑鬼房里来,又不是他什么人,为什么要来?来了,也没什么事做。黑鬼租了两部香港的电视剧,几十盘录像带,一部叫《日月神剑》,一部叫《血玺金刀》，闹腾腾的，再搞笑，也没让她笑出来。那个小霸王学习机里的游戏，她不会打。把磁带放到录音机里，是一个叫许冠杰的人在唱粤语歌，唧唧哼哼，唱的是什么？

——这算是什么呢？她讨厌自己。张小峰说过好几次，讨厌看到她和黑鬼在一起。她说她没跟黑鬼一起，可，都跑到人家家里来了，说没有什么，谁信？

七月初七快到了，在这个镇上，在镇上的这个节日，她不能不想起父亲，不能不想起他衣服上的油污，不能不想起他在省城那家窄小的修车铺，不能不想起他用胡子扎她时的麻痒。她当然更想起父亲在时，她是一个温柔而羞涩的女孩。她更忘不了那个把全家人的一切都带走的时刻：一阵急促的喘气后，父亲在一瞬间获得了满足，目光混沌——有一阵光从眼睛中射出，带走魂灵和生气——父亲闭眼的那晚有下雨吗？好像并没有，可母亲杨南淅沥的泪水，是一阵未曾停歇的密雨，是雨后泛滥的水灾，淹没了她姐弟好几年，今后恐怕还会继续淹下去。

父亲离开之后，她变得暴戾而尖刻。

父亲带走了一些东西，说不清是什么，但真的是少了，生生地、狠狠地，很重的一大块——能放到秤上来称出的一大块。从五楼的玻璃窗往下面看那片黑压压的波浪时，隐约能听到锣鼓的敲打。她多想那张熟悉的脸从锣鼓声中显露而清晰，她多想那机油味继续在鼻子里钻，她多希望以前被胡子扎的地方开始痒，或者，疼。

母亲就要回镇上过军坡了，该怎么把没参加中考的事跟她说呢？

"爸，我要跟妈怎么说？"

10

潘宏万走进家门，迎头一个人扑过来，把他推倒在地，绳子就捆上了。绳子本是捆羊的，溅射了羊血，有着浓郁的羊膻，潘宏万觉得自己成了待宰的羊。完了，黑手肯定把自己要摸张小兰的事告诉爷爷了，潘宏万想，我怎么也得咒两声才解恨！他喊："那个黑手，黑手，黑手怎么不去死啊？他说什么说？"给绳子打结的潘江扇了他两巴掌，说："关黑手爹什么事？"潘宏万叫起来："不是他，还有谁？不是他，你绑我干吗？"潘江扇得不重，但也足以让潘宏万的脸颊发烧变红。老潘坐在椅子上，一甩手，丢过来一本书，又一甩手，又是一本书："你看看，怎么回事？"潘江把绳子的结越勒越紧，潘宏万把脸凑近那本书时，看清了封面上两个人的刀剑挥舞，是武侠小说《边城浪子》的上下册。

"我没偷。"潘宏万辩解。

"我说你偷了吗？我只是叫你看看。"老潘的脸泼了墨。

潘江一拳头挥过去，潘宏万的胸口发出闷闷的一声。

潘江说："那天晚上赶贼还赶得那么出力，想不到你自己也做贼吧？"潘宏万又叫起来："不是我！我没偷，书不是我偷的。"陈梅香从后院冲过来："还没问清楚就打，他是我儿子，我身上掉下的肉，你不心疼我心疼！"陈梅香伸手给潘宏万松绑，潘江把她一推："他偷东西……"潘宏万喊："不是我偷的，不是我！"老潘说："租书店的老板说了，他正在卖毛笔，有几个人就从租书架边出门了，他也没在意，等到去查书架,才发现少了几本书。店主认识你,说你经常去租书,就来问我,我到你床头一翻,就翻出这两本书。这不是租的,上面没写租条,不是你偷的,是谁?"

潘宏万说:"同学借给我的,不是我偷的。"

"哪个同学?"老潘趁热打铁。

潘宏万嘴唇一动,一个名字要冲出口,却又压住了,他一转口:"反正,是我同学,我不会跟你说是谁。我说了,你会告诉店老板,叫蛤蟆二去抓他!"潘江闷着,不出声,一拳又要打过去,陈梅香把他的手一掰:"宏万都说了不是他,你还想怎么样?你儿子不是贼,你偏要把他逼成贼是吧?刚才我叫你不要给那瘦竹竿赔钱,你偏要赔!你赔了,你儿子不是贼也被说成贼了!"潘江说:"他说不是,你就信了?不是他偷,还有谁?你让他讲出个人名来?讲不出来,贼就是他!不赔人家钱?书在他床上搜出来的。最好让半脑运也写张纸贴一贴,你儿子就光荣了!"

"到底是谁给你的书,你说啊。"陈梅香逼潘宏万招供。

潘宏万反而镇定下来了,他心中确实委屈,但让他把借他这两本书的人给供出来,那就太没义气了——关键是,红毛升会开除他,上次没摸到张小兰,已让红毛升瞧不起了。潘宏万把零花钱省下来,请红毛升吃了三个晚上消夜,才同意他入龙虎会,现在把红毛升供出去,不是要和龙虎会决裂?潘宏万说:"要绑就绑!"潘江一拳打在木门上,捡起绳子一扯,把潘宏万拎往后院。

陈梅香大惊失色:"你要干吗?"

潘江说:"把他绑在柱子上,谁都不准松。他不说,可以,不说就不给他松绑,不给他吃饭。我看他能忍多久。"

"宏万都说了,不是他。"陈梅香扑过去翻找绳结,潘江手一扯绳子，陈梅香摔在地上，呜呜呜地哭起来。一哭，咒骂的话就滔滔不绝，时而直接有力呼号尖叫，时而拐弯抹角指桑骂槐，绝不重复枯燥，富有煽动力和战斗性。潘江听得烦躁，绑好潘宏万后，从圈里牵出一只羊，绑好四蹄，手起刀落，把羊血给放了。潘宏万毛骨悚然，刀子捅进羊脖子，血射成一条线，像是要抹他脖子的预演。潘宏万脖子一凉："妈！妈！真不是我偷的。"潘江手起刀落，圈里的几只羊看到被牵出的那只已经喷出腥热浓郁的血，在圈里撞着，哼哼地喘着粗气。

潘江的愣脾气爆发了，就跟鬼上身一样，怎么求都没用了。只有老潘才能在他额头贴符条，把他镇住。陈梅香到前屋来，央求说："兄，宏万都说了，不是他！把他松了吧！"这一带的人，常把"父"叫成"兄"，有着把古话"长兄为父"反过来说的怪异。

"兄"沉思好一会儿，起身到后院解绳子。

刮羊毛的刀一丢，潘江说："兄，别纵容他了！"

"他芝麻胆子，我谅他还不敢当贼。偷书的，不是他。"

"阿公，真不是我，还是你信我。我爸，哼，哈！"

老潘话锋一转："借你书的，是不是红毛升那个小贼头？"

潘宏万本能地要反驳，卡死的神情泄露了答案。

"以后你再跟红毛升混，我把你的腿折了插进屁孔里。"绳子落地，老潘拍拍手。

陈梅香上去给潘宏万拍身上的灰。

"我跟谁玩也要管！你还跟歪嘴昆一起喝酒呢！准你跟歪嘴相好，就不准我跟他儿子交朋友？你是不是还要管我拉屎，是不是还要管我怎么擦屁股？"

老潘冷冷道："不管？再不管，再不管，你就要生翅飞天啦！我问你，你跟那小贼头去新街做什么去了？你是不是想我一条一条跟你算？"

一根针刺破轮胎，潘宏万泄了气，看来黑手义不但手黑，心也黑啊，他到底还是把话通给爷爷了啊。

"你别在心里骂黑手公了，不是他跟我说的。"

"兄，他去新街做了什么？"潘江和陈梅香齐声问。潘江是要揪出一条打潘宏万的理由，陈梅香是禁不住内心的好奇。

潘宏万暗暗叫苦，挨一顿打，看来是错不过了，那不如快点来吧。

"不是什么事，反正不是好事。他也吃了亏了，要是他继续皮厚，谁也救不了他。"

潘宏万睁开眼时，老潘已经走出去。

他跑到门外，见爷爷把那两本武侠小说夹在腋下，步子很轻，又很重。七步街下午的车不多，夏天的热气犹如黏稠的蜂蜜，凝滞在街心巷口，老潘每走一步，都带着一股灰尘向前。潘宏万心想，努力了好些时间才加入的龙虎会，肯定要和自己决裂了。

老潘拎着那两本书去还给了瘦竹竿，说："这不是我孙子偷的，他借的，至于是谁，他不敢跟我说，怕人家打他。那个贼，你能抓到就抓到，抓不到，不能怪在我孙子头上。"瘦竹竿说："那是，那是，我也不信是宏万，我也不信。"

两天后，瘦竹竿抓到了红毛升，当时他正把一本古龙的《七星龙王》往怀里塞，就被瘦竹竿钳住了手……后面，就是歪嘴昆一手拎着猪后腿一手扯着他儿子到了租书店里，向瘦竹竿赔罪。歪嘴昆把猪腿往桌上一扔，全是油。

红毛升不说话，歪嘴昆就一巴掌过去；说话声音小了，歪嘴昆还是一巴掌过去。

歪嘴昆说，他是瑞溪新街私立小学的校董了，他虽不上讲台讲课，可要是自己的儿子当贼，他还有什么脸当校董？瘦竹竿说，算啦，算啦，一本烂书。歪嘴昆把猪腿拎起又摔下，你的书烂，我的人不烂。今天，我带他来了，以后你的书再丢，不管偷的人是谁，你就来找我，我十倍赔给你，赔不起我就把这烂仔的皮剥了给你。

红毛升看着瘦竹竿，眼里在喷火："那两本书是谁给你的？"

红毛升手指的方向，是老潘还回来的那两册《边城浪子》。

歪嘴昆回头又是一巴掌："你不知道丑？还有脸问？你偷了，被人抓现行了，还问？"

潘宏万不确定老潘去找的是歪嘴昆还是租书店的瘦竹竿，他不敢出门。他总觉得，对面大肚成的修车店里，有人躲着等他出现。忍了两天，潘宏万出门了，他去找了好几个红毛升经常出现的地方：电子铺、赌金钱葫芦的地方，当然，还有木桥。歪嘴昆的儿子爱玩电子游戏，一块币三条命的游戏，他能打通关；赌金钱葫芦，当然也是他拿手的，秘诀就是只押金钱与葫芦，对鱼、虾、青蛙和螃蟹这四种图案完全置之不理；而他要去木桥，是在那边挖坡马卖给泡酒的人——坡马酒壮阳，镇上人都知道。

潘宏万在木桥边寻了许久。

木桥是连接南渡江南北两岸的唯一通道。南渡江南边是瑞溪镇，北岸有很多大村和金安农场，往来人多，北岸夏寮村村民集资修了一座叫"便民桥"的木桥。每次暴雨发水，木桥都会被冲毁，需要修护费，夏寮村在桥边设了一个收费点，得买路才能过河。木桥旁边的沙地有坡马出没，到了夜里，还是一些年轻人聚集的场所。潘宏万听说，很多爱玩的年轻男女，晚上没地方去，就爱到木桥附近的茅草边约会。起先只是少部分人去，后来有一些附近村子的年轻人也来，那里就热闹了。为避免互相打扰，约会的人带一个手电筒，在茅草间打开，告诉后来的人，不要靠光束太近。

潘宏万想加入龙虎会，很大程度上，就缘于他想让红毛升带带他。镇上的生活乏味枯燥，每个青年人都喜欢读武侠小说，喜欢看香港传过来的武打片，红毛升成立了龙虎会，在同学之中耀武扬威，让潘宏万很羡慕。

潘宏万是在菜市场前面遇到红毛升的，他带着两个小弟，正看人家搭戏台。戏台就在首富家的门前。

潘宏万凑上去："老大。"

红毛升不回话，狠狠地推了推潘宏万的胸口。潘宏万几个趔趄，两个小弟扑过来，抬脚就踢。红毛升叫道："走啦！走啦！不要踢这块烂屎了。"他昂着头走过去，哼哼哼几声，往地上吐出两口唾沫："汉奸，汉奸啊！"一个小弟说："是汉奸。竟出卖老大。想跟我们玩的时候，话讲得多好听。哈，连女的奶都不敢摸，老大借书给他看，他还去告发。不是人啊。怪我们眼生屎，看错人。"红毛升说："哈，他想我打他呢？我懒得动他，这种人，摸一下，臭一下，我还不如留着我的手去摸奶。今晚，我带你们去木桥那儿，有个女的，真是过瘾，能让你们摸到手软。你们两个，多带几块电池，不然晚上手电筒又亮不起来了。昨晚那么黑，害我踩到猪屎。"

潘宏万爬起来，看了一会儿戏班搭台。他想，军坡节真的要到了，往年这个时候是最高兴的，今年为什么这么沮丧呢？脖子要自动往后扭，他要强行摁住，才能把注意力集中在搭台人身上。

潘宏万望向木桥的方向，江岸边那段茅草起伏的地方，多么适合他跟张小兰去啊。两人钻进茅草，打开手电筒，让光束射向天空，茅草下该是多么激动人心？可他只能想想了，他看到了张小兰出入黑鬼的家。

他只见过一次。但有了一次，不就有很多次吗？

张小兰也是，怎么跟那个黑鬼呢？

亏我还送你一个水桶，亏我……知道吗？我跟红毛升决裂了，可你，怎么能对不起我呢？

11

七月初六晚，搭建的戏台已经在上演省琼剧团的《五女拜寿》，老潘顺着人流，拥挤在戏台前。

琼剧开演，需要把神招来，一起看戏，主持招神仪式的人，叫"师傅公"。由于跟首富家关系密切，这一次的师傅公，当然就是石头爹。五海公、黄大将军、林大将军、关二爷等等，神明的木身已摆在祭坛之上，远远对着戏台正中央。石头爹在戏台上，主持种种仪式。神明的祭坛前，有很多人祭拜，香烛缭绕纸钱正烧，有人默念着，在祭坛前求签，求学、求财、求婚姻的都有，摇出一根签来，就到祭坛边上找神情若仙的师傅公求解。

老潘随着人流挤在戏台前，正碰上师傅公登上戏台请神看戏，求神保佑全镇人平安喜乐；接着，是燃放烟花和鞭炮。每年，烟花从何地燃起，是人们猜测的焦点，但不到最后一刻，也没人能猜得到——今年就容易了，白痴都知道烟花肯定从首富家的楼顶射飞。不负众望，烟花果然从四楼楼顶飞升而上，闪耀夜空。烟花之后，是公首上戏台撒钱,这是镇上小孩最兴奋的时候,戏台前面欢呼一片,拥着挤着争抢着台上撒下来的纸币。在以往,这些钱是从收上去的人头费里发的,而今年,由首富包了。据说,这钱已经被神摸过,捡到者会吉利发财。不仅小孩子在争抢着撒下来的纸币,坐在前边的老头老太也不落人后。

老潘看到发钱时就往人群外走。他觉得撒钱者脸上充满了恩赐与布施,而抢钱者,尤其是那些活了几十岁的,弯腰捡钱了,还能抬起头来做人?

熙攘的人已在议论:"布拉起来了,布拉起来了!演了,演了!"

"看看今夜的生角怎么样,去年的初八晚上的那位,不行,太瘦。"

"去年的生角不行,可旦角好啊,多好啊,脸能滴出水来,跟苹果一样,看了都想咬一口,甜啊,甜!太漂亮了!"

…………

摩肩接踵中,老潘猛地焦热起来,眼前的情形,太熟悉了,熟悉得挠着他的心。想了好久,他才想起,熟悉感来自早已过世的老伴。往年的军坡节,是老伴最期待的节日,她爱看琼剧,七月初六、七月初七和七月初八三晚,她早早拎着靠背椅来戏台前,等着观众越来越多,等着戏的开演和落幕。在看戏的几个小时中,她不上厕所,不多说话,台上的一举一动,都不放过。一想到老伴,脑子就轰隆轰隆鸣叫。他想起了老伴,却记不起她的脸了。老伴前年走出房门时,脚一绊,摔倒在门边,之后,潘宏萍的老公,老潘当乡村医生的孙女婿多次来打针开药,也没能救回老伴的命。老潘想,我一直想不起是什么事在纠缠我,现在是不是想清楚了,纠缠我的,就是连脸都想不起的老伴?

老伴过世后,是画了像的,挂在老潘房里的墙上。但他完全忽略了,好像墙上并没有这么一张画,要不为何他从半夜惊醒,往墙上看时,只看到一片晃晃的灰白?回到房间,开着灯,看着墙上的画像,是一个陌生人。

画里的人,真的就是老伴?

回来过军坡节的人,都不顾夜里闷热,全都涌上小镇的街巷。街边摆出很多小吃摊,也摆出很多卖小玩意的摊位,平时不舍得花钱的,在此时也是很大方的,看到喜欢的,不大犹豫,就掏钱了。

戏台是焦点,已被一层一层包围。

想离开戏台的老潘被拥堵在人群里,无法迈步。

声音稍微停歇一点后,爆发出一阵锣鼓笙箫的合奏。

戏开演了。

外面时不时传来鞭炮或烟花的炸响,老潘一直没睡好。他后半夜就起来了,和儿子潘江闷着头,在强烈的灯光下宰羊。因为军坡节,镇上预定了羊肉的人,比平常多了好多倍。他们家的后院,过一会儿就有一阵羊的呻吟响起。

过一会儿又有一阵。

"我要去学校了。"

"现在才早上三点多,到处都是黑的,都是鬼,去学校,哪有人?"

"我要去学校了!"

"还没到四点半呢!"

"我要去学校化装啦!"

"刚刚五点。"

"那我去了,到学校就有五点半了。"

…………

潘宏亿攥紧小号，过一会儿就睁着大眼走进后院问一声，老潘劝也劝不回。在以往，潘宏亿多睡一秒是一秒，今天，老师要求他五点半赶到学校化装，没到四点，他已跳起。仪仗队员将要穿的那件整齐而威风的衣服，他已经惦记了好多天。今天，七月初七，军坡节，他终于要穿上了。他练了那么久的曲子，早就熟了，是该走在装军队伍中向全镇的人表演了。手中的小号，就是握在他手中的剑。他即将成了冼夫人手下的一名兵士，走在出征的队伍中。他还没看过武侠小说，但是看过武打片的，那飞天入地的惊险画面，吸引着他。穿上仪仗队的衣服，走在人群中吹号，会让他瞬间回到古代，让他满腔豪情，随着冼夫人的队伍，一起征服万里河山。

血烧热了，都把他的肌肤烧疼了。

天热得很快，把羊收拾好，天已浮白。老潘抹了一下脸，点着几根香，插在羊圈的一个角落里。他也不大信在羊圈边点几根香，就能给生意带来多大的帮助，但既然周围的人都这么办，跟着做总是不会错的。黑手义开店，不也得点？尤其是每月的初二和十六，是祭拜财神的日子，生意人更不能错过。搬到镇上也有些年头了，但老潘一直觉得村里才是自己家，镇上人过军坡时，老潘并不当成自己的军坡来过。镇上那些神，又不是村庙里供奉的那些，怎么能去祭拜呢？

装军八点才开始，七点刚过，街上已挤满了人，潘宏万早就溜出去了，潘江和陈梅香招呼着上门取羊肉的人。老潘上了二楼，临街的这间是两个孙子的房间，窗口不大，他注视着窗外，等着装军的队伍过来。这条路横穿小镇东西，是装军的队伍要走的第一条街。整条街挂满横幅和三角彩旗，横幅上是各种庆祝的标语，小镇好像打了胭脂水粉，焕然一新。镇政府的工作人员已全部出动，在街边撒了石灰，围观的人只能站在石灰线外，把街心留给装军的队伍。

人挤着人，过一会儿，戴着红袖标和白手套的工作人员就得把人往线外赶。

从二楼看，远是远了点，却因位置高，能最先看到装军队伍过来。

楼下的人开始喧哗，围观的人往石灰线里面挤、探头，红袖标白手套往外推人。装军的过来了，走在队伍前面的，还是红袖标和白手套，他们在开路。开路先锋后面，就是抬公队，抬着镇上五海公庙里神明木身。这十几个神明昨晚看了一夜的戏，没来得及休息，就被抬起来游街，要是真身显现，估计能看到他们的泛红眼珠和乌黑眼袋。抬着神明的人，手一直在抖动，要把神明抬出动感来。神明的周围，有人抬着两面牛皮鼓，有人拿着木槌狠狠地敲，鼓点铿锵如落雨。抬在最先的，就是五海公，那尊木偶流光溢彩威仪庄严，已在军坡前重新漆过，谓之"换新装"。

老潘想，要是老伴还在，此刻她该在门外的人群里挤着看吧？五海公，是她最笃信的。

……那一年也是这样的吧？装军年年不变，为何镇上的人，总还是每一年都牵挂着这一天？当时老潘和老伴吵了一架。老伴的外家，就是镇上的，对五海公庙颇有认同感；老潘不一样，他的根在村里，过年过节，都是要回村里祭拜，镇上的神，与他无关。当时潘宏亿患了一种怪病，吸气粗而呼气细，眼看要断气，看了医生吃了药，总不见好。老伴把希望转向求神，她带着鸡去祭拜了五海公。老潘给了老伴一巴掌。记忆中，那是他唯一一次对老伴动手。老伴说，打我没关系，只要我的孙能好起来，打死我也值。后来，问了邻镇一个老中医开了一服泻药给潘宏亿灌下，拉了两天，拉出一些蠕动的虫子，病才好的。问其原因，老中医说，小孩子呼吸有问题，那是肺的事，为什么要开泻药呢？那是因为肺上有虫子了，吃了泻药，把虫子拉出来，就好了。话说得邪乎，不知该不该信。可老伴把老中医的出现，归结为镇上五海公的显灵，要不，为什么祭拜之前，这中医不出现？老伴要去五海公庙还愿，又与老潘闹了一番，她杀好的重八斤半的鸡，被老潘一刀劈成了两半，不能当祭品了。老伴扇了他一巴掌，在他记忆里，这是老伴第一次打他……

神明之后，是高跷队，他们不断地朝每个人挥手，街上的人，把头高高扬起，才能看到站在高高木棍上的人。高跷队训练了好久，刚开始时，摔得够惨。

……摔？要是老伴不摔，她是不是能看到眼前的热闹呢？老潘不敢肯定。其实那些日子，老伴身子已不行了。幸亏孙女婿李堂清是乡村医生，要不那大半年，光药水钱就能让老潘把家底败光。想当初潘宏萍要嫁给李堂清时，李堂清是一个刚从医学院毕业不久的愣头小子，工作也没有，是个能吃饭没活干的闲汉。两人准备结婚，老伴持反对态度，说，嫁给他，吃风吗？幸好李堂清很快便把私人诊所开起来了，反对的声音才弱了。老伴摔伤后，需要打针吃药，李堂清拎着药箱就过来，从不问钱的事。这让老潘很欣慰，他觉得自己私下塞钱给孙女婿把诊所办起来，总算没看错。私下给钱的事，他没跟老伴说，也没跟潘江和潘宏萍说。摔伤把老伴的很多隐藏着的病症都引了出来，到了最后，她说她看到了某某、某某某和某某，都是一些已经死去的人，说得绘声绘色，语气也模拟着那些人。老伴所见的那些魂，曾被不少体虚瘦弱的人在镇中学的日本楼附近见过。老伴过世后，老潘听说，镇中学有个长年流鼻血的体弱学生，曾在上晚修时，在那栋日本楼的门口，见过他老伴的魂。前几日老潘在那栋日本楼前犹疑不定，就是希望能在那里看到早已陌生的老伴。

踩高跷的人后面,是小学仪仗队。挥着指挥棒的,是一个女生,接着是大鼓,再接着……怎么没看到吹喇叭的?哦,吹喇叭的,走在最后。吹喇叭的有八个,分两排,老潘一眼就从八个人里把潘宏亿辨认出来。潘宏亿比其他同学高半个头,他抹了脂粉,两腮泛红,高仰着头,奋力地吹着,腮帮一直鼓。

"宏亿在那儿,那就是宏亿,我看到了。"

陈梅香在人群里,手指在移动,给潘江指方向。陈梅香头比她儿子仰得更高,对旁边的人说:"看到吹喇叭的那个没有?最高的那个,那儿,我儿子。"潘江也叫道:"看到了,在那儿!"潘宏亿吹出的声音,淹没在仪仗队的合奏里,淹没在街上吵闹的杂音中,老潘却清晰地听出了:"呜——呜……"

"呜……"

要是老伴看到此刻的潘宏亿,她会不会比陈梅香更骄傲?潘宏亿小时有肺病,现在却中气十足地吹着,步子齐整有力,她能不因为高兴而加倍感谢五海公?老潘想,要是她后来见到鬼鬼怪怪时,他愿意带着她一起去看五海公,去把那没有还的愿给还了,或者去日本楼烧一些纸钱给那些没人管的孤魂野鬼,是不是一切都会变好?

…………

仪仗队后面是腰鼓队。

腰鼓队后面,是彩车。

彩车后面,是武术队。

武术队后面……

装军队伍绵延无边,他们模拟着冼英这位女英雄的队伍在行军,人人英姿勃发器宇轩昂。在此时,整个游行队伍已不是在"装军"了,他们本身已经是冼夫人的将士,满腔豪情,即将挥洒血汗,灭盗平贼。

他们的脚步踩出力度，他们的神情饱含荣耀。

老潘隔着人群，隔着些许距离，随着队伍，走进迷蒙又清晰的往昔。近来那些纠缠着他的事，在此时，在队伍过去又折返之后，渐渐清晰又渐渐散去。他没确定是不是已经看清了午夜醒转时墙壁上的空无，是不是已经清楚那栋日本楼里的隐藏之物，是不是已经听清那时时回旋在耳的鸣响，但，这都已经不重要了。天这么闷，他出了一身汗，衣服淋漓，他想，该下楼冲一个凉水澡了，然后，去买些菜回来，准备招待今天到家里来的亲朋。之前老潘很少邀请亲戚和村里人过来吃喝，但他想，今天，肯定会有人不请自来，要把酒菜准备好。

会是谁呢？

孙女潘宏萍和孙女婿李堂清？

同族的人？

或者都是。

装军的队伍折返之后，人群不再围在街道两旁，而是跟在装军队伍后面。装军队伍今天任务很重，要把镇上每一条街都走一遍。

12

装军的锣鼓一响，黑手乂就汗水淋漓。

他想笑话其他不知晓瑞溪军坡节由来的人，笑话他们只是看热闹，有几个人真的知道瑞溪军坡节祭拜的根本不是冼夫人，而是"五海公"？学冼夫人装什么军呢？黑手乂越恐惧与拒绝，他就越有机会听到关于瑞溪军坡节与五海公的事。

他听到的故事是这样的,那是江北的吴缵姬中举后不久,小镇还名叫"崩溪墟"的时候。某一年七月初一,狂风暴雨连续三天三夜,南渡江水滚滚滔滔,浊浪排空,崩溪人呼儿唤女,慌乱逃生。哄乱之间,有不少人随着树木杂草一同被江水席卷而走。有一姓肖的人家,在快要被水淹没之时,见浑黄江水上,竟有一物未随江水漂流,而是逆流迎浪而上。此物所到之处,波平浪歇,水渐缓慢。那物件随水而旋转,朝肖姓人家漂来,肖氏捡起一瞧,竟是香炉,炉沿写着"五海帝君"字样。肖氏暗想:此必神奇之物。他手捧香炉,带着全家大小逃生,所到之处,浅水平滩,很快就逃脱,举家安然无恙。大水全退之日,正是七月初七,肖氏感叹,天上今日有鹊桥会,人间的水也退了,定是五海帝君的保佑。为谢其救命之恩,他把香炉供奉起来,在家中设香案祭祀。崩溪墟居民知道后,蜂拥而来祭拜神明,敬祈福佑。人们纷至沓来,肖家区区之屋难以容纳,后来,终聚众人之力,建造了五海公神庙,供奉五海帝君为瑞溪墟"境主"。逢年过节,家家户户都盛备祭品,来庙中祭祀,七月初七水退之日便成为五海帝君纪念日。再之后,这一天演化成了瑞溪镇军坡节。

——这些都是石头爹告诉他的。不久前他郁结难解,就去江北找了石头爹,让石头爹出出主意。石头爹听他说他怕军坡节,就把瑞溪军坡节的由来告诉了他。

黑手义说:"我怕军坡节,不是因为装军,是因为我心里有事。"石头爹问:"什么事?"黑手义把张孟杰当年回来认祖却被打伤的事一一道来。石头爹脸色阴沉,插话:"别说了,我知道了,就是你不愿认自己的儿子,现在每年军坡觉得不好过了,所以想把这个心结解了。"

黑手义点头。

石头爹摇头。

黑手义说:"有没有办法?"石头爹说:"你问清楚了没有,当初你儿子是为什么回来找你?还有,你要把他重新上谱,张小峰是男丁,也得上,你的儿子,就多出这一脉来了。这就涉及几点:一、要问清楚你儿子的生辰八字;二、做斋招魂;三、这一切,都得张小峰心甘情愿才成;四、你现在的老婆和两个小孩同意吗?"

黑手义低头不语。

石头爹淡淡地说:"装军,是好事。等取消了,你就知道坏事一件接一件都来了……"

"装什么军呢?取消得好!明年可一定要取消。"黑手义门外看着汹涌的人群,自言自语,他还得忍到七月初八,曲终人散后,才能恢复元气。鼓敲得越来越响,声音越来越喧哗。黑手义犹如着了火,浑身炙热,亲戚朋友很多,家人都在准备饭、菜、酒。黑手义猛地站起,他不能在屋里坐着了,脑子里钻了几只虫子,互相厮杀。

装军队伍走向另一条街后,黑手义出门,右拐,往东边走去。街上到处是人,今天什么生意都好做。街并不长,可人太多,他在人缝中钻了二十多分钟,才走出小镇的边界,再往东,路两边满眼碧绿。他一直朝东,要是看到有开往东面永发镇的车,就上车坐一段;要是没车,那就步行八公里到永发镇。永发镇建了一个叫"椰风"的大型饮料厂,把广告做得跟每年八月的台风一样大,"椰风,椰风挡不住"的广告词在全国猛吹,繁华程度一度超过县城。各乡镇蠢蠢欲动的男人都把眼睛注视在永发镇新近冒起的发廊里,不只年轻人爱往那里跑,很多自觉雄风犹在宝刀不老的老头,手上捏了点钱,也要去看看新尝尝鲜。

黑手义并非要去尝鲜,只要暂时远离瑞溪镇就行。他想,我后天早上再回来吧,明晚,还有一晚的琼剧呢!初九了,人走茶凉,再回来,好好睡两天,精神就足了。路上清净了,可脑子里的虫还在追逐。即使后天回来,再见到大儿子——真正的大儿子——的老婆和孩子,怎么办?张小兰、张小峰两姐弟就住在新街,只要步子急,每天都能碰面的。还有,为什么那年,大儿子那么急着回来认亲?那么着急,事先也没叫人寄声回来,让他有所准备,到底是遇到了什么事?张孟杰当时着急带黑手义去看母亲,又是为什么?这些事潜伏在黑手义内心,以往他还能以自己的坚硬和强悍强行压住,而此时,这些事雷霆万钧破堤而出。

他不能不想。

13

日头太晒了,张小兰在街上等着看弟弟的仪仗队表演,队伍从头到尾,延绵如蛇,却没看到瑞溪新街小学的仪仗队。只有一个仪仗队,是瑞溪镇中心小学的。失落着回到租来的房里,杨南正在做饭,弟弟张小峰坐在床上,默不作声。张小兰叫起来:"弟,你怎么回来了?你们仪仗队不是要表演吗?"

杨南扭头瞪瞪张小兰。

张小峰说:"我们学校的仪仗队,被取消了。今天早上,我们在学校化装,化到一半了,一个老师才跑来跟我们说取消了。我们练了快三个星期了,说取消就取消。"张小峰眼圈还是红的,很显然,已经哭过了。张小兰尖叫:"怎么会这样?你们老师怎么会这样?都这时候了,还……"

"不关我们老师的事,上面的人要取消的,我们老师也哭了。谁叫我们是私立小学呢,人家中心小学是公立学校,就没取消……"

哐当……杨南手一松,铲子敲了锅沿一下。

"妈,你把小峰转学到中心小学吧!在新街小学,不知道会怎么样呢。现在不让行街,以后会不会没有初中收啊?"张小兰说。

"别说小峰了。你呢?你的中考成绩该出来了吧?"杨南把菜盛出来。

"跟你说过的了,我不读高中了。"

"说什么?这个时候了,还开玩笑。"

"我真的是不读了。我根本没考中考,你想让我读,也没机会了。"

杨南扇了一巴掌,扇的是自己。

张小峰说:"妈,我姐要嫁人了。"

张小兰尖叫:"你胡说什么?怎么我要嫁人?我嫁给谁啊?"

"黑鬼咯,还有谁,除了那黑鬼还有谁?你不是经常去人家那里玩吗?"

"你胡说!"

张小兰一辈子也没见过母亲那样的眼神,她形容不出,尖锐如针又迷蒙如雾,不知是生气还是心疼。张小兰头低下来。

杨南说:"真的没考?"

"没考完!只考了语文,就把准考证给烧了,数学和英语都没考!"

"为什么?"

"为什么?你问我为什么?"张小兰仰起头,"我考上了,有钱给我读吗?瑞溪中学没有高中,要上高中,得到县中学去,你有几个钱给我?如果我和小峰只能上一个,让你选,你选小峰还是我?就算你有钱供我读,难道让小峰一个人住镇上?"

杨南的脸在抽搐。

张小兰说:"既然考上也读不了,还去考什么考?真考上了,九月份开学了,我怕我会忍不住逼你让我读。现在,塞死了后路,想读,也读不了了。"

"我可以借钱。"

"借得起,还得起吗?"张小兰冷笑,"你现在做两份工了,我读高中了,你要不要做四份?你能挺得住?"

杨南的声音很低:"刚回来镇上时,我为什么要去找黑手义?我就是想到了,你下半年要升高中了……他毕竟是你们爷爷,这个钱,他会掏的……可你,为什么不让我找他?我一去,你就闹。你不知道,妈……"

"我——不要——他的钱——不要你去求——他!我爸是他害死的。他的钱太脏,都是猪屎,我不要!我宁愿不读也不用他的钱交学费。"她的眼泪已经流下。

"你爸那是生病,怪不得人家。怪我们命不好,怪不得黑手爹。"

"黑手爹?嘴真甜!不怪他,怪谁?我爸回来找他,他为什么不认?这还不怪他?还有,他为什么不去看奶奶?为什么?我奶奶都要死了,他也不肯去看?他就是个黑心鬼,你还去求他?你去咯,你去一次,我就往他家砸一次石头。黑手的儿子叫人打死我,我也要砸,我要把他的饭店都砸了。要点火烧了。"

张小兰眼中的火已经点燃。

杨南说:"吃饭吧。先吃饭,都中午了。"

张小峰觉得自己是一个局外人,想插话,又插不上。

张小兰深深吸了一口气,语气平静:"妈,黑鬼说了,他和人合作做东卖彩票,我可以去给他写票。还有,小峰可以跟着我去住他的银行宿舍，那是两房两厅的，很大，也住不完，这间房，就没必要租了，给你省钱……"

"你才几岁，心就向外面歪了？"杨南有点哽咽。

"妈，我没心歪。他对我好，有什么错啊？也算给小峰找到个地方住，以后你就没必要做两份工了，不用那么拼命，可以多回来看看小峰。黑鬼不是什么坏人，他是黑鬼，不是黑手义。他在银行上班，有工资领的，要真看上我，有什么不好？"

"这事以后再说吧，先吃饭。"

"别以后。现在就说清楚。"

"吃饭吧。"

"我要把纸刺破了，免得你多想。弟，吃饭吧，别想着你的仪仗队了，今天中心小学的仪仗队很差，要是你们上场，闭上眼睛也比他们好。你吹得很好。"

"我没想着仪仗队。"

"那就吃饭吧！"

新街外，到处是鞭炮声，是锣鼓声，是欢庆七月初七军坡节的祝福声。

14

"末届装军"的消息传出后，很多往年没回来过军坡节的外出人口，都回来了，镇上冒出无数陌生的面孔，他们都不是这里的人，也是这里的人。人口倍增，治安的压力就大了起来，镇政府向县政府要求增援，县里面决定先把那些有前科的人逮进去关到节日后再说。虽然曾德华躲避有方，逃过了三次扫荡，还是在第四次被扔上了警车，朝县城开去。小镇的街道太窄，警车响着警报，还是开得不快。曾德华十分失落，往年军坡节是他油水最丰沛的时候，今年，却……他并不担心被关进去——他进去的次数太多了，每次都安然出来，他也不担心在里面会毒瘾发作受不了，以他的本事，在哪里都能刮出一些白粉来。他失落的，是他在镇上也这么多年了，从没错过军坡节，到了最后一次装军了，反倒见不着了，可惜呀！

节日里，歪嘴昆多卖了几头猪，却过得特别郁闷。新街小学的仪仗队的表演，本该是让他这个校董扬眉吐气的，可这一切，都被镇中心小学的教导给破坏了。那教导找人说通了镇长，说仪仗队要一个就行了，要两个，像什么样？听哪个仪仗队的指挥？退一万步讲，就算要两个，也该让镇中学来，怎么能让私立小学的人走上街头呢？镇长接下来的一句话，就把新街小学三个多星期的训练抹杀为零。歪嘴昆找到镇长，镇长淡淡地说，你是不是也要学公首，带人造我的反啊？歪嘴昆吓得连连摇手。镇长说，今年人太多，我也是为了你的学生安全嘛！歪嘴昆自然不能再责怪领导，他怒气冲冲地拎着杀猪刀去找到镇中心小学的教导，把那教导吓得屁滚尿流。歪嘴昆用刀把教导的门拍得乒乓作响，冷笑道："我都懒得打你这种人。你怕你们学校的仪仗队没有我们学校的好，就出这种招？不丢脸？不掉漆？打你，我不怕我的手生疮？我只是来告诉你，今后一个月，你们家都不要想在瑞溪买到一两猪肉。"歪嘴昆果然联合菜市场所有卖猪的，不给教导家卖一两肉，教导家只得把钱给邻居，让帮忙买，狼狈不堪。

每个人都没想到，这一年之后，安稳、静默、封闭、单调又杂乱无章的日子，随着装军的远去而频生变化。后来再想起这一年，大家都觉得，所有发生的事，都有预兆了。这一年军坡节里，七月初七的下午和晚上，任由抬公人员如何敲鼓和打锣，师傅公如何卖力地叫唤，神明一直没有出现，一直没有附身到往年的"公童"身上，让他铜皮铁骨，把一根一米半长、无名指粗的铁杖穿过腮帮而不知疼，拔出也不流血不留痕；往年，师傅公带头光脚踩在烧红的木炭上，让群众也踩上去而不觉疼的神迹，也没出现；把锋利的刀架成的刀梯，因为没有神明附体，无人敢攀爬。锣鼓敲了近两个小时，年轻的小伙子都快要虚脱，公首才绷紧着脸，在戏台上宣布："就这样吧。今年，'童'……起不来了。""童"起不来，就是神明不显身了，很多人郁郁不欢，公首撒钱时都抢得不欢；看戏的人，也没初六晚上多……

这些，不都是不祥的迹象吗？

当然，对于潘宏亿，这一年的军坡节，则是另外的模样，是他备感荣耀的时刻。他仰着头，神气地走完小镇各条街巷。暑假过后，他经过新街小学的入学考试，在四十名考生里，考了第二名，歪嘴昆兑现了前三名免学费的诺言，潘宏亿高傲地转入新街小学，和张小峰同一个班。在和张小峰熟识的日子里，潘宏亿多次炫耀走在仪仗队中的奇特感受。他一炫耀，张小峰的脸色就特别难看，话都不想说。这个夏天在很多人记忆里，热得头发都弯软了，但潘宏亿不是，他觉得云淡风轻，一切，才刚刚打开一扇小门，他把头探到门缝里，准备窥望门外绵延无边广阔如海的风景。

小号早就交给学校了，可潘宏亿还时时能听到自己鼓起腮帮，发出一声：

"呜……"

第二章　南风云

1

老潘没读过几年书，每遇什么事要签字署名，握笔都握出大汗如雨，比让他杀一群羊还费劲。歪歪扭扭写完了，纸已被汗水湿透，他问道："写对没有？"识字不多，是他一辈子的遗憾。当然，这份遗憾，在某种程度上，成了他的骄傲。他随口就是例子，那某某某，书读得是多了，可也把脑子读坏了，走神了，读大学时看到人家闹学潮，也谋划着要去，还要当举旗的，脑子坏不坏？回瑞溪中学当老师了，不好好当，整天贴大字报，告学校领导贪污，上面来查了，却没有证据，这不成了笑话？一个名牌大学毕业生，混到了在镇上卖粽子，几多岁了，还没人敢嫁！他时不时走神发癫倒没什么，最让女方害怕的是，如果哪一天闹架了，他脑子上火，把两人之间争闹的细节写一两百张纸，贴满各角落供全镇人欣赏、品评、传播和笑话，女的不得跑到南渡江去投河？老潘没说那某某某是谁，但只要不是又聋又瞎的，都知道他说的，是在镇十字路口电线杆下卖粽子的王科运。

老潘说起王科运时，又眼绿又眼红：眼绿是因为瞧不起，眼红则是因为老潘识的字还没有每天杀的羊多。老潘曾把希望寄托在儿子潘江身上——潘江读书时倒是用功，可他脑壳里装的连猪脑都不是，顶多算豆腐渣，熬到小学毕业，已算功德圆满。自然地，老潘的愿望转嫁到孙子辈身上。大孙女潘宏萍，终究是要嫁人的，是给别人家养的赔钱货，还没养头猪值钱，读到初二就不读了。可就是她，竟然跟刚回瑞溪中学的王科运谈了一阵，两人最后没谈成，潘宏萍嫁给了医学院毕业的李堂清，也是大学生。

让老潘惊喜的，是潘宏萍的两个弟弟：潘宏万和潘宏亿。这两个臭屎绝顶聪明，举一反三，读书时向来以嘲讽老师为己任，偏偏又成绩太好，老师也不好多说什么。潘宏万读瑞溪中学初二时，经常逃数学课，但每次数学考试都在九十七分以上，数学老师十分绝望，在课堂上说："潘宏万，我知道你厉害，可也不要整天逃学打电子，也装作上上课咯，给老师点面子嘛！"老潘最满意的，就是在两个孙子的名字里，塞进了"万"字和"亿"字。潘宏万之所以叫"潘宏万"，是因为他出生时，老潘所了解的数字里，"万"是最大的。最小的孙子被陈梅香拉下来时，他恨不能取名叫"潘宏一万一千一"或"潘宏十万"，便去问有知识的人，惊喜地发现了竟然还有更大的"亿"，深感知识的力量是无穷大的。当时老潘的认识还停留在"大的，就是好的"这个层面。潘宏万和潘宏亿读书那么聪明，还不是因为他老潘给取了好名字？——老潘确信这是最本质的原因。

潘宏亿小学升初中时发挥失常，让老潘无比痛苦。其实也怪不得潘宏亿，当年瑞溪镇新街私立小学六年级汇集了全镇几乎所有聪明的小孩，却在考初中时被镇中心小学盖过风头，没有一个考上省重点，仅有几个学生上了县中学，而这几个人之中，没有潘宏亿。老潘把潘宏亿打了一顿后，只得让潘宏亿上了镇中学。新街私立小学小考的失手，让镇中心小学扬眉吐气，中心小学的老师嘲笑道："新街小学的学生考试好？我看是平时老师改试卷时作假吧？本该给三十九的，给了九十三吧？"新街小学人心惶惶。当然，也有传言说新街小学毕业班的集体失利，那是因为上面不能让新街私立小学超过公立的镇中心小学，和一九九四年军坡节不让新街私立小学的仪仗队上街一样，属于"内部调控"。歪嘴昆和其他校董期待的荣耀时刻并没到来，接到首届毕业班学生联名送的《雄鹰展翅》纪念镜框，歪嘴昆呆若木鸡。准备打响的第一炮，哑了。

镇中学没有高中，潘宏亿上镇中学初中时，潘宏万就到县中学读了高中。县中学没有学生宿舍，这给学校周围的民房带来极大商机，很多人把住房改成学生宿舍，管住管吃，生意火爆，潘宏万就住在一间民房改成的私人宿舍里。初到县城读书的潘宏万还有点胆小，拿着伙食费只觉世界末日来了，这么多钱怎么花？渐渐地，他大手大脚起来。家里杀羊的生意还过得去，赚得不多，却也不少，潘江不想放任儿子胡来，想方设法捂紧口袋。两父子斗智斗勇斗脸皮的战争中，潘宏万打着收赞助费、补课费、书本费、校服费等借口，潘江次次溃败。升到高二时，潘宏万学习一落千丈，却得偿所愿，弥补了当初红毛升把他驱逐出龙虎会的遗憾，带头成立了一个小帮派，小弟二十多个，横行在校园里，威风八面。当上这个大哥后，潘宏万才觉得当初去给红毛升当小弟是多么窝囊，怎么就没想到自立门户呢？县第二中学一个男生追了他一位小弟喜欢的女生，他带着十来人把那小子打得屎尿一裤裆，顺便捡了那小子掉落的两颗门牙送给小弟当礼物。

他一战成名。

这一切老潘知之，却不详。

陈梅香本是最能对付潘宏万的,可实在无暇顾及,潘宏万在县城呢,她总不能坐车去骂一顿再回来——更何况,她的外家父病情日益加重,她整天挂心着,颇感心力交瘁。

陈梅香的父亲是个打铁匠,在尚能打铁的年岁里左手拉风箱右手抡铁锤,身躯健壮如牛。她时常从镇上买一些肉菜回去给她的父亲和母亲,老潘对此十分大度,见她有几天没去外家了,还会主动问:"怎么不去看打铁公了?"陈梅香对老潘有诸多意见,却因这件事的大度而对他深感佩服。老潘和打铁公也很熟,打铁公爱喝酒,脸红如关公,老潘路过儿媳外家时,曾多次进去讨酒喝讨肉吃。而老潘迁到镇上杀羊那年,打铁公连续几天赶出了一套刀具,让陈梅香转给了老潘。这套刀具有窄有宽,有长有短,一共七件,锋利异常。镇上人都说老潘杀出的羊膻味淡肉质好,肉一入汤便色如牛奶,估计是这套刀具的功劳。刀具并非打铁公最成功的作品,他最让人眼红的,是把身材打得跟铁一样,黑手义在他面前,也自觉是一捏就碎的臭鸡蛋。但这个适宜在武打片中被车轮战累死的一方霸主,在两年前一次电击后轰然倒下,各种此前没出现过的并发症相携而来。他浑厚的身板成了负累,陈梅香的母亲根本没法扶起他去撒一泡尿,躺椅和床是他的活动范围。打铁公病倒后,他的三个儿子,除了在县里林业局当副手的二儿子会时常寄钱回来当生活费,其他两个都对他概不搭理——生活在村里的同一个院子里,他们视若无睹。陈梅香作为唯一的女儿,时常牵挂着父亲,只能时时回去看,父亲病情一发作,还叫上女婿李堂清去打针开药。

这一天,陈梅香从外家回来,带回哭红的双眼、沙哑的嗓子和一袋水果——这水果,她父亲吃不了、母亲吃不下,母亲又不愿意她拿去交给那两个住同一个院子里的哥哥,硬是让她拎了回来。"拎回去,拎回去。"母亲是这么说的,她记得很清楚,她还记得母亲这么说时,故作的镇定掩盖不住丧气与绝望。她从母亲眼中看出,母亲宁愿把那水果扔进鱼塘也不要递给那两个吞鱼不吐骨头的哥哥。

一直憋到家里,她还憋着,渐渐地,憋不住了,得捂住嘴巴才能压住声音。

再接着,捂也捂不住,哭声漏出。

决堤,继而澎湃。

放学回来的潘宏亿吓了一跳,慌忙跑出去喊回潘江。

潘江慌了手脚,他宁愿看到老婆扯着嗓子骂半条街,宁愿老婆挥动棍子打在儿子屁股上或在他手臂上留下带血牙印,也不愿看到她如此肆无忌惮地痛哭。

挂念着父母的陈梅香没精力管儿子潘宏万。

2

张小兰决心跟黑鬼住到一起。杨南不同意,问她要不要留级一年,明年继续考高中?张小兰断然拒绝。杨南明白她心意已决,只得随她,当然,杨南还是警告了她,让她不要跟黑鬼做出丢脸的事。张小兰口中应承"嗯嗯嗯",可杨南在省城工作,一个月才回来交伙食费一次,遥控不了她,她很快就和黑鬼住到一起去了。张小峰小学毕业考的失手,在杨南的意料之外,却又有点庆幸,要是真的考好了,上了省重点,到省重点中学住校,花的钱不更多?她能付得起?

张小兰住到黑鬼家,张小峰从排斥到接受——他也搬到黑鬼那里住了。

　　黑鬼之所以被叫作"黑鬼",当然是因为他黑。镇上的人都黑,但没有他这么彻底,连嘴唇都泛着幽幽的光。黑鬼是追赶潮流的人,镇上连家庭电话都还没普及的时候,他是最早一批佩戴了呼机的。把上衣收进裤子里,摩托罗拉呼机裸露在腰带上,看到的人双眼放光,要是那机子适时响一响,他的腰板就更挺得直了。黑鬼的父亲在三亚的农业银行当领导时,黑鬼曾跟在他身边,经常出入一些高级场所,把他对潮流的敏感度培养起来了;现在,他的父亲已在县农业银行的副职上退休,他在这个小镇,继续保持着对潮流的敏锐嗅觉。他最先买了录像机,最先和人合办了镇上第一家镭射影院,播放一些诸如"香港最新武打片""香港最新火爆枪杀片""香港最新香艳爱情片"……镇上人被这些"最新"的画面所震撼。更震撼的,却还是在正片播放前插播的五分钟欧美或日本的黄片。场面上的赤膊相斗,让进屋观看电影的人血压升高无所适从,等到画面上出现两男一女、两女一男或者干脆几男几女时,一些上了年纪的人惊叫连连。黑鬼的镭射影院,极大地开拓了小镇人的眼界。再后来,很多人则专门为了看插播片而来,正片放到一半,座位上有人喊道:"什么时候放插播片?"黑鬼的性教育基地没开办多久就关了。关闭镭射影院的并不是镇政府,因为看镭射电影看得最多的,就是镇政府里的闲人。主要原因在于镇上聚集的各派年轻人经常在影院里打架,加上很多人家开始购买录像机,使得镭射影院的生意渐渐冷落。黑鬼毅然关门,播放器材和镭射碟,成了他个人收藏之物。

　　黑鬼最为人所知的,还不是开镭射影院的事。早先,他追过镇上一个女孩,那女的读高中时,家里没钱供,黑鬼拍拍胸脯,就负责了一半。这女的也争气,竟考上了大学。黑鬼支持的力度不减。一直到那女的大学毕业，分配到省城一家事业单位工作后，才跟他摊牌。她早已在大学期间就和一个男同学在一起了，她之所以不跟黑鬼提，是因为她还需要黑鬼为她付生活费。她的坦诚直接而残酷。黑鬼不自私、不专美，花钱给那女的开房和别的男人做爱，为他人培养高素质的老婆的故事，在镇上传为美谈。

和黑鬼住到一起之后，张小兰才渐渐知晓，黑鬼除了正常领取上班的工资外，还有其他门路来钱。比如说，张小兰现在在镇上写彩票，黑鬼一直说老板不是他，可他在其中有股份，却是肯定的；不仅彩票，镇上最近开了一家啤酒机赌场，赌博的生意风生水起，黑鬼也应该是有参与的，不仅他，镇派出所的蛤蟆二，甚至镇长和镇委书记，都很有可能在一起分成。啤酒机赌场生意火爆，张小兰拎着一张椅子、一张桌子在镇邮电所门边上写"两元一万八"的彩票时，看到啤酒机赌场门口停了很多摩托车，出出入入的人，有不少外地口音。张小兰试探着问过黑鬼："你是不是参与啤酒机？"

"你就不要问这些事情了。"

他平时笑嘻嘻，很好说话，而此时，显出少有的专横。

3

赌场的生意是公开的，又是隐秘的。说公开，那是因为谁都可以撩开布帘，到里面赌一赌，或者不赌，看看也行；说隐秘，那就是镇上的人都不清楚啤酒机的运行道理，不知道赌场真正的老板是谁，甚至不清楚场内那些口音不一的赌客来自哪个村镇。有不少人对镇上开了这样的赌钱场子极其不满，认为会带坏淳朴的风气，就到县城里，往县委书记的"便民信箱"投信，上书"瑞溪人民期盼安宁生活，希望政府给下一代营造一个无赌的健康环境"云云，这信泥牛入海。写信的人遭到其他人嘲笑："你就不知道，县里要想查，轮得到你写信？你是喝了尿，把脑子喝腥了？要是上面没人罩着，赌场开得下去？你写了信扔到信箱里，就算不署名，人家也能把你挖出来，剥了你的皮。"嘲笑伴着威胁，写信人脸色发白，手一抖，打碎了一只茶杯，调羹也被踩弯，低头捡起调羹时，还误踩了对面人的一只脚。写信人兜着一根铁丝，连夜跑到县委县政府门口，把带钩的铁丝从"便民信箱"的口子伸进去，把一沓信勾出来，总算是追回了他所写的那一封。他随手带走的其他几封投诉信，封封凄惨冤情深重，对比起来，镇上摆个赌场，算个芝麻大的屁事呢？

对啤酒机赌场的猜测，就多了起来，但大家都只姑妄听之。当有人把啤酒机赌场的所谓内幕贴出来后，镇上的人也就有点相信了。纸张贴满全镇各显眼的角落，不用看字迹，单从贴纸的这一举动，用屁股也能猜到，这是王科运所为。

　　经过我的调查，啤酒机完全是骗人的，谁要进去赌，除非准备好输光。大家知道为什么瑞溪的啤酒机开那么久，却没有人来查吗？

　　我知道，啤酒机赢钱了，一起分赃的，有这么些人：蛤蟆二、黑鬼、派出所所长……

　　我先列出这三个，其他的，还有另外三个，我就不方便说了。但我要敬告各位，千万不要迷上啤酒机，不然死了也不知道是怎么死的。

信不信,由你们,要是我贴出来后,出了什么事,你们还不信吗?

镇上的好心人
1997 年 4 月 5 日

这段文字,是手写然后复印的。镇上人看到了,都摇摇头,心想,啤酒机由这么几个人开办,并不出人意料,但非得去说出来吗?那不是找不愉快?

镇上人都想,半脑运这一次不断脚也得折手。

人们期待和担心的,并没有出现,王科运每天毫发无损出现在十字路口电线杆下,摆着他的粽子摊。

镇上一直在赌啤酒机的人,稍微收敛了一下,他们忍住手指在口袋里掏钱的欲望,想从别人的数钱、赢钱中看出门道来。什么也看不出,只看到一些赢钱的人把大把的钱捞回口袋。忍耐的人,再也忍不住,他们也晓得那些一直在赢的并非真的赌客,而是赌场老板叫来吆喝的小弟,是"托儿",用镇上的话说,是"洗炭的"。炭是透黑的,想把炭洗白,可见"洗炭"这个词,说的就是装腔作势、虚假和瞎起哄。大家赌红了眼,也不管不顾了,跟着"洗炭者"所押的注,纷纷把口袋里的钱抛到桌上去。

开了,输了。

一片哗然。

洗炭的人一脸无辜,笑嘻嘻道:"这一手,看漏眼了。再来。"

4

这个下午,彩票收摊比较早,除了四个"0"、四个"1"、四个"2"等这样万年难出的神号,能卖的号码,几乎都卖出去了,"奖底"上已画得黑乎乎一片,张小兰撩起啤酒机赌场那块布帘,走了进去。门里门外,是两个世界。那块布帘具有强大的吸音能力,里面的喧闹一点都不能传出。每个人都围聚在桌上,盯着屏幕,当转动停止时,有的人发出欢叫,有的人发出叹息。有人扭头看到张小兰,笑嘻嘻地招呼:"过来,跟着我押。""我的运好,跟着我。他那是狗屎猫尿运。""过来,摸一下,摸摸你的奶,肯定能赢。"污言秽语伴随着押赌声,却没人真的动手脚。里面大致分为两部分:一部分不限注,赌多大都行;一部分则有上限。限注的那边,有一些镇上的中学生,把烟叼在嘴角,彰显时兴与潮流。张小兰在这群中学生中看到了一个熟悉的身影,老潘的孙子——潘宏亿。潘宏亿和她弟弟张小峰是新街小学六年级的同班同学,关系挺好,上了镇中学后,还同一个班。潘宏亿经常和张小峰结伴成行,看到潘宏亿,张小兰心里一惊,心想小峰会不会也在这里?她没发现张小峰。

张小兰又暗怪自己多想了,这赌场和黑鬼有关,要是小峰来了,黑鬼能不告诉她?

忽地,一个妇女掀开布帘,哭着朝一个赌客扑去,两人扭打起来。妇女咒骂不止,大意是那男的好事不做,整天只是赌赌赌,再赌内裤都要卖了……两人竭尽全力厮杀。旁边的赌客有劝架的,有喊加油的,不亦乐乎。

张小兰心中一恸，退出场外。

污脏的布帘落下，喧闹被遮掩。

下午的街巷沐浴在夕光中，布帘里面的那一幕远在天边外，一点都不真实。

"我，想问你关于啤酒机的事。"黑鬼正在看录像，是香港电视剧《神雕侠侣》，张小峰的房门一如既往紧闭着，张小兰把碗筷洗完，就问了，她也看到了王科运贴的那张纸。贴出来了，黑鬼的名字出现在上面，让她有些忐忑。黑鬼说："我说过了，你别问这件事。"张小兰忍了一会儿，她这两年心气平和了不少，要是以往，她怎么忍得住？

"我今天看到老潘的孙子也在里面赌。"

"你进去看了？"

"是。"

"噼啪"一声，电视遥控器摔到墙上，两节电池掉出来。黑鬼吼道："谁让你进去的？谁让你进去的？我说最近怎么那么衰，就是你带的衰运吧？我早说过，你哪儿都可以去，就是不能进那里。"

张小兰也爆发了："我看到满大街贴了纸，怕你们银行因为这个给你带来不好嘛！你发什么火？你对我发什么火？就你有火是不是？"

"谁让你进去？说，谁？"

"我自己，我自己要进去。怎么样？"

"衰婆！"

"你说什么，黑贼，你说什么？"

"衰婆！就是说你，衰婆。"

……两人进入对战状态，你来我往，炮弹飞射。

"啪"房门开了,又狠狠地关上。张小峰抱着被子、枕头和草席,他没正眼看争吵的两人。

"小峰,你又要上楼顶睡?"张小兰注意到了他。

"是。"

"怎么不在房里睡?"

"睡不着,闷。"

"要下雨了,我看你怎么办?真是怪癖。"

"我上去楼顶了,你们接着吵。我在房里,影响你们吵架了,多不好意思啊!你们继续啊,用力吵。"

5

老潘让潘江买了两斤猪肉两斤米酒,还交代米酒一定要买水井路三婶的——三婶住在水井路,可她的酒绝不掺水。

老潘要去问问六角塘的婆祖。

六角塘的婆祖,已出现好几年了。六角塘村的一个中年男人,某一天忽然在家里摆上了一尊木偶,说那就是"跟着"他的婆祖的模样。婆祖慈悲,消灾解难,信徒极多,很多人都说:"算命很准,很准。"婆祖还不贪财,求"她"帮助的人,愿付多少付多少,绝不开口多要。黑手义去看过这位婆祖,给多人推荐过,老潘抱着半信半疑之心,想去看看。

出了镇子,骑自行车四十分钟,到了六角塘村。刚要开口问,树下的小孩抢先说:"找婆祖的吧?那边!"手指指向村角一间小破房。

一走近，扑面一股香烛纸钱味。跨进门，房里摆着一张八仙桌，桌上供着一具木偶，木偶前摆着香炉、烛炉，桌下摆一烧纸钱的泥盆。八仙桌右边架着一张简易的床，床上坐一人，仪态端正，说："袋子里的东西，就挂在门外吧。"老潘把肉、酒挂在门口，深吸一口香气，重回屋内。眼前的人五十来岁，生得一副女相，眉眼慈祥，宛若带笑，可多看两眼，慈祥便像是消失了，笑意也没了。

"要问什么？"

"不问什么。我来求个平安符。我亲家公打铁爹病重，我替他求一张符，保他平安。"

"你自己身上就有事，不把自己的事解决了，怎么帮人求平安？"

"我有什么事？"

婆祖一笑："每个来的人，都要让我猜？"

"学生仔也要考试，才知道精还是笨。"

"那我就说说吧。你是宰东西的？不是猪，是羊吧。"

老潘点点头，他的衣服上溅了羊血，怎么也洗不掉，一身浓烈的羊膻味，猜中这一点，并不难。

"你是不是常常听到别人听不到的声音，看到别人看不到的东西？"

老潘心中一震，这是他心底的秘密，没跟别人说过，有时连他自己都忘了有过那么一段难熬的日子。不过这两年倒是清净了许多，那些闹心的"呜呜"声已不再出现，那些若有若无的幽影，也没再飘忽来去。老潘腰身一直："以前有，现在已没有了。"

婆祖摇头："没有了？暂时的！不是真的没有了。再出现时，会把你给埋了，跟挖一个大坑埋一粒石子一样。你是不是想去哪个地方看看，又不敢进去看清楚？"

日本炮楼，日本炮楼，日本炮楼……那座幽深无光的房子，青蛙一般蹦到老潘眼前，他点头。

"你的羊圈里，是不是点了香了？"

"不对吗？"老潘声音有点颤抖。

"点香没错，方位不对。"

"向着哪儿才是对的？"

婆祖闭口不言了。

老潘在口袋里翻钱。

婆祖说："不用掏钱，不是钱的事，你碰到的事，不是只这一件，要只这一件，就好解决了，真要把这些事挖清楚，得好好盘查盘查。我这只是随口说说，算不得数的，你就当没听到。"

老潘不敢再问，转口道："婆祖，我求个平安符。"

"你来替你亲家公求平安，不太对的。毕竟是两家人，你亲家公的儿子怎么没来？他们没来，你求了符，又有何用？"

"外家公人好，现在病重，既然来求了，婆祖见苦见灾，心痛心软，就写一张吧。不让我白跑一回。"

婆祖长叹一声，从贴身口袋中掏出一叠折成三角的红纸符来，他数了三张交给老潘："一张随身戴着，一张放枕头下，一张烧灰和水服下。"老潘表示感谢，掏钱递给婆祖。婆祖摇手不接，让他塞到八仙桌边上的小木箱里。婆祖闭上眼睛，不再管面前来客，满头亮发往后梳理得整整齐齐如铁丝，嘴角的笑意更浓了，似要消融在缭绕青烟里。老潘烧了三根香，对着八仙桌上的木偶拜了拜，念念有词，走出屋子，推着自行车出了六角塘村口。正要准备跨上车，他猛地醒悟，返回婆祖的房屋，在门边取下肉和酒。

打铁公在躺椅上，能动的，只有眼珠和嘴唇。眼珠左右转动，嘴角张开又闭合,发出一些似是而非的话。老潘觉得拎肉和酒来是一个错误决定,打铁公都这模样了,能吃能喝吗?亲家婆身材瘦小,见到老潘,两句话没出口,眼泪横流。亲家婆接过肉和酒,说:"他只能吃点粥。"打铁公的院子很大,房子在几年前修过,墙面的白灰有些刺眼,打铁公和亲家婆住的,是其中最小的一间。亲家婆腿脚一拐一瘸,老潘惊问:"脚怎么了?"亲家婆说:"前两天抱柴火,摔了,也贴膏药了。"摔了,摔了,摔了……又是摔了,老伴的脸若隐若现,老潘头有些晕,自从老伴摔伤不久后过世,他听到别人说"摔"就有些晕忽忽。

老潘说:"抱柴火,叫子孙来嘛!你行路都不方便了,让子孙来。"

亲家婆眼睛顿红:"他们,是能帮手的?他们只会整天来问我们这位动不了的,说他以前打铁生意好,还藏着多少钱,有几个存折?他们会帮忙抱柴火?他们只会问存折藏在哪儿,只会去挖墙,以为就藏在那个老鼠洞里……"打铁公房子左边走廊尽头是一口手摇井,和左边走廊垂直的另一排走廊里,打铁公的儿子、儿媳正收拾着肥料袋,看也不看打铁公这边一眼。有时转过头来,见到老潘正瞪着,就对老潘一笑。

老潘说:"他们不管你们?你们日子怎么过?"亲家婆说:"老二还每个月托人送钱回来,他在县里当干部嘛,总是忙一些。其他子孙,顾不得我们。哪顾得着呢?亲家公,你来了,我煮饭去,把肉煮了。吃饭再回。"

"不了,不了,不用麻烦了。"

"来了,要煮的。不煮不行。"

"不吃,真不吃。"

"来了不吃,我还有脸?别人不讲我脖子上顶着的是西瓜?"

…………

来来回回的拉扯中，老潘感到一阵暖意。这拉锯般的言辞，比吃饭本身要重要，很多情感和信息，就在这吃与不吃的邀请和拒绝之间传播来去。

亲家婆坐下了，老潘说"巡村"就好，关键是"巡村"，吃嘛，能吃多少呢？"是，是，是！巡村就好。"亲家婆坐下。在农村里，要闲聊，就得互相串访，谓之"巡村"，"巡村"成了"闲聊"的同义词，带着熟人之间的暖热。打铁公遭电击后，身体很多部位都僵硬了，脸上表情不多，此时，他眼角却带着笑意，口中"嗯嗯嗯"。老潘问："亲家婆，打铁公要说什么？"亲家婆听了一会儿，悠悠地说："他说，你来了，他就不怕了，他就听不到打铁声了——他最近老是听见打铁声，乒乒乓，乒乒乓的。哪有人打铁呢？周围十几个村，只有他一个打铁的，这年代，还有谁打铁呢？"

亲家婆摇头，痴痴看着打铁公。

"乒乒乓，乒乒乓……"打铁公幻听了。

老潘环视院子，那些还没变黑的白灰，显示了院子的年轻。原先的院子不是这样的，那时搭建的是土砖房，现在打铁公和亲家婆住的这一小间，当时只用小木柱竖起，墙面稻草和黄泥，顶上架了茅草，风箱、烧铁炉、打铁台，都在这草棚里。远隔几百米，就能听到茅草棚下"乒乒乓"的锤铁相击。打铁公的村子和老潘的村子很近，行路二十分钟就到。两个村子都在南渡江南岸边，打铁公的村子要靠上游一些，老潘年轻时要在江里撒网捞鱼，都是从打铁公的村子下水，撒网，顺水而下，到自己村里就收网上岸。每次入水前，"乒乒乓"声萦绕不去，随着声音越来越小，渐趋于无，便到收网之时了。有时老潘会拎着几条鱼抛给打铁公，一起喝几口酒——其实，是老潘酒瘾上来了，无处找酒，就找借口送鱼来了，他知道打铁公总有喝不完的米酒。再后来，他知道了，这酒是亲家婆酿的。

迁到镇上杀羊时，老潘还不晓得杀羊是怎么回事，打铁公送的七把刀帮了他大忙。刀有长短粗细，放血的、刮毛的、切肉的，各有功用各不相同。打铁公健壮的身子一倒下，比瘦弱的身子更成为负担，更难再站起来。老潘想，这一次来，相当于来见亲家公最后一面了。这句话，说不得，想想，已是不敬了，但心里晓得是事实。老潘掏出那三枚护身符给亲家婆："这是在六角塘婆祖那儿求的符，一个放他裤袋里，一个放枕头下，一个烧灰冲水喝。符拿来了，亲家公就再也听不到乒乒乓了。"

"亲家去六角塘看婆祖了？"亲家婆伸手抹抹眼角，"有心了，有心了。我也早想去看看，求个符，一直没去，倒是你求来了。"

打铁公口中"嗯嗯嗯"得更急，亲家婆听了一会儿，说："打铁的问，婆祖讲什么话没有？"

老潘想了想，摇摇头。

打铁公眼露失望，挣扎着，老潘闻到一阵腥臭。亲家婆拐着脚过去，口中喃喃自语："又放在裤子里，今天已经换了两条裤了。"老潘也要过去帮忙收拾，打铁公眼睛冒光，喘着粗气。亲家婆说："你说什么？我听不懂，你说什么？连我都听不懂了，谁还能听懂？"

可老潘听懂了。

打铁公是在拒绝老潘的帮忙，他不想让老潘脱下他带屎带尿的裤子，他不愿把臭气熏天的下身裸露在老潘面前。

老潘说："我回了。我回了。"

亲家婆看着他掉泪："把肉带回，把酒带回，他哪还能吃能喝？我这样，又哪是吃得下的？喝风都饱了，带回去。放在这儿，没用。谁吃？"

老潘哪还能取回酒肉？他加快脚步，把打铁公的屎尿抛在身后，把亲家婆的泪眼抛在身后，把多年前晨光微蒙露水正清的"乒乒乓"和自己拎着网探足下水抛在身后。浑身的力气也抛了，他没力骑车，慢慢推着。

"这是最后一次见亲家公了吧？"他想。

6

张小峰失眠的症状越来越严重。

住新街时还没这样，忽然加剧，是近来的事，是搬到黑鬼家住的这大半年的事。他觉得是自己的毛病，怪不得别人。失眠，头痛，和姐姐说，也说不清楚。何况，说清楚了，又如何呢？睡不着，谁能治得好？因为那道立体几何题，他想得头都炸了，闭上眼睛，眼前是交错的线条，是线条交叉而成的角度。躺了一个小时，还没睡着，随着线条钻进他脑中的，是一阵呻吟。张小峰轻轻开门，他一直过得小心翼翼，尤其是在不太愿意接受的黑鬼家。声音是从黑鬼跟姐姐的房里传出的。委屈与欢喜并存、压抑与释放同在，听来极痛苦，又不像，那应该是舒坦欢喜的呻吟。

张小峰刹那醒悟了，那是黑鬼跟姐姐在亲热。

住进来一段时日了，这是张小峰第一次听见这样的声音。房间是相连的，无论隔音效果多好，总还是阻挡不住。以往不是没听到，而是因为隐隐约约，被忽略了。张小峰第一反应，是很后悔住进黑鬼家。姐姐为了替母亲省钱，想出了这个法子，她是心甘情愿还是忍受委屈，只有她知道。姐姐让他搬进来时，他拖了一个月，最后，杨南也默认了。他看着母亲茫然无措，开始收拾包袱。住进来后，张小峰觉得手脚绑了线，每个动作都得减小幅度，饭量也似减了。张小峰当然知道姐姐早已跟黑鬼睡到一起了，可亲耳听到这声音，想着那具黑乎乎的身体压在姐姐身上，张小峰脑子还是忽地涨热。

几何题的线条和声音在交战。

声音早已停了，却还在张小峰脑中回旋。

张小峰把草席、被子一收，出门，爬上五楼楼顶。

楼顶，是另一个世界，星罗棋布，微风轻拂，闷气一瞬间消散了大半。睡了几天后，他的行踪被张小兰和黑鬼发现了，都劝他到房里睡，他不肯。镇上的人在夏天里睡楼顶，是很普遍的事，这五楼的楼顶，全镇最高的地方，风把一切都吹散了。再后来，他拉电线把灯泡牵到楼顶，看书、温习、躺着写字；停电了，则在楼顶半人高的护栏边角点上蜡烛。这个习惯一养成，每到睡觉时间，他就觉得房内闷气凝滞，让人窒息，只能上楼顶。最痛苦的是下雨夜，肯定是不能睡楼顶了，可房间内又铁定睡不着，最后想出一个妥协的法子是，睡在五楼和楼顶的楼梯拐角处。

睡之前，张小峰站在楼顶的护栏上，俯视着瑞溪镇的房子。往西不远，是好朋友潘宏亿家，掩映在其他的楼房里。张小峰看得最多的，是黑手义的那家店，他的饭店晚上不营业，可张小峰却常常看，看那门前有什么人出入。他能看到三年前母亲带着他去求黑手义时，他垂着双手站在门口，胆战心惊。在此时，他最想念的，是父亲。那个在省城开过修车店、一身汽油柴油机油味的父亲会骤然出现吗？带着略黑的胡楂儿，气息依旧。

他知道，那不可能，永远不可能了。

等到他躺在楼顶也难以入眠后，才发现失眠症已经很严重了。

在失眠时，张小峰想得最多的人，是潘宏亿——他在瑞溪镇为数不多的交心朋友。

他和潘宏亿的友谊，开始于新街私立小学。两人在六年级时同班，潘宏亿个子高，坐张小峰后面，两人经常在上课时弯腰到桌下，潘宏亿在桌下给张小峰讲着海南广播电台听来的《岳飞传》或者《呼延庆传奇》。当时班上有一个同学，父亲是一个小包工头，家里有些钱，他整天带着一把小刀上课，威风八面。有一次，带刀同学在纸上写了一个"嬲"字，让一个同学去问语文老师到底是什么意思，那同学刚一迟疑，已被打哭。这个任务转移到张小峰身上。张小峰已经从暴哭的同学和带刀同学的嘲笑中，了解了"嬲"字这个"两个男夹着一个女"的字的别样含义，去问老师，那不是找骂？带刀同学掏出小刀，在课桌上刻着，悠悠地说："不去，你皮厚？你这个没爸的人，想挨打？"说他"没爸"是对他最大的羞辱，张小峰扑上去同他扭打起来。带刀同学的几个跟班也围过来，成了群架。唯一一个在群架中帮了张小峰的，是潘宏亿。两人把带刀同学揍哭了，这成了新街小学的大新闻。很多老师早对带刀同学积怨已久，就没处分张小峰和潘宏亿。打完之后，两人才发现，手和脚都在挥打之间被桌子椅子的边角碰出了瘀青和疤痕。

上初中后，两人还是一个班。

而最近潘宏亿结交了一群社会上的小年轻，和张小峰日渐疏远，两人几乎快一个月没说过一句话了。张小峰发现，潘宏亿的课桌经常是空的——他逃课了。潘宏亿还钻进了啤酒机赌场。

他对作为赌场股东之一的黑鬼饱含恨意，可他却住在黑鬼的房间里，这让他放大了失去父亲的屈辱。

"要是我爸……还在……那……"

——这类的假设让他掉入死胡同,让他的眼睛熬出密密麻麻的血丝。

7

镇上的人总是有新鲜的话题：有人挖地基修墙脚，挖出一条白蛇，挖掘的人不知好歹，一石头砸死了，墙壁只修一半即轰然倒塌，建房者想起砸死白蛇时闻到的恶臭尚未消散——那应该是小白龙啊；有人梦见了四位数字，一直跟着买奖，一共买了五期，都没中，就歇手了，谁料第六期就出了那号码；有人……王科运贴在墙上的关于啤酒机的事，早被人们遗忘了。就在人们有意无意遗忘的时候，眼尖的人发现，他的粽子摊已经有一段时间没摆了。有人去问，消息就出来了，王科运脚上夹着木板绑着布，在家里躺着呢。

但没人能问出到底是谁把王科运打伤了，王科运自己也说不出来。那晚从消夜摊吃完炒粉回去，一到巷子口，一个布袋抛过来罩住他的脸，接着就是几个人一声不吭地踢打。那几人闷闷地踢，王科运叫出声来，有人闻声过来，打人者早已逃散。王科运的家人一来憎恨打王科运的人，二来憎恨王科运屡教不改，老是要钻牛角尖，自讨苦吃。他们说多了，嫌舌头累，叫来医生把王科运断了的脚踝上了夹板，就对他不搭不理。王科运的父亲咽不下一口气，怒冲冲到派出所报案。

值班的是蛤蟆二。

蛤蟆二问:"看清楚是谁不?"王科运的父亲说:"没看到。但用脚趾也想到了,他前些天把啤酒机赌场的事贴出来,还不是人家要整他?"蛤蟆二脸顿时一黑:"粽子可以乱吃,话不能随便讲。你的意思,是我叫人去打你儿子的?"王科运的父亲大吃一惊,他显然忘了,他儿子的大字报上,俨然就有蛤蟆二。蛤蟆二冷冷地说:"我没跟他计较,你倒来找我了?他到啤酒机那儿输了钱,气恨人家,也不能乱写。当然啦,公事公办,你既然来报案,那就告诉我,谁打他了?只要他看到了,我保证把人抓到。"王科运的父亲一身冷汗。蛤蟆二压低声音:"你儿子爱当好心人,随他当去,可也不能那么多嘴。写我也就写了,他怎么把派出所所长也写上去了,他不是活腻了,找死?我叫不动烂仔,人家所长也叫不动?让你儿子不要嘴多手闲啦,人家原要准备把他的腿摘下来的,要不是我拦住,他下半辈子都得矮于一米二。"

再过两天,镇上传出话来,说王科运的脚折,并非是人打的,是他发癫起来,控制不住,爬到自家楼顶,从上面一跃而下摔断的。有的人相信传言,也有人沉默半响,压低声音:"这话,是谁传出来的?半脑运家里人。要真是他发癫跳楼,他们堵还堵不及,会到处传这消息?这里面,有戏!"

"什么戏?"

"嘿嘿,什么戏,还用说吗?你会想不到?"

……而据王科运家的左右邻居讲,王科运确实差不多要疯了,他们夜夜听到他无端地号哭和叫唤,继而是一阵狂笑,接着,和某个已经死的人对话,问询寒暖饱饥,问询那个阴间世界长得圆还是方。间隔其间的,是打砸声噼里啪啦。王科运哭笑声高低相杂,竟有某种韵律,闻者无不悲戚。他闹完了,是他家里人压抑不住的哭。

黑手义觉得自己家正滑入几年前六角塘婆祖的预测。

几年前,他无意间去看了六角塘婆祖,那时婆祖之名尚未外传,可说的每一句话,都让黑手义胆战心惊。最让黑手义头痛欲裂的,是婆祖一句似是无意中说出来的:"前面的事做不好,后面的事怎么能做好?房子的地基没埋好埋正,墙能不歪?"婆祖说话爱拿"地基"来比喻,为了说得更准确些,婆祖说:"有些事,要从家谱上清理起,谱上写不清楚,生活中能不乱?"黑手义当时就想起了张孟杰,那个归来寻祖却在店里被打得一身是血再无消息的张孟杰,他应该姓"许"的,他应该叫"许召杰"。黑手义再翻家谱,总觉得现任妻子所生的大儿子许召文前面,还有一个空空荡荡的位置,那个位置被黑手义亲手挖空了。现在,最关键的不是谱上有没有写着"许召杰"这三个字,而是这三个字所代表的那个人的认祖归宗之路,已经被黑手义拦腰斩断。

小儿子许召才已经是这个月来第三次和他老婆打架了。他近来被啤酒机迷得晕晕乎乎,像醉了酒,也不愿骑他的三轮车载客了。在他看来,骑三轮车,一块钱一块钱地赚,能比啤酒机赌桌上来得快?他曾亲眼见到一个陌生的外镇人,开着小车子来的,喜怒不形于色,一叠一叠的钱往桌上堆,输了,脸不变色,赢了,更是淡然。那情形对许召才是一个极大的震撼。那天他刚骑着三轮车送一个人到东边的永发镇,又从永发镇顺带一个人回来,赚了几块钱,车熄火时他掀开赌场的帘布走进去。赌客一捆一捆地赚钱,顿时冲垮了他的安心和本分。他第一次把十块钱扔上去,竟然赢了。他精神一振,往后若干天内,他一直泡在赌场内,把钱都扔了进去。一赌昏了头,他把存折上的两千块也取了出来,全部抛撒,犹如小石子入水,波纹不惊。

许召才慌了手脚,他想,现在只要让他把输出去的钱赢回来,他立马洗手不干。他找老婆要钱,老婆和他吵,他已经十几天不把骑三轮的钱上交了,还有脸找她要?许召才红着眼揍了老婆,翻着她的口袋,找钱去喂啤酒机。他老婆要寻死寻活,两人没有一天好脸色。接下来的另外两次打斗,就更顺理成章了。许召才成了一个提款袋,正把家里的钱源源不断往外搬,估计不需要多久就会掏空。

  黑手义感到了危机,他劝过小儿子,可召才并不在意,淡淡地说:"只要让我把输的赢回来,我就不去了。现在不去,输了那些钱,你甘心?"黑手义不甘心,就沉默。沉默的后果,是许召才输得更多。许召才已经不限于跟老婆要钱了,而是找黑手义要。黑手义觉得形势严峻,断然道:"你不停手,我把你的手打断。"许召才说:"这些年,开饭店的钱,都是你掌管着,一共多少,只有你才清楚。我老婆一直在店里洗碗做工,就不该分她一些?"

  黑手义登时就给了他一巴掌。

  做瓜菜客的哥哥许召文劝许召才不要再赌。许召才反驳:"你来劝我了?这几年,你在永发镇的发廊里扔了多少钱?别人不清楚,我还不清楚?阿红、阿霞、阿雪跟阿花,她们花你的钱,不比我输的少吧?"许召文摇摇头,他要再追问,泄露了消息,老婆会闹离婚的。许召文知道,"离婚""脱离"这样的词,是家里的禁忌,黑手义听不了,母亲也听不得。

  事情发展急转直下。许召才还真的不赌了,但这不赌比他继续赌,还让人害怕。他的不能赌,是被赌场限制的。那源于一次争吵,许召才找老婆拿钱时,吵了一架,一分钱没拿到,他骑着车出去,花了两个来小时,把三轮车转手了,回去啤酒机赌场。钱很快就输得差不多了。要真输光了还好,偏偏在这其中,他赢了一把,而负责收钱发钱的人,不给他发钱还罢了,还把他的钱给收了。他让发钱的人把钱给他，那个小年轻也是嘴硬，两人就争吵起来。许召才顿然冒火，他觉得自己一直在输，是不是因为即使赢了，也被骗了？声音越来越大，旁边人也没来劝，那些输的人，都恨不得他们打起来。两人不负众望，真打起来了。输得多的，也顺势加入战团，场子乱成一团。派出所的蛤蟆二赶过去压场，最后清算时，有两台啤酒机被砸坏。蛤蟆二把打架的两个人都带去拘留了，没看到钱不放人。那个小年轻很快就出来了，他到处扬言："许召才要是不把那两台砸坏的啤酒机钱给赔了，肯定要他一只手。"他这话是当着镇派出所所长的面说的。所长若无其事，只是说说嘛，爱说说去，事情不是还没发生吗？更重要的是，所长其实很赞同这小年轻的话，许召才那只手，他最想要，他笼罩下的地方，竟然被砸了两台机、椅子十几把，这也是他的损失，可惜啊，心疼啊。

黑手义得想法子挽救儿子的那只手。

8

老潘在向群茶馆和黑手义为香港武打片的情节争得脸红耳赤，焦点是"主人公手中的那武器是刀还是剑"，老潘理据十足，黑手义即将败阵。黑手义话题一转："你也知道了吧，有人要我儿子的手。怎么办？砸坏机器的钱，我赔了，可人家不愿松口，到处扬言让召才小心点，不要把手丢了。你说，怎么办？"黑手义手捏成拳头，要是多年以前，依黑手义的脾气，他早就冲进赌场把所有的啤酒机都砸了。现在不行了，人老了，畏惧的事多了，人上压着人，很多力气施展不开。

"有一个办法，就怕你不愿去做。"

"为了那贼八仔的手，哪还有不愿做的事？"

"真的愿意？"

"废话，有屁不快放，憋得肚子里唱国歌？"

"你去找小兰。"老潘把两个人的茶杯加满。

黑手义像气球漏了气。

老潘说："黑鬼在啤酒机有股，他现在都快成你孙女小兰的老公了，只要小兰求情，他能不放过？毕竟，按辈分来说，召才还是她叔。"

"杀羊的，你笑话我？"

"不是笑话，看你低不低得下这个头了！对了，我还是认为，那家伙拿着的，是刀。有这么怪异的剑吗？"老潘指着电视机上的刀光剑影，不忘绕回他跟黑手义的争辩，好像电视上那人握的是刀还是剑，比许召才的一只手还重要。老潘笑了笑："其实，什么事都不会有，召才的手，没人能拿去，又不是猪脚，还能卖钱？"

他的安慰没能让黑手义精神振作。

正在这时，陈梅香跑了进来。

她脚步收不住，撞上四方桌，一个茶杯啪地落地，碎成四大块，茶水四溅，她说："出事了，回去看看，出事了。"丢下话，她心急火燎，折跑回家。

老潘脸一沉，背着双手慢慢吞吞跟在陈梅香身后。

黑手义摇摇头，招呼向群茶馆的老板娘过来，照价赔了碎杯子。

老潘家门前围满了人，潘江正和一个妇女论理，他本就木讷，在那妇女口水机关枪的扫射中，毫无还口的份儿，脸涨成猪肝色，嘴巴张了合合了张，一个字吐不出。陈梅香挺在丈夫面前，往日扫荡整条街的话喷个不停,却因嗓门没那个妇女大,落了下风,回骂一阵就捂着胸口呻吟叫疼。

老潘一言不发听那女人说了半筒烟的工夫,听清了大概。原来在县中学的潘宏万不但成了校园帮派的小头目,也和女同学玩上了,防护工作没做好,把女同学的肚子搞大了。那女同学用宽松的衣服遮掩着,可肚子越胀越明显,如何勒紧腰带也是白费劲。同学之间就传开了,她逃回家闭门不出。父母追问起来,她唯唯诺诺,说是潘宏万的杰作。女同学的父母带着刀杀到县中学,潘宏万越过校墙惶惶而逃。有好事者给报纸爆了料,《海南特区报》某记者带着"高中女生大了肚子为哪般"的疑问深入校园采访,被校领导塞了红包才压住了,没把事情公开。在县中学,潘宏万一直都是风头浪尖上的人物,现在更引领着话题潮流。潘宏万怕事,逃出学校后,就躲避到某个角落没再出现。由于对学校风气影响极坏,女同学已被勒令退学,身心前途都深受伤害,她母亲就闹到了老潘家来。女同学母亲的意思是,要让老潘家赔偿五千块,这钱用于她女儿打胎和补偿身体的损失。

千般不是指向潘宏万,潘江着急与愧疚交织,更说不出话,手脚比画,像个哑巴。见到老潘,他总算挤出一句:"兄,你讲句话,你讲句话。"女同学的母亲披头散发形神如鬼,哪还顾得形象,以凶厉的目光瞪着老潘,做好应变准备,无论老潘说什么话,都立即把责任推到潘宏万身上。

老潘慢悠悠地说:"要真是我家那贼子做的事,五千就五千!赔。赔。"潘江眼睛凸圆,他本想让能说会道的父亲说些挽回的话,他怎么一开口就应承了?女同学的母亲也一下语塞,她计划好千言万语,却没机会发挥,反而尴尬当场,嘴唇颤抖。陈梅香打破僵局:"你吃茶吃败脑子了?赔五千?赔五千给她?去哪儿要那么多钱?我的命怎么这么苦啊？我死了好了，让我这么受苦，让我去哪儿找钱赔？谁知道是不是她女儿见到我家宏万花钱大方，想办法骗宏万去睡的呢？肚子大了？在哪儿，带来看看！裤子还是她先脱的吧！赔钱？赔什么钱？死都不赔！要我的命去好了。"

陈梅香一哭闹，围观的人更多。

老潘怒瞪陈梅香。她还要说什么，潘江已经捂住她的嘴，她挣扎两下表示反抗，不再哼声。老潘手一招："先进来喝口水，慢慢商量，小孩子不识事，难道我们大人也神经病一样？给多嘴的人传去了，对你女儿也不好。这又不是多光荣的事，先进来，慢慢讲。"

女同学的母亲犹豫一会儿，跟着进去了。

围观者见热闹没了，眉飞色舞嘀咕着，散开了……

关于怎么解决这件事的传言，老潘自己就在茶馆听过六个不同的版本。在茶客津津乐道之时，他随时有拍桌站起的冲动，一想到这样的事只会越描越黑，他本人说话，便是误导的假话，每个人心中都有一套自以为是的真实，只得任由人家乱传。其实老潘只是让那女人坐下平平气，让她把情况从头到尾再叙一遍。他慢声慢气地商量："能不能少点？五千……这个数，也太大了！"老潘的和气早把那女人的气消了大半，她只好不断回想女儿浑圆的肚子，不断回想潘宏万趴在女儿身上进进出出，以此增强内心的愤恨："四千五，四千五，最少的数了，给不了，我就打官司，告他强奸。"

陈梅香脸色刷白，手扶着墙壁才没倒。

老潘若无其事："就四千五，马上给你。"他回房把存折给潘江。潘江翻开一看："兄，数不够。"老潘说："有多少领多少。"潘江带着存折去镇上的农业银行了。

陈梅香也回房翻箱倒柜，出来时，头发飘飞，她尖叫："兄！我存着的九百块,不见了。全丢了。"

那妇女眼角一翻:"不想给钱,想出了这么鼻肿眼黑的借口?"

陈梅香全力吼叫:"这是我留着给我爸的,他都要过世了,我留着给他安葬的。我借口,你讲不讲良心啊?"

老潘掐掐下嘴唇,提振心神——指甲印在下嘴唇上如同刀刻。

老潘去找对面修车店的大肚成借了一些,最后,以三千四百块,把女人打发走了。陈梅香先是埋怨老潘,接着想到潘宏万还躲藏着没出现,就闹开来,声音越来越大,联想到她行将就木的父亲打铁公,更加失控。潘江安慰道:"事情发生了,哭也没用。"陈梅香说:"我想闹啊?你可有钱了,一出手就三千四,当面被人家抢走了三千四,我儿子死在哪个角落,谁知道呢?我爸也快不行了,让我死了好了,怎么这么命苦呢?"哭了一阵,她指着老潘:"你吃饱了,把你的肚鳞去,吃你的闲茶就好了,开口掏钱真大方啊,我嫁过来多少年了,哪天穿过新衣服了?今天倒好,把家底都翻出来给人了。我儿子是不是被打死了都不知道啊?她女儿真的肚子大了,你怎么知道她是不是来骗钱的?"

老潘不愿多说,以他多年的经验,和讲话不脱壳的女人吵架,毫无胜算。当年老伴还活着时,她多骂几句,他从不还口,老伴死后,就更不愿和女人多说了。陈梅香的话越来越难听,她也不觉胸口闷疼了,嘴一骂顺溜,以往舌战整条七步街的伶牙俐齿的感觉也找到了。更难得的是,这是她嫁到潘家以来,第一次鼓起勇气和老潘正面交锋。以往在老潘面前她头都是低的,现在,终于该她扬眉吐气一下了。听她话里的意思,倒是老潘弄大了女学生肚子,潘宏万只是替罪羊。潘江拉扯陈梅香,她尖叫:"都这样了,还不让我说?你想我死?你想我闷着,气到死?我儿子真的是不见踪影嘛!谁知道我的宏万逃到哪儿了啊？还有，哪个天杀的，拿了我那九百块钱啊？"

老潘一掌击打在八仙桌上，陈梅香嘴巴闭上了。

老潘说："那死路头的三日不回家，我把头割下给你当凳子。"

那天，老潘没回家吃晚饭，他到了黑手义的小饭馆焖小锅羊肉下番薯酒。黑手义也坐下，和他对喝了两杯。黑手义说："今天我请你喝，爱喝多少喝多少。"他听了镇上的传闻，也从老潘的脸色中看到异于往日的神情。黑手义说："老潘啊！年轻人有年轻人的活法，你少管，年轻人要是也跟我们这些半截入棺材的人做事一样，还有什么味？你都多少岁了？我们什么没见过，你闲着，爱吃茶吃茶，爱饮酒饮酒，管那么多做什么？要被小孩的事塞死，不成了笑话？"老潘说："也是，也是。道理你也会了，你想好没有，要不去求求小兰？"黑手义摇摇手："这话，再说，再说。"有四位食客进来，黑手义给老潘倒满酒，就站起招呼去了。老潘有些发晕："去你的，去做你的生意。"

随着年纪渐增，老潘酒量已大不如前，一沾酒就眼睛昏花。

小镇的晚上，有灯光的地方不多，但他在镇上几十年，闭着眼睛也找得到回家的路。隔天一集的小镇在集日的白天很热闹，夜里则只有一些零星的灯火从门缝窗口泄漏出来，显得更黑。

是潘江来扶着老潘回去的。

老潘迷糊的眼看不清街上的情形，却清楚走到哪儿了。哪里有一棵树，哪里会听到狗吠，哪一家的灯黄中带红……他清楚，都清楚。他一言不发，任由儿子扶着。由于小时遭逢旧社会，他没念过几天书，两个孙子是够聪明了，可又聪明过了头，能否读进书还是小事，以后当贼子还是本分人，才是他所牵肠挂肚的。今天那女人闹到家里，他何尝不痛心难受？但又能如何？总不能让那女的真的去告潘宏万强奸吧？他家或许注定不能出一个读书人了，注定是磨刀放血的命了……

越想，眼睛越模糊不清，一层塑料袋子蒙住眼珠似的。

潘江知道父亲的牛脾气又犯了，扶着他肩头的手只好收紧了些。

9

"你妈抽屉里的钱，是不是你拿的？"

"不是。"

"要是贼，怎么会一点声息都没有，连锁头都是好的，不是你拿的，是谁？"

"反正不是我拿的。你要怪在我头上，我也没办法。"

"不是怪在你头上，是让你说真话，你拿没拿？"

"我觉得，应该去问我妈，是不是她放错地方了？她最近心乱，经常讲错话，昨天人家来拿肉，她还跟人家吵架。"

…………

类似的话，陈梅香问过，潘江问过，老潘也问了三四回了，潘宏亿都出奇地镇定。潘江是抱着把儿子打一顿的心，却也被他的冷静把火气给磨没了。老潘也看不出什么破绽，但总觉得这镇定里，有着看不透的隐秘，他想一步步把真相引出来，却只问得自己发出一声长长的叹息。在目前，丢失的几百块钱还不是重要的，逃离学校，跑出去躲藏起来的潘宏万的下落，才最让人心乱。那死路头的贼八仔，怎么能做出这样的事来？陈梅香心力交瘁了，为两个儿子头痛，为送给那女人的钱心疼，为丢失的那九百块头晕，为弥留的父亲悲伤难抑，她几乎不需要扯，头发已一束一束往下掉，头皮荒芜。

唯一的好事,是陈梅香在翻洗自己的衣裤时,找到了遗失的九百块。那件衣服,是她去看打铁公那天穿的,她记起来了,当时她把钱装在口袋里,想塞给母亲的,最后发现,她的哥哥嫂嫂们都两眼放光地看着,她就没把钱拿出来。从外家回来,衣服就一直挂在房内,她以为已经把钱放回抽屉,原来还在口袋里。摸着被水泡湿的九张大头钞票,她有些发抖。毕竟,父亲要是去了,这点钱还能尽一份心意。

钱找到了,家里人看潘宏亿的眼光这才松弛了。潘宏亿还是很冷静,他说:"我早说了,不是我,你们偏不信?为什么老是要怀疑我?"

说着说着,他就无法冷静了,在房里暴跳。

也顾不得他,家里四处托人打听潘宏万的下落,潘宏万的老师和同学都问遍了,没人知道。已经六天了,他还没有一点消息,像一滴水滴入了南渡江,了无痕迹。

陈梅香在老潘面前讽刺:"不是说三天宏万不回来,就把头当凳子吗?"

老潘四处翻找:"刀呢?刀呢?我把凳子割下来给你。"

潘江堵塞陈梅香的嘴,说:"兄,别跟小孩一样。梅香嘴多,你还……"

"我怎么了?我是讲笑的吗?刀呢?刀呢?"

10

首富父亲的葬礼,震撼了全镇人,一些见过世面的人甚至说,即使是省领导死了,也没有这么阵容豪华的。三十多辆小车开在前面,从车内扔出一挂挂的鞭炮，鞭炮炸响后，伸出的手，就往外面撒钱。不是冥币，是人民币，五毛的，一块的，还夹着零星的五块十块，一撒就是一把。随着小车队伍的，是送葬的人群。首先便是首富了，他握着父亲的画像，他的兄弟在他的周围，几兄弟后面，是送葬人抬着棺材。棺木色泽油黑，镇上人一时也看不出是什么木，但以首富的豪华手笔和那木头发出的光泽，大家都知道那是珍稀之物。棺材后面，是家中的女眷，都穿着孝衣，哭成一团。在这时候，哭声越大越好，最好是嘶吼出来。有一个女的，实在是哭不出来，苦着一张脸，旁边一中年妇女拍她肩膀："哭不出来，把头低下，排到后面，别给别人看到！"年轻女人酝酿半分钟，哭声压倒鞭炮声。女眷的后面，是亲戚；亲戚的后面，跟着首富一百多位各地赶来的朋友——前面那三十多辆小车，不少就是他们的坐骑。

　　送葬队伍引来了无数人的围观，这可以说是三年以前军坡节之后，最让镇上人沸腾的一次行街了。以往有送葬队伍穿过小镇，大家都觉得不吉利，甚至都把门掩着，不愿去看，而这一次，围观的人把街道两边挤满了。队伍过去之后，还有无数的小年轻在街上扫过——他们是在抢着捡那些从车上撒下的钱。

　　老潘和黑手义坐在茶馆里。老潘笑着说："生的时候撒钱，死的时候，也撒钱。他父亲死了，场面这么大；到他死了，估计就没几个人来了。"黑手义："也风光不了几年啦。"老潘说："大把的钱往街上撒，谁也招架不住。"黑手义摇摇头："还不是这个的原因。我听说，他父亲的墓，风水不好，犯煞，有一个小坡像剑尖正对着他的墓。"老潘说："你也知道人家坟墓的事，你会算命？"黑手义抿了一口："我不会算，石头爹会算。你还知道石头爹吧？以前这有钱仔一直找石头爹帮他看风水，两年前，石头爹看漏眼了一次，导致他亏了一笔钱，他就另外换了人。这一次他父亲的墓地,是一个新的风水先生选的。石头爹去看过,给他建议,说不能埋在那里,要埋,三年之内,必惹大祸。人家哪还信石头爹啊?但石头爹拍着胸跟我说,这一次他不会看错——即使是上一次,他也没看错,上次要是赚钱了,那可能要丢命,石头爹是让他花钱买平安,他不信。我们就等着看三年嘛,也很快就看到了,看石头爹说得对不对。"老潘说:"石头爹跟你很熟,怎么都跟你说这个?"黑手义脸一沉:"我家的事,也好不到哪儿去啊,不就是张孟杰怎么上家谱的事嘛!去问石头爹了,问好几次了。他也只是摇头,说人已死,这事就不好办了……"老潘也摇头:"是不是你塞钱不够?"黑手义摇头:"石头爹就这点好,有钱的找他,他给你算;没钱的找,他也绝不把人拦在门外。"老潘笑了:"这事急不得!召才的事,那可是很急的,去问了小兰没有?你就真的低不下头?这事已经快要烧到你的裤裆了。"

"让我想想。"

噼里啪啦,呜呜呜呜。鞭炮声和哭丧声此起彼伏,互不相让。

被首富的葬礼吓到的人,是陈梅香。在以往,有棺材抬过小镇,她熟视无睹,现在可不是这样了,所有鞭炮的炸响,她都觉得那是给她父亲打铁公送葬的声音。

她带着女婿去给父亲看病,李堂清冷静地检查一遍之后,摇摇头。这不是他第一次随着陈梅香来看打铁公,却是第一次这么灰心。陈梅香说:"今天不打针了?"李堂清摸了摸打铁公的手臂,摸了摸他的大腿和臀部,摇头。陈梅香眼睛泛红:"打针啊!药水钱,我给。"李堂清说:"妈,哪是钱的事,阿公的肌肉硬得跟铁一样了,针扎进去都弯了,药水射不出来。"陈梅香说:"那你说怎么办?"李堂清低头不语。

陈梅香二哥曾把打铁公接到县医院去，县医院也没什么招，这才回来村里躺着，李堂清一个在乡村开小诊所的，能怎么办？

　　李堂清知道，等回到家里，潘宏萍又要牢骚了。潘宏萍嫁给他以来，他多次给老潘家看病用药，从不肯收一分钱，这让潘宏萍有了很多的不满。李堂清也没怪潘宏萍小气、见识短，连她外家的钱也要算得很清楚。他知道，她的牢骚来自当年她奶奶给留下的不愉快的记忆。潘宏萍跟李堂清好时，正是李堂清最游手好闲的时候，每天骑着一辆自行车到镇上玩。潘宏萍只初中毕业，眼光却高得很，先跟王科运谈了一段，被他要上天揽月下海捉鳖的神叨叨吓到，就散了，但她的眼界已经提高，也再看不上没读过大学的人。她奶奶对她跟李堂清好上，极其反对，劝阻无效后，把她的衣服往外扔，说："屁股往外翘了，那就别回来。"潘宏萍就真的有很长一段时间没回来。后来，老潘跟李堂清谈过一番话，还借钱给他把诊所开了起来。老潘的老伴慢慢地才接受了李堂清，可潘宏萍一直觉得奶奶当年驱她太紧，以至于奶奶犯病，李堂清时常过来打针开药，她都要李堂清明算账。奶奶死后，潘宏萍就不怎么回外家了，李堂清问她缘由，她支支吾吾许久，才把盖给揭开，她曾多次梦见奶奶站在幽深的门口，往门外丢衣服，嘴巴在动，可看不到她说什么。潘宏萍每提到此事，就红了眼睛："人都不在了，她还在赶我，我为什么要回去？你说，她就那么不希望我嫁给你？都做鬼了还跟着我？"

　　有些话，李堂清不愿跟外家母陈梅香说。他不能告诉她，打铁公的身体机能多已败坏；他更不能直说，目前最重要的，是让打铁公安心度过为数不多的日子，让他的儿子孙子多来照看他。他肌肉僵硬，除了病，很大原因更因为他内心纠结难解，他神经紧张满怀怨气。李堂清没说，可陈梅香已经了解了他的意思，陈梅香变得手忙脚乱话语哆嗦。反而是陈梅香的母亲镇定自若，说："打不了针，就不打了吧。打过那么多了，也没用，再打，让他疼而已。不打吧。"

收拾药箱时，李堂清想，回去一定要跟宏萍说说，让她来看看她的外公。再迟，可就只能看到一堆土了。

11

许召才被打了，鼻青脸肿，他说，要不是他跑得快，要不是他手臂有力，把其中一个人推倒了，他还跑不掉。许召才说这话时，瘀青的脸苍白一片。他说："也不知被我推倒的那白粉仔怎么样了。"吸毒仔命薄气短，他怕会摔出什么来。黑手义黑着脸："打你的，是谁跟谁？"许召才说："几个吃毒的。曾德华、黑须三和白毛春，真的不是我惹他们，天热，我在喝薯粉，他们冲过来就打，话也不说，也不是抢钱。把人家的薯粉板都掀了。"黑手义冷冷地说："你的手断了没有？没断吧？没断？那他们还会来找你。"许召才说："你是说……"黑手义说："你砸了人家啤酒机，损了人家生意，你要看好你的手。"

许召才脸就更白了。

黑手义猛地站起："该去找她了！"

许召才喊起来："你要找谁？你要找谁？你是不是要去找那个卖彩票的飘女？"

"只有她的话，黑鬼才听。"

"你要去找她？她恨不得我死，你去找她？以前她拿石头砸我们店门，我没饶过她，你现在让她饶过我？"许召才眼珠充血，"把我这只手拿去吧。我宁愿不要一只手,也不要去求她。"

张小兰脸硬如石,直勾勾地看着黑手义,她不相信,他真的走过来了。

每天,她拎着一把塑料椅子、一张可折叠的三夹板桌子,坐在邮电局门口写彩票。她不像别的女人,嗓门大,会招呼,她已成了这个镇上的人,可她怎么也学不会那些镇上女人的大嗓门。当然,嗓门不大,不影响她卖彩票,很多人来跟她买,就是为了近距离看看她。黑手义的店就在对面,她抬头就能看到,她不像前几年那么激烈了,可她的恨一点也不减少。当年,她的父亲,就是在对面那个店里被打的。父亲从瑞溪镇回去后,一直郁郁寡欢,以至于他身上的伤,竟然养了大半年才好,而且也没好得彻底。在养伤的那些日子里,修车店门庭冷落,生意日渐萧条,直到有一次躺在一辆小车下修车底排气管时,他就没有从车底爬出来,而是被担架抬出来的。他被查出有病,很快地把店铺给转让了,转让的钱花光了,却没把病治好。张小兰一点一点感受着家里的败落,感受着父亲越离越远,感受着少年的欢乐时光决绝地死去。父亲去世前,不愿说一句话,张小兰觉得父亲窝着一肚子话,却无从说起;他有着不能完成的心愿,却无缘再去完成了。张小兰一直认为,父亲的死,是黑手义一家直接造成的。要是那年在黑手义家没有争执,只有谈笑与亲密,一切会不会是另外一副模样?张小兰没有去假设,对她来说,假设没有意义,既成事实是,父亲之死,活生生把她的心也挖掉,把她美好的记忆全都埋葬。她恨黑手义,恨他老了却依然身如黑塔,而她父亲……其实,她恨黑手义带走了她生命中与父亲有关的所有部分。

她没想到,黑手义竟向她走来了。关键是,黑手义还若无其事,向她买起彩票来："我买两个号码，2710和3942，都买四块钱。"他要不要脸，他难道不记得，他害死她的父亲，他真是无耻透顶了，竟来买彩票来了？张小兰故作镇定："没有了，这两个号码没有了。"黑手义食指一扫："这儿，还有这儿。都还没卖呢！这不是，都没画呢。"张小兰说："不卖了，有也不卖了。"黑手义一愣："有也不卖？还有人厌钱的？"张小兰冷冷地说："卖给别人，就卖；卖给你，不卖。"

"那我不买了，我问你件事。你能不能帮我说说话？"

"关于你那贼儿子的吧？你想让我帮你儿子求情的吧？"她一下就挖到了黑手义躲躲藏藏的暗处。黑手义有些晕眩，眼前这伶牙俐齿不留情分的女孩，是他的孙女，她脸上宛然有着那年离去的前妻的神态，那冷漠、尖刻、不留情，如出一辙。张小兰乘胜追击："我知道啦，你儿子被人打了，想让我跟黑鬼求情。你肚里几条虫子，谁看不出来？我跟你说，打人的事，跟黑鬼没关系。我多感谢那几个吸毒仔，为我出了一口气，你来求我？我要有力气，我还自己去打他呢，你来求我，让我求别人放过他？你脑子坏了吧？"张小兰占了上风，也就不需要靠嘶吼来增加气势了，她时而嘲讽时而还吹着口哨，轻松自如花样繁多。

黑手义手心都在抖。这得理不饶人，和"她"，那个坚决要离开的"她"何其相像？当年他没法应对——她要离开，他也拦不住——此时，他再次手足无措。

"老天开眼了，你黑手家不是最会打人哦？看看你，这身躯，就是一个贼头样，今天轮到你们挨打了？哈哈，我又没中奖，我怎么这么高兴哦？"旁边卖彩票的人，都抬头看着张小兰，他们有清楚这两人关系的，也有不太清楚的，有人喊起来："黑手，她不卖给你，我卖啦，我这什么号都有，你跟我买咯。""她也是，嘴这么贱，开口就骂人。""人家有老板喂嘛,腰硬也是正理。"张小兰觉得不解恨,她从怀里掏出一张纸,在黑手义面前一招,又收回口袋里:"你是不是想要这个东西啊?是不是很想要啊?我知道,你就别不承认了。"

"你那是什么?"

"你日夜想的东西啊。你不就在一直找这个东西吗?这是我爸的生辰,你去找什么婆祖,找什么石头爹,不就是想问他的生辰八字吗?就写在这张纸上。当时,我爸亲自送回来给你,你不要。现在你们家衰了,要开始'查黑'是吧?需要这东西了是吧?我告诉你,你没这个命了。我不但有我爸的生辰,还有他的照片,你想不想要?你不要我奶奶,不要我爸爸,现在就有脸来找我了?"

黑手义觉得太阳穴内塞进了一只青蛙,青蛙吸气呼气,额头两边就一鼓一松。张小兰口齿伶俐,他来之前就做好了被嘲讽的准备,想不到,她比她奶奶还要让他一筹莫展,让他毫无还手之力;她也比她奶奶,更能击中他的死穴。在张小兰面前,所有的秘密都不是秘密,他所有想着的,连现在的老婆都不清楚,张小兰却狠狠抓住,猛烈攻击。黑手义双手一探,把张小兰两只手腕捞在一起,他用左手夹紧,右手伸进张小兰的口袋。张小兰叫起来:"贼啊,贼在抢钱啊,救命啊。打贼啊!"街上就有人围过来,黑手义胸口更觉得闷了,右手赶紧把那张纸一掏,左手同时把张小兰的手腕给松了。

黑手义没空理别人的指指点点,把那张纸一抖,只是一张卫生纸,一个字都没有,白白如也。张小兰哈哈笑:"快看啊,黑手贼连擦鼻涕的纸都抢,大家快看啊。"黑手义手一颤,卫生纸掉落,有风吹过,转一下方向,落到地面。黑手义毫不停留,转身走人,在这个有着他血液遗传的孙女——他不愿去认,人家也不愿认他——面前,他彻底落败。张小兰得意扬扬,学着其他妇女喊道:"买奖啦,快来买奖啦,什么码都有。最好买 2710 和 3942,内部漏码出来了,赶紧来买啊,两块钱中一万八。"

12

老潘把羊圈里点香的地方换了一个方向,他也不知道朝向哪个方向是吉利的方位,但既然六角塘婆祖都说了方位不对,再这么摆,点香时看到一次难受一次,那就随便调一调。他手一大,把方向扭了个一百八十度,头脚对调。

潘宏万仍没有一点消息。

陈梅香披着一头乱发,每天醒来就喊着找儿子,喊了半天,再哭病重的父亲。潘江貌似若无其事,可从他下手宰羊时羊的叫声,老潘就听出他在焦躁不安。

老潘镇定地对儿子、儿媳说:"藏不了几天了,他就要回来了。浑身没钱了,他能藏得住?"话是这么说,他已不那么自信。陈梅香尝试着问了一句:"兄,要不要……"话没完,老潘已断然喝止:"不可能。"陈梅香只得把"求求五海公"这几个未出口的字生生吞咽回去。见儿媳满脸绝望,老潘也于心不忍,他语气放软:"你可以回村里,去祖屋祭祭祖。你也可以去六角塘问问婆祖。"陈梅香问:"买猪肉还是杀鸡去?"老潘说:"杀鸡吧。"顿了一阵,老潘叹息道:"你也顺便问问婆祖打铁公的事。我上次在那儿给打铁公求了平安符,你去问问,看后面会怎么样?"

陈梅香想到在躺椅上僵硬如铁的父亲,泪水夺眶而出。

13

王科运瘸着脚朝赌场跑去,他口中呼喊着,人们听不大懂。他把赌场的帘布一扯,灰尘一抖,布被撕开。两个隔开的世界,融为一体。不少原先只从门口走过的人,围聚到门口,探头往里望去,里面哗啦啦地乱成一团。王科运喊道:"快收起来了,要抓赌了。"场里的人更加乱了,有几个人怕错过逃跑最佳时机,捞起桌上自己的钱,往门外奔出。"抓赌了,抓赌了,快跑啊!"王科运叫得更欢了。里面冲出三个人来,一个架住王科运左边,一个架住右边,其中一个左右开弓,在他脸上奋力扇了两巴掌。打人的那个喊道:"你还没被打怕是吧?是不是想把你眼睛给挖了?"王科运嘻嘻一笑,不以为意,说:"你们敢打我?"

"打你怎么了?来搞破坏,你还有理了?打你是看得起你。"打人的那人喊着,两个架着王科运的,也各自出手,在王科运腰间击打,噗噗噗。王科运也不叫疼,更不挣扎,还笑嘻嘻的,笑得那三人很有失败感,只好轮流打他解气。旁人看不过,说:"他是走神的,算啦,走神仔,打也没用。放了他啦。""这不是半脑运啊?怪不得这段时间没看到他卖粽子了,原来脚折了啊!""你不知道啊?上次他惹事,被打伤了,唉,皮厚肉韧,他来找死啊。""喂,喂喂,还是放了他吧,别把他打傻了!""呵,他还不傻?还需要打才傻?"

王科运笑着说:"不用担心我,让这三个贼子打,没关系的,他们能打疼我吗?"

围观的人摇头不止。

王科运猛地喝道:"你们还敢再扇一下,我让你们手指折,你们知道我是谁吗?"

"还嘴硬?半脑运,你再这样,我都怕了你了。"打人的那人也摇头。

王科运说:"你以为我是王科运?"

"你不是?"

王科运左右一甩,那两个架住他的人被甩开了,撞到人墙上,左边那个压倒了两个人,右边那个砸在一辆自行车上,哐当作响。在王科运面前的那个用力一推,王科运一动不动,像推在一堵墙上。场面混乱,三个人都大惊失色。王科运的声音猛地一沉,清清楚楚地传到每个人耳中:"你们这三个竟然敢打公祖?"这句话一出,尽皆哗然。王科运自称"公祖",他是哪位公祖?难道有公祖"降童"了?公祖附身到他身上了?三人犹豫,进不得也退不得。王科运脸色严峻神情冰冷,眼光极其凌厉,刚才的嬉笑一瞬间竟然消失了。围观的人也不敢笑了,停住议论,屏住呼吸。王科运声音更加低沉了:"连五海公你们也敢打,你们想断子绝孙?"

这话像一颗炸雷,有好几个老的,已在街上奔跑起来:"五海公'降童'了。"

"五海公'降童'了。"

"'降童'了。"

…………

这消息即刻传遍全镇,所有人都半信半疑。毕竟,从一九九四年的最后那年军坡节"起童"失败后,接下来的这三年,五海公就没有再显现过,此时他毫无预兆地降临,而且还是降在王科运身上,怎么能让人信服？但还是都围聚在赌场前面，把车又都堵住了。听到消息的，都奋力往赌场赶来。那三个赌场的工仔，朝门里招手，又出来另外几个人。这几个人面面相觑，怕被王科运骗了，更怕真的是公祖降临，真的对他动手，那会灾祸临头。

王科运反而闭上眼睛，自顾自地站着，一动不动。

人群里走出一个老人，泪流满面，拉着王科运的手："运啊，回家啦，不要在这儿惹事啦。你不要脸，我还要；你不要命，我可不能看着你丢了。"

老人是王科运的父亲王笑脸。王笑脸被叫作王笑脸，可以想见他平日嘴角都挂着笑，可现在非但没有笑，脸上泼满两碗黄连汤、三瓢苦瓜汁，还挂着泪。八十年代末，是王笑脸最风光的时候，因为他的儿子王科运考上了大学，而且还是天津的大学，和北京很近，这能不让他脸上挂着阵阵春风？这能不让他被称为"王笑脸"？可没想到，他儿子在大学里，没有带来风光，却带来了无穷尽的烦恼，带来了儿子的癫狂，带来了全镇人的嘲笑与讥讽。王笑脸的笑脸从什么时候开始就消失了，他本人也记不得。他岁数其实不大，可当脸上的笑消失后，他觉得鞋子变重，走路都踽踽摇晃。

王科运眼睛还是不睁，任由他父亲拉着。王笑脸用力扯着，可怎么扯得动？

王笑脸蹲在地上，哇哇地哭。王科运眼睛睁开："你回去吧，不要来拉我。你要请我去你家？"王笑脸看着儿子的脸，熟悉里夹着陌生，他也疑惑了，这真的是他的儿子吗？围观的人在喊："笑脸，五海公'降童'到你儿子身上啦。""穿杖，穿杖！""是啊，'降童'了，赶紧穿杖！""穿杖"这个词喊醒了所有的人，大家意志统一，心思统一，已经有人从旁边的人家里拿出装水的锡桶，奋力敲打，当成鼓来敲。这叫"起童",他们要把被公祖附身的人的情绪调动起来,让他癫狂,让他把人们递给他的那根小指那么大、两米那么长的铁杖从他腮上穿过。

穿杖,是神灵显现的最确凿的证据;而神灵显现,则是乏味单调的日子中为数不多的惊喜和期待,神灵显现,让难熬的日子不再难熬。

有人去五海公庙里寻铁杖,也早有人去抬牛皮鼓和拎铜锣了,这些都是"起童"的工具。打王科运的那人冷笑一声:"五海公,你真的'降童'了,我买一条中华发给大家吃。"围观的人鼓着掌,有人喊道:"一条怎么够?最少也得两条。"

"两条就两条。"他斩钉截铁,看来,是要下血本了。

王科运淡淡地说:"说到要做到,别说了不买,自己找衰。"

王笑脸猛地起身,扔下儿子,朝人群里钻。公祖穿杖的事,他见过无数次,一根铁杖穿腮而过,看的人固然是虔诚膜拜,可穿的人呢?没有人想过。王笑脸惶恐而担忧。在以往,每一个被"神"附体的人,都是那些门庭凋零的人,都是那些上无父母、平辈无兄弟、下辈无儿女的孤寡之人,都是那些精神不大好、有些瘦弱的人,五海公要真是附到王科运身上,那他一家,莫非真的全无人气了?王笑脸朝五海公庙奔去,他不能让这一切发生。这一切真的落实了,以后每到了节日,人家都把锣鼓抬到他门前敲响来"起童",他该怎么办?他就算死,还有脸去见自己的祖宗?他和别人一样,对公祖的显现都是叶公好龙式的,给他看到了,兴奋莫名,真的降临到家里人身上,就得阻止。

大家已把赌场遗忘,也不再追究王科运是不是来赌场闹事的,所有人都在等待一个时刻,等待残酷血腥却是神迹降临的时刻。

黑手义不再犹豫,昂着头走到王科运面前,拜了三拜,说:"子孙许昌义请五海公到家里看看,替子孙消灾解难。"王科运说:"你有什么灾,又有什么难需要解?"黑手义说:"公祖不知道吗?"王科运说:"我当然知道。只是,当年本来有机会转好的,你自己把他丢了,现在人都不在了,还想怎么办?"黑手义说:"子孙就是不知道怎么办,才求公祖。"王科运摇头:"没什么好告知的。有人做错了,就得有人受罪。人都不在了,你得想办法把魂召回来,才能消才能解。可是,有人回来了,就得有人走,你愿意拿你家里其他人来换?"

黑手义悚然一惊,还想问什么,王科运已不愿再说了,闭目端坐。王科运坐在啤酒机赌场的进出口处,也没人再敢去拉他。赌场的人已把机器都关闭了,他们都动作很快,拔了电,手脚轻便地把赌具推往后面,没一会儿,拥挤的内场,竟被清空得差不多了,孤零零的赌桌,靠墙放着,赌客也都从后面小门闪出。被公祖堵在背后,怎么说也不是太吉利的事吧?

老潘站在黑手义身后,瞧着王科运,不知该笑还是该哭,这个曾经的大学生,现在竟然说他被五海公附身了,他读那么多年的书,读到屁股里去,又被拉出去了?可要真的是假装的,为何他说黑手义的事,都说得很准,并且还顾及黑手义的颜面,没有在那么多人面前点破,让黑手义的犹豫与挣扎大白于其他人面前。老潘希望从王科运脸上看出真切、看出忐忑与漏洞。

"杀羊的,你是不是有话想问我,又忍住没问?"王科运没睁眼,脸却对着老潘。围观的人都屏住呼吸,想看他能说出什么来。老潘一动不动。王科运说:"该走的,就快要走了;该回来的,也就要回来了。"老潘也悚然。王科运说:"你家围羊圈的木头不好,最好换换。还有,最严重的是……"所有人都侧耳倾听,他却不说了。黑手义正狠狠地瞪着老潘,过一会儿,又狠狠地盯着王科运,眼中满是怨气——

五海公不愿教黑手义消解之法，却在教老潘。王科运不说了，他或许也感到了，他每说一句话，在把一些事变好的同时，也会把一部分事变坏，比如他要真的把所知都告诉了老潘，老潘解决了问题，不会惹来黑手义的妒忌与愤怒？他一开口，岂不是破坏了这对友人的情谊？

老潘也从黑手义火辣辣的眼光中察觉了异样，王科运后面没说完的话，是老潘最想了解的一个谜。这个谜，被黑手义投射来的火辣目光给阻止了。一瞬间，老潘也对黑手义充满了恨意，这恨意来得突然，也很快被老潘发觉。老潘为自己冒出的这种心思而自责。黑手义也收回了目光，他也在自责，竟然因为王科运所代表的"五海公"要告诉老潘而心怀嫉妒，他的心，竟狭窄至此吗？

两人相互对视，目光一触，又都缩回，显得小心翼翼，显得尴尬。

围观的人，都围着王科运问这问那，占卜吉凶、祈求平安。

王科运有时说，有时不说，好像掌握了好多秘密，又像什么都不懂的白痴。

锣鼓已经抬来，敲响，声音收紧。王科运竟没站起来，也没动。去五海公庙取铁杖的人跑回来了，气喘吁吁，说铁杖已找不到了，原先挂在庙内墙上的铁杖，空空荡荡，没有了。王科运突地站起，沉声道："铁杖刚刚被王笑脸拿了，就藏在他床底下。"大家对他叫自己的父亲"王笑脸"倍觉奇异，想起他此刻已经是"五海公"了，也就理解了。跑开几个人，去王笑脸家翻寻铁杖了。果然是藏在王笑脸的床底。王笑脸也跟来了，他憋着脸，哭笑不得。王科运的母亲和家里其他人也混杂在人群中，目光茫然悲伤。铁杖交到了王科运手中，所有的目光都聚焦在他身上。所有人都想确证，他，到底是不是五海公？

王科运悠悠地说："别敲鼓打锣了，今天，杖穿不了。"

众人哗然，他们都期待今天能看一回穿杖，难道竟不能穿成？不行，不能错过这个机会，已经好几年了，人们甚至都淡忘了这件事的存在，偶尔说起，记忆也模糊了，更像是一种传说。敲鼓的更加用力，锣也更响。王科运并没有跃起，更没有浑身发颤，跳跃着奔跑。打王科运的那人笑了："半脑运，你就别装啦，要是公祖，早就穿杖了。你不是，你不敢吧。"五海公说："你还是去买两条中华烟发给大家吧，'童'已经降了，就在你眼前。这个愿，你不还还真不行。杖，今天是穿不了了。"

那人只是冷笑。王科运把铁杖一抖，所有人精神一振，以为他就要把杖对着脸腮了。他没有，两只手一扭，铁杖弯了一个半圆；又是一扭，半圆成了满月。锣鼓声响若轰雷，叫喊声也若轰雷。王科运左手握紧杖柄，右手顺着杖柄往杖尖一捋，那满月的圆，竟然没了，铁杖被捋直了。轰——噼啪，一声巨大的鼓响后，是木头折断声——打鼓的木棍断了。王科运把铁杖朝地上一扔，说："鼓，别敲了。"所有人都看着那已被捋直的铁杖，他们在疑惑神迹是否已经出现？要出现了，怎么不穿杖呢？要不出现，谁能把铁杖弯成圆又捋直？谁又能让敲鼓的木棍凭空折断？

14

张小峰像一只鸟。

当他望着五楼下漆黑的地面时，他觉得自己就是一只鸟，有一股朝地面飞下的冲动。天色晴朗的夜，冲动就更强劲了，月明星稀、微风醉人，那样的夜色把人都消融了。他空前怀念他的父亲，母亲没说过，姐姐没说过，可他已经彻底明白了他和黑手义的关系，明白了那个铁塔一样的男人是他的爷爷。他不像姐姐那么记恨黑手义——当然，他也恨，但，没有那么恨。他的恨和姐姐也不一样。他很小时就发现了他和别人不一样，每到清明、春节等节日，他的同学都有地方可以去，有墓可以扫，有祖可以祭，而他家从没有过。他隐约能想到父亲为什么会回来认黑手义。

奶奶过世时，他还小，并没有留下什么印象。他觉得和奶奶有些距离，奶奶和蔼，脸上常带着笑，但偶尔也会有莫名的脾气，有没来由的斥骂。尤其是年节临近，奶奶的脸会愈加阴沉，一直到那节日过后半个月，才渐渐恢复正常。那年春节，母亲杨南提出说带姐姐和他一块回外家过年，奶奶一直没答应。父亲求了奶奶几回，奶奶点头，算是同意了。那是他和姐姐过的第一个真正的春节，在母亲的娘家，他随着表哥们去祭祖，随着外公外婆一直守着过年的各种禁忌，点过鞭炮，收过红包。以往的春节，这一切，都不曾存在，他也无从了解，春节竟是这样子的——他们没有祭过祖，没有在清明扫过墓，无形中少掉了很多东西。春节过后，奶奶的脸就更难看了，就是在那个春夏之交，奶奶积郁成疾，病倒之后，口中喃喃自语，经常会梦见年轻时的事，时常拉着父亲的手，喊："昌义，昌义，你是个贼，偷了我，就把我丢了。"

奶奶躺了几个月，很多话就没再跟他和姐姐说，只是拉着父亲的手，把声音压得很低。父亲说了一些话，她就如沐春风；父亲又说别的话，她就悲愁满脸。父亲从修车店回来的第一件事，就是去跟奶奶说话，父亲身上的汽油味和奶奶身上的苦药味混织一起，让他深感神秘。奶奶和父亲，相约隐瞒了很多秘密。

那个夏天的军坡节，父亲回瑞溪镇寻黑手义去了，准备回来前，他信誓旦旦要把黑手义带回去看奶奶。可他只带着一身伤痕回来，母亲问他为什么，他总不愿说，他仍和奶奶秘密着。父亲回来一个月后，奶奶就过世了。死前，父亲和母亲不让他两兄妹看奶奶的尸体，把他们锁在门内，两人在房内听到父母亲的哭声。后来就是见到了奶奶的坟墓。之后的清明，他终于有墓可以扫了；再之后，父亲也过世，他有两个墓可以扫了。他一直不觉得这两堆土跟两个至亲之人有什么关系，以前奶奶也有离家一段时间，父亲更有离开过两个月的经历，他们不就是不在眼前出现了吗？为什么要说这两堆土就是他们？可他不信不行，两座坟年年添新土，走失的人没有再回来。

他很羡慕好朋友潘宏亿，他有爷爷，有父亲，亲情齐全。要是爷爷愿意和好，要是他重新见到父亲，张小峰可以拿一切来换。因为羡慕，他也很生气潘宏亿的所为。潘宏亿怎么能辜负他家里人的期望呢？学习荒废了不说，怎么能和那些烂仔整天混在一起，还跟那些人去赌啤酒机呢？他亲眼见到潘宏亿钻进赌场里；亲眼看到烂仔在校门口抢同学的钱时，潘宏亿就在旁边，暗中指挥。

那天，他刚走进教室，就听到潘宏亿大声说，要请全班吃粉汤，他说："我赚了钱，哈哈，赚了不少钱。请你们，是小事。"全班爆出一阵掌声。潘宏亿仰着头，拍拍张小峰的肩膀："你是我朋友，我可以请你吃两份，而且，你的可以加蛋。"同学的掌声就停了，眼中的光都射在张小峰身上。潘宏亿鼻子哼了一声："小峰是我好朋友，我当然要多请他啦。你们不要眼红，谁不服气的，跟我说一下，我一份都不请。"掌声又响起了，夹带欢呼和口哨。张小峰说："算了，你们吃吧，我就不去了。"潘宏亿一愣："为什么？谁都可以不去，你怎么能不去呢？"潘宏亿凑近张小峰耳边，压低声音说："我赌赢了钱，很多，快有一千块了，你吃嘛，怎么吃都行。"张小峰肩膀一摇，把潘宏亿的手甩开："赌钱赢的钱，我不吃，我怕我会拉肚子。"

潘宏亿手一抖，眼光变得异样。

那天放学后，张小峰推了潘宏亿一把，两人扭打在一起。那是两人第一次闹别扭。两人扭打时，心中都涌起一股义愤，都有把对方撕毁的心愿。潘宏亿叫着："叫你吃，你不吃就算了，为什么还要打我？你有什么了不起？没父仔！"他的话边角锋利，割得张小峰皮开肉绽。"为什么要推我，说啊？我潘宏亿对不起你了吗？哪次你被人欺负，我不是为你出头？哪次你手上没钱了，不是我借给你？你今天不给我面子就算了，还打我，算什么朋友？"潘宏亿满腔委屈，声音哽咽，打到最后，潘宏亿的手就挥不动了，跌坐地上，竟呜呜呜地哭起来。张小峰也哭了："你说，你是不是偷你妈的钱了？你说，你是不是偷你妈的钱出去赌了？""我已经还回去了，我从她口袋里掏的，赌赢了，我就还回去了。以后我再也不会拿了。"潘宏亿并不隐瞒。张小峰哭得更加厉害："你连你妈的钱也偷，你是不是人？要是你赌输了，拿什么还回去？你哥跑了多久了，现在还没回来，你竟然有钱这样花？竟然还是偷家里的钱来赌赢的？你皮真厚啊，我张小峰没有你这样的朋友。"张小峰说得激愤，又要扑过去，拳头伸了三回，没打出去……

不但听到别人说潘宏亿偷钱，张小峰甚至隐约发现了一个巨大的秘密，要是这个秘密证实了，足可摧毁潘宏亿全家——甚至只要想一想，都让人手心发寒骨头变脆。

张小峰翻来覆去，脑子发热，眼睛发疼，他起来看楼下的地面，幽深中带着吸力，要把他吞没。他不想去看，又很想看。张小峰想得多了，也不敢在楼顶上睡了，他怕真的抵挡不过地面的诱惑，一头扎下去。可躺房内，又怎么入眠呢？一只蚊子展翅划过的风声，一块橡皮掉落地面，一只老鼠悄悄跑过，他全一清二楚。要是那似有还无的呻吟再从隔壁传来，他就更焦躁不安了。他想平息下来，他想把呼吸调匀，他把手伸向胯下，深深吸了一口气，没敢呼。

他觉得自己像是一只鸟，在夜风中战栗着，展翅飞起。

15

老潘杀羊，被杀的羊不会有激烈的嘶吼。嘶叫的，都是那些还关在羊圈里的羊，它们或许是感到即将到来的命运，又或许是为正在挨着刀子的羊而悲鸣。杀羊，用的不是大刀，而是小刀，锋利，带着寒光。这把刀是打铁公送给老潘的七把刀中的一把，早已被血肉磨得光亮耀眼，刀刃散发出阵阵羊膻味，把这把小刀丢进清水里，也能熬出一锅浓汤来。他以最快的速度，用小刀在羊身上割出一个切口来，然后用一把更加细长的小刀探进伤口，切断血管。断了血管的羊，有挣扎，却没有想象中的撕心裂肺，安静得让人诧异。若是清晨，老潘一般会用布把羊圈里的羊嘴都包扎好，免得羊的叫唤打扰到邻居。以布蒙嘴的羊，发出某种悲伤的呼叫。

今天却一切都不顺。首先，割伤口时，老潘的手腕一直发颤，用不上力，握不紧，刚触到羊身，刀尖一划，切口过长了。羊扭身挣扎了，刀一跌，掉到地上，哐当一声，老潘内心一紧，捡起刀，刀尖已缺，断了一个小口。用尖长小刀割血管时，也没划准，羊一直在挣扎，圈里的羊的声音也早就冲破布条。老潘浑身一个激灵，这是杀羊多年从未遇见过的。手忙脚乱把血管划破了，竟有一股热血直射而出，喷在他的脖子上，脖子燥热，腥味扑鼻，小刀上连刀柄也都沾满血。老潘站起身，双脚发麻，他伸手扶住墙壁，对潘江说："把这一只弄完就是。其他的羊，别杀了。"潘江说："兄，今天有人订了羊了，说是要给小孩'做对岁'用的，上午十点就要来取羊。"老潘断然道："那也不杀了，天亮后，你跟梅香去看看打铁公，去晚了，怕就见不着了。"

潘江一颤。

陈梅香一头乱发冒出来："不用等天亮了，现在就去。"

陈梅香双眼泛红，眼中一股浓浓的胶水也遮挡不住眼珠的红。老潘揉揉眼睛，看了她足足有半分钟，缓缓说："天还没亮，怎么去？等天亮了，去大肚成那儿借辆摩托车去。难道走路去，那要走到什么时候？"陈梅香用手捋捋头发，没能把蓬乱捋平，老潘顿有时光错乱之感。陈梅香的乱发和悄无声息的步子，让他一瞬间见到了死去的老伴。在以往，老伴也有多次这么出现，惊恐万分地瞪着羊圈，问她话，她也不回答，转身又回房；改天，又忽然冒头，还是披头散发。终于有一天，老伴在比老潘和潘江杀羊更早的时候跨出房门，在羊圈面前摔倒，摔伤，惊恐日益加重，见鬼见怪，怎么也好不起来，便走了。陈梅香刚才的模样，老潘觉得太像老伴了，可他分明连老伴的脸都记不得了啊，怎么会觉得像呢？

没等天亮白，陈梅香已去拍打大肚成的铁门，让他借车。

潘江急匆匆把车骑进迷蒙晨色。

两人还是没来得及见到打铁公最后一眼。靠近村子时，一阵哭声把天色点亮，陈梅香咬着潘江左肩。肩上疼痛传来，潘江手一抖，摩托车方向失控，撞向一棵沉闷如怪兽的苦楝树。陈梅香嘶喊着扑向院子，潘江顿然失魂。在他记忆中，打铁公几乎是一个不会倒下的人，即使他已经在躺椅上成为一团移不动的肉团，潘江还是觉得他有一天拍拍胸脯就能站起，高喊一声："倒酒。"陈梅香嫁给潘江时，她的几个哥哥一致表示强烈的反对，他们都觉得妹妹该嫁给一个家庭好的人家，而不是一根踢几脚也不出声的木头。陈梅香也在几个哥哥的强烈反对下摇摆不定。就在这时，打铁公拍着胸脯对他几个儿子说："嫁女儿的是我，我都不反对，你们反对什么？说不定以后就这个女婿还认得我，你们，哈哈，你们，我就不敢要求啦。"潘江内心对岳父充满感激，家中随时备酒，并豪气放话，家里无论穷成什么模样，只要打铁公来，酒绝不会少。打铁公也时而拎着肉就来找女婿喝酒。打铁公爱吃五花肉，把火烧旺，他能把五花肉炒得香飘几里。潘江没想到，这个感冒都没有生过的人，说倒就倒，倒之前还经历了一段漫长的折磨，除了眼睛，身上没有一个地方能动了。

从外家母哽咽的哭声中，潘江知道，昨晚睡到后半夜，打铁公口中发出不清楚的声音，外家母就跑去叫三儿子来扶打铁公起来方便，三儿子支支吾吾不肯起；大儿子也一样。外家母在院子里无助地失声痛哭，指着一间间房子咒骂，这都是打铁公修建起来的房子，她诅咒这些房子即刻倒塌，把他们都压在里面。等她返回房间，打铁公已经跌倒在门边。

外家母摸着陈梅香手，用手指挠着她的手背，挠出条条痕迹，再挠，就挠出血痕了。陈梅香手没动，听母亲说："他不爱吃气，连儿子的气都不愿吃，所以才要自己爬起来，他要自己爬起来大便。他就不知道他走不动了？这不是找死吗……"外家母眼睛失焦，看着女儿，又没看着。打铁公已被扶回那张躺椅，他下身裤子还没换，阵阵尿屎的腥臭逼人。

打铁公的儿孙都已站门口，哭声响起，是悲伤还是愧疚的哭？

潘江猛地站起,拉开外家母两扇门,寻找着什么。外家母说:"江啊!你找什么?"潘江不答。潘江钻进床底,翻找半天,总算是抽出一根铁棍,掂量掂量,他抄着铁棍从门口冲出去。打铁公的子孙们迅速四散,慌乱逃窜。潘江抡起铁棍,击打向他们的门窗,还冲进房内,见到床就砸。一阵慌乱,打铁公的子孙们除了远远地责骂,没人敢走近阻拦。陈梅香也不出去让老公停手,她甚至想让他把这个院子每间房都拆了——把父亲修建起来的房子,拆成断墙破瓦。外家母哼哼着:"江啊,别打了!江啊,别打了。"她站起,要去拉女婿,陈梅香把她按住。外家母紧紧地盯着木躺椅,希望那堆肉动一动,哪怕只有眼睛动动也好。

潘江把铁棍朝一面墙甩去,乒乒乓——打铁声再次响起,敲打每个人的耳鼓。潘江用震破虎口震出血的手指着外家亲戚,说:"你们,一个个,都是蛇……"没人回应,潘江跌坐在地,手掌抹脸,又凉又潮。天已大亮,外家人的脸越来越清晰,人人悲伤忐忑,人人都有哭泣和眼泪。潘江见到骑来的摩托车倒在苦楝树边,车头撞出一个凹痕,车灯破了,回镇上还得给大肚成赔钱。

打铁公死时弯成一只虾,浑身僵硬如铁,没法塞进棺材里。要是拿铁锤敲,估计能敲出哐当乒乒乓乓的清脆声响。把他平躺在棺材里,手和脚露在棺材外,木盖没法合上。棺材是陈梅香在县林业局当副手的二哥置办的,比一般的棺材高出二十公分,还是没法合上盖。丧事需要花的钱,陈梅香二哥和潘江一块出,陈梅香的大哥和三哥支支吾吾,说他们生活困难,说他们愿意出力。潘江毕竟是外家的,丧事的置办不能靠得太近,那会喧宾夺主,也不吉利,他能出的,是把钱掏出,塞在慌乱无措的妻子手中。

前来"做斋"的师傅公看了看打铁公的尸身，顿然失色，道："请别人去吧！我走了。"陈梅香的外家人吓得脸色皆白，尤其大哥和三哥，两人商量一阵，都各自挤出五百块，要把自己所缺的补上。师傅公还是不愿举行斋事，把他逼急了，他道："打铁公跟铁一样硬，肯定是心中有事，肯定是有一口气没顺过去。气还堵着，事还憋着，都还没理顺，我哪敢做斋？你们得把他的身子顺过来。"二哥冷冷道："你是师傅公，我请你来，就是要你来顺他的身子的，你顺不过来，我怎么顺？"师傅公手一甩，茶水也不喝一口，拂袖而去："子孙不肖，还把理由推给别人，这斋事没法做，你们另请吧。"

二哥一连问了附近二十来个村子的师傅公，没人愿意前来，有的拒绝说："我又不是风箱，哪能把铁变软啊。"陈梅香的外家人查问之后才惊觉，最先离开的师傅公已经把消息散播，其他师傅公都不愿来接这个棘手的活。全家人冷汗都出来了，死者为大，埋葬时任何一个环节做不到位，也会后患无穷，殃及子孙。没有懂法事的人指点，随意下葬，换谁也不敢！最后，二哥花了大钱，总算请到一位师傅公来做斋，法事到了一半，师傅公脸色惨白汗流不止，一言不发匆匆而逃。

陈梅香悲伤与惊恐交织，短短几天内，身体迅速崩垮。白天她回外家去，晚上回来，被噩梦惊骇得怪叫连连。老潘提议说："梅香，你们该去北岸找石头爹。"陈梅香犹如抓住了最后一根稻草，让二哥到南渡江北岸问询算命先生石头爹。石头爹既不答应，也不拒绝，只说："以前打铁公还在，谁对他不好，他心里都记挂着，所以一口气顺不过。这些事，我不知道，但你应该知道。谁以前做得不好，要到打铁公面前说出来，求他原谅。你们先把这件事做了，再来找我。"二哥回去把话传了，全家人都在石头公面前痛哭流涕，诉说往日的怠慢与漠视，原先还只是应付一下，假装忏悔；十几分钟后，真情上涌，悲戚难掩，真的觉得以往过于没人情了，哭声此起彼伏。

哭过之后，打铁公身体僵硬依旧。

二哥又找到石头爹。石头爹说："哭过了？"

二哥说："哭过了。"

"认错了？"

"认错了！"

"软了没？"

"没有，更硬了，寿衣还是穿不上。"

石头爹点点头，说："杀羊的老潘叫我说的做的，我已照办。剩下的，你去问他，他能解决。"

二哥灰头土脸回来，让陈梅香去问老潘。

老潘木着脸："你一个女的，能做主？这是男人的事，让你的兄弟来。"

陈梅香二哥就来了。

老潘还是木着脸："怎么就你一个？死了父的，就你一个？"

二哥就把大哥和老三也都叫来。

老潘说："人齐了？"

"都齐了。"

"没齐吧？"

三人就把各自的儿子也都叫来，男丁齐全，都默然垂首。

老潘说："等一等。"

他走出门外，到了斜对面大肚成的修车店，不一会儿，一手拎着一块铁皮，一手捏着铁棍，全都掷于地下，发出乒乓之声。老潘说："拿到打铁公面前敲，越响越好。用力敲，敲出打铁的声音。"三兄弟骇然失色，神情僵硬，匆忙离去。当天下午，在"乒乒乒""乒乓乓"的打铁声中，夹杂着风箱的拉扯，伴随着子孙的痛哭，伴随着陈梅香和外家母两人手指的掐、捏、摔和热水的擦拭，伴随着祷告与许愿，打铁公铁人一般僵硬的身子渐渐软了，可以把寿衣套进去了，手脚也垂下，腰也压平，悲愤的脸平和温顺。或许是由于陈梅香和外家母两人手掌的捋和抚，他的身子甚至有了些许温度，躺在棺材里，像是在睡。

也有师傅公愿意主持斋事了，打铁公的下葬，与周围风俗无异。

老伴的画像挂在墙上，一闪之间，老潘看到自己的面容出现在画像里，和画像有着模糊的重叠。这一瞬间，他悲伤难抑。他也不清楚打铁声响起，是不是真的能让打铁公的身子软下来，他更不明白自己到底是怎么想出这个法子的。他仿佛都能听到从打铁公院子传来的阵阵乒乒乓乓，仿佛回到多年前，拎着渔网从打铁公村外走过。他的脸在老伴的画像玻璃上反射出一个模糊轮廓之时，他心中一颤，下巴的胡子垂下，脸越来越尖，目光迷离……他不愿往那边想，可事实确凿，他真的越来越像一只羊了——杀羊太多，报应来了，越来越像羊了。他想，我临死前会不会像羊一般咩咩呻吟？我死后，是不是得听到羊叫，得在尸身前祭羊如祭神，才能安宁地死去？

——老潘知道自己想得太多了，脑子越来越沉，装满了水，摇晃时，水从内里撞击着脑袋壳。

哐当，有东西掉地上了，不知道是什么。

葬了打铁公后，陈梅香的精神一点点变好，此前的纠缠、不舍、心痛和气恨，都随着坟墓的冒起而尘埃落定。原先她曾想，要是父亲真的离去，她该如何地伤心欲绝？她又该如何愤恨三位哥哥？事情真的发生后，其实，也就那样而已。父亲走了，在某种程度上，也算一种解脱,让他一动不动躺着,心知肚明地看子孙不肖,不是最大的折磨?那三个哥哥,也为他们的冷漠付出了代价,她还能说什么?即使他们不付出代价,她也说不了什么,他们有他们生活的难处。情绪平缓后,还是带走了她身上的一些东西,比如她双目无神,少了一些灵精气;比如说,她不像此前那么热衷争吵与打闹了,还有什么事能让她生气呢?

即使失踪近一个月的潘宏万回到家了,她也只是数落了两句,没有手脚挥舞,把潘宏万追着打。木讷的潘江却空前愤怒,他一言不发,拳脚相加,潘宏万号哭不已,但他也不逃跑,就站在门里,任由父亲殴打。或许一段时间的奔逃,已经让他吃尽苦头,他宁愿挨打也不愿在外担惊受怕。陈梅香不阻拦,在旁边摇头不止:"整天怄气,真死了还干净。"老潘则脸黑如锅底。潘宏亿放学回来,一只脚跨进门内,被眼前的情景惊呆,身子一缩,跑开了。潘江打累了,扶着墙歇息。潘宏万红着眼睛说:"我,怀疑那同学肚子里的小孩不是我的,我是跟她有过……但……"这话在潘江听来,自然成了狡辩,挥拳又要打。潘宏万只得闭嘴,家里挖了家底赔了钱,要是最后证明了那女同学怀的小孩不是他的,那不更是给家人心上刺上狠狠一刀?

"我怎么不死了呢?"陈梅香说。

老潘沉默许久,说:"你这么多年的书白念了!再纵容你,还不知道会变成什么样。估计你以后也没法读书了,学校已经开除你了吧?像你这样的祸害,死一个少一个,留着只会败坏我们家的名声。以后做人做鬼你自己决定,只是以后做坏事被抓到时,别说是我孙子。就这样吧,以后你想做什么做什么,随你便。"潘宏万想辩解两句,说出心里的委屈,一想多说反而变成塞住屁眼硬争,他心灰意懒:"不读就不读。"他早从同学口中听说了,学校已经贴出公告,开除了他的学籍，想读也不可能了。

老潘笑了笑："对了，忘了告诉你，在你躲着的这段时间里，你的打铁公已经死了。"

潘宏亿不敢面对母亲，他偷了她的钱当赌本，赢了一笔钱，又悄悄把本钱放回母亲的口袋，一切像全没发生一样。但仅仅是像而已，发生了的，哪能轻易抹去？哥哥躲着不回家的日子里，他看着母亲一日比一日瘦下去，看着母亲为外公的后事奔忙，看着父亲的情绪越来越无常，也看着爷爷的脸变得愈加沉重，他痛恨自己的堕落。张小峰和他吵闹甚至打架，他不恨张小峰，张小峰是为他好，是他为数不多的几个交心的朋友之一，但现在，张小峰对他视若无睹，要找回这一段友谊，不太可能了。

潘宏亿也试图改变，变回以前那个自己，骄傲自负；现在他有的只是自卑，不可救药的自卑。他做过努力，真是太难了，他想自救，想寻回已经失去和即将失去的，可太难了——请神容易送神难，他失控了。每次在家，他都得小心翼翼，害怕哪句话或者某个动作，会泄露他一直隐藏的秘密。只要家里人盯着他，他就慌乱。他希望自己在家，能变成一个隐形人，不被注意。内心的压力太重，怪梦频繁光顾，他几乎要把埋藏的话破口说出，再这么隐藏，会把他彻底淹没。哥哥躲着没回家，他更多的是羡慕，能够活在家人目光之外，不受拘束，会自在一些。哥哥却还是回来了，狼狈不堪，瘦了七八斤，眼窝深陷，在外面肯定经历了不愿多提的事。潘宏亿知道，哥哥一回来，自己的日子就更难过了，又多了一个监视者，秘密更有了泄露的危险。

爷爷无意中问他最近是不是休息不好，瘦了那么多？他吓得尿都差点溢出，转身就跑。

没有不透风的墙，总有一天，消息会如雷炸响，把全家吞噬。

潘宏亿明知结局，却无力阻止。

他只能推迟炸响的时刻。

能迟一分是一分。

能迟一秒是一秒。

16

啤酒机赌场的生意竟日渐萧条，这出乎所有人的意料，人们开始议论，怎么这日进斗金的生意不知不觉地就差了起来？外地开小车、骑摩托车来此赌博的人少了很多；本地人就更少了。掐着手指一算日子，猛地惊觉，赌场的生意发生转变，是从王科运在门口闹"降童"之后。倒不是大家不愿来赌了，而是赌场像中了某种邪气，三天两头便有人打架，打架的理由五花八门，有赌输的看到别人赢多了，气恨不过，说风凉话引起的；有因为占位子引起的；有因为抽烟抖烟灰到别人鞋上引起的；有因为某人一个眼神不对引起的，先动手的那人认为，对方的眼神充满了"睡了他老婆"的挑衅与鄙夷……

黑鬼和几个幕后的老板商量后，花钱多请了十几个小青年在场内维稳。刚开始还有点效果，没几天，请来的人也加入了战团里，场面数度失控，更有赌客被请来的人打伤的乌龙事件出现。黑鬼头大如斗，各种方法都试过了，也没能让打架的事件减少。黑鬼也听到了风言风语，说是王科运在赌场门口的"降童"破坏了场里的气运风水云云，黑鬼不信，可其他几个入股的老板宁可信其有不可信其无，建议花钱请师傅公过来看看方位。第一个请来的师傅公,围绕着赌场内里转了一圈,一个字不吐,在门口把烟头的灰撒了撒,径直走了,任黑鬼怎么挽留也不愿留下。第二个师傅公是从相邻一个县请来的,眉头是越拧越紧,却没有逃走,建议停止运营三天,把赌具先清空,要在空场地里,才能彻底洁净。停三天,要少收入不少钱,但既已下定决心,就该执行到底。三天的作法,师傅公在各个角落都贴了符咒。赌具重新摆放,里面焕然一新。

倒还真是清净了一个星期。可之后发生的一件事,让黑鬼措手不及。那时他正在农业银行的柜台上班——他在赌场里赚了钱,但他绝不因为这个副业而误了正式工作,他连迟到都很少——街上有人传话进来,县里来的公安人员,包围了啤酒机赌场,黑鬼脑子一轰。以往县里不是没有扫过赌,但仗着股东里有镇派出所的人,上面有什么风吹草动都会有内部消息,通知把场地清空,今天杀得措手不及,那说明连派出所所长也被蒙在鼓里,那就是出大事了。还没回过神来,已有三个公安人员走进农业银行的柜台,带头的一个喊道:"哪个是周开雄?周开雄,出来。"黑鬼心里一颤,他很少听到别人叫他的名字,他也听惯了"黑鬼"这个称呼,此时从公安人员口中说出,带着一种严正。

他腰身一挺:"我就是。"

"我们在你们场内,抓到了一个藏白粉卖白粉的人,你跟我们去看看。"

镇农业银行的同事都看着黑鬼,有惊讶,也有幸灾乐祸。

在赌场里卖白粉被抓的,是歪嘴昆的儿子红毛升与其他几个人。

歪嘴昆到乡下收猪去了,回到镇上听到老婆的哭闹已是下午。歪嘴昆向赌场狂奔而来，木门紧锁，贴了封条，还有不少人围观。歪嘴昆被抽掉了脊梁骨，瘫软在地，歪斜的嘴巴不断抽动，旁边有人安抚劝说，反被他挥拳追打。他跳起来，撕掉封条，脚踢木门，好像他的儿子就关在里面。有人远远站着，说，来扫荡的车早回县城了。歪嘴昆在门口大哭大叫，耳尖的人还听到他哭几声就夹着一句："他才十七岁，他才十七岁。"黑手义把他扶到自己店里，给他倒了水，让他润润喉，两碗水后，歪嘴昆伏在四方饭桌上，再次痛哭失声。

赌场被封，最合黑手义心思，他早盼着这一天的到来，这意味着，对儿子许召才的威胁解除了。黑鬼也被带上车铐走了，则是出乎他意料的惊喜收获。他觉得惊喜，是因为去求张小兰时让他倍觉耻辱，那是他的孙女啊，即使他不认，她流淌的也是他的血，她何以那么尖刻恶毒？抓走黑鬼，替他黑手义出了一口恶气。公安人员没有砸坏啤酒机，黑手义觉得不可理解，更让他纳闷的，是查封赌场的理由，并非因为赌场本身，而是因为红毛升在进行白粉的交易。这几年，红毛升的龙虎会已发展壮大了，一共有十来个小弟，逃了几个，有五个被扭送上车带走了。

"你就不知道你儿子在做什么？"黑手义问。

歪嘴昆道："知道。"

"那你就不阻止他？"

"有用吗？"歪嘴昆豁然起身，歪嘴狰狞，"我早知道会有这一天。"

张小兰眼睁睁看着黑鬼周开雄上车。公安人员没强扭，黑鬼也没卑躬屈膝，但她还是看到了黑鬼的丧气和绝望，他苦心经营的赌场，即将面临关门。公安人员指着红毛升："他在场里卖粉，你不知道？"黑鬼说："不知道。他不是我们招来的人，他是赌客，我不能赶走上门的生意。"公安人员点点头:"那也跟我们回去,问清楚再说。现在县里对赌睁只眼闭只眼,但涉及粉了,事情是要说清楚的。"张小兰内心如海,翻滚跳跃,黑鬼对她点点头,钻进车里。红毛升和另外几个年轻仔被塞进另一辆车,有公安人员给大门糊上封条……

丢下大堆话题给镇上的人提神醒脑。

张小兰对黑鬼,有感激,也有怨恨。自父亲张孟杰死后,她成了一个雷厉风行的人,浑身带刺,靠近的人都会被刺伤——连母亲和弟弟都不例外。母亲带她回来那年,她到瑞溪中学读初三,面目如花。她脸上的神气和光彩,是镇上女孩不曾有的,据说她的班上已经有几帮男生私下为了她斗殴了好几回,有些斗赢的,仰着红彤彤的脖子从她面前走过,走出几步后,伸出手,拦住她的去路。张小兰见惯了大场面,面目冰冷。男生的右手掌一张一合,要靠近她日益丰盈的胸脯,她手上用力,甩了男生一巴掌。那男生平日里是凶狠的角色,败在他手中的男同学可以组成一个班,没料想张小兰眼睛都没眨就是一个耳光,他喊起来:"你!"张小兰不给他任何机会,奋力蹦跳,朝那男生脚背狠狠踩去。男生顿时抱脚在地上打滚,一片烟尘。此后,经常有男孩子在她面前炫耀,她不堪其扰。黑鬼出现后,那些烂仔就少多了,她知道,是黑鬼在幕后打了招呼,那些烂仔知道黑鬼是一个惹不得的人。

她对他有了感激。

他提出她可以搬到他家住,她觉得没什么不好,还可以给母亲杨南减轻负担,可以让母亲不用去求黑手义那个无情毒辣的恶人。她就搬来了。可她也因此对黑鬼满怀恨意,是他,剥开她的衣服,夺走了她的贞操。她曾以为那不是什么了不得的事,连父亲都丢了,还有什么丢不得?可她还是为此痛哭了一夜。同样也是他,并没有对她有多少的温情,他心里装了太多的东西,沉重冷漠,他隐瞒了太多事。当然,她也听过黑鬼送钱给女朋友上大学却被甩的旧事,她嫉恨他对那女的那么好。更重要的原因,在于弟弟张小峰对黑鬼印象一直不好,她能察觉到,住到黑鬼家里后,张小峰一直不开心,连睡觉都跑到楼顶上去,精神越来越差。张小峰和她的距离越来越远。她最不愿承认的一点就是,黑鬼开掘了她身体的欲望。她觉得深陷其中,总有一天她会很惨,会像奶奶当年被黑手义抛弃一样,落得带子外逃。可她却作茧自缚,难以脱身,每到夜里,对父亲的思念、对母亲的埋怨、对弟弟的愧疚、对黑手义的仇恨、对瑞溪镇这个弹丸之地的绝望……种种情绪纠缠拧结,化成了对黑鬼身体的强烈欲望。她想克制,却克制不住;她想寻回那个曾冷静、尖锐、强悍的自己,像愤怒的豪猪的自己,已不可能。

　　黑鬼被公安人员带走了,他会怎么样?

　　他会不会被关到牢里?

　　他会不会因此而跟自己分开?

　　他会不会在里面受到什么苦?

　　…………

　　这些无解的问题相继而来。她清楚,她离不开黑鬼了。她感到耻辱,却真的离不开了。奶奶临终前还念叨着黑手义,张小兰为此在内心里嘲笑与不屑,怎么能对一个那样的人念念不忘?她现在有些理解奶奶了,有些事是完全不合逻辑的。躺在空荡荡的床上,没有了他,房间死气沉沉。她知道,弟弟就睡在楼顶,睡在天花板的另一面。在此时,她没想念父亲,而是想起了母亲,在她的想象中,杨南无奈而幽深的眼神直愣愣地看着她。

　　她轻轻叫了一声:"妈!"

17

王科运又摆出了他的粽子摊。他的摊子消失得太久了,起先人们很不习惯口欲上来了,却吃不到他包的粽子。也有别的人包的,但,那是别的人,和王科运的手艺能一样吗?可没办法,也只得买了别人的粽子,没几天,也就习惯了。王科运再摆出摊子,反而像是十字路口的电线杆下多出一个扎眼的存在。人们又得花时间来习惯他。当然,更多的人,是抱着探奇和揭秘的心,有意无意地问起他五海公"降童"的事。王科运一律否认:"有过这事吗?"问的人笑了:"全镇人都亲眼看到了。"王科运说:"我真的记不得,一点也记不得。"他握着带着粽子油腻的拳,击打自己的右太阳穴。问的人说:"你把铁杖拧弯了,又捋直了。可惜啊,你没有穿杖。你真有力气。"王科运满脸沮丧:"不是我的力气,我剥粽子叶的力气,能有那么大?"问的人说:"对了,五海公'降童'在你身上,感觉是怎样的?"

王科运随手一把白糖,撒到那人脸上。

下一次,那人还是要问,好像是他家里缺糖了,要来这儿要。

多嘴的人再来买粽子,王科运就递过去一张纸,懂字的人看了,就不再问;不懂字的人就说:"念给我听听?"王科运念道:"只卖粽,不讲'降童'不讲鬼。"

王科运总是最能给镇上人提供故事的一个。他最近的故事,则是关于他的风流韵事。其实,有些人早就想过一个问题:一直单身的王科运,难道就没有想要女人?他想女人的时候,是怎么解决的?也从没人见他往永发镇去逛发廊玩过妓。当然这些问题在另外一些人那里，从来就不是问题：王科运脑子都坏了，难道裤裆那儿就不坏？他还能想女人？当租书店的瘦竹竿黑着脸拎着五六本书怒冲冲跑到王科运的粽子摊时，人们的兴趣都被调起来了。

瘦竹竿甩动手中的书："这是什么？"王科运惊讶道："这不是你的书？"瘦竹竿说："你写了什么？"王科运就递过去一张纸，纸上就写着"只卖粽子，不讲'降童'不讲鬼"。瘦竹竿一甩，一本书飞过去，砸到王科运脸上，从他脸上掉下，书页翻开，盖住一个剥了粽叶的粽子，竟是一本封面花绿的言情小说《浪漫一生又何妨》。王科运叹道："浪费了粽，也浪费了你的书？"瘦竹竿吼："你写了什么？"王科运说："那是你的书，上面写了什么，我怎么知道？你怎么来问我？人家说我的脑子坏，你的更坏吧？"瘦竹竿脸黑一阵红一阵，把其他几本书也都砸在王科运的案板上。

王科运把书一本本叠好，递还给瘦竹竿。书上已经沾满了油腻和糯米的黏稠，瘦竹竿不知道该不该接，王科运说："拿着，别妨碍我做生意。"瘦竹竿竟接过了，翻开封面，从扉页里都扯出一张白纸，一共六张，全都撒下来："这是不是你写的？"王科运看了看，说："是啊！"瘦竹竿吼叫："你知不知丑？"王科运疑惑道："怎么了？我就是随手抄一下书名，你怎么气成这样？"瘦竹竿顿时无语，王科运没说错，没有题头，没有落款，纸上确实只是写着书名——《浪漫一生又何妨》《交错时光的爱恋》《吻上你的心》《使你为我迷醉》《独自去偷欢》《请你将就一下》。王科运说："我爱抄东西，你又不是不知道？随手抄了，就夹在里面，怎么了？有什么问题吗？要是觉得不好，下次你别租给我看啊？"瘦竹竿脸就更黑了，可他实在没有确凿的证据证明他的怀疑，喉结耸动眼睛乱闪。王科运没办法，免费送了两个粽子，还加了好几勺白糖，才把他打发走。

很多人对这件虎头蛇尾的事充满好奇，想方设法向王科运打听，王科运人是比较晕乎，但在这件事上，他绝不透露一点口风。有些探究精神的人，根据有限的蛛丝马迹，挖掘出了所谓隐藏在背后的故事，大意如下：王科运确实没写什么，他只是租书回来看时把书名抄在一张纸上，随手夹进书里。可为什么他一个大男人，又充满斗争的激情，不看武侠小说，却租那娇喘吁吁的言情书？为什么租的书，书名都那么暧昧不清？而且向来以抄字贴纸为荣的他，为什么只抄书名，而且都把那张纸夹在扉页？这只有一个解释，那就是王科运到瘦竹竿的店里租书，不是跟瘦竹竿租的，而是跟瘦竹竿的老婆租的。王科运的所有举动，都是在向瘦竹竿的老婆示爱。

这个说法迅速传播，直接导致的结果是，有很多人争抢这结论得出的所有权；间接的效果，就是人们都对王科运示爱的方式赞叹不已，说不愧是读过大学的人啊，脑子好，想出这法子来。更让人惊奇的是，他挑的书的书名都很契合，尤其是《独自去偷欢》和《请你将就一下》，都直露地表达了王科运的心思；更深远的后遗症，则是有不少人争抢着去瘦竹竿的租书店租言情小说，瘦竹竿哭笑不得。有人说瘦竹竿因为此事把老婆痛打一顿，并和她规定好了分工，在店里，她负责卖文具，租书的事，由瘦竹竿全包了。更为离奇的传言则是说，其实王科运早已把瘦竹竿的老婆给吃过了，地点就是县中学依靠着的下村岭，那上面人烟稀少适合野战（另外一个传说的地点，则是说两人去了木桥不远的江岸，在那片高过人头的草中打着手电筒把事办了）。

王科运对传言不加理会，见说得太离谱后，他开始辩解，可越抹越黑，他就任由谣言满天飞。他并不在乎这些话，又不是第一次被议论，有什么呢？他唯一觉得可惜的，就是瘦竹竿再也不肯租书给他看了，这让他某些难眠的长夜，变得漫长而煎熬。他不能不回想少年的往事，不能不想起某些笑颜如花却在世事和时光中枯萎的面孔，不能不回想起那些倒在血色中的同学。

18

潘宏万感到一根冰棒从脚底往上滑，滑到后颈为止，他打了一个寒噤。

他是该震惊还是庆幸呢？

要是当初一直当龙虎会的一员，被公安人员抓走的人当中，会不会有一个就是他呢？辍学在家，他觉得这日子也不坏，跟镇上的朋友打打牌，在潘江杀羊时打打下手，并没有多煎熬。他也跟朋友一块进去过啤酒机赌场，看到里面堆成捆的钱，吓呆了，口袋里孤单的零钱都没好意思掏。但他爱看，别人押注，他会在心里也选一下，等开局了，他大多是能猜对的。他终于手痒，抛出了口袋里的钱压上去，啤酒机看透了他的心思，把他赢了。歪嘴昆的儿子被抓，他正好没在赌场里，要不他也会和其他人一样，双手举过头顶，全身被搜，被盘问，甚至被扭回县里，关进铁门内。已过了一段时间了，县里的宣判已经下来，红毛升没满十八岁，这挽救了他一回，可由于涉及的白粉量不少，他至少要蹲十年的牢房。

"十年"是一段多长的时间，潘宏万想想就觉得颤抖，当年真的跟红毛升玩到一块，他会不会也被关十年，或者更长？

潘宏万没法想象十年后，可很多事情，却已经真实地发生了。

一件是，歪嘴昆的老婆在菜市场卖菜时，有一个人因为和她争执缺斤少两的问题，那人也是嘴臭，多问了一句："你儿子回不来了吧？"歪嘴昆的老婆顿时大哭，歪嘴昆提着割肉刀狂奔而至，追着那人屎尿满裤裆。另一件是，新街私立小学的其他校董联合一起，架空了歪嘴昆，说他儿子吸白粉，对学校影响太坏，他应该主动把学校的股份转给其他人，这是为了学校着想。歪嘴昆号哭一顿，把前来逼宫的人按倒在地。其他人也就不敢再惦念着他的股份了。歪嘴昆却主动把所有校董请来了，他拍着桌子说："我决定退出，谁来接？"没人敢应答，歪嘴昆砸碎了两个碗，追着那几个人打。

镇派出所的蛤蟆二请歪嘴昆到向群茶店喝茶，警告他，说不少人到派出所报案了，歪嘴昆到处打人。歪嘴昆冷笑："打人怎么了？我连儿子都丢了，我打人怎么了？"蛤蟆二说："儿子被抓了，你也得过下去。"歪嘴昆说："我就爱打，你能怎么样？我连你都打。"两人在茶馆里挥拳相向，两败俱伤，结果是歪嘴昆被拘留了十五天。歪嘴昆被拘留后，他老婆感到绝望，老公和儿子都被抓了，她能不在菜市场号啕大哭？

潘宏万对这些消息有着本能的拒绝，可这些消息偏偏往他耳朵里钻。最让潘宏万不开心的，是他又看到了张小兰。赌场被封时，他在人群中，站在张小兰后面不远，内心狂乱。张小兰，他一直念着的人，他给她门口挂了一只水桶，他想着带她去木桥边的茅草里打手电筒……到了县中学，交了女朋友，把想象的好奇也都尝试过了，他有时也会想起张小兰，想起这个从省城回来，把小镇上的少年的心搅起波澜的张小兰。再在镇上见到张小兰，以前那种焦渴、烦躁、难言、思恋和愧疚的情绪又回来了。

一切没变。

张小兰住到了黑鬼的家里，可那又如何呢？黑鬼不是被抓走了吗？希望还是有的。潘宏万觉得一股热流涌起，他钻到人群里，往前靠。

——那就离张小兰近一点了。

潘宏万找到了目标，拳头捏紧，呼吸屏住，死死瞪着那个长发微卷的背影。

19

三角街的三角楼有两层，雕梁画栋，被时间打磨得斑驳不堪。这是镇上仅存的老房子了，海南岛解放后，中共澄迈县委曾在这里工作将近一年，以至于后来县委搬走几十年后，还有老人指着那间老房，说起县委在楼里办公的火热场景。三角楼现今没有冷落，有饭店和茶馆就开在这间楼下。可跟三角楼相距不远的房间，却一直是一个禁区，鼻子尖的人，从三角街走过都要绕开，以免被那屋里飘出的臭气毒伤。这间房原是属于一个叫刘树球的，他得子较晚，生下儿子不久，老婆就死了，把儿子捧如至宝。儿子结婚后，刘树球跟儿子儿媳处得不好，儿媳对他的怨恨越来越深。有一天，刘树球在家里大堂上吊了，之后镇上一直传言着刘树球闹鬼，他儿媳在他死后不久披头散发半疯了。刘树球的儿子没办法，扔下闹鬼的房屋，跟着老婆回娘家住。后来，刘树球的儿子多次提出来搬回镇上，被老婆断然拒绝，说她再也不愿回去见鬼，他只好偶尔回来看看。想把房屋转手，可因为闹鬼，一直没能出手，那房子就空置着，塌了一面墙后，就更荒废了。到后来，吸毒界元老曾德华把那废屋当成栖身之处，那房屋就更笼罩在一层迷雾中了。

白粉初在镇上横行之时，在县政府的统一领导下，曾经严打过，可那些人抓了，送到县里关一段时间，有钱的交钱便放出来，没钱的关到时间了，也放出，吸毒者仍旧不减，反复如此。那些吸毒者大罪不犯小错不断，让人头大。各镇送上的吸毒者太多，县政府要花大笔钱养着这批人，有很大压力，后来就睁只眼闭只眼，从事必过问到少闻少问再到不闻不问。各个小镇上流窜的瘾君子私下都有交情，形成一股不小的势力，有些人被他们偷偷摸摸拿走了东西，只要不是钱太多的，也就抱着少惹为妙的心理，不去和这些吸毒者靠近，免得被纠缠上。曾德华是这些瘾君子中的一个，他吸毒早，资格老，晓得白粉流通的渠道，镇上那些瘾君子就算有钱，也是要通过他的手才能买到那让人腾云驾雾的白色粉末。曾德华全家原先都搬到了镇上，以织麻绳为业，后来因为曾德华成了吸毒元老，败坏完全家的财物，父亲气得大病一场，差点把亲手织出的麻绳挂到屋顶把自己吊死，遂放手不管，把镇上房子卖了，全家迁回乡下。曾德华仍在镇上流窜，他住过镇中学里的日本楼，被校警轰走了，他就看中了这间刘树球鬼魂出没的破败房子住下，平时偷鸡摸狗和转手白粉换取自己吸毒的花费。政府抓过他好几次，还得白给他饭吃，后来连关押他的人都被拉下水，只得再放他出来，盼着他早点毒深横死。

曾德华不喜欢太亮的地方，房门一直都掩着，屋内潮湿得像是水声滴答的山洞。他也不愿收拾床铺，不是还要摊开睡？他吸食白粉，大多都是在这房里进行，时间久了，屋内萦绕着一股说不清道不明的诡异怪味，与他相好的"粉友"，一进来这里就心慌意乱，抽完白粉，不愿多停留歇息，匆匆离开，抵抗力弱的，还会胸闷呕吐失眠做噩梦。曾德华也被问到，到底有没有见过刘树球？他从不回答见或者没见。

习惯了这屋内，若有两天没回这里，他反而浑身发痒鼻涕成灾。可这一次，他足足躲了有二十多天。风头过去了，他可以回来了，躺在浓烈而难言的味道中，他慢慢松了一口气。他竟觉得，他跟这间房子捆绑在一起了。

门开了，有人进来。

曾德华一跳："谁？"

阳光照耀，有风混进屋内，凝固的怪味缓缓流动。

来人被这股气味迎面一击，头有些晕，他捂着鼻子："我。"

"哦，是昆爹啊？"曾德华又躺下，他体内的瘾正逐渐涌上来，骨头与骨头的缝隙处，有被蚂蚁咬的麻痒。歪嘴昆愤怒不已，他愤怒曾德华看到他了，竟又返回床上躺下了，他怎么能这么若无其事？歪嘴昆扑过去，左手用力，一把拎起曾德华——他是左撇子，这些年割肉用的都是左手，左手比右手大一圈。

"歪嘴，你干吗？"

歪嘴昆手一松，曾德华摔回床上，歪嘴昆说："还我儿子。"

"你儿子？红毛升？他跟我什么关系？我哪认识他？"

歪嘴昆手上再次用力，曾德华觉得手腕的骨头承受力已经到了极限，歪嘴昆再重一点，手腕便会碎成粉末，他强忍着，笑了："我真的不认识。"

歪嘴昆右手握拳，击打过去——他固然是左撇子，右手的力气也不小，何况他此时愤怒交加。正中曾德华下巴，剧痛让曾德华头顶都蒙了，他还是笑的。这是曾德华最近才领悟到的，无论什么情况都要笑。痛了？挨打了？毒瘾发作了？他都咧着一张笑嘻嘻的嘴，笑着笑着，疼痛都会减轻。

歪嘴昆两手交替着打在他的胸口，像铁锤，曾德华嘴巴张着，说不出来，他被白粉耗光的力气，在歪嘴昆面前简直可以忽略不计。歪嘴昆打得自己都不忍心了，两手松开，眼珠凸出："你还我儿子。"曾德华嘴角竟还挂着笑，说："他被公安抓了，我怎么还你？你宰了我当猪肉卖，也还不了你。"歪嘴昆瘫软在地，掩面痛哭，儿子被抓之前，他就知道儿子跟曾德华混到一起了，警告与棒打，全无效果。儿子被抓了，他只能到曾德华这间臭不可闻的屋子前等着曾德华出现，等着发泄内心的不平。

曾德华靠着墙坐好，把那团布面乌黑的被子拉过来垫在后背："我告诉过他的，他不听。我跟他说，县里要过来清场，让他收敛一点，躲一躲。他不听，我能怎么办？你估计也在三角街等我好多天了吧？我不是才回来？我都不得不躲。他胆子那么大，在赌场里做这生意，能不被人知道？能不引起人家注意？能不被抓？"

"你认不认识人，能把我儿子放回来？"

"抓他的是公安，关他十年八年，我能做主？我是省委书记还是国家主席？我要能做主，还跑出去躲？"

歪嘴昆也知道问错了人，抬头撞墙，噗噗地响。

"昆爹，别这样了，我看了都心疼。别碰了，把墙撞塌了，这就成我们的墓了。"曾德华侧身翻着被子，翻出一个小纸包。曾德华说："昆爹，别这样了，要不要试试这个，试一下，什么都好了，试一下，什么都过去了。"纸包里是什么？歪嘴昆可以猜到，在这一瞬间，他被那纸包吸引着，里面那些面粉一样的东西，为何会充满强大的力量，能把一切都吸引和摧毁？曾德华说："这个，给昆爹吧。我不用这个了，我现在，打针。"歪嘴昆的嘴角一抽一抽，手指也动了动，几乎就要伸出手去接。曾德华自信地笑了笑，他知道，又有一个人的命运，将要和他捆绑在一起。曾德华说："哦，看我，都忘了，昆爹不知道怎么抽，我抽给昆爹看看吧。"

曾德华手法熟练，同样的动作，他做过无数次，有独享，也有给别人演示。蜡烛几乎在眨眼间被点燃，他掏出一张过滤嘴香烟内里的锡箔纸，把那张纸对着蜡烛的火苗点燃，白纸烧掉，轻轻把纸灰吹飞，留下的，就是一张锡箔纸。纸包打开，里面就是那让人魂牵梦绕的海洛因了。烟纸转圈，卷成吸管模样，指头沾口水，把纸吸管粘好，用嘴咬着。白粉撒在锡箔上，放置于蜡烛的火苗上。曾德华嘴上的吸管凑过去，对着锡箔纸上的粉末一吸。一声轻叹，他几乎仰面倒下，鼻涕虫被吸回鼻孔，嘴角露笑，极其满足。整个过程熟练到了优美的程度，曾德华吸完的一瞬，歪嘴昆像是看着一个人得道成仙。曾德华久久不能言，等回过神来，他说："昆爹，刚才你打我那么重，现在一点都不痛，真的。你来试试吧，只试一次，不会上瘾的。你不是想你儿子嘛，试一试，试了，就不想了；试了，就不心疼了。"

曾德华的每句话、每个词对此时的歪嘴昆来说，都是一个极大的诱惑。只要能让他忘掉儿子十年牢狱对他的打击，他都愿意一试。他的手差点就伸过去，猛地，他一个激灵，后背发寒。曾德华笑着说："树球公，怎么你又来了？怎么你还摸着昆爹的肩啊？"这无端而来的话，让歪嘴昆大吃一惊，回头一看，空空如也，哪有刘树球？他清醒了，想起现在是在刘树球的家里，是在传闻刘树球一直飘浮的屋子里，他也清醒了，适才曾德华极具诱惑力的举动和言辞，差点就把他拉向白粉的深渊。一清醒，顿时觉得这房间内阴气横生，怪味早已麻木了他的鼻子。刘树球真的拍我的肩膀了？这么一想，他没作任何停留，撒腿狂奔。

曾德华伸手去床前的桌子上摸出一支注射器。靠吸的，散发得太快了，这种灵魂飘升的快感，该怎么才能保持得更久一点呢？

唯一的办法，就是扎针。

20

许召文没想到，弟弟许召才真的把他的事说了出来。

他看不惯卖了三轮车的弟弟，整天无所事事地闲逛和赌博，啤酒机被关了，可总有一些人在隐秘的角落，开着为少数人知的赌局。许召才口袋空空，却流连于这些赌局，当看客，当"闻衣领的"。许召文选在一次晚饭时向弟弟发难，许召才闷着头，把碗放下，转身就走。许召文喝一声："阿才，老是这样，你像个人吗？"许召才说："我不吃你的，不穿你的，我过得不好，跟你有什么关系？我像不像人，跟你又有什么关系？对，就你像人，你太像一个人了。"许召文手掌一拍："你多久没给妈伙食费了？你还有脸说你不吃别人的？你把三轮车卖了，赌光了，是不是也要把老婆卖了？"

许召才的老婆委屈已久，终于瞧准时机，哭出声来。

许召才回头一巴掌："哭什么哭？男人讲话，你鬼叫什么？"

他老婆音量加大。

黑手义霍然站起，喊道："阿才，你越来越过分了。"许召才说："我过分？谁过分，谁心里清楚，许多事，大家是不好说，都把气往我身上撒而已。我在家里最小嘛，最被看不起嘛，你们做的，都是对的；我的，就是错的。"许召文说："有什么事？你说！还有什么事比你输光了内裤还难看？"许召才摆摆手："还是不要啦，我说了，阿嫂会受不了的。"许召文的老婆手一颤，筷子碰到碗沿，她问："阿才，什么事?"许召才摇摇手,就要走开。黑手义手臂一伸,把他拽回:"把话讲完。"许召才笑了:"爸,我讲不出来,哥做过什么事,你让他讲。我讲了,我怕他以后都不认我这个弟弟了。"

许召文脸一阵红一阵白。

"说!"黑手义牙缝里挤出一个字。

黑手义的老婆哼了一句:"都走神了,让我死了吧!"

黑手义对老婆咬牙道:"闭上你的狗嘴。"

"讲。你知道什么,讲!"许召文眼里精光暴射,视死如归。

许召才倒先软了:"其实,我也不清楚,我也没确定,只是听人说的。"

黑手义手掌一推,许召才一个趔趄。黑手义的力气很足,比他这个小儿子还要大。许召才摔出一肚子火,他跳起来:"我听人家说,文哥在永发镇收瓜菜时,经常去找妓女,隔两天又去发廊,隔两天又去发廊。"

这声喊是一个炸雷。

黑手义的老婆长叹一声,捂嘴掩面。许召文的老婆愣了有五秒钟,跳起来,和许召文扭打在一起。许召才的老婆知道老公闯了祸,尖叫道:"你个半脑,怎么能乱说话?"上去要把许召才拉开,可他已经豁出去,扭身一甩。许召文那对还在读小学的儿女,见父母扭打,吓哭出声。许召才只生了一个女儿——这也是他在家抬不起头的原因之一,他因此在老婆这块地上辛苦耕耘,希望能种出一个男丁,可惜一直没如愿。

黑手义的老婆过去,一手牵扯着一个,"别哭,别哭,让那些死路头的打架,跟阿婆吃冰糕去",把许召文两个儿女带出门了。召才的女儿听到有冰糕,喊道:"我也要吃。"

许召文没还手,他老婆拳头连续招呼,他只能接受下来。其实他要是还手，或者还口骂一骂，他老婆都会好受一下，他一声不吭地把一切都接了，那不是代表他心中有愧了？那不是许召才说的，都成事实了？许召文瞪着弟弟，目光茫然，他没想到，召才真的把这个捅了出来。许召才也害怕了，但，为什么父亲要逼他说呢？为什么连哥哥都要逼他说呢？他本来不想说的，他们是吃定了他没说出事实的胆子吗？他寻到壮胆壮气的理由，也瞪着哥哥，显得无畏，但十来秒后，他还是先输了，哥哥的目光太强烈了，他没法注视。

黑手义说："打累了没？打累了，就歇一歇。"

许召文的老婆哭累了。

黑手义说："坐下来吧。"

五人都整整衣服，围饭桌坐好。

黑手义指着许召才："你不是还知道别的吗？说，说！"许召才低头，不语。黑手义把一只碗摔到地上，四分五裂："拔你母的，你不是什么都知道吗？说啊，说啊。说说你都知道什么。"许召才不说，他不愿说，他老婆怨恨的目光也不让他说。黑手义深深吸一口气，说："说吧，怎么办？"他的话，没头没尾，没问什么事怎么办，也没问什么人怎么办。黑手又问了一回："怎么办？"回话的是许召文的老婆："怎么办？脱离呗。"她斩钉截铁，不容委婉弯曲。许召才大吃一惊，唯唯诺诺道："嫂，那也是我听来的，当不得真。"他没料到事情急转直下，没料到他的话，会拆散哥嫂两人。他只愿那句话从没从他嘴里蹦出。

许召文老婆说："当不当得真，当面问问你哥就是了，他有没有去过，他自己最清楚。他说什么就什么，他说不是就不是。我信他说的。"所有的眼睛都盯在许召文身上。许召文的眼睛还是没从弟弟身上离开，他说："阿才没说错。我去过。有过。"许召文老婆彻底崩溃，她早已知道答案，无非是让老公否认，求得一个安慰，面子上好过一些。男人嘛，哪个不偷腥？睁只眼闭只眼就是了，可他为什么要坦言承认呢？她已经在气头上，他就不能认输服软一回？她抬高头，眼泪横流，对着许家三个男人说："看到没有，他自己都承认了。"许召才的老婆叫起来："哥，你说什么呢？你吃猪脑了？没有的事也承认！召才疯了，你也跟着他疯。"

许召文醒过神来，已追不回泼出的水，满脸沮丧。

许召才更沮丧了，他觉得，哥嫂两人将会因为他的话而一拍两散。

许召文老婆说："过不下去，那，就脱离吧。"

"脱离""脱离""脱离"……这个词每出现一次，就生生把黑手义带回几十年前。当时，张孟杰的母亲也是这么对他说，"脱离""脱离""脱离"……他最后答应了，做了一个他永远不知对错的选择。在那个年代，他成了周围村落第一个离婚的人，承受着无数人的目光和口水，承受无数误解和猜疑，遗留下的张孟杰、张小兰和张小峰，是他永不消散的噩梦。张孟杰的母亲离开后好些年，他才重新找了现在这个老婆，生下这两兄弟，可现在莫非召文也要走他当年的路子，他会不会也像自己一样，留下一堆纠缠不清的乱事？黑手义甩手，一堆碗碟落地，都是碎片。

"脱离""脱离""脱离"……这个被封的咒语解开了，开始行凶作乱。

黑手义走到砧板边，抽出一把菜刀，左手揪着许召文的衣领，右手把刀背在饭桌上一拍："说，你到底去没去过？"

许召文脸色泛白。

召才喊起来："爸，你干吗？"两个女人也丢了魂，刀身沾着猪油，闪着光。许召文结巴道："……去……"黑手义说："你再想想，想清楚了再回答,到底去过没有?"许召文老婆哭着:"爸,你别……"黑手义喝止:"女人,你闭嘴。"许召文坚决地说:"我没去过。"黑手义把刀又一拍:"想清楚了吗?"

"想清楚了,没去过!"许召文紧张过头,反又镇定了。

黑手义转头对大儿媳说:"他说的,你听到没有?没听到,我让他大声一点。"许召文老婆说:"听到了。"黑手义说:"你还要脱离吗?"他手上用力,刀刃又靠近许召文一些。许召文老婆说:"不了。不了。不脱离了。"那把刀离老公越来越近,她头皮发麻后背发冷,无论黑手义问什么,先应下再说。

哐当,黑手义手中的菜刀掉落地上。

黑手义有气无力:"还有什么事?"问出"脱离"这两个字,对他也是精神的煎熬与折磨,耗尽他的体力与心神。这果然是一个咒语,魔力摄人。

许召才轻轻说:"我有。"他或许觉得声音太低,父亲听不到,就提高了声音:"爸,家里人多,一桌吃饭,每天吵架,也不是个事。我想了好久了,我和大哥也都有小孩了,合在一起吃饭,小孩子也抢,还是各人过各人的好点。分家吧!"

每个人都停顿了,他的话踏着安静而来,震动每个人的耳膜:

"分家吧。"

分家?

这个词真的说出来了,而且那么坚决。黑手义知道,小儿子许召才是铁了心了。黑手义和召才吵了几次,也挥拳相向,没能拉回他的心。许召才已回到村里,把族里的老人都问遍了,也问到愿意主持分家的人了。许召文没想到事情的转变如此之快,可他也不得不去南渡江北岸去找石头爹挑选吉日良辰来分家。

许召文回来,说了个日子。

黑手义问许召文:"你想不想分?"

"阿才一定要分。"

"别管阿才,就说你。我问你,你回答你的态度就好。你要不要分?"

许召文沉默。

黑手义明白了,不仅召才,召文也硬了翅膀,要飞了。这些年召文是家中赚钱最多的那位,每年冬季和一些大陆的瓜菜老板合作,收购瓜菜北上,他老婆早就对这些钱交给黑手义来存储、分配表示过强烈的不满,在许召才提出之前,其实召文多次暗示过,只不过黑手义并不在意,也没有想到这会变成不得不面对的事。其实,在村里和镇上,大多数人都在婚后便分家,黑手义能把一家捆绑在一起那么久,已经算是少见的了。分家之后,各过各的,人人有压力,懈怠不得,未尝不是好事。老潘就是这么劝他的,黑手义未必不懂其中的道理,可多年前和张孟杰母亲的"脱离",后来对张孟杰认祖归宗的拒绝,让他对"分家"心怀戒备。

本就是一家人,非得分成三处厨房,吃饭时,不觉尴尬?

说来难,真分了,也简单得很。在族里老人的主持下,把财物三分,把屋子划清,许召文仍做他的瓜菜生意;许召才还是骑三轮车——为了避免召才把钱赌光,黑手义先把车买了回来,并在召才分到的钱当中减去这份车钱;饭店归黑手义,召文和召才的老婆在店里打帮手,黑手义每月给她们结钱;各人孩子各自养。所有人都不知道,在分钱之前,黑手义偷偷藏了一些,这藏着的部分,他连老婆都不透露。这一部分永远都不可能用到张孟杰身上了,可那毕竟是他的大儿子,毕竟是从他身上掉下的一块肉,他先留着——即使不多,那也是应该预留的一部分。怎么用？他没想过。

分好财物后，便是在石头爹选好的吉日良辰进行"分灶"。

分灶日，召文、召才的娘家担庆篮担，内装佳肴、糯米糕前来欢庆。是日备酒，以娘家送的菜肴宴请亲邻叔伯，热闹非凡。

老潘过来喝酒，给黑手义送了一副新碗，黑手义莫名感慨，多喝了几碗。按说黑手义的酒量，是喝不醉的，可还是醉了，话语滔滔，说着他的一个梦。他说："我梦见两个蛋碟，摊开，又翻过去；翻开，又翻过去；翻开，再翻过去，最后，两个蛋碟拼成了一块地砖，牢不可破。宰羊的，你说，这是什么意思？"老潘知道黑手义在等着他的提问，他就问："什么意思？"黑手义叫道："谅你也想不出来。我才想得明白。这梦的意思，是告诉我，以后召文、召才两兄弟，要团结一心，才硬得起来。不能分家了，就各人不管各人了。"老潘说："有理。"黑手义说："有理个屁股。"黑手义得意扬扬说梦的同时，心事重重，他骗了老潘，他确实是梦见装蛋的碟子了，但不是两个，是三个——另外那个，成了他的秘密，他只能私藏着，面对老潘也不愿说。

"有理个屁。"黑手义站起，再喊一次，声若轰雷。

吃饭吃酒的亲朋都瞧着，黑手义的老婆上去拉他："吃多了你？把脑吃昏了？吃昏了，到床上睡一觉。"老潘把黑手义按在椅子上，他又浮起，趁老潘没注意，他抓起一个碟子往地上一甩，噼啪，碎了，菜肉四溅，他叫道："一跌就碎，一点都不硬，梦是反的，是假的。"老潘把他强摁下来。许召文和许召才也赶紧过来，要把他拉回房间。黑手义笑了："分家了，你们还管我睡不睡啊？"两个儿子对视一下，脸色发青。召文说："爸，喝多了。"黑手义道："喝多喝少，我清楚。"老潘扯他衣角，他不理。黑手义高声说："阿文，阿才，既然说我喝多了，那我就讲几句酒话。你们想分家，现在也分成了，喝完分灶酒之后，以后过得好不好，是你们自己的事。但，我警告你们，要是你们兄弟不和，做出见不得人的事，我有一天要死了，就出去死，让你们找不到我，让你们连死尸都收不到。"

"黑手！"老潘站起。

"没事。"黑手义身子不摇不晃，竟取来扫把簸箕，把砸碎的碟子扫掉。吃酒的人停止喧哗，屋子里弥漫着一股奇怪的气氛，静默当中流淌悲伤。黑手义坐下来时，更加静默了。他神色沮丧，没有人知道，一手扫把一手簸箕时，他回想起那天，张孟杰也是在这个地方，被打一身伤。黑手义甚至有了更远的联想，他梦见的，确实是三个碟子，他跟老潘说了两个，其实，两个也没说错——因为，其中一个，已被他鬼使神差间亲手摔碎。

21

退学后的很长一段时间内，潘宏万处于无所事事的状态——这也是镇上大多数青年的状态，神情萎靡，方向不清，想豁出去了大干一票，比如说把镇上的农业银行给抢了，比如说偷点钱去妓院遍地开的永发镇嫖得两腿弯曲之类的，又胆子不够，只得把幻想放在心里自慰，做一些打群架、勒索小学生零花钱等小坏事打发时间。

某一天，老潘询问潘宏万今后的打算，一问三不知。他连自己在这三个月中打了几场架都说不清。有一些是他能说清，但不愿说，比如，他暗中跟着张小兰好多回，躲在远处看她卖彩票，跟着她去菜市场，或者回到房间，在憋闷的房间里，把右手伸向裤裆，把欲念喷射出来。他和女同学有过交欢的经历，知道那种纠缠难言的快感能把人吞噬，经历之后再得不到，欲念会加倍放大。他想，只要张小兰对他一笑，便能让他癫狂。黑鬼被抓后，张小兰形单影只，让潘宏万无数次幻想着取代黑鬼的位置。也只能幻想而已，黑鬼没有多久又回到镇上。据说是他关系四通八达的退休父亲花了些钱打点后，就把他给放了。不放又能怎么办呢？县里这几年对赌博，一向都是采取不闻不问的态度，知晓内情的人，则说这其实和县里的一把手有关。县内经济不好，兴赌可以获取高税收，收来的钱返回给普通百姓，用于民生，也不是什么坏事嘛！当然，潘宏万不关心也不懂这些。他关心的，是黑鬼回来了，张小兰是不是又睡到了他身边？

答案十分明显，让他嫉妒愤恨。

老潘捏住潘宏万的肩膀，说："我和你爸商量过了，你这样混下去，死路一条。你也要想想该做什么来喂你的嘴巴，难道你不想找正经活干？想马上发财的，要么赌，要么卖白粉，你看看，这些人都什么后果，输光的，被抓的。你难道要走他们的后路？"

潘宏万仍旧双目茫然，他想，张小兰昨天穿的那条黑裤子，其实不大合身，大热天的，穿黑色，还是很紧身的那种，不觉闷热？不捂出两腿汗？

老潘说："我的意思是，如果你同意，就买一辆面包车来载客，从永发经过瑞溪到西边的县城，每天跑四五个单程就行，足够养你的嘴。你搞大人家肚子，你外公去世，花光了家里的钱，要确定买车，还得问人借钱。这是一笔很大的开支，不是开玩笑的。如果你下不了决心，就别买了。车买来了，不好好做事，那是拿钱砸水。"

潘宏万还是提不起精神，他的心思还在张小兰昨天的黑裤子和裤子底下流汗的大腿上。老潘拍拍他的肩，他眼睛乱闪，黑眼圈很明显，像是涂抹了火灰。潘宏万闷下头,好一会儿才抬起:"我怀疑那同学怀的小孩真不是我的,虽然我跟她有过,但我怀疑真不是,我⋯⋯"

老潘冷冷地说:"是不是你的,已经不重要了。都过去了,别提那丑事。你想想要不要学车的事吧。"

潘宏万想了两天,答应学车。

老潘找了一个熟人,安排潘宏万去县城学车,年轻人上手快,没多久他就能开车上路了,花了些钱拿到了驾照。老潘四处筹钱,买回一辆二手面包车,潘宏万的载客生涯就开始了。他找到新目标似的,勤奋肯干,每天可以跑八个单程。

镇上好多人见到老潘,都夸他有脑子,给孙子想了个这么好的门路。老潘说:"借钱买的,借钱买的,不知何时能还清呢!"他眼睛眯起来,嘴角染了笑意。别人不信,说买这辆车,得花不少钱吧,没有一点存货怎么行?老潘摇头:"空手套的,空手套的。"别人以为老潘不肯多说,也就不细问。当然,即使要问,老潘也不会把他借钱的法子说出来。他去找一个早先收鹅毛发家的熟人借的钱,人家问他需要多少?已经有了多少?准备借多少?老潘说:"需要两万,我筹借了一些,合起来只有八千,你也知道我手紧,没存货,还需要一万二。"熟人就借了他一万二。而老潘早已打听清楚,那辆二手的面包车,只需一万二就能入手。

潘宏亿一有时间也跟着潘宏万学开车,居然有模有样,一般的路都能跑了,有时周末他就跳到车上,替潘宏万换换手。潘宏亿觉得面包车溅起一路烟尘的样子,比带着一群人去火并还要拉风,他时常在班上炫耀:"我开过车的,你们谁有我厉害?你们谁开过车?面包车哦⋯⋯呼呼⋯⋯"

有一天,潘宏万出车回来,嘴角咧开,把全家人笑蒙了,他没说为什么这么开心——他不会跟任何人说,那是他独享的秘密……今天,张小兰坐上他的车去县城了,由于人多,挤着挤着,她就坐在驾驶座位旁边,潘宏万心神大乱。幸好他喝了几口水,深吸几口气,提了提神,才没手忙脚乱。当然,他不能扭头向右,一扭,他就能在各种腥臭香膻的气味中寻出张小兰独一无二的体香。即使没扭,他也确定了,那让人眩晕的气息来自于她。更让潘宏万感到满足的,是张小兰看他的目光不一样了,以前只有不屑和鄙视,现在则平和多了。这平和说明不了任何事,但已足以让他血脉贲张。

其时还没有大的客运公司介入这段路线,潘宏万渐渐上道,除去各种支出,老潘让他每天交回一定的钱后,剩余的,由他自由支配。这无疑极大地刺激了他的积极性,客流多的时候,他就多跑几个单程。

一段时间后,他向潘江说:"爸,我想买辆摩托车。"潘江摇头:"你开面包车的,买摩托车有什么用?"潘宏万说:"我又不向你要钱,我用我自己存的钱买,不要你一分。"潘江断然道:"手头松了,也不能乱花,得先把车钱还了,欠着人家那么多,先还钱。"潘宏万急了:"爸,这个车很好的,不买就亏了。"潘江说:"去问你阿公,他同意,你就买。"潘宏万兴趣索然:"问他?肯定买不成了。阿公每天让我交的钱,我都交了,一分不少,那就是给阿公还钱的啊!现在这些,是我自己存的,要买辆摩托车也不行?"

潘江摇头:"关键是,买摩托车没什么用。"潘宏万压低声音:"出入方便啊!爸,我明跟你说吧,这是我一个同学介绍的,那辆车还很新,别人偷出来,已经转手过的,又新又便宜,就算自己不用,再转手,我们也可以赚钱。要是跟阿公说这车是偷的,他肯定不让买。"潘江说:"跟我说了,也买不成。偷的车,怎么能买?惹麻烦,找罪受！"潘宏万说："不会，不会，完全是新车，又没有记号。是县城的'落漆三'卖的，他跟我熟才介绍给我，不是熟人，他也不会这么便宜就出手。真的很便宜。"潘宏万比画着手势，说了一个数，潘江有些心动，相比他所了解的大概价格，至少要便宜三分之一。潘宏万又说："买辆摩托车，你到下面村联系买羊，给人家送羊，不就方便多了？不比你骑着单车好？爸，这是我存的钱，你等着骑车就是了嘛，又不让你掏口袋。"

想了好一会儿，潘宏万决定捅父亲的痛处："爸，要是你有辆摩托车，而不是跟成爹借，那天你早点赶过去，或许就能见到外公最后一面了。"潘江沉默一阵，说："先去问清楚，要是查得严，就别惹麻烦了。和贼子打交道的事，我们别做。"

潘宏万眉开眼笑，连说"好好好"。

潘宏万去交了钱，摩托车当天就取了回来。听到门口的喇叭声，潘江耳膜有点松动，他没想到潘宏万也没再商量，直接就交了钱。潘宏万摁着喇叭，把周围的年轻人都引了过来，摸着那辆车啧啧称赞。成色不错，确实很新，红色的油漆亮得刺眼。潘江让宏万赶紧把车推进来。他既感兴奋，也有些忐忑。

当晚，老潘责骂了潘江一顿，说小孩不懂事，你都多少岁了，还跟开玩笑一样！买偷来的车？潘江嘿嘿傻笑，老潘责备他的，他都原封不动地责备过宏万，可车还是买回来了，他只能嘿嘿。潘宏万说："阿公，赚到便宜啦。你要真觉得不好，我现在就卖了。我们家门口，就有很多人等着要，不赚个三百块，我三天不吃肉。"老潘长叹一声，也不敢再大声责备，怕邻居听见了往外传。生米既成了熟饭，也没有转手的必要了。老潘上前摁了一下喇叭，在房间里，回音很响很脆。潘宏亿喊着："给我配把钥匙，我也骑骑。"陈梅香一巴掌扇他背上：

"学生仔,上你的学,骑什么车?要去钓女孩吗?"潘宏亿笑了:"我还用钓?都是人家钓我。"

潘江平常出入,都骑着摩托车,要比自行车方便得多,看羊、送肉,比之前大为轻松,手腕轻转,风声刮面而过。

潘宏万常笑嘻嘻地说:"若不是我,能买到这么好的车?"用摩托车最多的,还是潘宏万。他在晚上骑着摩托车,从镇上小小的街道呼啸而过,因有回音,轰鸣不止。镇上青年流行去永发镇玩,与潘宏万同去的朋友,车尾经常坐着一个姑娘,眼睛闪亮,充满湿润的渴望,长头发被吹得直直向后,迎面风灌满她们的衣服。潘宏万的车后座则一直空着,不是没有女孩子载,而是被他拒绝了。他觉得,那个位置只能属于一个人;从后座环抱他的,只能是那一双手;他希望闻到的,只能是那种让他迷醉抓狂的香味。他极力想买这辆车,就是希望她能坐一回。

——要是她永远不来坐,就让后座空着。

22

脚上的伤已经不怎么疼了,但当张小峰要直起身子走路,脚踝便会发软,有从中折断的迹象。他已经在这间五楼的房子里待了四天了。四天前的夜里,他照样裹着被子草席睡在楼顶,半夜里哗啦啦一阵急雨,他翻身往楼下跑,在楼梯里摔了,右脚踝扭伤,敷上膏药,绷带捆绑着,鞋子穿不了,他就把脚挂在沙发扶手上,天天看电视。黑鬼的房子,成了他的牢笼。张小兰下了死命令,要是他还坚决上楼顶睡,那她立即跟黑鬼分手，再回新街租房住。其实张小峰也清楚，整天躺在楼顶上，给姐姐带来了不小的压力，她面对黑鬼时，是带着歉意的——张小峰的行为，是对黑鬼无形的漠视和反抗，别说张小兰，黑鬼的忍耐性也快到尽头了。黑鬼不是一个爱忍让的人，但他不发一言地忍着。

这一次摔伤，缓和了三人之间绷紧的神经。

张小峰不愿说话，但姐姐的心事他都能看透。黑鬼被抓的那些天，她貌似如常，但经常嘴角一咧，眼泪横流；给母亲杨南打电话，她还破天荒地撒娇了，说着说着，泪水洒落，把电话那头的杨南吓得天晚就从省城跑回来看她。张小兰时时面若冰霜，泛红的眼睛却泄露了心底的柔软和脆弱。黑鬼从县里被放回来，他想到银行里的同事会对他歧视和远离，想到以前赌钱输的人会到他面前嘲笑和讽刺，但他没想到张小兰会那么热情迎接，告诉他所有的胆战心惊与心急如焚。张小峰很嫉妒，姐姐的关心和泪水应该是给他的，可现在都给了黑鬼。

镇子小，什么都捂不住。摔伤的第二天，黑手义就带着一包药来了。

壮健的黑手义，拍门时轻轻缓缓，像胆怯的小孩。门开了，张小兰一愣，黑手义把袋子递过去："这是药，给小峰治扭伤最好，用三服就差不多了，我多开了两服备用。"袋子到了张小兰手里。她犹豫了一会儿，登时醒悟过来，眼前这个铁塔般的老人，是她的仇人，她把袋子砸在黑手义胸口，喊道："滚。"

黑鬼匆匆跑上楼来，他把张小兰按回椅子上，问黑手义："要不要坐一会儿？"黑手义沉默着，转身下楼，才下几步，他猛地折返，朝楼顶跑去。黑鬼有些担心，也跟在后面爬上去。黑手义并不急躁，他站在楼顶的角落，看着小镇发灰的屋顶和墙壁——他从没这么看过，这是他陌生无比的小镇，他不曾了解。黑鬼想，可能黑手义是想看看他孙子睡觉的地方。黑手义站了一会儿,就下楼了,他试图把脚步放轻,却还是踩出阵阵抖动——他的身子太壮了。

黑鬼把药袋子捡起来,塞回张小兰手中:"你恼黑手义,觉得他人不好,但这个药是好药,能让小峰快点好起来!"张小兰叫道:"难道不会是毒药?"张小峰哈哈大笑:"雄哥,我姐说是毒药,你就认了嘛。"黑鬼也笑了:"是,兰姐说得对,兰姐有什么吩咐,我照办?兰姐,你说要把这毒药丢到哪儿去,我马上去丢。"张小兰把药袋砸到黑鬼头上,说:"丢你的头,丢丢丢。"

张小峰顾不得脚疼,笑得捂着肚子在沙发上打滚。

第四天的下午,来的是潘宏亿。张小兰把门一开,潘宏亿说:"不用了,不用了,我不进去了,我送几本书给小峰。"张小峰要站起来,潘宏亿不敢面对他似的,丢下一句话:"你先看,看完了,我后天过来拿去还。"他不停留,扭头就走。

两人以前经常一起到瘦竹竿那儿租借武侠小说来看,而近来两人越来越疏远,别说一起租书,课余时间碰到,也是迅速把眼光转移,互相躲避。张小峰想,他租书来给我消遣解闷,难道是想跟我和好吗?可破坏的友情,还能和好吗?三本书就放在门口,是卧龙生的一部武侠小说的上中下三集。张小峰笑了笑,心想,这一部,以前都看过了,难道他忘了我曾租过这本书?我租了,还借给他看过的。张小峰还是很感激潘宏亿,他多希望他所猜测的事情并不存在,他多希望潘宏亿还是那个自负骄傲盛气凌人的老朋友。张小峰想,也许什么事都没有,是我误会了他。

张小兰从厨房伸出头来,冷冷地说:"小峰,以后不要跟宏亿玩了。"

"为什么?"

"为什么？我想，你不比我更清楚。估计除了潘老羊一家，镇上的人，没有四分之一，也有五分之一的人知道了吧！还需要我说？我不止一次警告过你，让你别跟他走得太近，你到底听不听话？"张小兰把那三本书收起来，"你不要看武侠小说了，好好看你的课本。我把书还给他。"

张小兰走到阳台，朝楼下喊："宏亿！"

"喂！"

楼下应声让张小峰熟悉又陌生，涌动一股伤感。

"书还给你！"张小兰一抛，"啪啪啪"，书掉楼下水泥地上。张小峰想听听那熟悉又陌生的声音会说些什么，等了许久，再无声息。无论张小峰怀疑的那件事发生了，或者纯粹是张小峰个人的猜疑，张小兰这一抛，都已把两人曾有的情意尽皆抛掉。再不可能和好了……张小峰心中一酸，站起，大叫一声："干吗丢掉我的书？"他扯着嗓门，他想，周围一百米之内的人，都会听到他这句话吧！他故意喊这么大声，他希望楼下的潘宏亿会听到他的愤怒，理解丢书不是他的意思。

"你干吗丢我的书？捡上来。"他又加了一句，嗓门快扯破了。

"别鬼叫了，他早跑了，听不到。"张小兰鼻子一哼，嘴角上扬，"我爱丢就丢，有本事，你从阳台跳下去捡咯？跳咯，我看着你跳。"

张小峰用力敲着太阳穴，痛的不再是脚，是头。

23

老潘赶到木桥时，南岸的桥头已经围满了人。

歪嘴昆被摁着，浑身湿透，还在挣扎。老潘蹲下来，拍拍歪嘴昆的肩膀，让摁他的人把手松开。摁着歪嘴昆的，都是新街私立小学的老师，其中一个说："老潘，放了，昆爹又要跳水了。"老潘脸一沉："放屁，谁说昆爹跳水了？天热，他洗洗澡也不行？"歪嘴昆笑道："就是，就是，谁说我要跳水了？我就是洗澡的，宰羊的，还是你了解我，别摁着了。"夹在歪嘴昆身上的手就松开了。歪嘴昆跳起来，要往人群外钻，老潘一把拉住，低声说："你真要跳？你跳了，你儿子就能放回来？"歪嘴昆哈哈大笑："我洗个澡，关我儿子什么事？"老潘说："散了，散了！看什么看，没什么好看的。"围着的人都不愿动，老潘拉着歪嘴昆的手，从人缝里钻出去，往镇上走。没戏看了，围观的人三三两两各自散开。

老潘给了歪嘴昆一拳："你脑子败了？去新街小学发什么癫？"他指的是歪嘴昆跑到新街小学的办公室，把第一届毕业生——张小峰和潘宏亿那一届——送的那个雄鹰展翅的镜框给砸了，他边砸边哭，说当校董有什么用，儿子都教到牢里去了，校董有什么用？砸碎了，他还把一块锋利的玻璃握在手中挥舞，握出满掌心血淋淋。

老潘打出第二拳："你还不要脸了？砸了镜框也就砸了，还来跳水？你真死了，看你不成为一个笑话？你老婆都没跳水，你来跳？以后人家说起木桥，就多了你一个笑话了。"他指的，是歪嘴昆砸碎玻璃后，情绪失控，把办公室所有的老师都骂了一顿，接着痛哭失声，朝南渡江奔去。有些老师怕出事，赶忙跟上去，远远见他扑通一声跳水里，幸好水不深，就给捞了上来。

老潘甩了第三拳："你要知道，你是新街小学的校董，你到自己的学校砸玻璃，丢的，不是你自己的脸？人家会怎么说？人家原先还以为，哦，那杀猪昆，开瑞溪镇风气之先的，他可是校董啊！可现在，竟跳水死了？刚开办学校时，多风光啊，鼻孔都对着天开，接雨水。可现在……水鬼一个！你难道不想把丢了的脸找回来？难道你儿子被抓了，你就要把名声和命都搭上？泡水里，除了把肚子泡得死猪一样圆，能解决问题？"

"你怎么会知道？"

"我怎么不知道？"

"你知道儿子坐牢的感觉？你知道老婆每天对着我哭的感觉？你知道我去抓猪时，人家都不愿意把猪卖给我，还嘲笑我的感觉？你知道学校里的老师，都不想跟我见面，其他校董，都想把我赶走的感觉？"

"越是这样，越要挺住。现在就认输，你能等到十年后你儿子出来？"

"一到晚上，就忍不住要去想，这么过，有什么意思呢？"

"想有意思，你让黑手家的召文带你去。"老潘压低声音，"他认识永发镇所有发廊姑娘，你让他带你去玩玩，玩疯了，就好了。不过，召文的老婆正和他闹，千万别让她知道召文给你带路。"

歪嘴昆犹豫着。

老潘拍拍他的肩膀："要不，不要找召文了，晚上，我让我孙子宏万骑摩托车带你去，你自己去挑，看上哪个要哪个，阿玉还是阿珍，都好。你这些年杀猪，也存了不少油水，你就出去过过瘾开开眼界嘛。"歪嘴昆眼睛一亮，这些年他一直是杀猪、杀猪、杀猪……或者为那死路头的儿子头痛，或者和卖菜的老婆吵架，早已忘了身上还有着某些原始的欲望，老潘一点拨，他裤裆一鼓，身子发颤。

老潘笑了："世上有那么多好味没吃过，怎么能厌世了？"

——劝回了歪嘴昆，老潘没有一点兴奋。来找他去劝歪嘴的，是歪嘴昆的老婆。歪嘴昆这段时间情绪不好,在家里多次把老婆打得皮开肉绽,所以他老婆明明看到他在木桥边被摁住,也不敢上去劝说,怕一开口反而把老公逼进水底。她跑去叫老潘出马,她想,要是瑞溪镇有一个人能劝住歪嘴昆,那个人就是杀羊的老潘。

老潘不是因为劝歪嘴昆去找妓女而觉得对不起歪嘴昆的老婆,那种倍觉失落的原因,他说不清。或许,只是觉得小镇正一日一日变得陌生,人和事,都渐渐超出预料和见识,连歪嘴昆这样内心澎湃的人,都有寻死的心了,还有什么不能发生的?赌场、毒品……像风一样,正在瑞溪镇各个角落弥漫,正在日渐渗透宁静的日子,正在把一栋建好的房子的地基抽掉,今后还会有什么呢?一切都会崩塌,一切都在沦陷——连让歪嘴昆提振精神的法子都是让其去嫖妓了,还有什么是坚贞不变的?

这种改变,从何时开始,又会到何时结束?太阳穴越来越痛,老潘想,小镇上发生的一切是不是很快就要蔓延到他家里来了?他没有任何方法阻止,也不晓得即将面临的灾事将会以何种方式出现,但他预感到了。近来发生的种种事,让他时时心跳加快、紊乱、没有头绪、一头雾水、龙蛇混杂……他交杂其中,被忽略了,走丢了。今天是什么日子,他怎么听到了挂在后院的那几把杀羊的刀叫唤了?乒乓乓,乒乓乓,撞击声脆,被风吹得碰到一起了吗?

老潘深吸一口气,缓缓呼出,心想,该来的,肯定要来。心烦也没用,等来了,再说吧。

他侧耳倾听。

"呜……"

第三章　酬宴会

1

失眠从什么时候变成了常态的?

老潘问过自己，问不出答案。失眠，不仅仅意味着在该沉沉入梦时眼睛没法闭合，还意味着漫长无边的夜，意味着焦躁和愤恨，意味着翻来和覆去，意味着白天的心平气和彻底消失，意味着眼睛发涩泛红嘴角起泡，意味着恨不得把头往墙上撞或把刀子插进心口……当然，也还意味着，从失眠进入浅睡眠时，那时时刻刻都纠缠不清的梦。老潘几乎每睡着就做梦，这些梦超乎他的想象，更多的，已被他醒来后遗忘。也有记得的，比如说，他梦见走在街上，趁人不注意，捡起地上的一块生的猪排骨，悄悄地咬着。他看到了一个老女人，很脸熟，却又说不上是谁，他把骨头丢掉。老女人对他说："你是死人，桥头的人。"老潘喊起来："我不是。"老女人说："那我们试试！"怎么试? 她伸出手掌，老潘也伸出，两掌相击，啪，拍响了。老潘笑了："我说我不是了。"老女人说："再来。"两人的手再次接近，碰到了——没碰到，老潘的手变虚了,成了一个幻影,被老女人的手划了过去。老女人说:"你看,我说了,你是去桥头的人。"老潘慌了,看到有蒙面的索魂人出现了,他乱挥着手,已虚幻的手竟抓住了老女人,他乱甩着,把老女人捏在手中挥舞。他停了,老女人叹息:"为什么要逼我去桥头?"老潘觉得机会来了,闭上眼睛,用力想,用力,光一闪——他在床上翻了个身,坐起来。再比如说,他还记得这么一个梦:他去黑手义家,黑手义正招呼大家入酒席,把老潘一拉:"你坐这儿,你坐这儿,你和中年黑手义坐一起。"他就坐下,望着在场两个黑手义,一个中年,一个老年……

这些奇特而诡异的梦,意味着什么?这些梦甚至都没法跟别人说,能说什么呢?这些日子以来,一握着放血的刀子就像摸着漏电的插头,他只能把这一切交给儿子潘江。镇上人嘴巴刁,尤其是一些老食客,在相互议论中对潘江放血杀羊表示了不满:"潘江嘛!还不行,和老潘比,差得太多了。潘江太柴头了,下刀没他父狠,放血太慢,肉都变味了,老潘的刀子进去再拔出,刀面还是光亮的,血都不沾,血是往外射成一条线的。那种羊的肉,才最鲜。"但主刀的毕竟已经是潘江,老潘的神奇刀法,将会渐渐成为人们的回忆。有不少人来订羊肉,都指名要老潘亲自杀的肉,潘江脸色发苦,老潘却伸出略显发抖的手腕,笑了:

"我连筷子都握不紧,你觉得我还能动刀吗?"

晚饭时,潘宏万一直兴奋地说着今天乘客很多,比平常多收了五分之一的钱。当老潘无意中说出杨南要嫁女儿时,潘宏万把碗筷一放,说:"爸,把摩托车钥匙给我,我出去一下。"陈梅香一翻白眼:"饭都没吃完,要去哪儿啊?"潘宏亿笑嘻嘻地:"妈,我哥看到张小兰要嫁人了,他心痒了,你赶紧给他找个老婆啦。"潘宏万要给弟弟一拳,潘宏亿笑着躲开了。潘江把钥匙丢在桌上:"不要回来太晚,整天去永发玩,就那么好玩?"

潘宏万说:"我今晚不回来了。"

车飞奔而出。

到了街上,他却停住了,不知该往哪儿去。犹豫了好久,他方向一转,往水井路开去,在一间房屋前停下,他喊道:"春芽,春芽。"房里就出来一个中年妇女,是春芽的母亲,那个以酿酒出名的水井路三婶。三婶见是潘宏万,带着一身浓郁的酒气过来,笑了:"春芽在洗澡,你吃饭了没?过来吃饭咯!"潘宏万有点脸红:"我等她!"三婶笑了:"先进来坐咯!"潘宏万摇头。三婶走回去:"我叫她洗快点。"

潘宏万忐忑不安。春芽姓刘,是跟在潘宏万面包车上收钱的。此前给潘宏万"跟车"的,是另一个女孩,不过那女孩手脚不干净,每次收来的钱,都有一些落入她的口袋,潘宏万发现之后,提醒过她,她仍旧不改,反问潘宏万:"你哪只眼睛看到我捡钱?别坏我名声。"没办法,潘宏万就把她给辞退了,此后她却在外面到处宣扬说,潘宏万经常对她动手动脚,她被纠缠怕了,才不干的。潘宏万因有搞大女同学肚子的前科,辩解的话,没人相信,为此痛苦了一段时间。陈梅香决定自己"跟车",她跟了一个来星期,本就精神衰弱的她,一上车就头晕呕吐,最后则是听到宏万按喇叭也吓一跳,她让老潘再去找个"跟车的"。这一次找到的是水井路三婶的女儿刘春芽,她初中没读完,就在家帮着母亲酿酒,她人老实,认死理,有乘车的客人要少给个一毛两毛,她绝不答应。宏万在一旁说"算了算了",她不依不饶加大音量"算什么算?",把潘宏万都镇住了。刘春芽的父亲早些年是个酒鬼,三婶要自己酿酒才能不被吃空,最后酒鬼喝酒过量,肝硬化死了，埋的坟墓三米开外都能闻到阵阵酒气从土堆上升腾而起。三婶成了镇上的酿酒户，刘春芽没什么特长，可整天在酒意缭绕的地方生活，有了千杯不醉的海量。

潘宏万原以为，他的摩托车后座是给张小兰留着的，可其实他没坚持多久，后面就坐上了刘春芽。他对刘春芽倒没有什么心思，但和朋友在永发镇玩时，他有时也会带上她，潘宏万知道，这主要源自面子——朋友都带着女的出来，他后座永远是空的，这让他有些自卑。但今天，潘宏万的感觉很奇怪，他心里充满着怨恨、思念、欲望、失落、癫狂、愤怒等情绪，他知道，这些情绪都来自张小兰。他并非不知道张小兰早已是黑手的女人了，他并非不知道他甚至得不到张小兰的正眼一瞧，可只要她还没嫁，他就会抱着一些念想。可现在，她就要嫁了，她难道一点都不晓得他的心？

刘春芽坐在摩托车后座，潘宏万焦躁不安。背后的人和他贴得很近，她刚洗澡出来，头发尚湿，飘着洗发液的香味，夹杂其中的，还有一股淡淡的米酒味，他想她贴得更近，又想她离得远些。刘春芽叫道："你脑子坏了？方向反了。"潘宏万说："没反。今天不去永发了，今天我们'去县城'。"刘春芽好久没说话，她明白"去县城"的意思。县城里旅馆多，对于小镇上的年轻男女来说，"去县城"就是"去开房"的意思。她的好多朋友，都跟她说过"去县城"的经历，刺激、好玩、充满诱惑。出了瑞溪镇西口，眼前越来越暗，很快地，车要上一个坡，这个坡挺高，山坡两边漫山遍野都是坟墓，再往前，就是……刘春芽整天跟着车，对路程已经很熟了，摩托车的前灯没能打开夜的黑沉，她也大概知道，车到了哪个位置。

途中经过一个叫长安的小镇，从长安再往西，灯光开始闪烁，就是县城了。两人都没怎么说话，车进了县城，潘宏万直接把车开到一个叫"西华楼"的小旅馆面前,付了钱,拿了钥匙,房号是203。为什么要来西华楼?因为潘宏万只熟悉西华楼,当时他带着女同学,就经常来这西华楼,他还记得和那女同学的第一次。他手忙脚乱,汗流了一身,也没找对洞口进去。那个女同学着急了,用手握着他那里,就坐了上去。没动几下,他极度慌乱中射了。他也是后来才想到,她熟练而饥渴,说明她早已不是初次经历这样的事了。而当时,他并不在意这些,他那时觉得有使不完的劲,恨不得整天和她混在床上。她跟他说肚子大了之后,他脑子一轰,没想到这样的事真的发生在他身上了。接着,就是女同学父母的追杀,就是他慌不择路的躲藏……可今天,他又来到了这里。房间不大,甚至有些潮湿的霉味,可一进入房间,他发觉,以前的那种需求无度的欲望,又涌了上来。

刘春芽在门口犹豫,不肯进门。

潘宏万退出来,说:"我先下去买瓶水,你坐一会儿。"潘宏万先到门口找小卖部买了两瓶矿泉水,再找到药店买了一盒避孕套——他不希望误中靶心的事情再度出现。潘宏万回到房间,里面并不开灯,把门反锁,两个人各自喝了口水,越坐越近,最后,就是两个人抱在一起,一切都顺理成章,没有想象中要花费一番口舌的麻烦。其实,刘春芽还比潘宏万大三岁,她也不是第一次了。潘宏万憋了许久,在念想中无比销魂的场景,却也不过如此,当初和女同学那种卖命的耕耘,没有出现。潘宏万和她一贴近,那股酒酸味就变浓。他说:"你身上有酒。"她说:"没办法,怎么洗都洗不掉。用肥皂也压不住,沐浴液也压不住。你喜欢酒味吗?"潘宏万说:"喜欢!"一扭动,冒出些轻微的汗珠,酒味就更加强烈。潘宏万有些晕眩。潘宏万射了,可并不平息,内心越来越躁,脑海中都是张小兰即将嫁给黑鬼的情形,都是张小兰在黑鬼身下的喘息呻吟。

"以后我还'跟车'吗？"刘春芽忽然说了一句。

"你说什么？"

"以后我还'跟车'吗？"

潘宏万忽地想起当年没摸成张小兰的胸，把手伸出去，手掌压在刘春芽的乳峰上。他想起了那年悄悄挂在张小兰门口的那只火红色水桶，依然像火。所有的思念在此刻喷涌而出，潘宏万有些眩晕，他一摸自己的脸，竟然摸到满腮的潮湿。起先，他还只是悄悄地流泪，渐渐地，他竟抽泣起来，把刘春芽骇得莫名其妙。刘春芽移开他的手，把他的嘴引到她的乳房上，他就含着，含到阵阵酒气，他有些醉了。晕乎乎轻飘飘，要醉了，他翻身，又爬到刘春芽身上，起起落落。

好一阵之后，刘春芽问："是不是想那个张小兰了？"

"什么？"

"你说过好多次了。你不记得，我可记得。"她咬牙切齿。潘宏万没想到，镇上年轻女孩的公敌张小兰，更是她刘春芽的敌人。她朝他脸上喷了一口气——带有酒味的气息，潘宏万想，她的酒味就散不掉吗？

"你干吗带我来开房？"刘春芽声音凄厉，"我晚饭还没吃呢！"

"我请你吃夜餐吧。"

"吃什么？"

"腌粉。"他知道西华楼南边有一家腌粉做得很好，以往他和女同学经常在奋战几回合后，饥肠辘辘，就去那里吃碗粉，回来，再战。潘宏万觉得很奇怪，张小兰的脸一直在闪，而对于那个女同学，他竟然不怎么记得她的脸了。

2

  杨南顾左右而言他，是拜托老潘给她当说客。
  张小兰要嫁给黑鬼了，日子已选定，地方的风俗，新郎要到新娘子家把新娘接到家里。在这期间，新娘需要祭祖、需要哭嫁、需要在家中摆酒席谢客，新郎也需要披着红毯子到新娘家，履行拜谢祖先、敬茶敬烟、包红包、喝酒……一系列程序后，才能把新娘接到。富人有富人的法子，穷人有穷人的过法，可一步接一步的风俗，却是少不得的。也是到了择日定下婚期后，张小兰才意识到，自己是没有娘家的，她头一次被这想法击打得头晕目眩。当年张小兰的奶奶从黑手义家离开后，就没再嫁，独自一个人带大了父亲张孟杰。可是，现在，奶奶过世了，父亲也因病走了，父亲留下的那间维修汽车的小铺面，也在父亲生病期间转手了，现在母亲租房住在省城，张小兰带着弟弟张小峰在黑鬼家，也就是说，张小兰是没有娘家的，无论是精神意义上的娘家还是建筑意义上的娘家，都没有。没有就没有吧，不面对这个问题的时候，可以把头埋进沙子当鸵鸟，可问题直面而来，她就全被掏空了——她的婚礼，要怎么进行？没有在娘家的仪式，她的下半辈子都不会受到祝福，她怎么在内心发虚的时候把自己给嫁了？
  张小兰只能找母亲杨南，杨南此前也没想到这一层，当这个问题被抛出来时，她也愣了。除了小兰、小峰，和杨南有关系的，就是她外家的人了，可，那算不得小兰家啊！杨南幽然道："小兰，知道你爸当年为什么要回来认黑手了不？"张小兰喊起来："不明白，我不明白，难道你要让我把黑手义家当成我的外家？"她喊着喊着，眼泪横流——即使她不愿承认，可世俗的力量却真正把她击溃了。

海南人的眼中，女人要有出处，男人更不能断了根。当年张孟杰回来寻亲，也是感到了，当他与血脉亲人的根没有连上时，他没法以一人之力逆世俗而行。即使忍受着委屈，忍受几十年被遗忘的愤恨，他也得回来。当一切顺风顺水时，大家会遗忘了好多事，而当诸事不顺时，人们便开始追根溯源，当年，张孟杰屡屡碰壁，事业不顺倒还罢了，他还碰到了很多别人想都不敢想的事。四处问人之后，他才知道，原来，自己过年了，没有祖先可以祭拜，是多么可怕；清明了，没有先人的墓可以扫，是多么可怕……一个人没前没后，凭空而来，是多么可怕。张孟杰想回到镇上，把断层接上，让女儿、儿子不需承受他所承受的压力。

张小兰希望自己真的不明白，可现在，明白不明白，她都要在出嫁时面对这个问题。她想，要是父亲在，这一切都不成问题——或许，只要那间修车铺还在，她也不会如此纠结。难道，她要把母亲租在省城的那间十五平方米的潮黑房子当成她的娘家吗？

杨南只能找老潘，老潘便到黑手义家去。

"不可能。"

——许召才已经把这句话喊了十五遍，若不是黑手义就在面前，若不是老潘是他熟悉的"潘爹"，他已经一拳打在老潘脸上。许召文摇摇头，他的态度也很坚决，绝不同意。剩下的，就是黑手义了。黑手义家的女人，都被排除在外了，这是男人的事，怎么能让她们夹杂其中？老潘说："这不是我的意思，我只是帮杨南来问问，怎么决定，是你们许家的事。"老潘有些累，这本来和他就没关系，为什么要把这事揽到身上呢？他想，是杨南的泪眼让他没法拒绝吧。还有呢？还有，若是还有别的原因，或许就是他希望黑手义能从这件事中彻底解脱出来。多年以来，黑手义深陷在此事的纠缠当中，一日比一日憔悴。

"杨南是什么意思？"黑手义说话了，老潘讲了半个小时，许召才一直甩出"不可能"，许召文一直摇头，黑手义到了此时，才甩出第一句话。

"还用我说什么意思吗？能讲的，我都讲了。小兰要嫁给黑鬼，杨南想让你把小兰、小峰两人认回你们许家。"

"他们两人姓张。"黑手义还是没有一点表情。

"他们姓张还是姓许，不是他们决定的，是你决定的。"老潘觉得说太多了，站起身，准备离开。

忽地，许召文一伸腿，把条凳一踢，条凳飞斜，撞到老潘右小腿。老潘哼了哼，摔倒在地。许召才飞身上去，照着老潘的后背就是两拳，老潘无还手之力，头就埋在地板上。许召文赶紧扯开许召才，黑手义浑厚的手掌一挥，噼啪，响亮刺耳。许召才红着一边脸，眼睛也红了："关他什么事？我们家的事，他杀羊的，来问什么问？"黑手义又是一巴掌："你皮厚，连潘爹也打？"黑手义蹲下身，扶起老潘。

一柱烟的工夫过后，老潘才回过神来，苦笑："还是阿才比你黑手有力。"黑手义脸一阵红一阵白，他反手，又是噼啪一声，许召才脸上又是一巴掌，两边脸都红了，肿了。许召才眼睛里冒出泪水，咬着牙对许召文说："哥，你摁着我？"许召文赶紧松手，许召才双臂一挥，指着黑手义："我是你儿子，我哪块肉生得歪了还是臭了，你怎么总是这样对我？我打宰羊的，有错吗？他来管这闲事干吗？这是他该管的事吗？"

"老潘来找我，来跟我们三父子坐下来商量这件事，是看得起我老许。你这小贼仔竟敢动手动脚？嘿，我店里真是风水好啊，就是这儿，每个人被打，都是在这个位置，看来，得叫师傅公来净一净了。"老潘摇摇手，挣扎着站起来："也好，让我知道自己身骨还硬不硬。阿才讲得没错，这本来就不是我该管的事，我话多舌长，该打。"

老潘甩开黑手义，摇摇晃晃走出去，他想，我真不该多嘴。

许召才喊："黑手义，你今天打了我三巴掌，我都记得。你不就是想认那个烂山薯吗？你去认啊，你去认啊，他们可是从你身上掉下的肉，能不认吗？"

"闭你的臭嘴啦！"许召文听得心烦，回了一句。

"我的嘴臭，你的嘴香。是啊，你的嘴是吃了妓女的奶头的，能不香吗？那年我能打张孟杰，现在难道我会同意让那个女的进我们家？"

"你再说一句？"许召文口吻冰冷。

"说什么，龟头！这就是我的态度，那年动手打架，你要比我积极，别到了现在，心软了，做好人了。许召文，你记住，当时是你把盘子砸在张孟杰额头的，是你把他打出血的，你敢不承认？还有，黑手，你这个当父的，你可是眼睁睁看着你的大儿子被打啊，你那时心疼了吗？你为什么不伸手阻拦？哈哈，这个杀羊的说了两句话，这些姓张的就要上我们许家的谱，可不可笑？"

"阿才，你别太过分。"许召文看到黑手义双手掩面，蹲在门口，他感觉眼角一痒，眼前就模糊了，"阿才，不要太过分，得留后路。"

"你们的后路留得好，你们有胆子，把妈和嫂子也叫来一起商量商量，看她们同意不同意。她们同意了，我没意见，现在都分家了嘛，我怎么能管得着爸的事啊？他要决定什么事，他做就是了，为什么找我来，找我来，我就反对。坚决反对。"许召才面色癫狂，连他自己也不清楚，为何一谈起张孟杰就陷入狂乱——他实在不愿面对这段往事。其实，当年张孟杰回来，他并没有太多的反对和排斥，可莫名其妙地，事情就发生了，此后他曾暗地里自责过，但又如何呢？张孟杰已死，留给他大团纠缠难解的愧疚不安。和张孟杰有关的人和事出现，他只有扯破嗓门喊，才能减轻那种愧疚，才能觉得当初的挥拳相向，不是一个错误和遗恨的决定。许召才是清楚的，这几年其实家里并不是太顺，父亲去看过一些封建迷信，诸如六角塘婆祖和石头爹等。分家之后，各自的生活比之前更拮据了，这不但让父亲黑手义疑神疑鬼，连许召才也不得不怀疑，种种不顺，其实都和张孟杰有关，和张孟杰的母亲有关。

他们都在担心，多年前埋下的坏种子，会在某一天发芽，长出歪斜的花朵和果实。

…………

3

被许召才打时没觉得什么，回来之后，老潘觉得身子骨生疼，双手垂下，觉得多余，倒在床上，便昏睡过去。到了晚饭时间，饭菜都已摆上，只差了老潘一人。宏亿到房里叫他，却惊叫起来："爸，阿公叫疼，快过来。"潘江、陈梅香和宏万三人奔跑过去，老潘嘴里哼哼着，翻来覆去，挣扎着坐了起来，靠在床沿，已是满头大汗。潘江沉声道："阿万，骑车去叫你姐夫。"陈梅香给老潘捏掐着两只手的虎口，半响之后气才慢慢顺过来。潘江声音颤抖："兄，怎么……"老潘摇摇手："没事，人老了，吃水都卡喉咙。"

潘宏亿正好端了碗水来，就没敢递过去。

潘江把碗端到老潘口边，喝了两口之后，老潘就缓和了些，但还是浑身发烫，汗水津津。眼看他的精神将要提上来，又是一阵粗气，陈梅香又得掐虎口摁额头，把他的气顺过来，但手指一临近他的双肩和后颈，他就不断喊疼。四十来分钟后，潘宏万的摩托车喇叭在门外响起，李堂清跨着步子就进来了。药箱摆在椅子上，李堂清也很紧张，在车上被风吹乱的头发还没捋一捋，他就上前看老潘。老潘苦笑："堂清也来了？骨头真的要散了。"李堂清笑了："要散了，那我可不敢来。"他探探老潘的额头，捏捏他的手腕，眉头越来越绷得紧，说："阿公，躺下。"

老潘躺下，一压到后背，他就鼻子哼哼，李堂清就让他翻身过来。李堂清把老潘的上衣一撩，几块醒目的瘀青已经肿起，冒着丝丝热气。潘江喊："兄，怎么来的？怎么碰到的？"陈梅香骂道："你眼睛瞎了，那是手印，哪会是碰到的？"潘宏万和潘宏亿两人也都叫喊着，到底是谁打的？到底是谁？李堂清手一举，就都闭嘴了，宏万就把药箱递过去，李堂清打开箱子，翻出正骨水，倒在瘀青处，手上用力，摩擦按捏。正骨水洒下，老潘觉得一阵清凉，随着孙女婿的手掌摩擦，渐渐发热，疼里有些发酸，竟是某种怪异的舒服，老潘有点昏昏欲睡。后背擦完，老潘说："腿上还有。"把裤腿卷起，小腿依然肿起一块，又是一阵摩擦。停下后，药水蒸发，伤处又是阵阵凉爽。李堂清取出正骨水和膏药留给老潘，又给老潘测了一下体温——伤处浮肿，使得体温有些偏高，就给他屁股扎了两针降温。

都在追着老潘问到底是谁打的，老潘想起黑手义无奈的脸色，想起他暴怒的小儿子许召才，心想，说出来了，除了闹得不相往来，哪有什么好处？他就忍住没说，宏万紧追不舍，老潘实在是烦了，手掌重重一拍，牵扯到身上的伤，疼得又再翻滚。

李堂清赶紧制止："阿公不说，就别问了，等好了再说。"

正骨水的味道在房间内弥漫,有些呛鼻,李堂清收拾药箱,也不抬头,忽然说一句:"宏亿,你最近是不是睡不太好啊?"潘宏亿一下愣了,不知怎么回答,家里人眼睛都瞪着,他慌了:"是……最近精神不好,一直做梦,睡不深……"也是李堂清提醒,家里人才注意到,宏亿眼圈有些黑,精神萎靡,瘦了不少,因平时天天见着,反而没发觉。李堂清说:"一会儿宏万骑车送我回去时,记得叫你宏萍姐姐拿两盒安神补脑液给宏亿喝喝,睡好了,才有精神。"宏亿慌张了:"姐夫,喝了,就能睡好吗?"李堂清点点头。宏亿不敢看,头一扭,说:"正骨水的味真臭,我出去了。"李堂清交代老潘什么时候该擦正骨水,什么时候可以贴膏药。

陈梅香说:"堂清,洗手吃饭吧!"

"先回去吧,宏萍还等着我,刚才也是急急就过来了,家里还有两个人等着打感冒针,就不吃了。"

潘宏万不愿去推摩托车,他捏紧拳头:"公!你就告诉我,到底是谁打你的好不?我他妈吃不下这口气!"

4

潘宏万是在一面墙上看到打爷爷的人的名字的。上面很简单的几个字:

真奇怪,真奇怪,黑手义打宰羊的老潘。

在以往，潘宏万是最爱看王科运贴出的字条的，王科运贴了很多查无证据的事情，却也贴出了很多事实——联想到爷爷的支支吾吾，潘宏万知道，王科运这一次，又说出了真相。可潘宏万宁愿相信是自己打了爷爷，也不相信动手的会是黑手义。心里一有火，开车时油门就不自禁地加大，把乘客吓得乱叫，刘春芽喊他慢点，他也不管。车回到瑞溪镇上，油门一熄，在乘客的众目睽睽下，潘宏万朝黑手义的饭店狂奔而去。潘宏万站在门口喊："黑手义，你怎么打我公？亏我公把你当最好的朋友！"饭店门口迅速聚集了围观的人，黑手义黑着脸出来了。王科运的布告，早已在镇上疯传，黑手义恨不得抄刀就杀往王科运家。

黑手义说："宏万，我宁愿给我自己一刀，也不会打你公。"

"半脑运都贴出来了。"

"他贴你就信？"

"那到底是谁？我公一身伤，谁动的手脚？"

黑手义沉默了，他不能把他小儿子供出来。潘宏万冷笑："说不出来了吧？不是你，是谁？"黑手义说："你就当是我吧！就当是我打的。"潘宏万返回车上，抽出一只大扳手，刘春芽拉着他的手："要干吗？一车客人等着赶路呢！"潘宏万把她一甩："不开车了，不开车了，都滚下车等下一辆，我要打人了。"没来得及听客人的埋怨，潘宏万抄着扳手跑过去。黑手义往身后一闪，喊道："宏万，你要敲死我吗？你要敲死我？"潘宏万往前一跳："我就是来敲你。"黑手义腰板一挺，向前跨两步，把脑壳递过去，手指斜指太阳穴："敲吧，朝这儿敲。"

围观的人一片哗然。

不是吃饭时间，店里没人，可周围都围满了人，乘客也从车上下来，头探出去。许召才的老婆从后面跑来，边跑边叫："爸，你脑败了，站着给人打？"宏万却愣住了，他没想到黑手义既不跑也不反抗，还把脑壳展示给他，教他打的方位，这让他的扳手没法抡出。可不抡不行了，此时，无数双眼睛看着，要是他退缩了，他还有脸见人？可也没敢敲黑手义脑壳，扳手划一条弧线，击向黑手义胸口，黑手义站着不动。这一扳手却没打中，许召才的老婆从后面一推，黑手义朝边上一斜，竟闪过了。潘宏万手一回收，便打在黑手义的右手臂上，黑手义发出一声凄厉的尖叫。

潘宏万也被这尖叫吓到了，停住了。许召才的老婆叫道："宏万，你想打死人啊？"围观的人知道不能继续看下去了，有几个手脚快的，赶紧过来，有人握住潘宏万的手臂，有人把他手中的扳手夺下来。黑手义倒在地上，左手一直捂着右手，呻吟连连。也有人围着看黑手义，就把两人给分开了。刘春芽也跑过来，挤在人群里。潘宏万在众人的牵制下，挣扎着喊道："放开我，我把这黑手打残废了，我公和他那么好，他却把我公打得一身伤，放开我……"刘春芽也加入牵扯潘宏万的行列，生生把潘宏万扯到门外。

"谁，是谁？到底是谁？"许召才把三轮车停在门口，扑进人群里，"谁打我爸？我把他拆了，谁？"看准是潘宏万后，许召才就向前扑去，也被周围的人扯住。许召才笑了："潘宏万，你公是我打的，不是我爸，有本事你打我啊，你不敢吧？借你几个胆子也不敢。"潘宏万也不叫了，他闷着声挣扎，希望能和许召才来一场搏斗，希望能拳对拳脚对脚，他就不信了，开面包车的，还打不过一个开三轮的？无奈拦架的人太多，没法挣脱。许召才滔滔不绝，喷着嘲讽的话，架住他肩膀的人劝他："少讲两句咯！"许召才说："跟你有屁关系？你的脚底长毛了吗？拦住我？我扎你屁孔哦！扎得你嗷嗷叫……"拦他的人直摇头，却也没松手。

两人根本没机会面对面,派出所的蛤蟆二已经来了。

蛤蟆二一来,拦架的人就都松手了。

潘宏万和许召才两人憋气憋了好久,扑上去,扭打在一起。蛤蟆二喊:"打咯!拔你母,打!谁不用力,我就……"两人就停住了,蛤蟆二脾气暴躁,他们早就知道,当着他的面打架,被他扭到所里,那不是自找苦吃?蛤蟆二上前,啪啪,重重地给两人脸上各扇了一巴掌,顿时红肿。蛤蟆二说:"不是厉害吗?继续打,我看谁比我还厉害。他妈的你们两个联手好了,看我打不打得过你们俩。来,来……拔你母的,你黑手义家的人,就爱打架是吧?"

啪——潘宏万脸上又挨了一巴掌,抬头一看,是老潘。老潘背着双手,气定神闲,看不出他有没有发怒,看不出他内心的起伏;他甚至也不知道是何时来到现场的。躺在床上呻吟时,他精神萎靡,而此时,他精神好得出奇,给他换双鞋,就能去运动会参加百米赛跑。老潘笑着说:"蛤蟆二,他爱打人,你把他拎进去,别心软,给我好好整治整治。"蛤蟆二抬头看了看街上,由于潘宏万的车停在路中央,已经有一排车被塞死。蛤蟆二牙痒痒,骂道:"抓个屁孔,赶紧把车开走,再不开,我把车给炸了。"

黑手义还在店里叫疼,那一扳手到底把他的手臂砸成什么样了?老潘在心里叹气,本来召才给他的拳脚,已经让他和黑手义心存芥蒂,此时宏万来闹事,只能把裂口撕开得更大,还有可能跟黑手义和好如初吗?老潘第一次觉得与黑手义见面会有尴尬。两人相识太久,在生命的每个阶段,都能寻到对方身影的存在,都能记得彼此留下的痕迹和话语,此时生生剥离,无疑得把内心中很重要的一部分挖掉。

想了好久,老潘还没下定决心要不要进去看看。

老潘决定先去找王科运。

王科运入错了行，无论之前的物理老师还是包粽子，都不能发挥他的特长，以他挖掘秘密的能力，没去从事特务之类的工作，是典型的好钢没用到刀刃上——当然，他把这种能力发挥在挖掘瑞溪人的秘密身上，搞得小镇上人人都提心吊胆，害怕被他曝光。此前老潘一直以看笑话的心态看待王科运贴着别人的喜怒哀乐，虽有时觉得他踩过了线，也不好多说什么，可现在，老潘却不能不去说了。王科运的一句话，几乎把老潘和黑手义多年的交情摧毁。

老潘出现在王科运家门口的时候，王科运的父亲王笑脸便笑不出了。这给了老潘一种压力，见惯了此人笑嘻嘻的模样，他的笑容消失后，竟有刹那变成雕塑的感觉。雕塑硬邦邦地说："你找那半脑？他在那儿，你想打就打。"说完递给老潘一只扫把，老潘接也不是，不接也不是，只能摇手又摇脑袋："我还有力气打架？"王笑脸说："别客气，拿着，别跟我客气，我早知道你要来找他，就准备好了工具，这把打坏了，还有。那儿，还有好几把，还是新买的，打起来够劲。你不会嫌弃扫把打得不过瘾？那把刀给你，给他剥皮？"老潘往后躲，王笑脸一把扯着他，把他推到了王科运面前。王科运被绑在椅子上，歪着脑袋，嘴角斜了："潘爹！"他表情呆滞，视力好像也不是太好，狠狠地把脸往前凑，总算是看清了老潘。老潘也看清了他，他额头上全是包，脸颊也都是瘀青。王科运说："真的是你啊，潘爹。"老潘准备好的责备的话，被这傻傻的一幕击回肚子里。老潘问王笑脸："怎么了？"王笑脸笑笑："走神了，发癫了，你看不出来？"

王科运骂道："你才走神发癫。"

老潘指着他身上的伤："怎么打的？也不是小孩了。"

王笑脸冷冷地说："不是我打的，租书的瘦竹竿打的，他说半脑把他老婆给睡了，就把半脑打成这样。你说，我的半脑儿子这样了，瘦竹竿的老婆能看上？他老婆什么眼光？"王科运左右扭动，想要站起来，老潘这才注意到他已经被绑在椅子上。王科运脸色严峻："爸，这是你的不对了。竹竿打我，确实没错。我真的和他老婆睡觉了，你以为他老婆看不上我？那你就错了，瘦竹竿那么瘦，他老婆怎么能舒服呢？你肯定不知道我把他老婆带去哪儿，你们肯定不知道。我真的和她睡觉了，哎，过瘾哦。竹竿打我，是有根据的，我该被打。真过瘾哦，过瘾，他老婆……哎呀……"他陷入回味，眨眼又变得一本正经，透出一股疯癫。

老潘只能往外走，对这么一个人，他能出手打？他能开口骂？他听说王科运并不是时时都发疯，而是间歇性的，比如，他早上卖粽子时就言语有度，相对于镇上一开口就往生殖器官上面引的人来说，他算是很文雅的；而他回到家后，经常在夜里疯狂地尖叫，尤其是无星而月明的夜，月光倾洒，洒乱了他身上的神经，他彻底癫狂。左右邻居痛苦不堪，王笑脸只得把王科运捆起来，有时还得往他嘴巴里塞布条。当然，家里是不能有纸笔的，可他寻找纸笔和米糊的能力和他发掘别人秘密的能力一样超凡，他不断写着贴着他所知晓的"秘密"。王科运叫道："潘爹，回来，回来，我告诉你咯。我不跟我爸说，我只跟你说，其实啊，我和竹竿的老婆，在木桥那里睡觉。对，就是木桥那儿。你肯定知道的，不是有很大一片芦苇地嘛，经常有人在那儿打着手电筒相约，我和竹竿他老婆可不敢打，不敢。我们摸黑着来，在那里，两次；还有两次，我们跑到下村岭上去。哎，下次，我肯定不会去下村岭那儿了，又黑，都是墓，吓死人，老是觉得有鬼要从后面拍我的肩，吓得……没过瘾，就软了……"王笑脸扇他几巴掌："哼哼，哼，想得好啊，想得多舒服啊，人家跟你睡？即使人家找我，也不会找你吧……就你那鸡仔，毛都没变黑，硬得起来？"

老潘只能加快脚步走开。

5

张小兰一点都不舒服，婚纱罩着，像戴着枷锁。化妆的人从县城里来，天刚蒙蒙亮，就在房里忙着了。镇上也有一家发廊开始租婚纱了，结婚的人不套一件长长的雪白或火红的婚纱，那是不好见人的。张小兰的这一件却不是在镇上租的，黑鬼到县城里转了一圈，从七家租婚纱的店里挑了这一件，他不想自己的老婆和镇上人穿的一样，他有着自己的骄傲。张小兰倒并不是太在意，挑选时有些心不在焉，她心里涌起一股怪异的感觉，好像还有些不能接受，怎么就将嫁为人妻了？她内心忐忑，对于母亲杨南去找老潘问黑手义，她期待又害怕。当然，很快地，她也知道了答案，黑手义拒绝了。对于这个结果，她增加了对黑手义的怨恨，却也同时放下了一颗心，要是黑手义家成了她的"外家"，她能平心静气地接受？她能安心嫁出？当然，摆在面前的第一件事，就是要从黑鬼家搬出，找一个地方住下——总不能继续住在黑鬼的屋子，让黑鬼把她从那儿接回老家拜堂吧？

杨南问了一圈，租到的房竟然还是原先新街的那间。那间房的房东是甘蔗客，这些年的甘蔗生意赚了不少，在县城买了地建了房，举家住到县城，张小兰姐弟二人从那里离开住到黑鬼家后，新街的那间房一直空着。杨南辗转问了许多人，才在县城找到房东。杨南说租两个月，房东不愿麻烦，就拒绝了。杨南眼圈一红，把缘由说了，房东就更不愿意了，他的房子，怎么能让别人在里面嫁女儿？多不吉利！杨南磨了两天，房东也是心软，就给了她钥匙，加了一句："好久没回去看了，都生蜘蛛网了，你们打扫打扫吧。"

母子三人打开房门，一股霉味扑面而来，同时也涌来一股熟悉感。姐弟俩在这间房里相依度过的日子历历在目，张小兰心里一热，确实没有一个地方，比这一间房更适合让她出嫁了。张小兰看着母亲，杨南眼圈发黑，这些天她忙着准备所有的事情，母女之间的血脉流动，让张小兰突然之间深感幸运——就算缺少很多东西，她还有着这么一个贴心的母亲，有着和父亲长着同一张脸的弟弟，现在，她还即将嫁给疼她的老公，还奢求什么呢？

化妆的人在她脸上涂涂画画，她内心时不时涌起一股热潮。

杨南在旁边看着，过一会儿就用纸吸张小兰脸上的汗。

"怎么画得猴子一样？"张小兰苦着脸。

"姐姐，一点都不像你。我都认不出来。"张小峰嘴角带笑，"不过很好看，你要不是我姐姐，我都想娶你了。你真的要嫁给那个黑鬼了吗？他那么黑，你不怕跟他生出更黑的小孩来？"他还是不太能接受，今天过后，姐姐将成为别人家的人——当然，她永远是姐姐，但那感觉不一样了。张小峰说："妈，姐姐能不能不要嫁给黑鬼？"杨南曲起手指，狠狠地在张小峰头顶敲出清脆的声响，替张小兰出了一口恶气。张小兰笑得身子摇晃，化妆那女的忙按住她的肩膀："嘴巴别张这么大，脸上还没画好。"

杨南转头对坐在一边蹲在椅子上闷头抽烟的两个男人说："哥，你看，小峰嘴还那么贱，好话都不讲一句，替我收拾收拾他！"这两个一直皱眉的男人，左边那个是她大哥，右边那个是她二哥，杨南害怕自己应付不了场面，就把他们两人请来压阵。杨南大哥鼻子哼哼，不知道哼着什么，二哥则是一口接一口猛吸烟，雾气缭绕，脸绷得越来越紧。杨南大哥忽地说："小兰，一会儿过来接你时，出门了，就不要回头，有人在你后面丢金块也不要回头，不吉利。"

张小兰心里一沉："好！"

"一定要哭。"

"哭不出来呢？"

"你自己掐掐自己，一定要哭出来，声音越大越好。"

"姐能哭出来才怪，她皮厚，针刺都哭不出来。"张小峰还是嬉皮笑脸。

杨南二哥把烟头一丢，鞋底跟上，碾平了："小峰，正经点，你还要端茶送烟的。"

"我不送。"

"有红包的。"

"有红包也不送。"

"不送也得送，你是家里最小的，不是你来，是谁？"

张小峰还想辩驳，却看到姐姐陷入某种悲伤的情绪，心中一软，是啊，他是她唯一的弟弟，不是他来端茶送烟迎接新郎官，谁来？他故意嘻嘻笑了几声："红包归我吧？"

"不行，还得还礼给你姐夫的，他给多少，原数还回。"绷脸的二哥说。

"二舅，你刚才自己还说有红包的，现在又说不给我。"

"我说过吗？就算我说过，我改口好了。"

杨南摸摸张小峰的头，那些微卷的发，交错凌乱。对于这两个哥哥，她一直心存怯意，当年嫁给张孟杰时，他们两人倒没反对，反而是在婚礼完之后再回娘家时，他们才知晓了，杨南在张孟杰那儿拜堂时，少了一件必有的程序——拜祖宗，张孟杰是没有祖宗可拜的。杨南原先并不理解外家的父兄为何会因为这件事而对张孟杰耿耿于怀，后来她在娘家的邻居口中听到了风声，说她嫁给一个祖宗都没有的人，能过得好？等着看吧，总有一天，会出事的。这样的议论多了，杨南就不太愿意回娘家。当然，张孟杰死时，她大哥二哥来帮忙出力了，她也在撑不下去时，回娘家找寻安慰。娘家人当着她的面不好多说什么，可不当着杨南的面时，就说了一些不好听的话，这些话都曲折地传到了杨南耳中。这些话里的抱怨，无一不指向同一个根源——张孟杰没有祖先，他们结婚时没祖先可拜，能吉利？

杨南害怕女儿会因少了哪道程序而重蹈自己覆辙，落得像自己一样凄惨，只好忍受着大哥二哥的怪眼色和重语气，让据说很懂风俗的他们前来帮忙操办。大哥二哥肩负重任，脸上就难见笑容了，烟也就抽得狠。张小峰对这两个舅舅也没多少好感，一来交往少，二来他也明白，两个舅舅对母亲出嫁后的不幸，并不同情，而是抱怨，好像他们多年来一直没中奖暴富，缘由也是张孟杰——他们一致认定张孟杰破坏了杨家的风水与运气。

给张小兰化妆的，是两个人，那个年纪大点的女人，手法娴熟，另外那个年轻的姑娘，听从调配，负责递送物件，在两人的手指翻飞下，张小兰越来越光彩照人，她也来了精神，眼中光芒四射，红润的脸颊显示着不同寻常的自信。张小峰心想，这真是姐姐最美的时候，像她，又不像她。杨南有点不敢看女儿，她终于是要嫁出去了，以她一点就着的火暴性子，能在别人家里过得舒坦？张小兰跟她提出要和黑鬼结婚时，杨南并不反对，当年外家多少人拉扯着她，也没把她拉住，何况性格要比她激烈得多的张小兰？可不反对并不说明她没有忧虑和不安。

早上八点左右,几个"送嫁"的姐妹来了,都是她在瑞溪中学的同学,穿得最整齐的一个是伴娘。之前读瑞溪中学时,跟张小兰合得来的人不多,伴娘就是其中一个。伴娘跟张小兰要好的理由是:她觉得张小兰是唯一一个在气质上与她相近的人。此人无比自恋,爱拍照,给张小兰送了很多单身照,照片的背面写上"孤芳自赏,也不错"之类的赠言。上学时,这个伴娘读了几本言情小说,深受其害,觉得不能和其他女同学一样,庸庸碌碌过一生。她想象过,她将来的老公,不一定是大公司的老总,可一定要是有过国外留学经历的,英语要好,气质文雅彬彬有礼,浑身散发着香草味,每天给她送一朵娇艳的玫瑰花,并在她犹豫着要不要接花的时候,用英语深情地表白。梦想和现实落差太大,她初三毕业后,没再继续读书,交往一个玉树临风的留学生的梦想破灭了,和一个家里搞豆豉的矮壮男眉来眼去。她闻到的不是香草而是豆豉在酒中泡出的酸腐味;听到的不是英语,而是那个舌头短半截的家伙口齿不清的土话;说到彬彬有礼,那男的倒是经常给她家送豆豉,但一开口就是附送身体器官:"屁股黑哦,给你豆豉你还不吃?不吃我喂猪去……屁股黑……"最神奇的是,她还对此男极其迷恋,明知他还在追别的女孩,还舍不得分手——都落得这样的下场了,她还是看不起班上的女同学,除了带着大城市气息的张小兰。"送嫁"的姐妹围着张小兰尖叫,伴娘为显示自己见识高远,说:"小兰,我认不出你来了。你这套婚纱真好,有欧洲风……嗯……不错,英伦风特别浓……"

黑鬼接人的车是早上十点左右到的,鞭炮声在新街街角一响,小峰跑进来:"来了。"

张小兰浑身一震。

耳边不知怎么的，就开始喧嚣起来，很久以后，张小兰也没想清楚那天是怎么一回事。杨南大哥喊道："小峰，准备。"递给他一个端盘，上面是一杯茶，张小峰深深呼吸一声，端着茶走出门口。外头已经围聚着好多看热闹的人，黑鬼胸佩红花，一件大红毛毡从左肩斜到右腰，以别针别好，他眼神焦虑，无比紧张。张小峰把端盘递过去，黑鬼端起茶杯，抿了一口："好了。"张小峰笑了："姐夫，还没给红包呢，怎么好了？"说完，他才惊觉怎么那么自然就喊出了"姐夫"？围观的人哄然大笑。黑鬼手忙脚乱掏口袋，把一个红包搁在端盘上。张小峰折返回房里，端出香烟，又拿了一个红包，这才把迎亲的队伍，接到屋内。

屋内已摆好香烛，杨南的大哥主持着婚礼……杨南觉得一切都不真实，她嫁给张孟杰那一年，不过昨日，转眼，张孟杰成了一块木牌，而现在，女儿都出嫁了。杨南不清楚是悲是喜，坐在椅子上，接过小兰和黑鬼递传过来的茶水，她更加恍惚了，要是不把大哥二哥请来，她会怎么样来主持女儿的这场婚礼？

大哥二哥绷紧脸，毫无表情地按照风俗，指点着婚礼的每道程序。

鞭炮再次响起，该给新郎新娘送行了。

伴娘在张小兰耳边提醒："哭，快哭。"

张小兰怎么哭得出来？

她想回头看。

伴娘再次提醒："不能回头。"

这话一出，张小兰哇的一声，哭了——她已经从这间虚构的"外家"的门口跨出，回不了头，丢失了什么？她不知道，可确实是丢了！

伴娘惊喜叫道："哭了，哭了。"

接新娘的小轿车一共四辆。钻进车里，有人从车玻璃窗扔出鞭炮，噼里啪啦中,车开走了。

一瞬间,耳边又全都清净了。

杨南耗尽力气,一动不动。

过了好一会儿,张小峰才敢问她:"妈,我们不摆酒,今天去哪儿吃饭啊?"

6

潘宏万魂不守舍,整个下午都不说一句话。刘春芽也心情不好——潘宏万心情不好,她的能好得起来?刘春芽知道他心情不好的原因:张小兰嫁了。那四辆婚车经过时,潘宏万正好把车靠在镇十字路口的边上等客。知道张小兰在这一天出嫁是一回事,接受这件事,又是另一回事。婚车开出好久,客人都催潘宏万赶紧开车,他一动不动。

刘春芽踢了他两脚,他才醒转,加大油门,把一车人的心脏全都荡飞了。

车开到县城,进站卸客后,潘宏万踩着油门,空车在城内狂奔。刘春芽喊叫:"你疯了?去哪儿啊你?不等客了?"潘宏万一声不哼,车狂奔着,到了两人上次开房的小旅馆。刘春芽脸一阵红一阵青。潘宏万说:"下车吧?"刘春芽问:"做什么?"潘宏万说:"别跟我装,都来过一次了,你会不知道?"他下了车,靠在旅馆门口抽烟。刘春芽想了一会儿,走到他面前,潘宏万微笑着,胜利在握。刘春芽从嘴角挤出一句:"你怎么不去死?想打炮,你怎么不去立新路?那都是按摩店,你怎么不去立新路?拔你母,把我当妓女啊,想骑就骑?"摘下肩上收钱开票的挎包，朝潘宏万脸面直抛过去，也不管有没有砸到，她转身，拦住一辆三轮车，走了。

接下来的好几天，刘春芽没有再跟车。

潘宏万一直没缓过神来，陈梅香问了两次"怎么阿芽没来跟车啊"，被潘宏万摔坏两个饭碗后，也就不敢问了，陈梅香默默拎着挎包去跟车。只跟了两天，陈梅香脸色惨白、发青，饭也吃不下，她说那汽油味能熏死她，一走到离车三米之内，身子就摇晃颤抖。潘宏万不能看着母亲在车上颠出病来，只得在夜里骑着摩托车到了刘春芽门前。这一次，刘春芽的母亲三婶没有给潘宏万好脸色看，她走在摩托车边，说："哈，皮厚肉韧了，欺负人了。"

"知道丑吗？"

"动手动脚。我女儿是给你跟车的，不是侍候你的。你是什么东西，要脸不要？"

…………

三婶声音逐渐放大，也越来越愤怒，潘宏万推着车，离她家远一些，避开她的口水直射。

最先忍受不住的，是刘春芽，她走出门口，嘟囔一句："妈，还嫌不够丑？别说了……"

扔下话，她就不管母亲了，径直走去，跳上潘宏万的车后座。

潘宏万感觉到胸背一紧，被勒住了，他说："去哪儿？"

"你问我？"

"问你！"

"木桥。"

木桥。木桥边上起伏如浪的茂密茅草在潘宏万心里摇摆，手电筒的光在茅草上交错。摩托车飞奔，灰尘扑面，在某一瞬间，潘宏万感到，后座上坐的，不是刘春芽，而是张小兰。有两秒钟，他是闭着眼睛的，不愿看清眼前的现实。他想，要是当初送的水桶不是红色的，会不会好一些？至少那团火不会在内心燃烧那么久。潘宏万心想，我要花多长的时间，才能把张小兰消化成一个普通的名字？其实，张小兰跟他，有过什么关系呢？没有，除了那一次没完成的摸奶，她甚至都没正眼看过他。她嫁人了，他不得不学着慢慢放下了，他不能老是想念着别人的老婆。

"开快一点。"刘春芽说。

"还不够快？油门到底了。"

"太慢了。快点。"

车以极限的速度划过小镇狭窄的街巷，划过斑驳破旧的路面，划过镇上缓慢的步子和目光。刘春芽觉得真是慢，最好以最快的速度，冲到南渡江边，冲下岸，冲到水里，天太热了，摩托车要是一头扎进去，会是怎样的清凉呢？她幻想着那一刻的来临，环抱着潘宏万的手，就更加用力了。潘宏万闻到后面那股异样的酒味，和张小兰不一样的体味，但，又有什么不同呢？换一个人，又有什么不同呢？

小镇的夜晚，单调而幽静，在某个不经意的时刻，甚至有着死一般的寂静。潘宏万不是一个心事多的人，可摩托车以这样快的速度驰过，他看到了和以往认识里不一样的小镇。小镇隐藏着他永远没法看清的面孔，每个人走在其间，像迷失在迷宫中，再也没法走出。没有出口，每一次前行和转头，都是死路。他涌起一股难以言明的悲伤，那是他从没有过的感觉，每个人，都已经被勒紧在一个牢笼里，被勒死在四壁发青的小角落。他希望刘春芽抱得更紧一点，希望背后根本不存在的张小兰把他抱得更紧些。

木桥边的茅草丛中，并没有想象中的浪漫。茅草丛里蚊子多，别人打着的手电筒,也没有想象中那么亮,或许手电筒的光是用以把蚊虫招引开的。蹲在茅草丛中,茅草随风摇荡,引起一阵阵身子燥痒,特别难受。从草丛中探出头来,发觉周围的手电筒都灭了,茅草丛中只有他们两个人。所有的现实,跟想象中都不一样,镇上人传说中的风流地,并不是风流地,只是人们口头上猎奇,只是人们心中的向往。酒味越来越浓,她在逼近,她抱着要把他熏醉的心一点点逼近。

"明天你还跟车吗?"潘宏万说。

"什么?"

"明天还跟车吗?"

"我想回家了,蚊子真多,咬一身包。"

"好。回去吧。"

7

黑手义病倒了,这太少见了。他家里的人知道他心里有疙瘩,每年到了七月初七,都会有几天精神不振——仅仅是精神不太好而已,真正身体上的生病,倒是少见。镇上所有人都认为黑手义的精力比他两个儿子还强,黑手义的老婆比他小好几岁,却老得像他的母亲。可这一次,黑手义的身体垮掉了。

最先传出黑手义有病的,还是王科运。这一次他没有贴纸,他走在街上,碰到每一个人,伸手拦住就说:"连黑手爹都病了,唉……"他那一声叹息漫长无度,不知是悲伤还是欢喜,更让人纳闷他为何对黑手义的生病如此关注。被拦住的人甩开他的手:"是黑手爹,又不是你爸，唉什么唉？"王科运不管，继续伸手拦路，被拦的人生气了，要打要骂，他也不管，他只顾把手伸进别人口袋里掏，掏出烟盒，抽走一根，兴奋而去。有人就领悟了，等到他伸手，赶紧丢出一根烟，转身离开。自然，也难免有某些女的因为他的拦截或伸手乱掏，引起极大的愤怒，尖叫连连，王科运挨了不少拳头。挨打之后，王科运往往能从混乱的人群中，捡到半截歪扭的烟头，站在街边，左手叉腰，右手夹着烟嘴，吞云吐雾。

王科运彻底疯了。他的粽子摊没有再摆，他有时光着膀子上街，有时则是下身只套一条内裤——街上有小青年喊着让他脱光，他摇摇手，说："我是大学生呢，不是流鼻涕的小孩崽。"也有好几回，他上下齐整，穿着干净如新的衣服，身上的污垢也擦拭干净了，一眼望去，他真是相貌堂堂。大家正在诧异他是不是恢复正常了，他的父亲王笑脸抄着一根木棍追杀而来——原来，他翻出了父亲压箱底的新衣服。这是去年春节，他妹妹送给王笑脸的，除了喝喜酒、上县城，王笑脸没穿过几次，没舍得穿。

  王科运伸手拦住老潘："潘爹，黑手爹病了，连他都病了，唉……"
"病了吗？"
"你不知道哦？"
"我知道。"
"你怎么知道的？"
"你说咯，还有我不知道的人吗？"
"呵呵，呵呵。就是，就是，有我不知道的事吗？什么事我都知道。"
"那你是怎么知道的？"
"我也不知道我是怎么知道的。呵呵，潘爹，有烟不？"

老潘走到旁边一家小卖部，买了一包红梅，塞进王科运口袋里："藏着吸，别给人家看到了。"王科运撕开烟盒，抽出一根，拦住街上一个人要打火机，点着后，他说："潘爹，连黑手爹都病了，呵呵，呵呵，唉……"

"哪有不病的人？"

"这次不一样。"

"有什么不一样？谁都要病的，我也躲不过，你也躲不过。"

"不一样的。"他把烟喷出来，吐了两口痰，"讲你也不识，呵呵，革命的事，你懂吗？鬼跟神的事，你懂吗？还有，书里才有的事，你懂吗？你都不懂，你不懂，我也就不讲咯。你只会宰羊，你能懂什么？反正，快要来了。黑手爹那么好的身体，都病得快死了，那不是见到鬼了？就要来了，你知道吗？潘爹，你见过鬼吗？"他把脸凑近老潘，老潘以为他要说出一句私密的话，谁料他嘴巴一张，一阵烟气喷出，把老潘熏得眼睛瘙痒。老潘给他肩膀击了一拳，他就笑得更让人无法揣测了。他的笑看似荒诞，又很严肃。怪诞与严肃的交织，就是疯癫。

老潘无法相信他的话，又无法不相信。老潘只能在他头顶狠狠地敲："有烟吃也不讲好话，你吃屎了？嘴那么臭？"

王科运呵呵地笑。

香烟一到手，王科运就一根接一根。他有时往前跑几步，到一堵墙面前看自己以前贴的纸留下的斑驳，朝着自己留下的痕迹竖起大拇指，啧啧称赞，大意是，世界上还有比他更有文采的人吗？有时他又跑到瘦竹竿的租书店对面，左躲右藏探头探脑，对着租书店吹口哨，在街上人的嘲笑中，要么引来瘦竹竿老婆吐着口水的诅咒，要么引来瘦竹竿抄起塑料凳子的追打。王科运不怕诅咒和追打，迎身上去，说："我要租书。"要是瘦竹竿的老婆看店，就会千方百计把他轰走，不愿租给他；要是碰上看店的是瘦竹竿，瘦竹竿会飞扑出来，喊着一句"租你的屁股"，按住王科运拳打脚踢。

王科运不还手，他只笑，笑得口水挂在嘴角。

这笑让瘦竹竿内心发虚愤怒莫名，其实，瘦竹竿也没有确定过他老婆是否真跟王科运有关系，可王科运的笑，有着胜利者的嘲讽意味，还暗示着些什么，好像王科运已经把一顶深绿的帽子戴到了他头上，然后在一旁细细端详。王科运一次又一次，把瘦竹竿作为一个男人的尊严撕破了。

打得累了，王科运趁机钻出去，瘦竹竿也不追。没力气追了。

王科运到一个角落捡起半截烟头，点燃了，仍朝着租书店吹口哨。

他的执着把瘦竹竿几乎逼疯。

黑手义身上的肉松弛了，红光四射的脸塌陷下来，像被洪水冲垮的长堤，像被洪水卷扫过的村子。在以往，黑手义无论如何也想象不到自己会病倒——往年的军坡节有失眠头痛，但这一回的病不一样，他觉得五脏六腑都烂了，拉一次屎，会把肚子掏空，要是用棍子在那摊黄水里翻找，好像还能找到节节断肠烂肺。已经有三次，他被儿子或儿媳从厕所里拖出去。拖出去后，他们也被黑手义排出来的粪便熏得中毒。黑手义不能不去厕所，烂在肚子里的，有着向外奔涌的冲动。

这让黑手义觉得无比羞耻。

已叫了镇上诊所的医生来看过，吊了几天针，没有什么起色，黑手义脸色越来越差，光滑坚韧的肉，禁不住地球引力，往下塌垮，像漏完气的破气球。第四天，诊所的医生不愿过来了，对许召才说："别叫我了，送县医院吧。我没办法了，别拖拉时间。"

"到底是什么病？"许召才问。

"不知道。该打的针,也都打了,也不退烧,没办法了。"

最让召文、召才两兄弟着急的是,黑手义竟拒绝去县医院,召文叫来一辆小面包停在门口,黑手义就是不愿上车:"没用的。去医院,有用吗?"

他老婆都要哭了:"去医院没用,怎么才有用?"黑手义生病以来,她也掉了好几斤肉,她嫁过来多年,和任何一个海南女人一样,在日常生活中,连名字都消磨得要忘了。她的生活都是围着黑手义来的,黑手义是她的脊梁骨,他一倒,她也膝盖摇晃发酸。黑手义说:"好不了了。怎么样也好不了了,不去了。"

她一听,唇齿交战,绝望蹲地。

召文、召才双双出手,强行把他拉出门,正要往面包车上塞,一阵哗啦,一阵哗啦啦,一阵哗哗啦啦……黑手义从肚子里喷出一摊腥臭的清水。

医院又去不成了。

黑手义摇摇手:"不去了,不去了,把车开走。"

"哈哈,哈哈……"疯子王科运不知何时,已经躲在店门口那边拍手,"黑手拉屎脏裤裆了,黑手爹拉屎脏裤裆了……"他声音很大,对着整条街的人现场直播。王科运走近一些,问:"黑手爹,你舒服不?"黑手义哪有力气回答。王科运说:"黑手爹啊,就这样好,你不要换裤子了,就穿这条裤子。也不要洗了,洗了,就破身了。我跟你说哦,我已经做好旗子了,过几天就行街,到时候,我当司令,你当副司令啊,你到时给我举旗,你当旗手。黑手爹,去什么医院呢?不要去,过几天,你又好起来了,你的'鸟'又硬得钢钻一样。记得哦,别换裤子,换了就破身了,当不了副司令了……"他向前两步,抽着鼻子去嗅一身臭屎的黑手义。扶着黑手义的召文和召才,皆提腿去踢王科运。王科运却很敏捷，往后一跳，笑嘻嘻地插着腰："黑手爹，真的拉屎了哦，没错，就是你了。到时候，你肯定就是旗手，就是副司令。"

许召才脸一黑，折回店里，抄起菜刀，朝王科运追杀过去。许召文手脚慢了一些，要拦也来不及了。许召才并没追上王科运。王科运朝南渡江奔去，速度飞快，他跑出小镇，跑到江边，跑进了齐人高的茅草中。许召才根本没追到江边，在菜市场，他就跟丢了。望着镇菜市场周围四通八达的小街巷，许召才陡然间觉得小镇浩大无比，他淹没其中了，要从这么大的地方把王科运挖出来，太难了。他手一软，菜刀变重，鞋底灌铅。

当晚，老潘就过来看黑手义了。老潘不得不来，两家人是有了疙瘩，但黑手义都病成这样了，镇上的人已经在传言，许召文已经悄悄到长安镇找打棺材的长安五爹询问棺材的价格了，问询完棺材价格后，还顺路在瑞溪镇外的乱葬坡看了看，据说是在寻合适的墓葬地。传言真假不重要，老潘只是觉得，他跟黑手义，不该闹得这么尴尬。见到老潘背着双手，许召才一愣，没说什么。因为黑手义生病，饭店已经多天没开了，平日里烟熏火燎的浓重油味，消散得差不多了，钻进老潘鼻孔的，是一种异样的怪味，混杂着药水和腐肉的怪味。

"我来了。"老潘说。

黑手义靠在床沿，他老婆在扶着，要给他后背垫上枕头。黑手义一甩，挣扎着，极力用自己的手撑着。

他老婆摇摇头，出去了。

老潘又说了一句："我来了。"

"我知道，我就知道你今天要来。"黑手义声音虚弱。

"你知道？"

"我知道。快要上面包车时,我心里就知道了。"

"病了不去医院,你找死?"

"是阿文、阿才还是我老婆叫你来的?"

"我自己来的。你要不想去医院,也不想去诊所,我叫堂清来你家帮你吊吊针。"

"吊针?都吊了多少了,没用的。"

"别讲这种话,医生没用,什么有用?"

"那你说,鬼祸了,看医生也有用?"

"你见到了?"

黑手义不说了,安静了好一会儿,他才摇摇手:"也不知道是不是。"说完这句话,他沉默良久,接着咳嗽几声,老潘伸手拍拍他的后背。黑手义腰身一抽,装作硬挺有力。黑手义说:"你说,我搬到镇上多少年了?"

"你是八五年搬的,多少年,你自己不会算?我比你要晚,我的生意,还是你帮着做起来的。"

"已经十几年了?你说,搬到镇上来,对还是不对?"

"你自己说的,肥田不如瘦铺,你也叫我搬,你说,对不对呢?"

"赚了七十却亏一百四,谁知道对不对呢?我总觉得,这步棋,走错了。"

"谁能知道呢?连算命的,都不懂自己的命,何况我们?石头爹的事,你听说了?"

"什么事?石头爹会有什么事?"

"我听说,他到县城给人看命,从一个茶馆出来,被摩托车撞了,断了一只脚,在县医院花了四五千块。这事你都不知哦?好多人都在传。你说咯,他算命的,他都算不出出门会不会被撞,谁知道自己能吃多少饭？人就这样，吃了今天，哪知明天？"

黑手义久久不语，在他看来，石头爹几乎是无所不能的，可，原来不是的，石头爹，也不过常人一个啊……他陷入一种莫名的慌乱。老潘一时间也不知该说什么。黑手义长长地舒了一口气："我还想这几天要么去看看石头爹，要么去六角塘看看婆祖，看来，没必要去啦。生也好，死也好，就那样。其实，以前经常一起喝茶的，过两天，人就没了，不就那样？"

老潘想了好一会儿："田螺没脚也要讨吃。这一次，你怎么也得挺过去啊。"

"我皮厚肉韧，要烂，也没那么容易。"

"你是不是心里有事，想东想西，想到身体坏了？"

"能有什么事？能有什么事让我想的？"

"什么事？我也只是猜啊，你是不是因为孟杰的女儿小兰嫁人的事，多想了？"

黑手义屏住呼吸。

老潘说："事过去了，再想有什么用？成定局的事，谁管得了？换谁来处理这件事，也都没办法，你还想着什么呢？我们都黄土埋到胸了，吃得一日是一日，想多了，有用？"

黑手义把屏住的气慢慢地送出来。他的心事，能瞒得过所有的人，在老潘面前，却完全没有遮掩的必要——反过来也一样，他能知晓老潘的心。张小兰嫁人，杨南让老潘找到他，重新把那个他身上最重的伤疤揭开，涂上盐块和辣椒。黑鬼迎亲的车从街上开过，从车里丢出的鞭炮，就像在他身上炸开。连续好多天，鞭炮声一直在耳边萦绕，成为最纠缠他的声音。以往从来没见过的东西，开始在他眼前晃动，他没有看清，但那些模糊的黑影，在他半睡半醒之间出现，他的坚韧与强硬，在连续几天的煎熬之后被摧毁。黑手义没法跟别人说他内心的纠缠——别人怎么会相信他因为心里有事就一病不起？

而老潘相信，老潘理解了，不需黑手义说，他也理解。黑手义感到浑身轻松，遮遮掩掩的被捅破，虽有尴尬，也有着前所未有的轻松。他想到，即使所有人都不理解，他至少还有一个亲密的朋友。黑手义内心一热，他眼中变得鬼影绰绰的小镇，也恢复了以往的安宁，恢复了正常的呼吸和体温，一阵虚汗渗出，黑手义觉得身心通透。他想，或许，我还能好得起来。

黑手义又问："你说，搬到镇上，是对还是不对呢？"

8

那天他刚从黑手义家出来，觉得口有些干，就走进向群茶店点了一杯色如咖啡的茶奶。他心中有点怨黑手义，让他不停地说同一件事，把他嗓子都磨出烟来了。他们两人刚一同从六角塘回来，黑手义不断沉浸在见到六角塘婆祖的兴奋中。经历了病患折磨后，老潘帮着黑手义的老婆和子孙一起，劝他去县医院住了一个星期，可能是医生的医术高明，也可能是他的病已经到底了，开始反弹，他的精神慢慢恢复。可黑手义一直郁郁寡欢，老想找人帮他算算命看看运。连自己都算不准的石头爹，肯定是不可再信的了，他想去看六角塘婆祖，他让老潘跟他一起去。老潘去了，却没跟进去，只在门口等着，半个小时后，精神焕发的黑手义从里面出来，反复说着一个字："准！准！准！"回到镇上了，他还不断揪着老潘问："老潘，你说，准吗？"老潘回答:"准。"

"老潘,你说,准吗?"

"准。"

"你说,准吗?"

"准。"

"真的,你说咯,准吗?"

"准。"

…………

敌不过他的纠缠,老潘缴械认输:"不准。拔你母的一点都不准。"这话惹怒了婆祖的信徒黑手义,还在病中未愈的他,伸手抓住老潘的肩膀,几乎要把他举过头顶:"你敢说不准?你瞎盲眼,你敢说不准?"

"准。准。全世界最准。"老潘寻个间隙,落荒而逃,到向群茶店喝茶奶润喉。

没喝几口,老潘看到有人把头伸进来,又缩回去,过一会儿,又伸出来,瞧了瞧老潘。老潘确认他是来找自己,招手:"小峰,过来,过来,我们吃茶。你要吃什么果,去点咯。"镇上人有一个自傲的地方,就是不把包子、馒头和蛋饼等东西叫糕点,而叫"果"——叫果啊,这个果字,带着他们颇感湿润的豪气,带着热带水果浓郁的香气。叫果,不比叫糕点高级?

"没关系的,我请你,吃果咯!"老潘说。

张小峰犹豫了好一阵,才进来了。向群茶店原不叫"向群茶店"的,在以前,镇上的茶馆都是没名字的,和人约好在哪儿喝茶,都以茶馆所在的那条街来区别,比如说"三角楼茶店""新街路口茶店""镇小学斜对面茶店"等等。给镇上带来改变的,是镇上人都叫作"黑手义那个饭店对面上一点的那茶店"的老板娘。有一次,她嫁到省城的女儿请她去省城海口住了两天,回来感慨,瑞溪真是小,有鸡蛋大吗?有米粒大吗?瑞溪的人都是穷鬼,你们见过三十二层的楼吗?高,真高。她在省城一家茶馆喝了一顿茶后,立志给自己的茶馆挂一块木牌。至于为什么叫"向群茶店",那是因为那次在省城喝茶的店,就叫"向群"。向群茶店的老板娘一直得意,说"果"这个称呼,也是她带回来的。但由于这个称呼过于深入人心,成了镇上人人都说的标准答案,命名者是否是她,就值得怀疑和考究。由于在镇上从事这项学术研究的人学力不逮,一直没有定论。

"真不吃果?有什么事吗?"老潘把茶奶杯放下,问神色慌张的张小峰。潘宏亿在新街小学时,一直和张小峰同班,加上黑手义这一层关系,老潘对张小峰很熟识,虽然平时在镇上遇到,没说两句话,但因脸熟,也会点点头。张小峰把手缩回后背,把腰一挺,他说:"宏亿……宏亿……"

"宏亿怎么了?"老潘笑了笑,"他跟你打架还是骂架了?他就那样,皮厚,我回去收拾收拾他。"

"不是……不是,不是这个。"张小峰改口道,"潘爹,我问问你咯?当年军坡节,我爸回来黑手爹家,到底是为什么打架?那时你在场吗?你知道吗?知道的话,跟我说一说咯?"老潘没想到张小峰会问这个问题,愣了好久。老潘喝了两口茶奶,叫老板娘往壶中加水,还问了一句:"要不要来一杯牛奶?"看到张小峰瞪着眼珠,他知道躲不过了,喝了一口水,老潘说:"当时,我在另外一桌吃饭,那边打起来后,我过去看时,已经乱成一团,也看不清是谁打谁。真的,哪看得清谁是谁?"

张小峰喘着气想象当时的画面。

"后来,有很多看热闹的人围过来,这些人吃酒多了,话也多,就吵起来,也就互相闹着打着,场面就更乱了,变成一场群架了。真是都乱了,十几个人打十几个人,都认不出谁是谁了,酒瓶摔坏了好多个,很多人流血了。"老潘把自己上衣一扯,他本就松垮的左肩膀裸露着,茶店里有很多人瞧过来。茶店老板娘笑了:"宰羊爹,你表演解衣舞吗?"引起一阵哄笑。张小峰笑不出来。老潘松垮的肩膀上,有一条斜斜的疤痕,横跨肩膀,像是给前胸和后背上了一个肉色的箍。老潘说:"你爸身上,没有这样一条痕吧?"

张小峰摇摇头。

"这不就是了。当时,我在一边看,还没开始拦架,就被一根尖利的木棍划成了这样,当时人太多,受伤的人有好多,我也不知道被谁打的。后来赶来拦架的蛤蟆二也被打了,对,就是现在派出所的蛤蟆二,他以前很精神的,现在不成人样了,穿衣不扣纽。蛤蟆二赶过来阻止打架,被打掉几颗牙,别的人就更不用说了。你爸当时在中间那桌吃饭,被打到,又有什么不正常呢?"

张小峰眼圈一红:"你是说,不是有人专门要打我爸?不是黑手义故意打伤我爸?"

"我伤得比你爸要重吧!你看看这疤。要是故意的,那算不算是故意打我的?"

张小峰听母亲和姐姐说过父亲在黑手义家挨打的事,在她们两人的口中,父亲张孟杰,其实是陷入了一场策划好的斗殴当中,他也一直是这么以为的。在他隐约的记忆里,父亲从没亲口说过这件事,有时母亲提起,父亲就很烦躁,牢骚"别说了"之类的话。最后,传达到姐弟俩耳中,事情成了父亲不争气、犯贱,被打了,还为黑手义辩护。而若是当时只是一场醉酒的乱打,父亲只是被别人挥手误伤,为什么父亲在之后没有再回去找黑手义呢?一次别人的误伤,怎么竟能阻止了他认祖归宗的路？张小峰莫名其妙地流泪了。他多想穷究那些纠缠不清的事，可即使老潘把所知道的告诉他，他也并不能了解当年这件事的真相。

老潘拍拍他的肩膀："一是一，二是二。你爸是黑手义的儿子，认不认，都是，这是棺材板钉钉，钉死了的事，谁都改变不了。你以为他能黑心到打自己的儿子？没有人会对自己的儿子这样。肯不肯认，是一回事，动手打，就是另一回事。"老潘尽量压低声音，但此时他的声音越来越大，他甚至因为太用力而脖子上青筋暴露。

老潘的激动，动摇了一直以来张小峰的误解跟疑惑。

可以肯定的一点是，他父亲不是被黑手义存心驱逐走的——存心与否，对别人意义不大，对他，却是冰火两重天。张小峰还想问一些什么，脑子已被抽空。沉默良久，张小峰才想起来找老潘的缘由，他原本要跟老潘说另一件事的。这件事，他已经瞒着好久，要是再不说出来，那便是眼睁睁看着他的朋友继续沉沦，摧毁全家。张小峰闭上眼睛，才敢把话说出。他说："潘爹，这件事我不知道你有没有听人说过，但我想，我不能不跟你说，宏亿再这么下去，会人不像人的。"

还很淡然的老潘，表情僵硬了，手指留在杯耳边。

"潘爹，你的孙子，潘宏亿，他吸毒了。我不骗你，我不止一次见到他和一伙人，把同学赶出教室，关起门窗，在教室里面就吸。我见过他吸，也闻过那种味，我没骗你。"

"什么？"端着杯的老潘，竟又饮了一口，嘴唇颤抖，茶奶顺着他左嘴角流下。

"他吸毒了。"张小峰把声音压得极低极低，不让其他人听到。可他知道，声音再小，也是抛向老潘的一颗炸雷。掩不住悲伤，他再次肯定地说：

"宏亿,吸毒了。"

"只要不吸毒,就是好青年仔。"因为曾德华这批镇上最早吸毒者的带动,白粉渐渐在镇上流行,家破人亡的屡见不鲜,镇上人都降低了对自家小孩的要求,打架、赌博、嫖娼,都在可以接受的范围内,唯独吸毒,是最后的底线。若是有谁踩过这条线,整个家都将濒临崩溃。这些年来,老潘聊以自慰的是,两个孙子虽处于叛逆的年纪,歪路也走了一段又一段,宏万还被开除了学籍,可他们毕竟还没有伸脚去跨过最后的底线。因此,一听说潘宏亿吸毒了,他脑子顿时空茫茫,没有如听轰雷,只是淡淡地,什么都空了,步子浮飘,整个人像飞起来。

这是他这辈子第二次经历这种感觉,第一次是老伴断气那会儿。眼睁睁看着一个活生生的人,一个亲密无比的人,刹那间呼吸困难,在挣扎、颤抖和无声呼号中断气,把他抽空了。他不是第一次经历亲友的死亡,可却是第一次经历让他如此记忆深刻的死亡。七十三,八十四,阎王不请自己去。以前有两个亲人,都是在这些坎上过不去的,也没什么,顺其自然地就接受了。而他老婆,那个曾和他一起睡了几十年的人,把他身体里另一部分带走了,带走的这一部分,永远是他体内无法弥补的空白。

9

老潘不清楚自己是怎么走回家里的,后院咩咩咩的羊叫,那是昨天刚收的一群羊,一共八只,杀了两只。天太热,羊圈不通风,弥漫的臭味散不去,陈梅香正往羊身上洒水,让它们凉快一些,六只羊都争抢着,希望水花在身上洒得多一些。老潘从刀架上抽出一把刀,白晃晃,很刺眼。左手在羊圈边角翻着一堆杂乱的绳索,扯出一个绳头,切一段,又扯出一根,又切一段。每一段都不长,一共切了五段,老潘把五段绳子打结,连在一起。他把一边头丢给陈梅香:"你拉拉,紧不紧?"陈梅香伸出湿漉漉的手,用力扯了扯,绳结抽紧,她问:"兄,这绳子绑什么的?"

"有用,有用。"

绳子被老潘挂在羊圈外的石柱上。挂好后,老潘还不放心,又摘下来,用脚踩住一头,手上用力拉扯另一头,觉得够紧了,才又挂回去。

拍拍手,老潘走出门去,到了大肚成的农用车维修店。大肚成的肚子还是那么大,在很多人眼中,他是镇上怀孕最久的一个,若不是因为他是男的,肯定已被搞计划生育的人列为重点工作对象。有调皮的小孩取笑他叫"怀孕成"了,他们还编了歌,唱:

　　大肚成,怀孕成
　　怀了三胞胎,怀了十多年
　　生又生不出,针刺不漏气
　　…………

取笑的歌起先还能惹怒他,多次追打未果后,他也就认了,有时甚至会跟着小孩一块唱。他不在意了,取笑他的小孩反而少了,偶有人来,他还会笑嘻嘻的,要给那小孩递几毛钱买冰棍——他的修车铺往西走三十米，就是镇上唯一一家冰棍厂，镇上所有小孩夏天里最向往的神秘之地。大肚成裸着上身，正蹲在店门口，上身洒落着乌黑的机油。他身上这股咖啡黑的颜色，像是多年来机油已经渗入了他的每个毛孔，在他的肌肤上扩散。一根香烟挂在他的嘴角，他笑嘻嘻地看着背手过来的老潘。

"羊公。你的胡子好像羊啦，你摸摸，像不像？哈哈哈。"这是大肚成见到老潘最常问的一句话，他没意识到，在镇上生活久了，连话语都单调了，重复无数次的话，竟能寻获无数次乐趣。老潘的回答，也没超出他的意料："嗯，宰羊多了，人也像羊了。"

"照你这么说，我的肚子大，是因为修车了？我又不宰猪，我修车也肚子大，是为什么啊？"

"你补轮胎嘛，轮胎补多了，你的肚子也跟轮胎一样，打气就胀。"

"羊公啊，你过瘾啊，天天吃羊肉，我天天吃机油，拉屎放尿都是机油味。唉，活着，没味啊。"

"爱吃什么买什么嘛，谁让你吃机油？"

"哪像你，天天有羊肉吃。生意不好，哪能想吃什么吃什么？我还想吃人参燕窝，还想吃鱼翅咯。"大肚成点点头，"还有熊掌。"

"生意不好？你都嫌生意不好，瑞溪就没人生意好啦。想做生意？我替你找到个生意啦，你做不做？"

"哪有生意上门都不做的？什么生意啊？你家宏万的车坏了？坏了我也修不了，我只会修手扶拖拉机。"

"到时再说，到时再说。先讲了，就不灵了。"

老潘心不在焉，把眼睛望向七步街对面的家门。暮色将近，那敞开的门，是一团四方的、能吞没一切的黑色。街道太窄，开过的车，响起轰然的回音，震动耳膜。今天下午，他用明确的语气告诉张小峰，黑手义不可能会存心设套给张孟杰，没有一个人会这么对自己的儿孙，可现在……可现在，话还没落地，他就要在今晚，为他的孙子准备好一个圈套。张小峰告诉他的消息，几乎把他摧毁，联想到近些日子里潘宏亿的躲躲闪闪言不由衷，联想到潘宏亿越来越消瘦的面孔，联想到潘宏亿的萎靡不振，老潘已经确证了……可他还不死心，他还想着亲眼证实那个将要面临的巨大灾难。

镇上那些吸了白粉的，不是死了，就是入狱了，要么就像曾德华，半死不活如游魂。还没有一个成功戒掉的先例。所有的这一切，都是老潘即将面对的巨大重压，他很清楚，他前半辈子所面临的所有危险，都不如此刻深重——老伴死时，他原以为那是一道跨不过的坎，可还是自然而然忘得一干二净，连脸都记不得了。而此时，稍微不慎，就不仅是潘宏亿一个人的事，而是全家都被拖垮。

宏亿在卫生间里洗澡时，潘江正在羊圈挑羊，选好明天早上要杀的两只。潘宏万把车停好，正进门来。老潘知道时候到了，手中掂量着那根绳子，朝潘宏万挥手。老潘把右食指竖在唇边，表情庄重，潘宏万就没多问。两人等待在卫生间外面。眼前一亮，门开了，潘宏亿穿着内裤出来了，他的上身淌水，瘦瘦黑黑。以前老潘不注意，可现在，他了解了他为什么瘦骨嶙峋，了解了原本飞扬洒脱、盛气凌人的潘宏亿为什么变得沉默甚至阴暗，了解了潘宏亿的目光为什么正渐失光泽。

瞧着老潘手中的绳子，宏亿愣了。

"你自己来，还是让你哥动手？"

潘宏亿头一甩，水珠飞溅，洒在老潘和宏万脸上。宏万是被捆绑过的，他并不知道爷爷为什么要捆绑弟弟，但既然爷爷要捆，肯定有充足的理由。宏万抹了抹脸上被溅的水珠，潘宏亿双手一推，潘宏退后了两步，正要站定，鞋底在水上一滑，还是摔倒了。潘宏亿没敢推老潘，从宏万漏出的缝隙处跳过去，往前门跑去。

老潘喊道："拉住他。"

宏亿要拉开前门时，已经来不及了，门已被老潘闩上。准备拉开门闩时，宏万已经爬起，追过来了，抓住宏亿的肩膀。宏亿身子一甩，两只手打在宏万胸口。宏万也急了，他手上用力，左手握住宏亿的左手腕，右手握住宏亿的右手腕，往后一翻。宏万原以为弟弟会强烈挣扎，可却没有，宏亿是挣扎了，可手腕软绵无力，在每天握紧方向盘的宏万手上，几可忽略不计。

老潘过来，对宏万说："你握紧。"绳子一绕，把宏亿两只手腕勒在一起，老潘手上很快，绳子一抛，一扯，把潘宏亿整个身子都绕了一圈，绕到身后，又绑住了结。此时，潘江和陈梅香也过来了，潘江气喘如牛，陈梅香想要说什么，一时间脑子空白，什么都说不出。潘宏亿叫道："公，到底怎么了，一见到我就要绑我？"

老潘手一甩，"啪"地巴掌声响："棺材板都钉响了，你还不认？"

"我做什么了？"

"做什么？你自己不比我清楚？"

"什么？"

"真要我说。"

潘宏亿神情镇定，过一会儿，他想起什么来，脸色刷白，闭上眼睛。

老潘号叫："宏亿，吸毒了！"

陈梅香一声哀号。

潘宏亿一甩头，水珠溅到老潘眼中，模糊一片。

潘江扭头往羊圈走，老潘跟过去。潘江从刀架上抽出一把刀来，老潘出手如电,噼啪,给了潘江一巴掌。

"兄!我宰了他!"

"把刀放下!"

"不宰他,他当贼当盗,也要死路头。他不死,全家都得跟着死。"

"放下!"老潘又挥出一巴掌。

潘江两边脸颊热胀起来,他的脸多少年没挨打了?也得有三四十年了吧?脑子空茫,他想不起。老潘把刀从潘江手中夺去,放归原位。父子两人,回到宏亿面前。宏亿被绑在后院石柱子上,潘宏万想起那一年,父亲以为他偷了瘦竹竿的书,也把他绑在这石柱上,潘宏万有点时光倒转的恍惚,好像绑着的,是他自己。陈梅香看着石柱子上的宏亿,捂着心口叫疼。她的心口疼,也不是近期的事了,但近来却比较频繁,尤其是有时跟车卖票,闻到汽油味,就更加天旋地转,快要断气。她掐了掐下嘴唇,终于出声了:"疼,真疼。"

她说的第二句话是:"你要做贼都好,偏要吃那种东西,偏要去碰这死路一条的东西?"

天已黑了,院子里的灯亮起来,飞蛾围着电灯撞来撞去。

潘江举起拳头要打,要把老潘扇在他脸上的,加倍传给这个烂子。

陈梅香死死拽住:"你鬼上身了,干吗打我儿子?"

"你的好儿子吃白粉了,你知道不?吃白粉了。"潘江像对她说,又像自言自语,"白粉,哈,你懂那是什么货吗?没救了⋯⋯"

潘宏亿不再挣扎,面色死灰,一直试图掩盖的,再也掩盖不住。所有的锁头都有被打开的一天,所有的秘密都会被揭开。

陈梅香一时气急,眩晕过去,她捂着两边太阳穴,嘴唇动着。潘江又拉又扯,推拿好久,她缓过神来:"死了,死了。让我死。"

她瞬间充满了希望:"谁说宏亿吸了,没有,没有!"

老潘冷冷地说:"吸没吸,绑几个小时就知道了,谁说都没用。"

这一夜,竟连续有三个人来找潘江结账。家里的事,肯定不能暴露在外人眼皮下,老潘到门外把人挡回去了,说另找日子结算。老潘甚至怀疑,这些喜好赖账的家伙,只不过是找结账的借口,到他家里来探个究竟。墙壁挡不住流言,隔壁的邻居,早从老潘家的吵闹声中听出了个大概究竟,从一张口到另一张口,瞬间传遍全镇。明天,到了明天,疯子王科运会不会把潘宏亿吸毒的事贴在全镇各个角落?

"老潘家的孙子吸毒了"这个消息,将会成为镇上人的开胃菜。一想到王科运,老潘就觉得头痛,可顾不得了,小孙子还在石柱上,还在等着时间过去,等着看潘宏亿的身子反应。

都吃不下晚饭,老潘端着碗给潘宏亿喂。

潘宏亿嘴巴上了锁,不愿吃,只说:"绑着我,不如宰了我。"

"别急,真吸了,想死还不容易?"老潘用筷子敲了敲他的嘴。

院子里平时很少亮到半夜的灯洒出一片惨白,圈里的羊不时发出哀嚎,把每个人都吓一跳。所有人都绷着脸,一言不发,能说什么呢?嘴唇动了动,总觉得发出什么声音,都是折磨人的酷刑。接近夜里十点钟的时候,宏亿的脸色在灯光下渐变,继而嘴唇发青,汗水津津,他想极力忍住,还是抖动不止。

等到了,等到了。是那个让人绝望的答案,可他们毕竟等到了。

潘宏亿毒瘾发作,理智已失,破口号叫,和羊圈里的羊发出类似的声音:"哇……我……我书包的烟盒里……还有,快给……我,快给我……拿来……要死了,给我抽……抽一点。"

潘宏万从他书包里翻出一个烟盒,烟盒里用锡箔纸包着两小包,那是类似面粉的东西,那是类似粉笔灰的东西。

"拿来,拿来,快拿来,我快死了,快拿来。"两串鼻涕长长滴下，他一抽一抽，像是垂危的人。潘宏亿在绳子里挣扎，动作越来越大，要不是绳子绑得紧，他已挣脱了。陈梅香丢下满脸泪水："兄，要不要……"她没说完。她没说完的，老潘懂，她是想问能不能把宏万手中那两小包白粉给宏亿再抽一口。她第一次见到儿子这么癫狂，只要这一幕在她眼前消失，她宁愿拿一切去换。心口的疼，她早不管不顾了，宏亿流下鼻涕，她也流；宏亿癫狂了，她也快要发疯。

老潘从宏万手中接过那两小包，粉末平常，他看不到和面粉有何不同，看不到那种攻城拔寨的摧毁力量到底隐藏在哪儿。宏亿眼珠发红，舌头伸出，扭动得更加厉害。这两小包，彻底吸引住了潘宏亿。老潘把粉末递近潘宏亿鼻尖，潘宏亿更是情绪失控。老潘叹息一声，手缩回，一翻，白粉撒进水沟，伸脚一踢，半桶水冲刷而过，粉末彻底消失了。宏亿绝望不已，哭吼颤抖。他最希望得到的，被撒在了废水中。两张纸也被老潘捏成团，随水冲走了。宏亿挣扎过猛，把所有的力气都使出来，一瞬间，他软下来，嘴角挂着口水，抽搐不止。

潘江的右手伸出许久许久，想狠狠抽打在宏亿脸上，可他的力气消失了，他轻轻抚过儿子的脸，摸到一脸的泪、汗、鼻涕的混合物，滑滑腻腻，他站不直了，颓然坐倒。陈梅香也坐在了潘江身边，宏万一直给陈梅香捋手指、掐虎口——在以往，他从没这么给母亲做过，而今天，他无师自通。

老潘依然镇定，说："宏万，去叫你姐夫来，快点。"

潘宏万踩活摩托车……

跟着宏万来的，除了李堂清，还有他的姐姐潘宏萍。因为早先出嫁时跟奶奶闹过一些矛盾，潘宏萍回来外家就比较少，而一听到气急败坏的潘宏万前言不搭后语的诉说，她也跳到老公李堂清的摩托车后座上。潘宏万骑着摩托车狂奔在前，李堂清的速度也渐渐加快，潘宏萍一直叫道："快点，快点。"

李堂清的第一句话是："松开吧。"

老潘有些犹豫。李堂清说："跑不了。"李堂清的性子越来越温和沉稳了，老潘很满意他这一点。老潘和潘江一起，把宏亿身上的绳子解开。由于力气消耗太多，绳子一松，宏亿也站不直，李堂清伸手扶住。宏亿把头放得低低，没敢看姐夫姐姐，以往碰见，他总会笑嘻嘻地问好，而今天，他恨不得把自己捏成粉灰。李堂清说："宏萍，去烧些热水来，不要开，热了就好。"让宏亿在一把椅子上坐好，李堂清也不说话，他两只手掌，开始在宏亿的后背拍打捏捏。热水端过来，潘江用毛巾给宏亿抹脸，蹦跶许久，他嗓子已哑，嘴巴微张，只有喘气声。他的颤抖不由他控制。

李堂清打开药箱，调试药水："我打些镇静剂试试，看有没有用！"因为要扎在屁股上，宏亿还挣扎了一下，不大愿意，可挣扎有气无力。潘江用力一拍他的屁股，说："吸白粉这么不要脸的事都做了，还怕脱裤子？你全身我哪儿没看过？"奋力一扯，宏亿的裤子被扯裂了几根线。还得由几人各按手脚，摆弄十多分钟，一共用了三种药水。或许是镇静剂有些效果，或许是毒瘾发作之后稍微停歇了，喝下两口水后，潘宏亿安静了许多。李堂清不放心，又给他挂了点滴，也是安神定身的。

"看你样子，吸毒还不深，多久了？"李堂清可以歇一歇了，他想起上次来给老潘看伤，就发现了宏亿变得精神恍惚，难道是从那时开始？或者，更早？

潘宏亿不愿说话。

陈梅香吃了潘宏萍递过去的几片药，又被宏萍掐拿按摩了一会儿，也回过神来，呼吸平缓。潘宏萍准备好的无数质问的话，一句也说不出，愣了好一阵，她说："老三，你脑子装牛屎了？怎么会去近这些东西？"

"曾德华给我烟抽，他在烟里放了这东西，刚开始只以为那烟很好抽，等发觉的时候，他说是白粉，他还教我在锡箔纸上抽，再后来就上瘾了。几个月了吧，我说不准。"潘宏亿拳头捶打头部，陈梅香看得又是气闷，又得捂着胸口。

"怎么有钱买？"李堂清的疑问，也是家里每个人的内心所想问的。

潘宏亿把头低下。

老潘嘿嘿冷笑。潘江握紧拳头要打，李堂清拦住了。

"还用想吗？肯定是偷啦。我老潘家出贼子啦，哼哼，很好啊，多少代了，终于在这一代看到贼子啦，有出息啊。贼子啊……哪像我，放尿不上壁，放屁不成堆。"老潘有些凄凉，"曾德华去偷对面大肚成的修车店，你还吹喇叭赶呢，你还要去打呢，现在呢，哈哈，你和他一条路上的人啦，他给你粉吸，呵呵，结拜兄弟了吧？"

"几个月？两个月，还是三个月？你还只是吸，没打针吧？没打针就好，还来得及，没打针就来得及，看你能不能做到了！"李堂清学医出身，他清楚染上毒瘾了，一万个里没有一个能戒掉，可他不能这么说，他不能宣判潘宏亿死刑，不能宣布他的外家即将分崩离析——即使在他看来，已经离得不远了。他看了看妻子潘宏萍，潘宏萍目光茫然，多年以来，潘宏萍在他家，可以说是安稳平静，而眼前的这一幕，将要带给妻子的，将是动荡不安的巨大冲击。外家即将面对的，也是他家即将面对的。李堂清内心很感激老潘，无所事事那些年，他也曾动荡过，有一次甚至他也有机会接触到白粉，差点就染上了，学过的医学知识，让他守住了最后的防线。在结婚之前，老潘出钱给他开办了乡村诊所,成了他命运的转机,这些年虽不说富有,可邻近村子感冒发烧的人也不少,他建了平顶房,在乡间也颇受尊重,他在内心里感谢着老潘,他心里挽救潘宏亿的愿望和老潘一样迫切。

"可以戒?"老潘精神一振。

"要看人,有戒的,很少。但有过。"

陈梅香陷入一种更迷茫的状态,在他眼中,女婿是唯一能挽救儿子的人了。

"怎么戒?"潘江跟宏万几乎同时问。

"其实很简单。不要再抽。"李堂清知道这么说,不会有人理解,接着说,"身体的瘾,很好戒断,关键是要从心里戒掉,太难了。可以这么说,要戒,就得一次就戒掉,要是再有反复,那只能是死路一条。宏亿能做到?"

宏亿能不能做到?这话是问宏亿的,也是问所有人的。没人能回答,所有的眼睛都注视着潘宏亿,他承受不住这重量,眼睛闭上。他曾千方百计隐瞒着自己吸毒的消息,他知道肯定有捂不住的一天,这一天真正到来了,给全家带来的巨大灾难,仍然是他没法面对的。他也尝试过戒掉,在毒瘾发作时,尽量不抽或少抽,可不行,每当毒瘾发作,脑中会自动浮现出种种吸毒的美妙神奇——这幻想的美妙甚至比真正吸毒后的感觉还要强烈万分,幻想把本就虚幻的感觉无限放大。他的努力在这浩大无边的感觉面前不堪一击,他越努力,他的瘾就越深,也抽得更狠,发作的间隔时间也越来越短。羞愧和绝望当中,潘宏亿又有一些坦然,原来遮遮掩掩,他要独自承受内心的忐忑,而现在,窗纸捅破,那种忐忑反而消失了。今后会怎样呢?今后……想到这个词,他头痛欲裂,毒瘾也在某种程度上,把他集中精神的能力也消磨没了。

再开了一些安眠药，李堂清把药箱收拾齐整，走到门口抽烟。街上一切如常，偶尔开过的夜车，震撼着街道两旁，一些门窗放射出或白或黄的灯光，一些黑影游来走去，别的人都没有因为老潘家发生的事，而些许改变自己的生活。老潘走到门边。李堂清说："阿公，要随时看紧，大概六七个小时发作一次，我让宏萍留在这几天，把一些药水留下，一旦发作，宏萍就给他打针。"老潘说："你家也有事，宏萍留在这儿不太好！"李堂清狠狠抽了几口，把烟头丢了："你让阿爸和宏万跟着宏萍学一学扎针，很简单的，宏萍也没跟我学两天就会了。他们学会了，就方便些。我总有赶不过来的时候。"

"打针有用？"

李堂清摇摇头："没用！全世界没什么办法有用。但这话不能跟宏亿说。一来，只要他还认为是有用的，可能就有用；二来，打镇静剂他就没那么闹。真发癫起来，家里人受得了，邻居也受不了。能不能戒掉，还得看他自己。我看宏亿吸得还不是太深，真能戒掉也说不定。"

"我知道怎么做了。他不想戒，也得戒。"老潘说得很有信心。李堂清还不清楚老潘会怎么做，可老潘一向都比较有心窍，或许能想出什么法子也说不定。当年老潘给李堂清钱的时候，也很有信心："我信你能办好，我从不会看错人。"李堂清看着屋内，陈梅香正给宏亿喂稀粥，他嘴巴不愿张，也硬是塞了一些。

让宏亿吃了安眠药后，宏万就扶着他进房睡觉。所有一切弄完，已近凌晨两点，左右邻居受了骚扰，也跟着痛苦，同时也暗暗替老潘家担心，有的甚至把抵不住睡意侵袭的小孩摇醒，以活生生的例子作为警告。李堂清说今晚他就不回去了，留在这儿看看几个小时后的情况。老潘叫闹了一夜的家人到街上吃消夜。潘江担心心神俱乱的陈梅香，同时也要盯紧潘宏亿的房间，就没去。

　　镇上的消夜，就是炒粉、粉汤之类，和早餐没什么区别。无论多深的夜，这五家摊子都在昏黄的街巷口，等着那些饥肠辘辘的未眠人前来，给他们端上油滑入味的炒粉或热气腾腾的粉汤。小镇上大多数人都在梦里了，仅有的几处灯光并不能照亮狭窄而幽深的街，也不能照亮镇上人狭窄而幽深的梦。宏万给李堂清的道谢一句连着一句，李堂清听得都不好意思了。老潘听了，心中有些许安慰，大孙子读书不成，开车这段时间，倒是学了不少为人处世的道理。

　　潘宏萍对李堂清说："明天我跟你回去。"

　　"不是让你留几天？"

　　"我回去拿几套衣服再来。"

　　老潘的脸，藏在深深夜色里。潘宏萍看着爷爷，在她眼中，爷爷一直是这么老，即使隔了好长时间没见，也没显得更老，他是一个容貌不会改变的人。潘宏萍涌起一种奇怪的感觉，好像又回到了她更小的时候，爷爷话不多，奶奶还在；再坐一会儿，回家里去，屋里是不是还会传来奶奶责备爷爷的声音？潘宏萍发现了，爷爷比以前话更少了，在以往，他有时还会开玩笑，跟她说："你要嫁个大学生。"可现在，他活成了一尊坚硬的石刻。她也发现了，爷爷的脸上有着奶奶的轮廓，逝去的奶奶，以另外一种形式活在爷爷身边。消夜摊子，就是随意摆放的几张桌子和几把塑料椅子，灯光微弱，不能照到整个摊子。摊子之外，是深压压的黑沉，潘宏萍不敢看了。从小就这样，她总觉得小镇后半夜的街巷，跟白天不是同一条。她在镇上生活的几年，没能多了解几分，以后，小镇于她，更是一个陌生之地了。

　　她以为嫁离后，她就将和这个家距离越来越远，尤其是跟奶奶闹别扭那一段，可现在，她又疑惑了，这个家里的任何一件事，都跟她千丝万缕，纠缠不清，哪是那么容易解开的？她想了想，说："堂清，明天我还是不回去了，你帮我拿衣服过来，反正你不还得送一些药水来吗？"

潘宏亿吸毒的事，很快就传遍了全镇。

王科运没有把这事贴出来，他拦住别人讨烟抽，总是故作神秘地说："宰羊公的孙子吸毒，你知道了吗？这事啊，我早知道了，我不说，以前不说，以后我也不说。我不会告诉你，他吸毒的。"被拦的人，也不觉得有什么惊奇，这样的事，往往是家里人最后才知道，在此之前，很多人已窃窃私语过。

王科运无法令人相信他是最先知道此事的人，很是失落。

潘宏亿的毒瘾每六个小时发作一次，鬼哭狼嚎叫声惨烈，每到这时，家里就得几个人强行按着他，给他捆上绳子，免得他挣扎癫狂。而无论绑得有多紧，潘宏亿还是挣扎，绳子在他的手脚上摩擦出大块大块的瘀痕。陈梅香心疼，暗自流泪，用破布拧成条代替麻绳，想减少一些摩擦，也没多大效果。潘宏亿狂叫不已，她就流泪不止。潘宏萍调试好药水，面容冷峻地给弟弟扎针，扎完又给他喂镇静药和安眠药，想方设法让他睡去。用这些药过多造成的结果是，毒瘾不发作时，潘宏亿便一直昏沉萎靡，好像被抽了魂。

老潘看着心慌，孙子这模样，像鬼祸了，丢了魂了。

但也没办法，药效作用几近于无，也只能这么用着，为的是给宏亿增加一些心理作用。潘宏萍漠然地把针扎出，陈梅香就哭出声来："亿啊，扎了，就好了。"潘宏萍把这些忙完，浑身湿透，体力透支。原说是让潘江和宏万跟她学一学扎针的，他们握着注射器，直发抖，扎针的,还是宏萍。潘宏万要出车,潘江要杀羊、给客人送肉,家里就由老潘、陈梅香和潘宏萍三人轮流看管,以免稍有疏忽,让潘宏亿跑掉。潘江推掉一些羊肉生意,买羊、抓羊、杀羊、送羊,都极耗费时间的。

潘宏亿迅速消瘦下来,皮包骨头,双眼随时湿漉漉,嘴角挂痰鼻孔挂虫。全家人都慌了,问李堂清要不要送县里医院疗养?李堂清一咬牙,说,这很正常,之前他吸毒一段时间了,没有变得太瘦是因为毒瘾不深,他又年轻力壮,加上有白粉在瘾发之前让他获得满足。而现在,他只能在绳子里挣扎不已,身心劳损,气力疲惫,便很难看。但是,这是戒毒要经历的第一个阶段,要是这道坎都过不了,怎么戒掉?让他熬吧!

…………

潘宏亿控制着家里所有人的心弦。

一个星期后的一天,潘宏萍在给宏亿扎针完后,正要起身,头一眩晕,摔倒在墙边。当然,只一会儿,潘宏萍就坐了起来,可这事让老潘和陈梅香大感惊怕。潘宏萍貌似镇定,其实心中承受着极大的压力。李堂清来看了后,没说什么,脸却越来越黑沉。老潘说:"宏萍,你回家休息去。这里,你就别管了。"潘宏萍说:"这里不是我家?"老潘说:"是!但你先回去休息,精神好了再说。"潘宏萍眼睛就红了:"奶奶赶我,现在,爷爷你也要赶我?"

老潘脸色阴郁。

"我回了,谁给宏亿打针?"

"我来吧。我在这儿,今天就教会爸和宏万,他们都学会了,就好办了。"李堂清说。

"李堂清,我弟没好,我死都不回去。"潘宏萍喊得撕心裂肺,也喊得莫名其妙，没人明白她怎么就情绪爆发了。

"姐，你先回家休息吧，这样每天侍候我，我真的没脸见你。要是你……"说这话的，是潘宏亿。潘宏萍哭了一阵，坐上了李堂清摩托车后座。

陈梅香按照李堂清的说法，专门弄了一些有营养又不油腻的东西给潘宏亿吃。潘宏万回车也比往常要快，他要替家里几个大人轮班。很快过了半月，潘宏亿毒瘾就轻了不少，发作起来也不那么难受，叫喊也不再凄惨如被宰杀的羊。陈梅香的眼泪和潘宏亿的叫声成正比，也在渐渐变少，她心中添了喜乐，脸上多了笑容。

老潘看着孙子，时而犯迷糊，时而亮若明镜，想起多年前仿佛自己也有过相似的经历，但明亮一闪而过，他挖寻许久，沉在往事水底的落石依然没有浮现。

有一次和黑手义喝酒，老潘装作若无其事问过一次。黑手义伸手拍桌子："你脑子灌了糖水，当豆腐脑吃了？自己的事都不记得，还来问我？毒你是没吸过，你倒是想，但哪有啊？你以前赌过，还赌得很厉害，把鸟毛都输了。"

"赌？"他有了些隐约印象。

黑手义抓过老潘右手，把老潘衣袖一捋，肘子处有一个鸡蛋黄大的黑褐色疤痕，黑手义冷笑说："这个痕你记得吧？"

"你怎么知道我这个疤？"

黑手义感觉鸡同鸭讲，绝望地说："当时你赌得裤子都要脱了，还死不认，人家抓起棍子就打，若不是我和其他人出手拦住，就不只是这个疤了。"老潘继续浓雾笼罩。黑手义说："要不是你老婆，你什么都输完了，还好，后来你戒了。当时，你赌博的瘾，比你孙子吸毒的瘾还要重。不说这个，不说这个，气人。"

....

触底反弹，潘宏亿在瘦到极点后，精神开始好转，一直厌倦的粥，也吃多了起来，脸色竟有些油光了。黑手义为老潘高兴，他见多了镇上吸粉的青年悲惨的下场，要么横死，要么犯事坐牢，几乎全都家破人亡，他不愿看到老潘有那么一天。

他觉得高兴，又没那么高兴。

10

没能高兴多久。

事情是潘宏万起来出车时发现的。

当时小镇还刚刚从黑夜中翻身，阳光还没出来，带白的晨色把小镇罩在宁静中，早起买菜的人陆续在七步街上来来往往，人少，小街显得空旷。潘宏万在家门口被一根松松软软的绳子绊了一个趔趄，他也不在意，站直身子，走向停车的地方。他脑袋轰然爆开，木头为架油毛毡为顶的棚子竟然空空，面包车没在里面。开车以来，那车几乎成了他的命，有时半夜起来如厕，也要到门外来，看看车棚里的车，才安心继续入睡，而此时，那辆本该安静地躺在车棚里的面包车，竟消失了。

跟车的刘春芽依时来到棚前，疑惑道："宏万，车呢？"

潘宏万猛然回神，跑回家门口，弯腰捡起那拦在门前却连结都没打好的绳子——那是往日毒瘾发作得厉害，用来捆绑潘宏亿的绳子，不错，就是那绑着宏亿的绳子，母亲用柔软的破布揉成的，现在已经断成两截。潘宏万扔掉绳子，朝潘宏亿房间奔去。昨天后半夜是潘宏万守夜的，后来因为弟弟房门前蚊子太多，又听到弟弟鼾声正沉，想到明天还要出车，困倦袭来，他就回房睡觉了。睡前，他还到弟弟的床上看看，他的两只手被分开绑着，这使得潘宏亿睡成一个大大的"X"字。他准备去叫醒潘江起来接班，走到父母亲房门前，听里面有母亲若有若无的叹息，一时心软，他没叫。难道因为这个不经意的疏忽，就出事了？宏亿的房间果然已空，被子凌乱，显然是走得很急。潘宏万头一下撞到门上，以前弟弟是跟他学过车，家里还有一把备用的钥匙，那把钥匙一直藏在宏万房间的抽屉里，钥匙什么时候到了宏亿手中？肯定是宏亿趁家人疏忽，用备用钥匙开走了面包车。潘宏万越想越后悔，往日睡眠浅，有人从屋外走过，丢个烟头吐口痰，他也要翻个身，昨天后半夜怎么就那么死沉了呢？

他举手敲打脑袋，噼啪响。

刘春芽跟进来，潘家的人都起来了，潘宏万被陈梅香拉着，他的额头撞得红彤彤一片，头发也乱成鸡窝里的草了。刘春芽想起他开车时的自信和淡定，想起他在她身上的耀武扬威，想起他也曾在她耳边的低声喘息……而眼前的他，慌乱无措，她很心疼，可因在多人面前，不好表示。老潘木木地说："春芽，去叫黑手爹过来。"刘春芽和潘家老小都很熟识，有时回车晚了，宏万甚至会留她吃晚饭。留下吃晚饭，意义就不一样了，就不仅仅是车主和跟车的了，就有往更深处发展的可能了。

老潘一发话，刘春芽也觉得出大麻烦了，顺着七步街朝黑手义家奔去。

黑手义一直黑着脸，病好之后，他的身子瘦了不少，可骨架还在，他黑沉着脸的模样，也很吓人，他让刘春芽去把他两个儿子许召文、许召才也叫来。因为之前和老潘、潘宏万的矛盾，许召文和许召才还有些不大情愿，可一看到父亲冷冰冰的脸，也就不好说什么了。一商量，他们很是兴奋，都表现出极大的热情——并非真的热情，而是小镇生活过于无聊和平淡，真有这样的事，便是酱油、味精和香料，便是难得的调味，今后跟人喝茶时提起，还不口沫横飞？

商定之后，人分两路，一路由许召才开着他的三轮车，带着黑手义和许召文往瑞溪镇西面，直往县城奔去；潘宏万和潘江骑着摩托车，往东面永发镇的方向追赶。考虑到一出小镇，除了柏油路主干线，往各个村子的小路纵横交错，要是一条条寻找，估计能把人累疯。老潘沉思一会儿，让他们只管大路，别往小路去，并分析理由如下：主干线的柏油路很平整，往各个村子的土路崎岖不平，潘宏亿是会开车，但车技并不熟练，还没有胆子把车往那些村路跑，更何况，潘宏亿偷走家里的面包车，无非是准备快速出手好有钱买白粉，往乡下跑的可能性就更小了，县城和永发镇是最可能去的地方。

陈梅香又在哭丧着脸喊气闷，杨春芽在一边劝慰，老潘心烦，往街上走。陈梅香喊："兄，去哪儿，在家等消息啊？"老潘反背双手，钻进人群。天色刚白，今天正是集日，手扶拖拉机拉着一车车的人，渐渐把街面占满，小镇还没醒来，充其量只算是伸了个懒腰。其实，最向往镇上生活的人，都不是住在镇上的人，而是周围那些村子里的村民。在他们看来，这个镇子，有菜市场、衣服行、海南粉店、茶馆、五金店……这些地方，装满了他们生活所需的一切，也寄托了他们对生活的所有想象。很多时候，他们念想半个月，只为到镇上吃一碗卤汁很香的腌粉，只是为了到茶馆里花五毛钱喝一个上午的茶水。老潘望着熙攘人群，多年以前，他也是这些赶集者中的一个——而现在，他有些疑惑搬到镇上，到底是不是一个正确的决定？老潘走到对面街的农用车维修店和大肚成说话去了。大肚成右手在裤腿上擦了擦，还是一手油污，也不管了，拍拍老潘的肩膀，留下很轻的印记，爽朗地笑。老潘转身走回来，端坐不动，像是木头刻成的，陈梅香、刘春芽也不敢多问。

两个多小时后，前往县城的许召才把三轮车停靠在门口，和许召文一起进来，报告说，那边没找到，四处问了人，也没发现踪迹。陈梅香焦躁起来，想起宏万失踪的那段时间，她每天牵肠挂肚，现在这个小儿子要没消息，不得把她折磨死？黑手义最后进来，一只手拎着猪肝粉肠，一只手拎着河粉，要给大家开火煮早餐。许召才喊起来："谁还有心情吃？"说着，伸脚狠狠地踢他的三轮车前轮。

黑手义尴尬一笑，手中的塑料袋子滑落到地上。

门口街道太小，有车开过总要把人挤到街道两边，像钻进密林的人，伸手拨开面前的高草。听到有喇叭声响，刘春芽精神一振："回来了，肯定是开车回来了。"她整天跟在这车上，已经听熟了车的声音，能从喧闹的声音中辨识出那熟悉的细节。众人都提起精神，跑到门口，果然是潘宏万开着车回来。街上已经停满了各村落上来的手扶拖拉机，潘宏万挪移半天，才找了个缝隙，把车塞到街边。潘宏万脸色凝重："爸去买早餐了。我们骑摩托车，一直开到快到永发镇的那个小坡处，就看到车停在那里，可宏亿没在上面。我检查了一下，车没油了，也烧坏了气门，搁在坡下就上不去了。"

老潘的脸色更加难看，找回车固然是好事，可他更在乎的，是潘宏亿的下落，无数个镇上传说中的毒瘾发作的人拦路抢劫被打死打残的事在他脑里绕转。潘江把摩托车靠在门口,也提着猪肉和河粉进来。

老潘说:"梅香,你去厨房煮早餐吧。车拿回来就好了,谅他也没胆子闯什么大祸,我有法子找到他。"

刘春芽跟着进厨房帮忙。

老潘走进镇中学,寻到潘宏亿的班上,学生刚结束早操,都往教室里走,开始早读。教室里的声音都安静了。老潘看了看整个教室,空位只有一个,在第二排最后一个位置——那应该是宏亿的位置了吧?老潘心中不由一酸,在教室后门,问最靠近门边的那同学:"宏亿平时和谁最熟?"

"班上的人,都熟啊!"

"不是说你们班上的,他和外面的谁比较熟?外面的。"

角落那同学摇摇头。

再问其他同学,回答都很一致,没人知道。潘宏亿因为吸毒休学在家,班内早就议论纷纷,也见怪不怪了。有的同学都笑嘻嘻地说,有消息一定告诉你。老潘看到笑嘻嘻的人群里,有一个身影躲在教室后面,是张小峰——他和潘宏亿从新街小学六年级同学,升到镇中学,也是同班。张小峰把课本塞进书包,掏出一本武侠小说,随手翻看。老潘想招呼一下,又忍住了,走出教室,扭头看了一眼校园西北角那栋被遗忘的日本炮楼,想起关于那栋破楼的传说,也想起那破楼的奇异吸引力,叹息一声,不敢走近。

张小峰走过来,他眼中透出一股热,那是两堆火:"宏亿不是一直在家吗?"

"今天早上跑了,开车跑的,车找回来了,人不见了。"

"问同学,没用的。"

"那你觉得问谁好？谁有可能知道？"

"我也不清楚他会不会知道，但我想，要是有消息，也只可能是他才有！"

"谁？"

"曾……德……华。"

"我怎么忘了他。对哦，是他。我怎么会忘了他？脑坏了……"

"宏亿不再来上课了吗？"

"怎么来？关着都跑了，他还能来上课？"

"我……可能再也见不到他了。"

"……"

"这个学期也快完了，现在也六月了，再过几天就期末考了，考完就放假了。下学期，我就不在镇上上了。我妈帮我在海口找了一个学校，我要换学校了。"张小峰有些哽咽，"你说，宏亿会不会气火我？"

"气你什么？"

"我把他吸毒的事告诉你了。"

"怎么会！要是他真戒掉了，他要感谢你才对。对了，到海口读书，学费不是很贵？你妈负担又重了吧？"

"可能吧！她叫我去，我就去。以前姐姐和我一起读书，负担重，所以到镇上来了，说是可以省钱……现在……我姐嫁人了，不读书了，负担就轻了一些吧。我妈觉得我长期住在姐夫家不好，又不想我一个人在瑞溪镇上租房。最近，她说老是想我，什么事都不方便，年龄大了吧……所以就想把我安排回去海口，离她近一些。"

老潘不知怎么接口。

张小峰说："要是……要是宏亿回来了，有办法让他戒了吗？"

11

老潘不敢一个人去找曾德华,他走到三角楼下,看着幽深的巷子,折返回来,拉上黑手义和潘宏万。这一两年,曾德华的毒瘾越来越深,很多人都说,不用看他那鼻涕虫进进出出的模样,只要曾德华走近二三十米内,就会闻到一股奇怪的味道。大家也说不上那是一种什么味道,可能和他居住的那潮湿的房子有关,和他不爱洗澡有关,和他被白粉破坏的身子有关……或者,都有关。当然,也有一些自以为鼻子尖的人,直截了当地说:"不就是他身上的肉臭嘛!他快死啦,那身肉都腐了,烂了,能不臭?"

前些年,父亲因为曾德华吸毒,愤而搬回村里,但曾德华还跟家里保持着一些联系。他毕竟姓"曾"吧?他毕竟是"德"字辈的吧?族里扫墓,他是有资格参加的吧?即使他没力气给坟上添半簸箕土。族里祭祖,他也是可以流着鼻涕嬉笑着观看的吧?即使他没力气拎肥鸡、干饭和米酒等祭品,也不敢点鞭炮。可最近以来,他几乎全被遗忘了,因为他父亲在半年前死了。生老病死,是正常的事,下葬之时,族里的兄弟忽然记起还有曾德华这么一个人,就到瑞溪镇上的三角楼去叫他。恰好那几天曾德华刚偷到一笔钱,正躲在别的地方避风头,父亲下葬的消息传不到他耳中。后来再回去,便只看到一堆土,他正要烧纸钱,被冲过来的族里兄弟狠狠揍了一顿,丢进村里的鱼塘。因吸毒而身子越来越怕水的曾德华爬上来后,整整高烧了一个月。

这件事后,他就成了无人管辖的自由人了。

当年刘树球留下的这间空房，大门小门都没了，忍受着难闻恶臭，三人像是在钻老鼠洞。老潘是熟悉这恶臭的，家里杀羊，内脏收拾不干净，腐烂了，就这味。那床，能叫床吗？那就是恶臭的源头。老潘走到那床前，床上躺着一条黑影，臭气熏天，一动不动，也不知死活。潘宏万有点胆怯，步子就慢了，黑手义伸手一拍他的肩膀，他感到肩膀生疼，想：妈的，黑手义再瘦，还是有力。三人走到了曾德华床前，还是活的，他翻过来翻过去，身子发抖不止，即使睡了也还不断绝的鼻涕在他鼻孔里伸出又缩回。确证无疑了，他还是一具活物。

老潘手一抓，一扯，曾德华从睡梦中被丢下床。

他哼哼哼着爬起，揉揉眼角，眼前只有三个模糊黑影，他的视力近来急剧下降，此时又塞满黏糊糊的眼屎，没法辨认。老潘没耐性等他辨认，狠狠地踢了两脚："贼八仔，起来，起来。"潘宏万没想到爷爷手上有这么大的力气，更没想到性情沉默的爷爷，会有这么凶狠的时候，倒是黑手义觉得一切如常，站在两人身后淡淡地笑，好像这一切都在他意料之内，好像这才是真正的老潘。

渐渐看清后，曾德华怒不可遏，尖叫："死老羊，你想死啊？敢动我？信不信打死你？信不信我把你家的羊都给放血了？"潘宏万准备要冲上去。老潘出手更快了，他左右开弓，给了曾德华七八个巴掌。刚回过神的曾德华被打蒙了，头晕目眩，两边脸又热又肿，鼻涕甩飞出来。曾德华哪遇到过这么狠的人，他是烂命一条，镇上的人被他占了小便宜，忍忍就过去了，还怕一出手就过重，把他给打死了，他哪被人这么欺负过？愣了好久，曾德华喊："打人啊，快来啊，老羊要宰人啦，要宰好人啦。好人都打，我可是好人啊！"他握紧拳头，要瞅准时机，给老潘一个回击。潘宏万伸出手，握紧曾德华的右手腕，奋力一甩，砸在床角，曾德华痛得在床上乱窜，拳头松开："欺负好人啦！我要告官，你们见人就打，坏人啊。快来人，救我啊！"被他吵得心烦，老潘一巴掌扇在他嘴巴上："还叫？"

曾德华不叫了，他摇摇头。

"我今天心情不好，专门来打你的，你要是做得不让我满意，我每天来打你一次，我把我宰羊的刀带来，把你的皮剥了。"

曾德华眼睛一眨一眨，给镇住了。

"我问你话，你老老实实回答。"老潘坐在曾德华床沿上，拍拍他肩膀，指着潘宏万，"他弟弟从家里跑了，你给我把他弟弟找出来。"

"我怎么知道他去哪儿了？"曾德华笑了笑——这是他的最后一招了，他不清楚这一招对老潘有没有用，但也使出来了，那就是不断笑，他曾用各种笑，吓退很多想对他动手动脚的人，曾德华手掌摊开，"你给我钱，我帮你问问啊！"

"你要钱？"

"没钱怎么办事？没钱，现在哪还能办事哦？"他爬起来，靠在床沿，手继续朝老潘面前伸。

"你把手放地上，我给你钱。"

曾德华手掌在地板上摊开。

老潘抬腿，瞧准曾德华的小手指，用尽浑身力气踩下，咔嚓，声音清脆，后面又闷了，曾德华在地上翻滚，再也叫不出来，他的小指头不碎成粉，也肯定断了。老潘冷冷地说："你给宏亿烟抽，在烟里放了白粉，这个账还没算，你还想要多少？还想要多少？我现在都和你一起结清。我不想欠别人钱，说吧，还要多少？"老潘在房内乱翻，竟然给他抓住一根半米长的木棍，他握在手中，说："还要多少？说个数。"

曾德华顾不得疼，赶紧把手脚收回，蜷成一个圆球，缩在床脚。

棍子丢下，老潘说："帮我把宏亿找出来。"

"叫我去哪儿找？"他想笑，笑不出来。

"那是你的事，不过我可以教教你，他肯定就躲在永发镇上。永发镇是谁在卖白粉，你比我清楚，宏亿跑了，肯定要去找人买粉，你去问问，不就知道了？我给你四天时间，要不要找，随你。下次我要来，就带着我宰羊的刀来了。"

"要找不到呢？"

"找不到？你可以试试。"老潘从床脚的圆球里扯出曾德华被踩伤的那只手，把他的小指分开，曾德华看到潘宏万满脸杀气，看到黑手义嘴角带笑，哪敢动。老潘提起曾德华受伤的小手指，曾德华顿感绝望。老潘握紧他的小手指，一拉一提，咔嚓一声。曾德华又要晕过去，但手指并没再断一次，而是回复了原位，大体是接上了。老潘站起来，走出去，潘宏万还不敢相信爷爷真把这镇上最难缠的贼子治得无话可说——在以前，这是没法想象的，他所认定的爷爷，矮小、山羊胡、弯腰、多疑……都是弱小的标志，他也清楚爷爷内心坚硬如钢，但从没这么直接地表现出来。而今天，他见到的，是完全陌生的一个人。

黑手义忍不住了，肚皮都笑酸了。

曾德华有种陌生的绝望，这绝望还不是因为手指上的疼，而是一种内心的不安带来的。他一直以为他对瑞溪镇空气的味道都十分熟悉了，这里是任意横行的地方，政府也拿自己没法子，可忽然来了一个不能把握的人，这样的人是不是还有更多？开了一个头，以后会不会还有别的人继续对他下重手？曾德华觉得向来很熟悉的小镇，因为老潘的那一踩，刹那陌生起来，变得一无所知。手指上的疼，越来越剧烈了，都肿了，肿成胖胖的大手指了。他右手翻着枕头下一个盒子，里面有注射器、针头、打火机，还有很多小纸包，他本想把针头装到注射器上，无奈左手不便，右手握不准，上摇下晃得厉害，只好放下。

近来，吸粉的作用越来越细微了，即使扎针，也得用越来越大的剂量。

他从裤袋里翻出一个香烟盒，扯出里层的锡箔纸展开铺平，把外盒卷成一根小吸管，小心翼翼地把小纸包里的白粉倒一些在锡箔纸上，点着了一根蜡烛……朝纸上的白粉缓缓吸过……白粉的作用，怎么那么小了呢？以前那种吸了白粉，宛如神仙的感觉怎么就消失了呢？

他翻出了注射器，准备过一会儿，往身子扎一针……想到扎针，曾德华眼中就冒光，老潘的威胁，手指的疼痛，消失了。这间阳光一直射不进来的潮湿房子，笼罩在一层矇眬的白光中，他感到，手指头那种隐隐的痛，其实是一种让人沉迷的痛感。

12

第一天，没有潘宏亿的消息。

第二天，没有潘宏亿的消息。

第三天，老潘坐不住了，一大清早就起来，到菜市场选回一只肥大的阉鸡，让陈梅香杀了。煮好后，老潘让潘江骑摩托车载他回到乡下。摩托车划破晨雾，跑在土路上，老潘内心起伏不定，原来这几年，他离老家越来越远了——即使镇上和村里相距不过几公里。原来很多东西，还是因为一段小小的距离而丢失了。祖屋已经老旧，有一面墙也垮塌了一半，垮塌的地方，长出乱草。进了祖屋的院门，小院子因为地势过低，一下雨就泡在水里，已经长满了青苔。这些年，族里的人都四处外出寻活干,留在村里的是越来越少,这间祖屋,也就无人看顾了。

鸡和饭摆放在八仙桌上,潘江站在八仙桌上,往高高的神龛前插上香烛。这是有规矩的:俗话说"烧香点烛",要先烧香,再点烛,顺序不能乱。祭品摆好,香烛点好,对着高置的祖先牌位念叨祈祷的话,一般由年纪最大的人来。在以往的年节,族里需要祭拜,都是潘江回来,老潘觉得这些事,总要交给后面的人——尤其自己的老伴死后,他就更不大在乎这些事了。潘江想,这一次父亲主动回来,肯定是无计可施了,肯定是他睡梦混乱了,只能求救逝去的先人,让他们帮助慌乱无措的子孙。

香烛缭绕里,老潘喃喃自语。

祈祷完,潘江到门外点鞭炮,老潘则开始烧纸钱。

鞭炮响后,纸钱烧完,又是第二轮的祈祷、作揖。

祖屋外,阳光明媚,把倒塌的墙壁照得更加破败荒芜——可里面,还是披着浓浓的雾,永远阴郁而沉重。老潘想,或许是该召集族人,修整祖屋了,任其在风雨中烂去,祖先都不舒服,子孙能舒服?

潘江不敢多看父亲的脸,父亲身子前倾,越来越苍老。老潘扶着摩托车后架上去,手在摇抖。潘江骑车回瑞溪镇时就特别小心。

老潘觉得车太慢,催潘江加大油门。

潘江说:"好!"

车依旧如蜗牛爬。

陈梅香愁眉不展,见到老潘拎着祭品回来,把脸扭往一边。过一会儿,却又转过来看,眼眶一直泡在水中。宏亿跑了三天了,她就三天没睡。任由老潘、潘江、潘宏万怎么劝说,她也没法睡上一分钟。

潘宏万叫来姐夫李堂清劝她，说她身体本就不好，再这样，不是把自己弄得精神崩溃？陈梅香就说："谁不懂？可我做不到啊……"胸腔发苦，泪水滚滚，她忽然从椅子上跳起来："宏亿回来了。"跑到门口去看，哪有人影？她的想象力极为丰富，随时都会抛洒出满手的泪水和幻想：

"宏亿，被人家打了，一身伤，躺在街头，眼睛黑了一只……"

"哇哇哇……兄，我看到宏亿，又去偷钱了，被人家抓住了……"

"江……江啊，你讲咯，宏亿还会不会回来？不会有人把他装猪笼，丢进南渡江里？"

"宏万，宏亿是不是就塞在你的车上啊？是不是啊，你找一下咯，你怎么不找呢？"

…………

她隐藏不住的想象力，把全家都引向她内心的歧途，都引向一个让人忐忑的结局，她击垮了家里人残存的希望，击垮他们的信心和作为。放下祭品，老潘不好气地问："你又怎么了？又见到什么了？"

"没有。"

"那你喘什么气？"

"我……"

"说吧！"老潘做好内心被打击的准备。

"真的说吗？"

"说。"

"我听人说，五海公很灵，兄，我们……"老潘当年因为祭拜五海公而和老伴吵闹过，陈梅香不敢把话说完，怕引起他强烈的反感，怕引起他和当年一样的愤怒。谁料老潘只是一愣，问："很灵吗？"

"都说很灵。"

"那去拜拜，反正鸡也杀了，顺便拜一拜。"

五海公庙在菜市场斜对面，老潘每天都从庙前走过几次，却没进去过。其实，里面和任何一个村的祖屋或祠堂没什么两样：屋里用水泥砌了一个高台，上面摆放着很多牌位和木偶，最右边、最靠墙的那个，就是五海公了——右尊左卑，最早、最重要的神牌，不是摆放在中间的。没有人见过五海公，他的这一具木身，是后来的人根据想象雕刻的，每年七月初七他的诞辰时，涂彩换新装。墙两边挂满了锦旗，被香烛的烟熏得蒙上厚厚的灰，每一面锦旗上，写的话都是"有求必应"或"求之则应"。摆放着牌位的高台背后，画着一只五彩麒麟，这也和别的祠堂没什么两样。若说有什么不同，那就是这里的香火极旺，即使没有点燃着的香烛，也能闻到庙里充满着浓郁的烟味，站久了，就要到门口吸一口新鲜空气，不然会缺氧头晕。

烧香、点烛、祈祷、放鞭炮、烧纸钱、祈祷……程序和在祖屋的一模一样。老潘怎么做，潘江就跟着怎么做。以往，黑手义是比较信五海公的——用他的话说，五海公是瑞溪镇的神，是要罩着整个瑞溪镇的，他能不去拜？老潘笑话黑手义见神就拜，想不到今天自己也这样了。

在五海公庙忙了一个多小时，转身回家。远远看到门口停着宏万的面包车，老潘心里一动，莫名欣喜。家里闹成一团……潘宏亿坐在一把椅子上，鼻青脸肿神情哀伤，陈梅香、宏万还有黑手义三父子正围着他，潘江喉咙动了动，一时有很多话要说，却一个字都说不出。

"还是公祖灵啊，拜拜，你就回来了。"老潘笑了笑。

潘宏万在给陈梅香捶背，只要手上稍微重一些，她就咳出来。

老潘把装着祭品的筐子放下，继续笑："外面没饭吃，回来吃了？"

潘宏万叫道："哪是他自己回来的？妈的，我全身都黑青了。今天才跑了一转，车回到镇上时，还没停靠下来，曾德华就爬上我的车，说是发现宏亿在哪儿了，要不要去找？当时阿公和爸已经回村里拜公祖去了，我就拉着黑手公和两位叔一块去，才把他扭回来了。"潘宏万拉开上衣，身上有好几处伤痕，而他的裤腿和上衣后背，也扯破好几个洞。许召才跳起来，把自己的左衣袖一捋，叫道："妈的，那曾德华带着我们，在永发镇转了几条巷，要是晚上，你都不敢一个人走那些巷子，一看就是有鬼的地方。按我说，那个地方比吸毒华住的还差。里面有四五个人，看到我们来了，就往外跑，还拿棍子要打我们。还好，这些吸毒的，都没什么力气，不然，还不一定能把他扭回来。"

许召才提起自己的上衣，露出身上瘀青的地方。许召文身上没伤，只是脸上被指甲刮出一条血色……在房里扯潘宏亿时，召文、召才都不让黑手义靠近，他就在旁边看着，正好有一个人，要拿棍子敲打潘宏万，黑手义就给了那人一拳。很不经打，那家伙就倒地了，吓得黑手义以为把他打死了。其他人也都叫嚣着，说黑手义打死人了，幸好那家伙口中还在喊疼，还懂得呻吟和咒骂，还知道趁黑手义探头去看时，一团口水吐在黑手义脸上。"臭啊，那痰水真是臭，从没闻过那么臭的。"黑手义宁愿他还击自己一拳，也不愿这痰水劈头盖脸而来。当然，那家伙的痰水，引来黑手义狠狠地踢了他两脚……

黑手义说："宏亿身上的伤，可不是我们打的，见到他时，他就这样了，满头又黑青又肿的。"陈梅香抓住一次哀叹的机会："你说咯？怎么弄得一身伤的？这几天，你是去哪儿了呢？"老潘笑道："要是你们打的，那也是打得好啊。你们不打，我还想打呢。"

"羊公，羊公！"曾德华露了半个头在门外，朝老潘招手，"羊公，来一下咯,来一下。"曾德华今天也把身上的衣服收拾了一下,毕竟,他是要带着他们去永发——在瑞溪镇上,穿什么都好,去永发了,到处都是他光顾过的小姐,衣服总要穿得齐整,两条鼻涕虫也小了,用衣袖一擦,鼻孔下面难得干爽。但一回到瑞溪镇上,他整个人也萎缩了下去,那件衣服也褶皱起伏。

"羊公,羊公!"曾德华说。

"怎么了?"

"我帮你找到宏亿了哦。我也是问了好多人才问到的,这两天,天又热,吃水我都吃有二十多块。"

"想说什么?直接点。"

"嘿……羊公就是过瘾。直接点,直接点。我帮你问到宏亿,你也分十几二十块吃水钱给我吧!"

"要多少?你想要多少?就十几块?"

"嘻嘻,当然啦,是越多越好咯。就当我跑腿钱咯。"

"你真想要?"

"还假哦?谁不想要钱?"曾德华伸出手——他那只被老潘踩断又接上的左手,中间三个手指捆绑着厚厚的纱布。他原先并不在意手指受伤,最后肿得茄子一样,也紫得跟茄子一样,一碰到就犹如针刺,他只好去镇上一个小诊所包扎包扎。诊所那医生不愿让他进门,说他一身腥臭,进去会把病毒传染给其他病人。曾德华在诊所门口大吵大闹,弄得围观的人越来越多,问诊也没法展开,医生自认倒霉,免费给曾德华包扎了,还附送了两服换用的药。曾德华的手一伸出,见到纱布,立即又缩回,换了右手。

"越多越好?你要讲个数,我才好给啊。"

曾德华把右手缩回,往后面一跳,跑出五六步,停下来,指着老潘骂:"羊公,你太吝啬了,下次不会有这样的事了。下次,你挑了我的脚筋,我也不会帮你找人了。等着看吧,还会有的,你的孙能跑一次,就能跑第二次,就能跑第三次,就能跑……哈啊,我不会再帮你找了,下次,你等着收尸吧。连一点跑腿费都不肯给,你做人太甚……"

"我没有说不给你啊!"

曾德华站在街心想了好一会儿,弄不清老潘是真要给他钱,还是要继续打他,犹豫着,咒骂不断,慢慢走开。潘宏万听见咒骂,追出来,曾德华才加快步子,口中仍是喷射不停。许召才也追了出来,曾德华更不敢停留,他知道许召才是狠角色,也就不骂了。当然,在他心里,不但老潘,全镇人都被他诅咒了,诅咒得尸骨无存天崩地裂。

"宏万,你去叫你姐夫来,一来,给你弟这贼八仔扎吊针;二来,召文召才叔都有伤了,这药水钱,得我们来付。江,你去歪嘴昆那儿割两斤排骨、一斤粉肠回来,大家吃一顿,忙了几天了,今天喝一顿。"

"有鸡肉。"陈梅香指的是祭祖的那只鸡。

"不够,你看,人这么多,一只鸡不够,还得买。一会儿,大肚成也要来吃酒。"

"黑手爹帮我们找人,吃酒理所当然,叫大肚来干吗?"陈梅香对要来白吃又很能吃的大肚成,很有意见。

"你懂什么?"老潘说,"屁都不懂,你儿子能不能戒毒,就要靠大肚成了。"

老潘捏着宏亿脸上、额上的伤疤,轻轻揉着:"疼不?"潘宏亿的表情说出了一切,可他还不愿喊疼,他沮丧得喊疼的心都没有了。老潘揉揉的力道越来越重,他说:"公祖那么灵,一拜你就回来。一会儿,你吃一碗拜公的饭,吃了,估计就能戒了。"

当天夜里,潘宏亿发作了一次,家人要摁扭,他不让,他双手抓紧床沿,嘴咬枕头,没发出声音。李堂清注射镇定药后,又开安眠药让他服下,熬过发作时间,他犹如刚从水中捞出。陈梅香烧了热水帮他擦掉臭汗,李堂清又开了一些外伤药,让陈梅香给他擦拭伤痕。一切都忙完后,各自歇下。潘江在房内看着宏亿。

老潘睡不着,家里没人睡得着。老潘守在家门口,小镇的深夜安静得陌生,安静让人害怕,偶尔一阵没来由的风,像是已亡人的呼吸。心事一多,夜就无比漫长,每一秒钟都是难以忍受的折磨,可也得熬,熬过今晚,就一切安顺了。老潘时不时看着对面大肚成的修车铺,夜很深了,大肚成还在熬夜焊着东西,火光四溅,门都掩不住。

大肚成修车铺焊铁的火花终于灭了,大概是在深夜三点多的时候。

老潘禁不住激动,走过去,敲敲门,说:"焊好了?"

"好了。累死我,插他屁股的,总算焊好了,累死我。你不会现在就要吧?总要让我睡睡吧!"

"现在不要,现在不要。天光了,我叫人过来抬,你也别睡太死,起来太晚,街上车多,就不好抬了。"

"你不是怕车多,是怕看到的人多吧?"

"嘿嘿,你都知道了,就好了……这事,别人看到,讲闲话,不好。"

"你叫人六点就来,六点好吧?"

五点半没到,老潘就带着人去敲大肚成的破门了。黑手义三父子、潘江、潘宏万加上老潘,一起出力,把大肚成焊好的东西往家里面抬——那是一具大铁笼，长宽高各两米。老潘的家门，是可以拆卸的木门，分割成三扇门，两扇大的，对开，平时都从里面闩着；那扇小的，用来走人。平时很少开的大木门，已经打开，迎接铁笼。

陈梅香站在一旁，满面愁容，等铁笼移到角落放好，她说："兄……真的要？"

"天还没光，别死着脸，不是真的，难道焊来装羊？"

陈梅香看着端坐在一张椅子上的潘宏亿，他的脚下戴着镣铐。潘宏万从铁笼的门钻进去，把潘江递过来的木板铺好，他尽量把木板弄得平整一些，因为潘宏亿将会在铁笼里度过一段漫长的日子。

潘宏亿说："关我进去，脚链可以解开吧？"

陈梅香失声痛哭。年轻一些的时候，她是以强悍出名的，不说骂功冠绝全镇，至少在这一条七步街是没问题的。有一次，镇上一个人儿子过一岁的生日，要办"对岁酒"，找老潘要了三只羊。可最后，那家人拖拉快一年也不愿结账，催问好多次也不管不顾，他们家并不是没钱，相反，给儿子办酒的那个，在县里开了一家烟酒行，收入丰厚。潘江木头脑袋，直愣愣地问人家拿钱，回答说没有，他就直愣愣回来。老潘埋线千里，时不时在疯子王科运面前提这件事，希望他把这事写出来，贴一贴，好让那家人狼狈，可王科运就是不贴。最后，陈梅香捋起袖子，站在那家人门口骂了一个下午，那家人狼狈不堪，拿着钱跑来给老潘，让老潘求她住嘴。老潘、潘江出马，也没能让她住口，最后是她觉得自己骂累了，才回去了。可是，强悍如她，近来却虚弱无比，她父亲打铁公一死，也带走了她的某些精神，非但骂功丢了，还整天苦着脸，动不动就洒眼泪。宏亿吸毒的事，让她悲泣不断，木讷的潘江也怕了她，见到她的第一句话往往是："又死人了？"当然，她也不理解老潘，他怎么就不心疼的？这样的事，还不值得哭吗？他是石头心肝？想着想着，她盯紧潘宏亿，摇头不止……

"你在铁笼里，可以解开脚镣，出来了，就得戴上。"老潘说，"没人要关你，你什么时候戒掉，什么时候出来。"老潘原先就想焊一个大铁笼，见宏亿还比较老实，一直狠不下心来，等他偷车跑了，他明白再心软，就只能看着小孙子步步沉沦。等天一亮，瑞溪的人都会谈论着他把孙子关进铁笼子的事，就像他以前谈论别人一样。他老潘一家也将因此而承受各种白眼和怪异的眼神，可没办法，确实没办法了，只能用一个最古老的笨方法，让孙子与白粉完全隔绝。

潘宏亿无所谓似的，竟嘻嘻笑了起来：

"铁笼当床，还真不错，硬朗，挂蚊帐也可以。以后我结婚了，一定用这铁笼当婚床。"

13

向群茶馆在黑手义饭店的斜对面，做的全是熟人生意——镇上谁不是做熟人生意呢？黑手义和老潘都是这里的常客，孙子吸毒后，老潘几乎不来向群茶馆了。并不是他茶瘾不犯，也并不是事情忙乱，是不愿到这里听别人说他孙子的事，不愿别人旁敲侧击的关心——有一次，他差点把一杯滚烫的茶奶往一个滔滔不绝的家伙脸上泼。黑手义更多的是一个人喝茶了，拉某个熟人闲扯的时候也有，不多。病好之后，他身子骨慢慢恢复了，可只有他自己知道，架子还在，可全都朽坏了。

他的话少了许多。年纪逐渐增大的一个标志，是话越来越多；而另一个标志,则是年纪再继续增加后,话又开始变少。这是一个不断反复的过程。黑手义已察觉到并理解了,当有一天,他想说而说不出或者不想说却交代什么话的时候,便是大限将至了。黑手义近来明白了很多事情,这些事情不是靠别人告诉就能懂的——他懂得了,也不会跟别人说。老潘的孙子吸毒的事,对黑手义冲击极大,镇上的生活,并非静水深流,总会有一些不断涌动的事,改变本该安静的日子。他也很佩服老潘,竟用一个大铁笼关猪一般,把孙子丢了进去,换他,做不到。

一个人喝茶,黑手义很爱回想往事了。他甚至开始怀念七月初七的装军了,虽然那会对他内心造成冲撞,可他习惯了。他有时会觉得,镇上的所有坏事,都是从装军停止后开始的,赌博、吸毒、贩毒、发疯以及越来越躁乱的人心,都在装军停止之后集中爆发了。躁动不安的镇子,让他有搬回村里的念头了。

当然,搬回去,也不是那么容易的。

张小峰觉得应该去找一下黑手义——那是他的爷爷,无论此前发生过什么事,他血管里流动的血液,来自黑手义。要是不去找,以后可能都没机会了,过完这个暑假,他即将离开瑞溪镇,回到省城海口,回到母亲杨南帮他找好的新的学校,以后要是继续读书,然后到外地工作,再回瑞溪镇的机会可就少了。

张小峰走进茶馆,坐在了黑手义对面。此时是下午,茶馆里最萧条的时候,十来张桌子,靠电视机那桌坐着两个青年人,盯着电视上的武打片在看,还互相讨论着电视剧里的哪一种功夫更厉害;另一桌,就是坐在门口的黑手义。张小峰以为自己会很心乱,却没有,在这一刻,很奇怪,他平静如常。倒是黑手义愣了一下,问:"你要吃什么茶?"

"牛奶。"

"老板娘,牛奶!"黑手义朝里面喊。

"好嘞,天要崩啦,黑手点牛奶啦。"老板娘在后面笑。

"不要放白糖了。"张小峰说。

"老板娘,不要放糖。"黑手义补充。

"喝牛奶不放糖,天要崩啦。""天要崩啦"是老板娘近期的两句口头禅之一,另外一句是"要改朝换代啦",这是她近期又到省城看女儿,在省城的茶馆带回来的新词。她也不多,每回上去,就带回两个词,她觉得,虽然她的茶馆在偏僻的小镇上,但至少在用词上,要跟省城同步。她在传播新词这方面极有耐性,极具热情。

"哈哦……牛奶,啊,要改朝换代了,带你孙子吃茶了?"她终于抓住机会,把"改朝换代"也用了。不加糖的牛奶,就摆在了张小峰面前。黑手义和张小峰心中都是一动,当事人自以为私密的事,原来早已不是秘密,镇上的人洞悉了一切,只是不说而已。

"是啊,没什么事做,就出来吃吃茶咯!"直接说出来,反而坦然些。

"是啊,是啊,听说老板娘冲的牛奶好,舍得放奶,全瑞溪第一。"张小峰也嘻嘻笑着,气氛也就放松了。

"哎呀,嘴真甜,还没开始喝呢,嘴就这么甜。我奖你一个包子,黑手,不给钱的,我奖的。"她果真就端出一个热气腾腾的包子来。

"我要离开瑞溪了。"张小峰咬了一口包子,味道不错,他又接着咬了第二口,他不是没喝过牛奶,更不是没吃过包子,但这是他第一次在茶馆里,喝着牛奶吃着包,这感觉还真好,"我妈让我回海口上学。"

"我知道。"

"你知道?"

"我知道。海口的学校好,在瑞溪中学当一等学生,在海口也算不上中等。"

"回瑞溪,也几年了,我怕回去不习惯,学习也赶不上。"

"肯定没问题,你脑子好,在新街小学时,还考数学奥林匹克拿奖,好像是二等奖了是不是?我听你们数学老师说,你脑子精灵,反应快。去海口,肯定能跟得上。"

牛奶在口中,很甜,又有些酸,张小峰的手动了动,他都不怎么记起自己曾考过数学奥林匹克拿奖的事了,黑手义却记得。他印象中的黑手义,冷漠、坚硬,却记住了这些琐事。

"新街小学的老师还跟我说,因为你考的数学奥林匹克拿了全国二等奖,他们脸上都有光。那一年,镇中心小学,才有一个三等奖,你的二等奖把他们都压住了。一九九四年的军坡,你们的仪仗队没能上街,新街小学所有的老师,都因为这件事而气得半死,因为你的数学中奖,他们才出了一口气。也是哦,都练了那么久,最后不让你们行街,不是气人吗?你也是仪仗队的吧?我记得,你是吹喇叭的。"

"你怎么知道我吹喇叭的?"张小峰也很为那次被取消的表演遗憾,训练了一个多月,连上场的机会都没有。

"我当然知道。我去新街小学看你吹过。"

"我怎么没看到你?"

黑手义没说。怎么说呢?

说他躲在走廊的一根柱子后,看着新街小学窄小的操场?

说他其实还是很挂心着张小峰?

"老板娘,加水!"

"要改朝了？吃那么多水，你不怕把肚子给浸了？"老板娘加了半瓢滚水——无论什么茶，凉了之后，都带着奇怪的酸味。

"可以问你件事吗？"张小峰开始问了，他觉得这么左右东西拉拉杂杂乱说，离他想了解的事，会偏很远。

"问吧，你先问了，我也问问你件事。你是想问你爸的事吧？"

张小峰点点头，他能问什么呢？除了父亲的事，还有什么值得一问的呢？

"也没什么啦！"黑手义第一句话，在张小峰的意料当中，黑手义接着说，"那年，他回来找我，说要认亲，还让我去看你阿婆。可，认亲不是那么容易的，我当时也走不开，就没答应去看。我和他聊得很好，我还带他去老家的祖屋看了。后来，有几个来我家吃军坡的人，多喝了几杯酒，脑晕了，打起来了，有人去拦架，反而打起了群架。你爸站起来去拦架，打的人就越来越多了，有很多人都伤了。你爸也是一个。"

"就这样吗？你有没有打过我爸？"

"你爸会不会和别人一起打你？"

张小峰摇头，黑手义点头。

"到诊所包扎后，你爸其实伤得不重，伤得重的，是杀羊公老潘。我给了你爸一个红包，当作他回去的路费。我还跟他说，认亲的事，是大事，要想清楚，他也要改姓的，不是很简单的事，上家谱，就更不是一般的事了。以前有过这样的事，因为上谱不当，子孙出事了，你打我我打你，残废的有，死人的也有，不得安宁。这些封建的事，你小孩子，不懂的。反正，不是那么简单的。不过，我还是跟他说了，要是他坚决回来，我不会塞死他的路。怎么说他也是我的儿子——瞎子也看得出，他是我的儿子。"

"你这么说过？"

"我说过。"

"那我爸后来为什么不再回来了？要是你这么说，我爸怎么可能不回来找你？"张小峰眼圈泛红。

"我也想知道，他怎么就不回来了呢？你知道吗？你要知道，就告诉我。"黑手义送张孟杰上车离开时，他确实跟张孟杰说过那些话；他还知道，不久之后，小儿子许召才专门去找过张孟杰，让他不要再回来找黑手义。召才之后，召文还去过一回，不过召文那次，并没见到张孟杰，都找到张孟杰的修车店里了，张孟杰却放着生意不做，关门，躲起来，不愿见许召文。张孟杰后来没有再到瑞溪找黑手义，和召文、召才去找过张孟杰有没有关系，黑手义不确定。在他看来，即使召文和召才说了什么过分的话，甚至动手打伤了张孟杰，让张孟杰受到了屈辱，若张孟杰真是认祖心切，也一定会回来的。

张孟杰没再回来的真正原因，黑手义不敢确定。

黑手义当然也气恨过召文、召才，尤其是听说张孟杰病死后。可，又能如何呢？

真正的原因，只有张孟杰本人才清楚——或许，连他也不清楚。也许，他只是一直处于犹豫当中，就错过了时机。

张小峰很失望，这些话，没给他任何确切的东西，他唯有把玻璃杯里最后三分之一的牛奶全部灌下。他一直没往杯里加热水——黑手义要加，他也不让，玻璃杯里的水已凉了，牛奶的味道泛酸、带涩，还有些腥。

"再来一杯牛奶！"不管老板娘的天要崩了还是朝代要换了，黑手义也要再点一杯。

"黑手……黑……你——刚才不是说也要问我？轮到你了？"

"说过吗?"

"你说过。忘了?"

"脑败了,人老就是这样,什么都忆不得。话没落土,就忘了。"

"那你想一下,要问什么?"

"不想啦,不问了,不问了。"

"那我走啦。我跟同学约好了,要去挖坡马。南渡江边坡马很多,我也想挖。"

"你挖坡马做什么?你又不浸酒喝。"

"别人抓,我也抓啊!抓着玩。"

"把牛奶喝了再去咯,才上来,还热热的,还熏熏的,先喝。要不要再吃一个包子?"

"吃不下包子啦。"张小峰用舌头探一下牛奶,还很热,他舌头就缩回去了。他不管了,站起来,往外面跑。

"小峰。"

张小峰站住了。

"坐下,先坐下。"

他折返,坐下。

"对了,你爸那时为什么要回来找我啊?他怎么会在七月初七回来找我呢?"

"我那时还小,不忆得呢!"

"哦……"黑手义很失望。

"我听我妈说过,但我姐姐一直说不是这样的,我也不知哪个水清哪个水浑。我妈说,当时我阿婆生病了,病重,而我爸的修车铺生意很不好,有一次,有人开车来我爸那儿修,我爸试车时,竟撞坏了人家的车,赔了好多钱。做什么什么不顺,吃水也塞牙缝,我妈回家找她的哥哥借钱时,她的哥哥跟她说,什么都不顺,要去查查封建迷信。我妈跟我爸说了,我爸也不管,但后来事情更坏了,经常有人到修车铺偷东西、打架,我爸就去找了个'师傅公'查了,说是以前的家世不好,让他回来认亲。他就选了七月初七,说大日子,就算办事不成,吃一顿酒也好。我爸想叫你去看我阿婆,因为阿婆当时病了,想见你。后来,不是白回来了一顿,他还被打了吗?你也不肯去看阿婆,阿婆很气,说你不去看她也罢了,为什么要打她的儿子?阿婆不久后就死了,后来我爸也……以前,我家不祭公祖的,现在,祭了;以前,我们没墓扫,不做清明的,现在,有两个墓了……"

张小峰去看潘宏亿。

"有人在吗?我可以进来吗?"张小峰在门口犹豫。他来过这里,那是在新街小学时,有一次潘宏亿带他回来玩,还给他塞了一块羊肉——而他把羊肉带回去后,姐姐张小兰没煮好,咬起来很硬、很卡牙齿,那股羊膻味也浓得很。"谁啊?"陈梅香把门拉开,见是张小峰,短暂地一愣。陈梅香精神很差,眼珠凸出,嘴唇发白,她近来,除了在杀羊时煮煮热水、生火煮饭,其他活都干不了。李堂清开药打针,也没见效,她自己又说不上哪儿不舒服。

"哦,小峰啊?"

"我找宏亿。"

"他……"

"妈,有人找我,说我不在!"潘宏亿这句话,让张小峰和陈梅香有些尴尬。

"是小峰!他来看你。"

声音停止了。很久之后,陈梅香把门拉开,张小峰就进去了。一进门，就瞧见那个大铁笼。张小峰听说了潘宏亿关在大铁笼里，亲眼一见，还是有些吃惊。这个铁笼，原先是一个手扶拖拉机后车厢的框，原是覆盖着帆布的，撤下帆布后，加以修改，就成了这么一个铁笼。潘宏亿把脸转过去了，没敢看张小峰。

陈梅香摇摇头，往后院走。

张小峰在铁笼前坐下，摇着手中的两个袋子，说："宏亿，我给你带过来的。"

潘宏亿还是没回头。

"这是武侠小说，瘦竹竿那儿刚来的新书，我抢着租来了，你先看咯。还有，这个是坡马，我去抓的，带给你玩，很好玩的。"

潘宏亿猛地回头："你想笑我，你就笑吧！出力笑。"

"我不想笑，我什么时候想笑了？"

"你以为我不知道，你是和同学打赌了，你来看我，然后把我的可怜样告诉他们是吧？说啊，你去说啊，我不在乎，我他妈不在乎。"他双手摇着铁笼，眼睛喷火，他还吐出一口痰，不过准头不佳，从张小峰左耳涓过去了。

"我没跟同学打赌。是我自己来看你的，过几天，我就要回海口去了，我妈让我回去，我不在瑞溪上学了。海口的学校要补课，我要提前去。"

"哦……"潘宏亿情绪稍微稳定，"你不过完军坡节再走？现在快到七月初七了，过完了，再上去呗！"

"不了，反正每年都差不多。现在也不装军，每年军坡节，都是吃吃吃，到处都是人，也没什么意思。一开学就要初三了，毕业班了，我妈让我早点去补课。"

"以后还会回来吗？"

"谁知道呢？可能回，也可能不回，我姐嫁给瑞溪的人了，可能会回的。"

"这本书好看吗？"潘宏亿翻着那本书，他们两人都爱看武侠小说，速度也练得很快，经常是，一个人租了，两个人轮着看，省钱。

"我还没看呢！我刚租到，拿来给你先看，一共五本还是四本了，我一下借了两本，你先看，我明天再给你换。还有，这个，坡马，你玩不玩？"他把袋子撕开，里面装着三只坡马，都用细绳子绑住一只腿了，绳子牵在张小峰手上，就都跑不开。

"我不玩坡马的，你放了吧！"

"真不玩？"

"放了吧！"

绳子解开，到门外一松手，三只坡马各自选了一个方向，速度极快，一闪，便消失了。重新回到铁笼前，张小峰心里想，潘宏亿被关在铁笼里，不像一只被关着的鸟，倒像一头猪，这种想法从何而来？他感到有些歉意，可却感觉这想法很准确，是的，像是被圈养的猪。当然，潘宏亿比所有的猪都要心事重重。

"你觉得这个笼子怎么样？"潘宏亿开始嬉笑起来。

"什么怎么样？"张小峰不明白。

"我是说，要是结婚了，当结婚的床，好不好？"

"你都想那么远了？"

"也不远啊，很快就到了。你不想吗？"

"……我不想，没什么好想的。我有一件事，对不起你。"

"……"

"你吸毒的事，是我跟你爷爷说的。那天他在喝茶，我就到茶馆里跟他说了。你会气我不？"

气？不气？他被关在这铁笼里，全家人因此而濒临崩溃，他能不气？他几乎失去了活下去的信心，有一次深夜，发作得厉害了，他解下腰带，往铁笼边上的凳子一甩，把那盒安眠药拉了过来，差点全部吞下去，他能不气？他的母亲因为她，一天比一天憔悴，他能不气……可这一切，应该气的人，是张小峰吗？从他吸第一口毒开始，他就知道，总有一天，事情会发展到今天这模样，即使张小峰不说，也瞒不住，或许，家里知道得越晚，结局越悲惨。

"我要谢你！"

"谢我？"

"当然啦，不然我也不会找到这么好的婚床。"

"对了，今年军坡节装不装军啊？"

"应该不装啊，都取消几年了，还装什么？"

"也是哦！你说，怎么会把军坡取消了？一点都不热闹。要是今年装军，就算在海口补课，我也要请假回来看。不给请假，我就逃课回来。"

"说起装军，哈，还是我那一次最风光，最后一届啊，你知道不，那是最后一次，以后都不会再有了。"潘宏亿脸上带着笑意，还有他独特的傲气，他以前都是这么看人的，嘴角有一点点上翘，又像笑又像鄙夷，"那一次，哎呀，真好玩，我觉得，我是吹得最好的，你看过我吹没有？"

"你都说过一万遍啦，拔你母，气死我啦，我练那么久，没表演就取消了，想起来就气火，想起来就想把镇政府给炸了！"张小峰显得很沮丧，潘宏亿在他面前无数次吹嘘过他当时拿着小号，走在流光溢彩的人群中的感觉，据说，那是一种恍若走在云端的感觉，一点都不真实。张小峰每次听他说，都气恨交加，事情过去了好几年，他还耿耿于怀。"妈的，你肯定没有我吹得好，跟你赌什么都可以，比试一下也行，我肯定比你吹得好。"张小峰声音很大，可掩埋不住那股沮丧。

潘宏亿嘴角更翘了。他蹲在铁笼里，最怕的，不是毒瘾发作，而是见人——每当那些要羊肉的人走进家门里来取肉或者结账，一进门就被这铁笼所震慑，而这震慑让潘宏亿深感绝望。他多次发火，让潘江不要把人引进家里来。进来的人是少得多了，但总有一些人，有着十足的理由要进来。他就得一次次面对那种别样目光的屈辱。而由于铁笼太大，又不能往二楼抬，这种铁笼里的屈辱，在某种程度上，减轻了毒瘾对他的折磨。张小峰来看他，他当然也浑身不舒服，而只有在谈到一九九四年的装军上，他才能取得毫无争议的优势，才能不至于在朋友面前抬不起头。

对于潘宏亿的得意，张小峰暗暗高兴。这才是他所熟知的潘宏亿，自傲、得意、目中无人，那个因为吸毒而躲躲藏藏、目光茫然的潘宏亿，是陌生的。

"出去走走呗！"张小峰说。

"你说什么？"

"我说，你出来，我们到街上走走。"

不但陈梅香对张小峰的提议觉得荒诞，连潘宏亿自己都觉得过分了。陈梅香一直摇着手："我不想他出来吗？很想，但他洗澡、吃饭、上厕所才行，去行街？不行！我比你还想他出来，等他戒了，就能出来了。"

"我保证看着他，保证带他回来。"张小峰拍着胸口。

而潘宏亿则说："我不出去，瑞溪那么小，有什么好走的？算了，不出去了，免得别人看到了，笑我。"

"那么久没出去了,你就当出外面晒晒日头咯。"

陈梅香还是没敢把手中的钥匙插进铁笼上挂着的大锁头里。

张小峰央求了半个小时,还是没有结果——其实,也不是没结果,结果就是,陈梅香说,这一切,要由老潘拍板。张小峰说:"我去找他。"他出去二十分钟后,带着老潘回来了。老潘对陈梅香说:"开门吧,宏亿去走走也好。"陈梅香和潘宏亿都紧紧地瞪着张小峰,不知道他对老潘说了什么话,说服了他。

潘宏亿说:"我不出去。"

"你不想出去走走?"老潘说。

"不想。"潘宏亿把头转向张小峰,怒道,"我关着,关你鸟事啊,你让我出去干吗?你说,关你鸟事?拔你母,信不信我吐痰到你脸上。"

张小峰不明白他的怒气所为何来,有些尴尬。

老潘把陈梅香手中的钥匙接过来,打开了铁笼,把潘宏亿扯出来,掏出二十块钱塞到他口袋里:"你逛逛,吃茶,吃粉,要买什么,随便你。让你出去玩,你还不去了?气什么呢?"老潘一直带着笑,拍拍潘宏亿的肩膀,蹲下来拍拍潘宏亿的小腿——在铁笼里,多是坐着或躺着,一出来,脚就发酸,就得捏一捏。

"去吧,跟小峰玩玩,去打电子也行。"

"兄……"陈梅香愁着眉,她想起了上次潘宏亿偷面包车逃跑的事,害怕这样的事重新出现。她不想看到儿子在铁笼里愁眉苦脸,但他还在里面,还在她的视线范围之内,她就是放心的。

老潘说:"你连自己儿子都不信?"

看着张小峰和潘宏亿走远了,陈梅香说:"兄,你不怕宏亿再跑一次?"老潘没说话,适才的云淡风轻也消失了,他走到隔壁,以一包红梅烟为报酬,让隔壁家一个年轻的小伙,跟紧张小峰和潘宏亿。老潘坐立不安，只好拿出杀羊刀来，又是擦又是洗，刀身光亮无比，刺着他的眼。陈梅香这才知道，老潘也并没有刚才表现的那么淡定，没有那么自信在握。

既然没有一点信心，为什么还要把宏亿放出去呢？

要真跑了……

依然是这个熟悉的小镇，从记事开始，一直是这模样，好像从三百多年前建墟开始就这样，好像往后三百年，还是会这样，节奏缓慢，每个人好像都有事做，每个人又好像都无所事事。顺着七步街往西，没多远就出了镇子，越走越荒凉；往东，则会进入镇子的中心，靠着潘宏亿家的，是瑞溪镇农业银行，这栋五层楼，是小镇的最高建筑，张小峰就跟着他姐夫黑鬼，住在五楼。农业银行往下，是几间卖化肥农药的店，接着，就是坐南朝北的镇委镇政府；镇政府对面，是镇粮所，靠着粮所的，就是向群茶店。而镇政府往东不远，就是黑手义家的饭店；黑手义的饭店对面，就是原先黑鬼开啤酒机赌场的地方，现在有人把那店租下来，摆放了几台电子游戏机——这铺面好像天生适合经营玩乐的生意。再往东，就是小镇的十字路口了，镇邮局就在十字路口那儿；以前王科运卖粽子的电线杆，也在十字路口处，现在，他的位置有人摆卖甜薯粉。顺着十字路口，继续往东，一路都是铺面，而距离十字路口五十米处的左手边，就是三角楼。那间三角的老楼下幽暗的巷子，就是三角街，躲藏着很多秘密似的，也是吸毒仔曾德华躲避之处。三角街往前一百米，右手边，就是镇中心小学。再继续往东，除了一个镇卫生院，就是满眼绿色的镇子之外了，再往东几公里，就是另一个小镇永发了。当然，小镇的大部分人，都活在十字路口往北的中山路，两边是卖衣服杂货的，有一条小巷和中山路垂直，瘦竹竿的租书店就在这小十字上，这个小十字往西，是镇中学；继续往北，左手边是菜市场，右手边是五海公庙；镇上首富那栋豪华的房子，就在菜市场边上。菜市场往前一点，右手往东，有一条宽敞的街，就是新街了，街道的末尾就是瑞溪新街私立小学。若是顺着中山路一直朝北，又是越走越荒凉，渐渐地，茅草起伏，就是浩浩荡荡的南渡江了。有一座木桥，横跨南渡江南北。

——这就是整个镇子了。解放路和中山路，用一个垂直的十字决定了小镇的格局，而那么多人，就在这个十字分开的四块区域上生老病死、悲欢离合。潘宏亿好像从没这么走过这个镇子，在以往，他从没在意过这个寄身其中的场所，他和家里人一样，都认为自己的家在村里，镇上有房子，但老家还是在村里。而此时，他用些许麻木的脚来丈量小镇，才发现，那些显得乏味、麻木的生活，充满了别样的趣味。有人用异样的目光在瞧他，窃窃私语，他知道那些人在议论他被关进笼子的事。张小峰跟在他身后，两人不说话，一直走到南渡江边，穿过茅草，站在木桥上。风从脚底朝上吹，带着水汽。

两人都走得很慢，而从木桥往回返时，潘宏亿越走越快，经过菜市场时，他跑了起来。张小峰大吃一惊，喊道："宏亿，你要干吗？"张小峰在老潘面前信誓旦旦，说一定看好他，一定会把他送回来，而现在，要是潘宏亿真的狂奔起来，能不能拉住？能不能把他扯回家？潘宏亿越跑越快，到了十字路口，他没往西，没往家的方向，而是往东。张小峰害怕极了，又不能喊出声来，只得跟着潘宏亿狂奔。潘宏亿失控了一般，快如闪电，张小峰很快地就落后，街上已经有一些人喊起来了："羊公的孙子要跑了，羊公的孙子要跑了。"

那个领了老潘一包烟的邻居反应过来，已落后很长一段距离了，要跟上几乎已经不可能了，他往老潘家的方向跑——一切还要老潘来定夺。

张小峰喊:"宏亿,我跟你爷爷保证过的,你真的要跑吗?"

潘宏亿一句话没回,专注于奔跑,专注于街上车和人之间的缝隙,专注于他眼前的空无。快要跑出小镇了,难道他要往永发镇去?永发镇?上一次,他就是从永发镇被抓回来的,难道他又要往那边跑?张小峰一味跟着,用尽所有的力气。他确实不想看到这个老朋友被关在铁笼里,可他更不愿潘宏亿消失在家人的目光之外,陷入毒品的深渊——他只能跟着,跑到断气也得跟着。

快要跑出小镇时,潘宏亿往右一拐,钻进了镇中心小学。张小峰暗暗叫苦,镇中心小学的围墙很矮,要是他翻出围墙,躲避在围墙外的任何一个角落,那就再也不可能把他找回了。暑假的校园,静悄悄的,操场空落落,日头把地面晒得晃眼,一点风也没有。让张小峰惊惧的画面没有出现,潘宏亿没有翻越围墙。他站在一棵树的阴影下,手扶树干,喘着粗气。张小峰没敢放慢步子,他也跑到那棵树下。潘宏亿干脆坐到地上,像刚从水中捞上来,衣服全都湿透。

"你……呼……不……跑了……呼呼?"张小峰倒在地上,滚了两滚,沙子沾得一身都是。

"跑?跑?我本来……就不想跑……呼呼。"

"那你……呼呼,来这干吗?跑那么……呼呼……快……还……说没跑?"

"走吧……回去了。"

"动……呼……不了……了!歇一下……你现在要跑,我肯定再也跟不上了。你……跑吧,我也不想再跟着你了。可能,我让你蹲进铁笼里……我也要放你一回,才……好……走吧,呼……我不跟了。"

"我说了,我本就不想跑。我是要来这儿看看。"

"这儿?有……什么好看……的?"

"回去了,再过一会儿,我公估计要带人把全瑞溪翻过来了。我妈肯定又在捂着胸口叫了。"潘宏亿往回走,这一段路并不太长,可奔跑太猛,又立即停歇,双腿的酸痛才慢慢涌起,骨头都是脆的。张小峰只能爬起,一身沙土跟在后面。

"你快一点,不要走得那么慢咯!"潘宏亿在前面喊。

"你慢一点咯!"

"慢不了,我要快点回去了。"

"为什么?难得出来一次,你就玩个够咯,那二十块,还没花一分呢!"

"不能再慢了。再慢,过一会儿,我的瘾上来了,控制不住,我就真的要跑了,到时,就谁也拦不住了。我现在已经有点瘾了,我要回去吃药了,我要回笼子里了,真发作了,你能拦得住?"

张小峰快步跟上:"你还没说,你来看什么?"

"没看什么啊,你也看到了,校园操场上,一个人都没有,没什么好看的啊!"

"那……"

"我来看看,有没有小学仪仗队在训练。我想确认一下,今年军坡节,装不装军?"

张小峰沉默了,原来,潘宏亿心里那份骄傲一直都在,那穿着仪仗服吹着小号的骄傲一直都在。而这,是他在张小峰面前唯一可以夸耀的了。张小峰长长地舒了一口气,有些事,是永远没法寻回的,比如他死去的父亲,比如嫁人的姐姐,比如那年没能表演成的仪仗队,比如……比如……比如他将要离开的瑞溪镇。张小峰从不像张小兰那么雷厉风行,他心事多而话语少,这两年,他已经开朗多了,可他还是比别的同龄人有着更沉重的心事。一出镇中心小学的校门，张小峰就看到了老潘带着一群人守在外面。

张小峰有点头晕，他要怎么上前，帮潘宏亿解释这一次无端而来的狂奔？

14

起初，住三角楼那条巷的人闻到了浓烈的臭味，以为是哪个角落有死鸡什么的，也不注意，谁料恶臭越来越难闻，有的小孩因为这恶臭而脾气烦躁，在夜里号哭不止。老人们鼻子不灵了，却也有些心慌，督促年轻人去看看，把恶臭的源头清理清理。有人循着臭味追查，发现臭味来自刘树球那间闹鬼的屋子里，因为那房子很久以来都是曾德华的地盘，没人愿意进去，再多找了几个青年仔，结伴壮胆，这才推门进去。后面的还没跨步，先进门的已经尖叫连连，转身奔逃，把没进去的推倒在地。几人踩踏一起，先进去的两人脸色惨白，竟哭出来。几人就在刘树球的家门口号着叫着，没进去的人就问那两人看到了什么？那两人嘴巴张开，正要说，却呕吐了。

随后，这几个年轻人就跑到镇派出所报警。派出所办公桌前没坐人，里屋倒是窝了几个，正在打牌。光着一条膀子的，正是蛤蟆二。几个年轻人一进来，蛤蟆二把牌一甩，朝他们几个人劈头盖脸砸过去："打架了？妈的，破皮见胆，打到派出所来了？打到我这里来了。都扣下来，每人先打二十巴掌。"那几人吓得后退，蛤蟆二喊道："拔你母的，都回来，不回来，我剥了你们的皮。"几人只好又进去了，蛤蟆二指着一地的扑克牌:"捡起来。"几个人蹲下捡扑克牌。

有一个说:"二爷,死人了。"

"什么?"蛤蟆二把衣服披在身上,天太热,屋里的风扇呼呼呼地吹,打牌是费神耗力的活,他光着膀子,也觉得天热得受不了。有人报案了,还一报就是死人的案子,他愣了,"你他妈嘴臭,说什么死人?衰气。"一脚踢在那小年轻屁股上。

"真的,死人了,三角楼那儿都臭了,我们进去看了,才发现的,好像都烂了。不烂,能这么臭吗?"

"拔你母,知道死的是谁不?"

"哪敢看?看到一具死尸,我们转身就跑了,哪敢看。"

扑克牌都捡起来了,堆放在办公桌上。蛤蟆二为显得镇定,慢慢扣上衣服纽扣,整整衣角,说:"去看看。"他还打了一个响指,展示他从警多年的见多识广。当然,这个响指并不响,听起来闷闷的,不清脆,好像手指很湿。

还没到三角楼,蛤蟆二就闻到那股浓烈的臭味了。蛤蟆二暗暗叫苦,其实,这两天从这里走过,都经常会闻到这股味道,一直不在意,以为是臭老鼠什么的,看来,真是死人了。刘树球的房子有死人的消息,已经传出去了,巷口站满了围观的人。蛤蟆二知道,考验自己的时候又到了,丢脸,还是树立威信,就得看自己的表现了。他没什么表情,可手心已经湿了,还在源源不断地冒汗。到了门前,跟他打牌的三个手下,都面面相觑,惊骇不已,蛤蟆二清楚,这三根小牙签是靠不住的,还得自己出马。让一个去找了湿毛巾来,蛤蟆二捂着湿毛巾就进去了。

其他三个人都在门口犹豫着,互相交流眼神,就是不进去,徘徊了有半分钟。蛤蟆二已经出来了,他拉下毛巾,神情自若,巷口外面响起一阵议论声。毛巾一扯下，所有的议论声都停止了。蛤蟆二嘴巴微张，每个人都屏住呼吸，满怀期待等着蛤蟆二说话——他没说，嘴巴一张大，他吐了。几乎把胆汁都吐出来，蛤蟆二缓缓站起，对三个牌友分派任务："你，去通知白粉华的亲戚，他是南文村的；你，回派出所把相机拿来，妈的，记得到粮所旁边的摄影店买盒胶卷，上次出去就没带……哦……你，跟我进来。"两个人散了，剩下那个眼睛眨啊眨的，被蛤蟆二扯进去了，扯出他的心惊胆战。

半个来小时后，蛤蟆二两个人把现场清理得差不多了。折返出来，巷口围观的人，就更多了，而两个人又在门口呕了好一会儿。曾德华家里来了一个堂兄——因为曾德华早已和家人决裂，家人听到他死的消息后，都在村口咒骂着，骂完就哭，哭完，接着骂，就是不愿来收尸，一个堂兄拎着锄头从田间回来，才默默跟来了。该来的，都来了，蛤蟆二知道该宣布自己清理现场得出的结论了，这本来不该在大庭广众之下宣布的，但他考虑到，围观的人这么多，要是不当众宣布，明天镇上会有无数的谣言。而每个谣言，都有板有眼。

蛤蟆二说，曾德华的床凌乱不堪，衣服也撕扯破了，地上散着锡箔纸注射器，加上头部有伤口，墙上也找到与伤口相应的血痕，初步断定为：曾德华毒瘾发作，正准备往自己体内注射毒品，可他身上没有找到，翻开床被也没有——这从凌乱的被子、枕头可以看出来——痛苦让他撕扯着身上的衣服，他是想呼喊的，可是涌上来的浓痰卡住喉咙让他发不出声，这也是周围邻居没听到声音的缘故。曾德华乱转之中，把头朝墙上撞去，撞出了血。这一撞是不足以死人的，但是把他撞晕了，人晕了，毒瘾还在发作，牵动着他的身子，他抽搐着死去了。

人群中有人问："不会是人打死的吧？"

蛤蟆二的蛤蟆眼一翻:"你打的吗?"把说话那人伸长的脖子吓回去。

宣布完这个结果,蛤蟆二问曾德华的堂兄:"你有什么疑问,可以提出来,可能我没说对。"曾德华的堂兄吐了一口痰:"有个屁眼疑问,不就是吸毒死的吗?早该死了,祸害了全家。"对于曾德华这个家族里的败类,原先的怒其不争变成怨恨,渐渐地怨恨也消了,此时可以明确的是,曾德华死了,可他没觉得怎么悲伤,好像那是一个与自己无关的人。蛤蟆二带着曾德华的堂兄进去认尸,出来后,那堂兄一直木着脸,也不觉得臭。蛤蟆二给他的交代是,已经好多天了,赶紧收拾了,下葬了,丢在屋子里,要熏全镇人吗?

曾德华的堂兄说:"他死了就死了,我不收,你们派出所爱怎么办怎么办,你们拿去丢南渡江咯,我没意见。"

蛤蟆二眼睛一瞪:"话不能这么说……他吸毒了,人也死了,可怎么说也是你们家的,总不能尸体都不收不埋吧?你看得下去?"

曾德华的堂兄就无言了,蛤蟆二把相关材料整理完,让各人签名之后,他觉得疲惫不堪,第一件事,就是想回家洗一个凉水澡,好好睡一觉。什么东西都不想吃了,见到曾德华那模样,吐得胃都破了,还能吃得下什么呢?这一次收尸,也成了蛤蟆二派出所工作经历中最不愿提起的第二件事——第一件是当年在黑手义家的那场斗殴,那场无端的争执,那场发酒疯的乱斗,到最后也没能问清楚一个缘由,可他却在阻拦的时候被打了,受伤不说,还差点把相貌给毁了。这些年他的态度急剧转变,变得什么都不太在乎,什么都嘻嘻哈哈,生活也一直处于隐隐动荡的边缘。当然,动荡也是相对的,在瑞溪镇这么一个死水潭里,能动得起什么波纹呢?他有时甚至想,要是发生什么灾难把整个镇子一瞬间埋没了,也不会有外人发现和在意。瑞溪镇这个与世隔绝的地方啊！他想。

他觉得很累。

曾德华的尸臭在他鼻子里驱赶不去，他不断地吐出舌头，想要吐点什么，却连气都吐不出来了。

死者为大，即便怨恨与心痛交织，即便再怎么不认家里出了这么一个人，曾德华的家人还是来把他给收拾了，用几张晒谷子的席子一裹，抬到手扶拖拉机上，运回去，家里已经买好棺木，装好，下葬。安葬死者该有的步骤也一步不少。地上长出新坟，白发人埋黑发人，他家人悲伤难抑，并在之后好长一段时间内难以释怀，同时开始怀念曾德华曾表现出好的那一面。

曾德华之死，让瑞溪人谈兴很浓，可又没什么谈劲，因为在大部分人看来，曾德华吸毒那么多年，是早该毒发身亡的一个，他能坚持这么久，算是命硬了。铁笼里的潘宏亿当然也听到了这个消息，老潘出乎意料地把这事大肆在家里传播，他把曾德华之死的惨景描述得无比恐怖，陈梅香听得直捂胸口，潘江皱眉头，潘宏万端起饭碗到门外吃，潘宏亿则汗水津津，时时地伸出舌头要呕吐。最让潘宏亿难受的，是老潘竟然弄到一张派出所拍下的曾德华死时的照片——他花了些钱，让蛤蟆二多洗了一张。

老潘不断把这照片塞给潘宏亿："你要不要看？看看吧。要是戒不掉，以后你也这样。"

潘宏亿掩面痛哭。他能想象老潘所描述的是一幅什么样的画面，他能想象曾德华死时已经肿胀成圆球似的，随便一扎便会炸得腐肉四溅。让他难受的，并不是这幅画面，而是当时曾德华丢烟给他抽的画面,是他去找曾德华买白粉的画面——那么一个活人,现在已经腐烂了,臭气熏天了,埋入黄土了。曾德华的房间他进去过,也在里面抽过,要是有一天自己也……他不敢往后面想,一想,他就要拿头撞铁笼。他曾以为,只要有钱,只要白粉不断,一个吸毒的人是能活得跟正常人一样长的,可现在,曾德华的暴毙让这个念想断绝了。毒瘾发作,最折磨他的,已经不是瘾,而是对于死亡的恐惧,是对于成为另一个曾德华的恐惧。

那张照片,老潘从没给潘宏亿看过。哪是什么曾德华的照片呢?那就是一张普通的明信片,为了借曾德华的事恐吓小孙子,他花几毛钱在瘦竹竿的租书店买的。能把孙子的瘾吓掉吗?他不知道。军坡节又要到了,没有装军,可小镇上仍旧是热闹的,这个一下雨就泥泞不堪的江边小镇,将会被蜂拥而至的几万人践踏一遍。有好多年轻人,骑着烂摩托,车尾坐着"阿霞""阿花"或"小娜""小丽"……在一顿酒饭之后,车慢慢开出小镇,朝东边的永发镇或西边的县城呼啸而去。在那天,镇上人用掉的牙签,都可以烧开一锅水杀羊吧?

老潘也开始怀念有装军的军坡节了,他记得几年前,潘宏亿举着小号,走在人群中,盛气凌人。他多希望再次看到孙子盛气凌人的模样啊——可,可,可他被关在笼子里,目光呆滞,还是当初那个鼻孔朝天的少年吗?铁笼里那呆滞绝望的少年还记得吹号的声音吗?

"呜……"

"呜……"

没错,有点气短,却又婉转:"呜……"

第四章　弄手花

1

"曾德华死了，他死了。"王科运对着街上的每个人喊这句话。他衣衫越来越破，起先，他的家人还经常把他从街上拉回去，让他换干净衣服。没能坚持多久，家里所有人都被他的疯癫击垮。终于，王笑脸给家里下了命令，让他自生自灭。此后，王科运回家的次数变少了，有时饿得不行，就跑回去吃一顿，吃完，把碗往地上一砸，跑了。王笑脸把家里所有的碗碟都换成不锈钢的，即使是不锈钢，也很快便痕迹累累。彻底疯掉的好处是，王科运不再给角落贴大字报了，他反而因此少受了责骂和踢打。

王科运说："他还跟我打过架，不过，没打赢我，他输了，输了，还叫人来一块打我。不过，他还是输了，他一直都没赢过，你看，他现在不是死了？我活赢他了，哈哈，我早知道哦，他活不长，你看看，吸毒，要死的，谁也逃不过，哪个吸毒的，不死了？你们知道吗？我就清楚他活不过这个七月初七，果然啊，他没命吃了，我早就闻到臭味了,跟你们说,你们还不信我的话。我说他死在里面了,没人信,现在,看看,信我了吧?"王科运一边滔滔不绝炫耀,一边讨烟抽。被他缠上的人害怕他的脏臭和癫狂,只要他凑过来,赶紧丢根烟给他,让他走开。也有好玩的人,把烟给他了,就逗他:"你那么灵,超过五海公啦……哦,忘了,五海公是降身到你身上过的,那你说啊,下一次,轮到谁了?"

"不能说,不能说!不好的事,不敢说?"

"你说了,我把整包烟给你。"

"一包?"

"一包!"

"红梅的?"

"红梅的。"

"不说,才一包烟,就想让我说,把我当什么人了?你知道不,那年,在学校,我是扛旗的,要扛着红旗,走在队伍最前面的,哎……惨,最后没走成……浪费了。我会贪吃一包烟?要贪吃,我也不会回到瑞溪来了,我也不会连老师都当不成了,我也不会连粽子都不包了。我会贪一包烟?"他高昂着头,走开,口中还哼着什么,耳尖的人听到了,是一首战歌,曲调还算熟悉,可歌词模糊。

唯一能确定的,那是一首战歌。

"我们来打一个赌!"

黑手义和老潘,时不时会就某一件事赌一把。赌资大概就是一顿茶、一次粉汤或者干脆什么都没有,只追求输赢的快意。这一次,两人赌博的对象,是王科运。王科运的疯病越来越深,原先对他寄予厚望的老潘,觉得他这辈子都毁了,不说什么结婚生子的话,他还能穿一条不露裤裆的裤子上街，就算不错了。黑手义不这么认为："你以为那半脑运真的半脑？他精着呢，猴狲一样。你以为他真的就这样了？不会的，他肯定是装的，你等着看好了，他肯定还会把粽子摊摆出来的。"两人都没有证据证明自己所支持的论点。当然，这也不重要，关键是，打赌嘛，总得站在对立面，赌局才能进行。但此时，两人的兴趣又不在打赌上，而是说起了多久没吃到王科运包的粽子了。

其他人也卖，但那个味怎么会一样呢？

半脑运还是有两招的，他怎么能把粽子包得那么好吃？这是老潘和黑手义达成的共识。

老潘不知道，其实黑手义最想和他赌的，是另一件事——潘宏亿能不能把毒戒掉？连曾德华都死了，这个镇上吸毒的人里最命硬的一个都抵不住，何况别人呢？当然，黑手义这想法只能在心里想想，供五脏六腑之间交流，真要说出来，老潘会把茶水倒他脸上。

老潘近来心情不错，孙子潘宏亿在近一年以来，几乎已经把毒瘾全戒了。打针吃药其实只持续了一两个月。起先那两个月，是最难熬的时期，发作起来，全家撕心裂肺。李堂清和潘宏萍时不时带着药水和劝慰过来，把全家紧绷的弦松一松。两个多月后，发作的间隔就长了，反应也轻了，再过两个多月，就若有若无了，不过，精神还不大好。把他关在笼子里的时间，就少了，也放他出来，家里杀羊时，让他打打下手。但他不能活动量过大，说骨头疼，蹲久一会儿就屁股酸麻。他从瑞溪中学休学了。而老潘心里还是存着一份希望，希望小孙子戒掉毒瘾后，能重新回到学校，他还是希望家里出一个多读几年书的人。老潘也听到了镇中学把小孙子的学籍开除的说法，但他并不在意，在这个小镇上，地方小，每个人都低头不见抬头见，真需要去求镇中学的领导让潘宏亿返回学校，也不是多难的事。

去掉毒瘾的过程，也把潘宏亿说话的兴趣给磨没了，他成了家里最沉默寡言的一个人，问他话，半个小时才反应过来："哦！"再无声息。老潘打开铁笼，把潘宏亿放出来，说："以后，你可以不必关起来了。"说着，把钥匙递给潘宏亿，潘宏亿呆愣了许久，说："不关了？不怕我跑了？"老潘说："你要跑就跑，难道要关你到老？真把你当猪养？"潘宏亿就沉默。他习惯难改，刚放出来那两天，一吃完晚饭洗完澡，他就自动钻进笼子里。老潘笑他："你都出狱了，怎么还蹲着？不想出狱了？"他才红着脸出来，又不知道做什么好，眼睛还是一直往铁笼看。他尝试着走出门口，只伸头看看外面，又缩了回来。反复几次，他跨步出去，顺着小镇的街慢慢走，发现镇上其实什么都没变，碰到熟悉的人，都会朝他点头，笑道："出监了？"潘宏亿脸就红了红，幸好天黑，没看出他脸色的变化。问的人多了，潘宏亿也就无所谓了，干脆破罐子破摔，回答："是啊，刚刚满期，刚刚满期，才放出来。"

引起一阵笑声。

一个星期后，潘宏亿才熟悉了外面的生活，不再面对一睁开眼睛就看到铁笼的生活。在铁笼里，他曾绝望过，还偷偷藏过筷子，想在发作严重时，一筷子从鼻孔插进去；有时又把李堂清开的安眠药倒在掌中，想一口吞下十多粒……家里人已经清空了笼子周围的杂物，可他总能想到结束自己生命的法子。在最后的时刻能控制住自缢的手，是因为他总在那时想起老潘越来越弯的后背，想起母亲水淋淋的面孔，想起木讷得接近木头的父亲，也想起每天开车载客的哥哥……他想象不出，若是他在铁笼里一睡不醒，这个家会支离破碎成什么样？

几个月后，潘宏亿的精神恢复得差不多了，老潘开始给他提再回学校的事，这已经是一九九八年的下半年了，潘宏亿不答应，也不拒绝。算算时间，他的同班同学都初中毕业升高中了，而为了赶上功课，他却要再从初二读起。和晚两年的学弟学妹读书,他备感压力,同学的指指点点自不用说,关键是,他已经无法把心再放到课本上了,经历了这一年的戒毒生涯,他年岁只比其他同学大两岁,心理年龄,却大了十多岁。上了一个月,他跟老潘提出,不再读书了,他不愿再读了。

"为什么?"老潘觉得家里出一个读书仔的希望越来越渺茫。

"再让我去读,我怕我会再吸毒的。"

理由足够充分,那就不读吧,但一个十六岁的小孩,能做什么呢?老潘知道,他要像当初给潘宏亿买车一样,给潘宏亿找到一条谋生之路,否则他整天无所事事,终有一天会再踏上不归路。镇上的生活简单乏味,不过是一个大一点的铁笼而已,关在笼里的人,却不自知,在自得其乐,在枯燥中寻滋味。潘宏亿对此深感怨烦,他一直在等着老潘点头答应他去省城打工。镇上好多同龄人都去了,到了节日,便浑身闪耀地回来,炫耀着省城灯火辉煌的生活。潘宏亿清楚,只有到那么一个地方,才能改变眼前要命的日子,才能彻底解放。铁笼之外的生活,才是他想要的。这样的心思一旦涌动,就再也没法抑制。

老潘一直没答应,他说:"打工?可以,但还没到时候。"

"什么才叫到时候?"

"我说时候到了,那时候就到了。"老潘态度强硬。

2

潘宏亿就一直等着老潘点头,等着老潘像交出铁笼的钥匙一样,把打开小镇之门的钥匙交给他。看到那几个穿警服的走进家门的一刻，潘宏亿知道，那把钥匙交到自己手中的日子开始遥遥无期，不可企及——永远不会到来了吧！

当时，一家人正在吃午饭，就来了三个穿着警服的人。领头的，是不穿警服的蛤蟆二，跟在蛤蟆二后面的这几个，完全陌生。他们脸上的严肃，也不是镇上的人能有的，那是县城的表情。蛤蟆二点头哈腰瞻前顾后，不大愿意跨进门来。老潘心里一沉，脸色发青。潘宏亿脑子轰然，在吸毒的日子里没人理他，难道等到戒掉了毒瘾，反而有人来抓吗？

那个胖脸用手一拍蛤蟆二的后背，蛤蟆二知道后缩不得了，腰板一挺，跨进门槛，说："潘爹，这是县里来的，问你们一件事。"

"我要坐真正的牢了吗？"潘宏亿心想，手一松，筷子落下，把头抬起，看着对面的陈梅香，眼泪流下。陈梅香忽地想笑，脸却绷紧，只发出一些哼叫。潘江把碗一下砸到桌上，潘宏万叫道："没看到在吃饭啊，问什么问？有个屁好问？烂蛤蟆。"蛤蟆二神情沮丧，带着县里的人来，他有着当走狗的心虚，有着出卖老潘家的忐忑。

胖脸的目光从饭桌上的每一张脸上扫过，尤其在潘宏万脸上停了许久，上下打量。潘宏万也不管他，继续夹起一块肉，咬着，对陈梅香说："妈，这肉香，好吃。"胖脸继续打量，可潘宏亿坐不住了，站起来，说："吸毒的是我，要抓，就抓吧，不过，我已经戒了。"胖脸笑了："你是在那铁笼里戒掉的吧？不错，不错，要是每个吸毒的人都焊这么一个铁笼，县里的工作就好做了。"铁笼还在，里面堆放了一些杂物，成了一个储物箱。胖脸的笑停了，伸手把潘宏亿按下去："谁管你吸毒不吸毒？我要问别的事。你们家一年多以前，是不是买过一辆摩托车？"

"是！"回答的是潘江。

"是那辆？"胖脸指着铁笼旁边的那辆车。

"是！"

胖脸身后那两个警服就走过去，移动着摩托车。

"喂，你们抢吗？你们是警察还是贼头？"潘宏万站起来。潘江手上用力，让潘宏万坐下。

"钥匙在这儿。"潘江朝那两个警服丢过去，其中一个接过，开了软锁，就往门外推。胖脸说："这辆摩托车是县里一个专门偷摩托车的团伙偷的，是赃物，现在，偷车的人抓到了，说是卖到你们家来了，我们来调查调查，谁交钱买的车，跟我们回县里做一些记录。"潘宏万如遭雷击，老潘站起，正要说什么，潘江站起来："车是我买的，钱是我交的，我跟你们回去。"潘宏万醒悟过来，喊道："车是我……""啪"——潘江一巴掌扇在潘宏万脸上，把他后面的话打了回去，潘江说："贼子，嘴多。"一巴掌后，还不过瘾，踢出一脚，把潘宏万连人带椅子踢翻。

胖脸按住潘江，怒道："警察在面前，还说打就打，这是你儿子好不好？嘿，我听说你是老实人，别人传的，原来都是假的啊。看来，车是你买的，没错了，抓你肯定没错。走。妈的，当着我的面打人。不把我放在眼里。"蛤蟆二也笑了，说："不错，不错，完全不把我们放在眼里。肯定错不了，就是他。"蛤蟆二的话火上浇油，胖脸火气更大，推搡着潘江，潘江抹抹嘴角的油，走出去。蛤蟆二哈哈两声，跑过去帮那两个警服："我来，我来，让我来推，你们县里来的，怎么能自己动手？让我来。"

摩托车被丢到一辆小卡车上，潘江被塞进前座，老潘家还没反应过来，小卡车朝着县城的方向开走了。蛤蟆二在街上站了好久，望着老潘家摇头叹息，想要解释什么，终于是一声不哼。他知道，明天镇上肯定都是他带人来抓潘江的各种传闻，肯定是他蛤蟆二比一个贼子毛遢还不如的传闻。当然，这也不是第一次被这样看了，在镇派出所这些年，多少人把他祖宗多少代都给诅咒遍了，他能如何？蛤蟆二抬头看着头顶的日头，天太亮了，晃眼，动不动就眼前飘过一片白花花。

一直到第二天中午，潘江也没回来，更没一点消息。老潘买了一条烟，找到蛤蟆二家里。蛤蟆二不肯见老潘，让他老婆出来阻挡。老潘不说话，在蛤蟆二家门口一直等着，一个小时后，蛤蟆二实在是憋得受不住了，甩着手出来了："潘爹，我怕你了。潘爹，我怕你了。"请老潘进去了。蛤蟆二一直很沮丧，天亮时，他出去吃早餐，被镇上传闻他带人去抓潘江的话惹得心情很不好，他觉得那碗粉汤的味道也不纯了，那个鸡蛋好像带着一些臭味，难道连店家也煮坏鸡蛋给他吃了？粉汤店里的吃客，都窃窃私语，都探头探脑，眼神充满了对他的嘲讽。更让他沮丧的，是王科运就蹲在粉汤店门口，对每一个进来的人说："看，看到那个没？那就是汉奸啦……要认清哦！"把食客惹得发笑，蛤蟆二怒不可遏追出去，王科运既不跑也不打算还手，只是说："打嘛！打嘛！这是你地盘，爱抓谁就抓谁，爱打谁就打谁，这不是简单的事？我要还手，我就不是大学生……"蛤蟆二的手没法往"大学生"的身上招呼，返回店里付了钱，回家躲着。

"对不起你啊潘爹！我……"蛤蟆二苦着脸。

"这怎么关你的事呢？这不关你的事，上面要来，你也没办法嘛！"老潘把那条烟往蛤蟆二怀里塞，"吃，吃咯，就这样了，也不是好烟！"

"你把我当什么人了？"蛤蟆二脸红耳赤，"能帮到你潘爹的，我肯定会帮，你这算什么意思？真把我当汉奸走狗？真不把我当人看了？"

蛤蟆二往地上吐了一口痰："县里刚换了领导，正在严打，到处扫黄打非，拆了不少团伙，那偷盗团伙供认了赃物的下落，所以县里便来人了。要是说话不对头，被指认为销赃，那是要进黑房的。新领导，新风向，谁也管不了，我能有用？"听到"黑房"这两个字，老潘的脸也染色了，染黑了，那条烟塞也不是缩也不是。蛤蟆二压低声音说："潘爹，买车的不是江哥，是宏万吧？"老潘心中一震，手中握着的不是一条烟而是一截烧得正旺的木炭，烟掉落地面。蛤蟆二继续压低声音："江哥争着说车是他买的，我就不刺破。江哥的心，我了解，我能做的，也就这样了。能不能没事回来，就要看江哥啦，我有什么用？我帮不了的。"

蛤蟆二把那条烟返塞回老潘手里。

"怎么才能没事？"老潘还抱着最后的希望。

"谁知呢？江哥要是会说话，塞住屁眼说不知道那是赃车，可能就没事回来，最多罚些钱——要是他认了，说知道是赃车，那就罪重了，是明知故犯，是销赃。罪随人说的，说轻就轻，说重就重，县里严打，人人争功，能重的，肯定都重判了。江哥能言会道，就好了……"说着，蛤蟆二长叹一声，期待木讷的潘江能言会道，那不是在期待天上下一场钱雨？那不是期待海南下一场雪？蛤蟆二坚决不要老潘的那条烟，这让老潘忐忑不安，蛤蟆二贪小便宜的性子老潘很清楚，现在他不愿接这烟，说明潘江遭遇的麻烦，已经远远超出蛤蟆二的把握范围了。

老潘失魂落魄，没敢回家。他不愿意看到陈梅香绝望的脸，不愿看到潘宏万的自责和潘宏亿的愧疚，颓然坐在黑手义的店子里。黑手义说不出话，憋了好久，泉眼实在堵不住了，他脱口而出："各有各命，想多没用。"老潘的心像一个无底洞，空得可怕，不断地吸着，塞进好多，却更空，眼神涣散："我是老过头了，老得连灾事都不愿找我了，一个一个，我的孙，我的子，轮着来，什么时候才轮到我？要来，就快点。"说着说着，笑出来，显得他脸上的皱纹像是刀子刻出来的，纵横交错边角凌厉。"我帮你问问，我帮你到县里问问。"黑手义拍着胸脯，把手上的油印在胸膛，"看能不能花些钱解决。"

当天下午，黑手义收拾齐整就往县里去了，傍晚时分回到镇上。他在老潘家吼叫不止，怒火烧平原，指着老潘大骂："你的好儿子，你生的养的，真好啊！四十多年的饭，他潘江白吃了，雷公劈他头顶，他也不会缩脖子？你说他，是不是吃膏多了，吃傻了？人家公安问他，买车的时候，知不知道是赃物？你猜他怎么说？他说，他知道，买的时候就知道是人家偷的车了。连问他话的公安都直摇头，本来，买辆车嘛，硬说不知道，大不了把车没收了罚些钱就是。人家现在记录在案了，性质就不一样了，就是替犯罪团伙销赃，罪可就大了，不进黑房，鬼信？县里正是要点三把火要政绩的时候，潘江这么老实，给人家送了一个好礼，抓了偷盗的，也抓了销赃的，哈哈！哈哈！谁都帮不了他，连问话的公安都替他难过。哈哈……"黑手义说得愤怒，朝老潘的家门踢了几脚，他托熟人找到的，正是那天来老潘家的那个胖脸。胖脸对他说："没见过这么老实的，还没问，就全认了，说知道是黑车。哪有这样呆的人？要是他硬说不清楚是黑车，谁有证据？对不对，谁有证据？有案底了，等着上面宣判吧，谁讲都没用了。"胖脸还透露了，县里主要是抓偷车的人，把被偷的车追回，胖脸甚至也知道买车的是潘宏万而不是潘江，他对黑手义说："买车的，是他的儿子吧？还以为我不知道？以为我那么呆呢？我以为他脑子灵，带回来罚些钱，也就放了，现在他认了，搞得我都难办了……"

…………

黑手义整齐的衣服,已经在他的愤怒之下扭曲了,有一边袖口还被撕破了,他不断怒骂潘江的傻和笨。陈梅香捂着心口;潘宏亿咬紧嘴唇,牙齿松开,一条红线;潘宏万挥着拳头狂乱地击打墙壁,刘春芽奋力扯他的手,他捂着脸号啕大哭。老潘没有情绪失控,别人都不了解的,他全了解,他清楚潘江为何急于承认。只有承认了,销赃的罪名落到潘江头上,才不会落到潘宏万头上。要是把年轻的宏万送进黑房了,他这辈子就完了。老潘当然不能说出这些。他一说出,潘宏万就将背着一个解不下的重负——即使没说,潘宏万也已经背着了。

　　老潘四处托人打通关系,也没能在县里见到潘江。上头对这次严打中被抓的人看守很严,在最后宣判前,谁也不让见。老潘花些钱带了些好吃的去,也不清楚最后会落到谁的口腹之中。

　　夜晚这么长。

　　潘宏亿从没觉得这么绝望过,即使在铁笼里,毒瘾发作让他疯狂,他也没这么绝望过。躺在床上,睡不着。半夜两点多时,潘宏万蹦起来,说:"要不要去吃消夜?"两人默默到一个摊子前,点了炒粉,点了啤酒,对喝起来。冰箱里取出来的啤酒,带着一股凉意,从上往下。喝着喝着,潘宏万说:"明天我就去县里,车是我买的,不能让爸代我受罪。"

　　"你去?"

　　"当然是我去。车本来就是我买的。"

　　"爸已经认了,要是你去了,把两个人都关起来呢?"

　　"你的意思,是不管了,让爸坐牢?"

　　"坐不坐,谁知道?判决还没下来。"

　　"你说怎么办?拨你母的。"潘宏万眼珠泛红。

　　"没怎么样。问问阿公,他说怎么样,就怎么样。"夹起一筷子炒粉，发烫的，正好当冰啤酒的下酒菜。为了缓解有些僵硬的气氛，潘宏亿笑了笑，"哥，你什么时候结婚？"

"结婚？跟谁？"

"还有谁？给你跟车的那个啊。别说我没听人说过，你带人家开房也不是一次两次了吧？有好几次，你也带回家睡了是吧？"

"妈的，你耳朵那么尖？"

"什么时候结呢？"

"结你个屁股。爸的事还没解决呢，妈又那样，身体跟气球似的，一刺就破。能结婚？过几年再说！"话题还没绕开，又绕回来了，两人又闷闷地喝了好久。所有房间的灯几乎都熄灭了，在深蓝的夜色中，像一头头蹲低的巨兽，一动不动，是夜色里最黑的部分。白天的热气散尽了，风有凉意，白天拥挤逼仄的街面变得空旷，这是小镇的另一副面孔。镇上的房子面积不小，但宽度太窄，长度又很长，显得狭长、逼仄，犹如洞穴。镇上的人，已习惯了在逼仄之中缩头缩脑，探寻光亮。

"你呢？"潘宏万说，"你呢？"

"我怎么？"

"为什么不去学校了？以后你会后悔的，我已经后悔了，你还有机会，我没有了。我的高中同学，有人考上大学了，以后哪儿都能去，做的工作也风光。我，嘿，也就这样了，最多当一个司机，开到车坏，买另一辆，又开到坏。只能这样了，被捆死在瑞溪这破地方。你也准备到老都关在这老鼠洞里？"

"我不想待在瑞溪，我要出去。去哪儿都好，我肯定要出去。"潘宏亿的眼睛是迷离的，却也是充满光芒的。这光芒让潘宏万有些羡慕，他知道这种光芒的脆弱，也知道这样的光芒的可贵，他的眼睛再也射不出这样的光芒了，整天蹲在方向盘边，消磨了曾残存的某些幻想。甚至连改变现状的想法都很少了，就这样吧，走一步，算一步。潘宏万又有些嫉妒弟弟，他说："走出去？你拿什么走出去？你懂个屁？你能做什么？打工？到海口洗碗还是捡矿泉水瓶？"

"我不知道。但我就是要出去，我不甘心留在瑞溪。你等着吧！哥，你等着吧，无论多久，一有机会，阿公只要一答应，我就出去。"潘宏亿说着说着，眼泪就掉下来了。潘宏亿说得咬牙切齿，可越是这样，想象的离现实也越加渺茫——潘江被抓了，他走出去的梦也同时破碎了。

"你能不能再回学校？我供你学费。"

"回不去了。"

"我跟你说，当时我是跟那个女的睡过，但我可以肯定地说，那女的怀的小孩不是我的。我行错一步了，不想你跟我一样。"

"我连白粉都吸了，不比你错得更厉害？"

潘宏万特别沮丧，要说服弟弟比登天还难，他认为那条方向正确的路，却没法让弟弟顺从。以前爷爷和父母，是不是在劝他学习时也有这种无力感？他不想再说了，再叫了两瓶啤酒。冰凉已喝了很多，酒气下肚，他颤抖了几下，有些醉意了。

潘宏万一抹脸，甩下满手的泪："你说，爸会很快回来吗？"

3

县里的通告在十天后下达，潘江被判刑一年。得到消息时，潘江已被送往省城海口，关在市郊的一个监狱。黑手义再托人去问，得到的回答是：花钱买辆车而已，毕竟不是亲自偷，这罪，说大就大，说小也就小，不是说不可以花钱抵罪，而是需要花的钱太多，而且还不敢保证一定有效。反正关的时间也不长，还不如走一步算一步。已经宣判了，再走关系，就没意义了。

老潘也就死了给潘江花钱赎罪的念头。

乱了个把月，生活恢复正常——至少，貌似正常了。

老潘重新抄刀杀羊，气力已远不如当年了，闲逛在家的潘宏亿跟着他一起弄。黑手义不遗余力地替老潘宣传，说他重新抄刀杀羊，潘家出来的羊肉，味道可是比之前的更要地道和纯正。开饭店的、办喜事的……都来潘家预定羊肉，生意不仅不减少，反而由于老潘重新抄刀而略有增加。不知是事实如此还是内心作怪，一些食客议论说老潘杀的羊就是不一样，那味，细嫩爽口，没的说，还三六九地列出等等细微的区别。有些食客见到老潘，就笑着说："你怎么还有力气出刀？"老潘笑了，故作神秘地压低声音："我去了永发的发廊，那有一个女的，过瘾！一过瘾，我就有力了。"

食客把拇指高高竖起。

其实老潘多是在一边指挥潘宏亿怎么放血、热水烧到几成热、如何刮毛、如何运刀等等，具体的工作，由几乎已把毒瘾全部戒掉的潘宏亿来完成。食客的赞扬还是给老潘带了几许得意，一得意，他就会哼唱上几句。他唱的当然不是从港台传来的"你总是心太软心太软"之类，老潘对挂在镇上小青年嘴边的"心太软"很有意见，他点评说："唱这歌的，声音躁得像羊屎，他估计不是心软，是裤裆里的东西软吧？"点评完了，他开始唱上了年纪的人都喜欢的琼剧："听英台，她把心话对我诉。我山伯，肝肠寸断心无主。多伤心，狂涛惊散比目鱼。从此去，南楼双雁落单孤……"开唱时，前面的预声拉得橡皮一般，寸寸变长；唱完了，后面还延绵不绝跟着一条尾巴，半天没断，声音清冽冰凉又绵绵温婉。潘宏亿和大多数青少年一样，接受不了这慢吞吞的海南戏，听爷爷装模作样唱出，却觉得很有趣。老潘更得意了："你们青年仔，是没有耳福，只听羊屎一样的歌，吴多东你知道吗？陈育明你知道吗？可惜啊，现在不如以前随处可以听到了。你们青年仔是笃鹅，能听懂琼戏吗？"摇摇头，不再哼唱《梁山伯与祝英台》，脱口而出的是《五女拜寿》。

可是，家里少了个人，这是怎么故作无所谓都改变不了的事实——对于陈梅香来说，这是不能接受的。一场热风过后，陈梅香彻底病倒了。李堂清来打了吊针，盐水滴答了五六个小时，她才缓过神来，脸上凝结着一股化不开的紧张，对着女婿胡言乱语："你阿爸，被抓啦。没用啦，回不来了。"

"哎，你来了啊，不要打什么盐水啦。我就这样了，这几年也打了不少针，总不好，扎疼而已，不打了，不打了。没用啦，要死啦。"

"你阿爸，在监牢里面，会被打得很惨吧？我梦见他了，满头血啊……"

…………

李堂清知道她旧病不少，又添新病，也只能安慰她好好养身体，不要操心那么多。她一把鼻涕一把泪，把李堂清哭得无所适从。

针打了，药也吃了，精神却一直好不起来，十来天后，反而更严重了，口中胡言乱语就更多了。最震惊的，却是老潘，因为他发觉，陈梅香说胡话的神情和他老伴当年摔伤脚后的胡言乱语竟那么相像，连表情也像。老潘不去想已在牢里的潘江了，生病的陈梅香，是摆在眼前最迫切需要解决的麻烦。镇上有一些风言风语在传了，说老潘家的女人都中邪了，当年老潘的老伴逃不过，现在潘江的老婆也逃不过，至于潘宏萍，那已经嫁给医生李堂清了，不算是老潘家的人，再加上李堂清专门救人的，和阎王爷抢生意，命够硬，当然会罩住潘宏萍——不过，谁知道呢？至于以后潘宏万、潘宏亿的老婆，估计也不会有什么好下场！这些风言毫无根据又有板有眼。陈梅香也听到了一些风尾巴，她用发抖的语气问老潘："兄，我们家的女的……真的吗……"

"拔你母，听谁说的？"

陈梅香不敢再问，可风言风语一旦在心底生根，就再难以拔除。人们窃窃私语、绘声绘色的编造，开始在她梦中出现，开始在她的幻想中出现，甚至真实地出现在她面前。她听到了某些异样的声音，见到了某些不该出现的"人"。这些"人"带着阴森森的凉气，慢慢把她渗透。吹着南风的热天里，她身子发冷。李堂清手忙脚乱，给她开的退烧药才打了一半，她的牙齿已经交战，一会儿又再度烧高，热汗腾腾。

4

许召文掩饰不住满腔欢喜，他摇晃着手中的一千块钱，对家里人说："你们看，领到钱了。还不相信我？"许召才眼睛瞪得浑圆，快要掉落地上，转头骂他老婆："上次叫你要钱，你还不肯，你看，这么好的赚钱机会，你不相信？"许召文又把钱在黑手义脸前一扬，十分得意。黑手义冷笑道："赚了多少了？这么得意？既然赚到了，赶紧抽手。"许召文笑了几声："你太胆子小了，这才是第一个月的钱，怎么可能马上抽手？我又投进去了一笔，这个钱，可比瓜菜生意好赚得多了。"黑手义脸色一沉:"你不想活了?赶紧把钱撤回来,现在,还来得及,晚了,哼哼……"

许召文塞两百给他母亲:"妈,天热,给你买水的,以后钱来得快,爸不给你钱,我给你花。"许召文点了一根烟,坐在门口,惬意无比。许召才赶紧凑过去,向哥哥讨了一根烟,他舌头一伸:"芙蓉王,好烟啊。"许召文说:"你要不要入股?"许召才说:"不是说,要有熟人介绍,才可以的吗?我和那个三多妹,不认识啊。谁来介绍啊!"许召文吐一口烟气:"我啊,要知道,我现在也是她的股东了,他们嘛,还是需要别人继续投钱的。不过,速度要快,现在生意好做,过些时候就不好说了,至少,也难再赚这么多。"黑手义把许召才一拉,怒道:"召文,你要跳水就自己跳,难道也要把召才也拉下水?是不是还想把全家卖了?"

许召才叫起来:"爸,钱领到手了!你又不是没眼睛,人家没骗,这是真的领到钱了,不是骗的。你不想赚钱,总不能让我也不赚吧?"黑手义又怒又气,骂了两声,伸脚踢了踢门,还不解恨,再在木门上击打了两拳,夺门而出。黑手义觉得无比绝望,他深知这是一个大陷阱,却无法拉住两个儿子往下跳——别说两个儿子,连他老伴也劝他出手了。镇上已经有不少人因为这个赚到大钱了。可以说,这是黑手义有生以来所知道的赚钱最快的法子。三个月前,南渡江北岸的三多村一个名叫何海妹的到处宣扬,说她正在帮人集资,做一门稳赚不赔的生意,利润极高,谁要是有钱投进去,每个月可以到她那儿领取百分之二十的回报。当然,何海妹也不是谁的钱都要,她只要熟人的钱,而且都立好字据,到期就可以去取钱。第一个月,当然没多少人相信,即使她的亲戚,也不相信。当然,也有些有闲钱的胆大之人,当作赌博一样,丢了两三千进去,也不管。一个月后,何海妹自动把百分之二十的回报送上门，并问要不要取回本金？那些人哪见过这么快的赚钱法子，追加投资都来不及。第二个月的时候，前去投钱的人就多了，但何海妹仍没有全部接收，她只接了第一个月投资的那些人介绍的熟人的钱。一个月后，回报依然，那些投得多的，乐得眼直冒光。到了第三个月，许召文通过一个熟人介绍，投资了五千块。刚扔下这钱时，他极其忐忑，被黑手义一阵训斥，两父子因此打了两次架。

　　黑手义觉得钱都要靠苦力赚来，这些来得太容易的钱，不可能不是陷阱。黑手义说不清哪儿不对劲，但，肯定是有问题的，他警告许召文不要涉水太深，免得淹死，可现在，他拿到了一千块，投钱就更积极了——小儿子许召才也即将被拉下水！其实，黑手义嘴上说得强硬，却也心动了，一个月百分之二十的回报，这来钱多快啊。而且，为了鼓励，据说第一批投钱的那几个，拿到的回报有百分之三十。这几天，不仅瑞溪镇，整个县里，整个海南省澄迈县，都在传扬这件事。有不少其他镇的人，怀里揣着钱，要去找何海妹，被拒之门外。何海妹说："我们的投资增长不了那么快，不需要那么多的钱，不是熟人的，我们不要。"何海妹也不被叫作"何海妹"了，而是冠上了她的村名，叫"三多妹"。这个四十多岁、一辈子默默无闻的女人，一下子成了全县的名人。很多人都想了解她口中那个做着神秘生意的朋友，到底从事的是哪种生意，竟有如此高的回报？自然也有一些"老股东"旁敲侧击，追问三多妹，三多妹不愿透露一点口风，要么说："人家怎么做，我怎么知道？我要知道，我也不会替人家收钱啦，我自己赚去！我就拿一些手续费，很少的，哪有你们赚得多？"要么说："我知道啊，但怎么能告诉你？告诉你了，不是抢人家生意？"要是被逼急了，三多妹就掏出账本来，算清问话者所投的钱后，把利润和本金砸到那人头上："你要相信，就投，继续赚，不相信，把钱拿回去。不稀罕你这点小零头。"问话的吓得不敢多言，连连道歉。

　　起先，还只是一些胆子大的生意人去投钱，渐渐地，瑞溪镇上一些干部也开始去投钱了。而三多妹还是拒绝了他们的钱。后来，三多村的支部书记村主任之类的人去担保，给那些镇干部当介绍人，三多妹才勉强着接了他们的钱。镇干部都投钱了，有政府的人了，有共产党干部参与了，说明，这事不是骗人的。这让三多妹名声更振，很多本来还游移不定的，毫不怀疑地把钱投了进去。三多妹让很多人的资产迅速翻倍的故事，天天在瑞溪镇的茶馆粉汤店流传，淹没了其他一切话题。这个古老而贫穷的小镇上的人，看到了迅速发家的渠道——不需要动脑子，不需要花力气，只要把钱投进去，时间到了，就有人送钱上门，这是多惬意的赚钱方式啊！

　　两天以后，许召才找黑手义借钱，因为他把所有的积蓄都掏出来，也才不过三千块，而三多妹现在设定了最低限额，那就是五千块，少于五千的，她不收。有很多人只有一些零散的钱，只得合股投资。黑手义明确回绝了他，许召才就在饭店里大闹起来："你手中明明有钱，我是向你借，又不是不还，赚钱的事，为什么你总是不想？为什么你总是看不惯我？无论我做什么，都是错的？"黑手义不管他，店里吃饭的人，都停下筷子，眼睁睁看着这一对父子。

　　"你要死，自己去死。我还想多活两年。"黑手义淡淡地说。

　　"你以为我不知道啊，你还有一个存折。"

　　黑手义脸顿时黑了。那个存折，是他的秘密，是他为早已不在的张孟杰存备的一份。或许永远都不会递给杨南母子，可他还是有私心的，他还幻想着有一天张小峰能认祖归宗。或许那一天不会到来，可他怎么能没有这样的希望呢？黑手义还在心底幻想了，过两年，要是张小峰考上大学了，不管他回不回许家的门，黑手义都将取一部分钱给张小峰……这些,都是黑手义内心最深的角落,他从未跟任何人说过,连老潘都没听他说过。可此时,他自认为私密的部分,却暴露了。

许召才继续揭秘:"你还给那个大儿子存着钱啊?可是,他已经死了,他花不了人民币了,你要给他钱,买元宝来烧啊!烧一千万一个亿都行。你存着钱干吗?别以为我不知道,分家的时候,你多留了一份,我和文哥都知道,我们不想说而已。我从不愿说的,可你为什么连两千块都不愿借给我,你不想赚钱,可——我——想!现在,只要有钱过去就稳赚,你为什么要这样看扁我?难道我就不是你的儿子,难道我不姓许?难道我是你捡来的?难道我还不如一个死人?"

黑手义默不作声。

黑手义的老伴骂道:"阿才,说什么话呢说?吃饱了,到厕所吹你的屁眼风去,乱讲什么?"

"妈,难道你想看着爸把钱给人家?我也不是要占这份钱,我只想借一点,够五千,入一股,难道都不行?现在文哥的钱都投进去了,让我找谁借两千块?我找他要,错了吗?"

"那你也不能乱讲。"

"我哪里乱讲了?我哪句话不对了?那个存折,你也看到的,我哪句话说错了?爸从来没说过这个存折,他不是给那死人留的,给谁留?说啊,你让他说啊……"

黑手义抄起菜刀,冲到许召才面前,手高高扬起,就要劈下。

许召才不跑,退缩的意思都没有,反把脖子向前伸出。他抹了抹后颈:"从这里砍,跟砍猪脚一样,从这里砍,一刀下来,什么都完了,也不会有我这样的坏儿子,闹坏你的心情了。砍下来吧,别犹豫。"黑手义的手在颤抖,高高举着的刀,闪着油光——那是给食客切肉时留下的。店里的食客一片哗然,有的人惊叫出声:"黑手爹,放下刀。"

"父子嘛，有什么事，好好讲。"

"黑手爹！"

…………

有的人向两父子靠近，看着他那把刀，又不敢太近。"噼啪"巴掌声。响在黑手义脸上的巴掌声。是黑手义的老伴扇的，一直柔软的她，此时怒目圆瞪，甩了一次，还不够，接着连续再甩了三次，声声清晰震耳，骂道："你真要砍啊，把我也砍了。父子也动刀，砍啊，砍啊！"她声音尖锐，嘴巴离黑手义的耳朵不过十公分，口水横飞，黑手义觉得耳膜都松弛了，随着口沫飞出来的，是她脸上的泪水。许召才趁机往后一缩，而旁边早有食客瞧准时机，握住黑手义的手腕，另一个人过来，把刀抢了出来。后面又有两个人，抱紧了黑手义的身子。黑手义没有任何挣扎。他连说话的力气都没有了，浑身发软，抱着他的人就松了手。

黑手义膝盖一弯，倒在地上。

他不敢看老伴的脸。老伴嫁给他多少年了？虽是后来才嫁的，可也有几十年了，在这段漫长的时间里，他总觉得和她有些隔膜。他对前妻心怀愧疚，和后来的这个妻子，便一直冷冷淡淡的。可无论如何，也是几十年了，他何曾见过她这么愤怒？他又何曾见过她悲泣？其实，召才说错了吗？他不愿认张孟杰，却又存着一个存折，是什么意思？伤害一个人后，他内心一直在愧疚，因为这份愧疚，又伤害了另外一个人——甚至不止一个，这么多年来，老伴、召文和召才，或者召文、召才的儿女们，何尝不是一直活在张孟杰和他母亲的阴影中？何尝不是活在他黑手义不能释怀的阴影中？

黑手义右手从腰间插进去，插进内口袋里，掏出一个塑料袋，袋子里包着的，就是那个存折。手一抬，袋子砸在许召才脸上。黑手义摇晃着起身，膝盖又是一软，再次坐倒，那两个适才抱着他的食客，每人架着一边胳膊，把他抬起来。黑手义不敢看老伴，其实，他知道，老伴发完火，气也就消了——这么多年来，她一直不是这样的吗？

许召才握紧存折，目光呆滞。

"别说我没警告你，输掉内裤后，别再来求我！我跟你说，我是要死的。"黑手义深深吸一口气，定定神，"我以前说过一次，我是要死的。我死了，会让你们找不到。我现在还是这句话。我死了，别想找到我。"

5

潘江被关的第二个月中旬，一直生病的陈梅香哭喊着要去见潘江。她说她梦见潘江在牢里被人一根一根扯掉了头发，满头毛孔在冒血。老潘斥她妄想，她也一定要去看。正在配药打针的李堂清对老潘说："去看看也好。看了，心安了，也好养病。"老潘让潘宏万带着陈梅香前去，在海口市海波农贸市场找了一个杀猪的瑞溪镇熟人帮忙打点，算是见到了被关着的潘江。出乎陈梅香意料，潘江竟然还胳膊完整，脚还在身上，头发也没被拔光。

陈梅香泪水决堤，号哭连连。宏万拉不住，劝不住，摇摇头。潘江表情木讷，说："在这里面没受什么苦，除了吃得不太好，其他的，跟在家一样。"陈梅香极度怀疑他的话是安慰的虚假说辞，哭声又高了八度。狱警警告之后，她才渐渐沥沥从高音转为哼唱。其实潘江受的苦倒真是不多，他是轻犯，又无前科，关在一起的都是一些莫名其妙的人，都说不清自己进来的理由，不是那种杀人越货不要命的重犯，相互之间有怜惜之意，相处倒都还不错。刚进来时，自然有些初进宝山的拳打脚踢，有折磨和号哭，有害怕与尖叫，习惯之后，大家见他老实木讷，各自都露出柔缓的一面，诉说着各自进来的倒霉过程，也就渐渐适应了里面的日子。牢里毕竟不比外面，吃得差，住的地方也如猪笼，潘江面色不好是很正常的。

陈梅香神经敏感，觉得潘江受过非人的待遇，他安慰的话，也是违心说的。她紧紧瞪着潘江的头发，觉得那是一团假发罩在头上，若不是假的，怎么会那么白？一定是，一定是假的，那头发肯定被拔扯光了。潘江交代宏万要照看好弟弟、母亲和爷爷，宏万"嗯"了一声，才想到，原来自己已经成了家中的顶梁柱，一抽掉，房屋就倒了。

潘江说："我要关一年，表现好还可以提前出去，你们在外面就不要乱败钱了，没用的。也欠了别人不少钱了吧？能省就省点，早点还人。不还完，心里总是卡着一块硬石。"陈梅香一听这话像是在交代后事，又失控了。潘江闭上眼睛，叹了一声："你回去打针养病就是了，想那么多。不是你想的问题，你也想。我的命硬着，死不了。"陈梅香还要再说，狱警第二次提醒时间已到，让潘宏万与陈梅香离开。陈梅香赶紧扔出一句："你睡觉要捂着头发，千万别让人摸你的头发。"

看着老婆儿子走出去，潘江悲从中来，几欲痛哭失声。站起身时，血液流通不畅，脑子一眩，眼前一花，缓缓跟着狱警走回那个狭小的房间。陈梅香的话带着引力，引得他的手不自禁摸着自己的头发，他轻轻挠了一挠，居然扯掉好几根，其中有三分之一闪着银白光，他第一次发觉自己的头发竟花白成了这样！掉了头发的毛孔瞬间敞开、放大，有凉风从毛孔吹进，头顶好像破了几个小洞，风竟似有呜呜的回旋,他随着那回旋打着冷战。

回来之后,潘宏万说着探望父亲的过程。老潘和宏亿两人都憋着脸,一句话不问,这爷孙俩是越来越像了,嘴角相似,眼角也相似。可奇怪的是,潘江和老潘不大像,宏万、宏亿又和潘江不大像,宏萍倒是有些潘江的轮廓。宏亿整天跟老潘一起杀羊,连手上的动作都有些模仿了。老潘不问,潘宏亿也就不问,可潘宏万说得极其仔细。陈梅香像是没跟去看过,竖耳倾听,不放过任何一个细节,可她也没安静地听,瞧准时机,就插一句,对潘宏万的说辞进行修正:"兄,里面,真的惨。"

"兄,真的,都白了,江的头发比你的还白。"

"兄,我想,他挺不过去的,里面打人不要命的。"

"兄,他还能出来吗?"

…………

她的插话无孔不入,增添了无数的色彩。潘宏万本来讲得冷静而克制,他所见到的父亲,也不是那么不堪,可陈梅香的话,却一点一点改变走向,潘江在狱中变得越来越凄惨。潘宏万骂道:"要不,你来说?我说一句,你插一句。"陈梅香呢喃:"呵,呵,还不让说话了,我说的,不都是真的吗?"

潘宏万泪水横流,跑出门,开着面包车,按着油门,朝着县城的方向疯狂奔驰。从省城的监狱出来,他就想疯狂地飙一次,发泄心里的闷气,可母亲坐在上面,稍微快一些,她就呻吟:"你慢点咯!"接着便是呕吐,潘宏万只得把面包车开得像牛车。当从公路两边的绿色水田中远远看到瑞溪镇歪歪斜斜的灰色房子时,他心里涌起的,是一股从来没有过的情绪,他知道,这就是他生长多年的地方,今后还要继续过下去。这个逼仄的镇子,和他同呼吸,长成他身上的疤。可他多厌烦这个地方啊,那么小,那么狭窄,和关着父亲的监狱有什么区别呢?他内心也涌动出和弟弟同样的心思,无论怎样,一定要逃离这个地方,一定要……

开着空车,不载客,少了很多负累,车像在飞。要不是手握方向盘,脚踩油门和刹车,潘宏万真想在这飞一般的感觉中闭上眼睛,好好沉睡。开快车,总是让他很想睡。他觉得浑身都散架了,他想快点赶到县城,找一个小旅馆,开一间空调房,把所有的喧闹都丢掉,把所有烦闷和燥热都丢掉,把所有闹心的事都丢掉,睡一个像死去一般的觉。当然,他很清楚,只要睡醒,他又得开着空车回到小镇上来。无论心底多么排斥、厌烦与拒绝,他还是要回来,并在进入小镇的地界后,放慢速度,缓缓地驶进七步街。

陈梅香总是把事情往坏处想。自监狱瞧了潘江回来,她不但不放宽心,不但不心平气和地接受现实,而且继续发挥着内心的幻想,任由想象力无边游荡。她认定她所见到的潘江就是装出来的,在监牢里,能不鼻青脸肿?能不缺胳膊少腿?能那么零件完整?他头发为什么变白了?这一切不都是他在牢中备受折磨的缘故吗?一往这边想,脑子里全是潘江被人逼坐老虎凳的情形——其实她不懂老虎凳是什么凳,可别人都这么说,她认识了这么个词,当然得用上。睡觉前,她想的是潘江被头下脚上倒吊起;醒来了,她想着的,是潘江连续几天未睡,眼珠充血头发稀疏。她吃饭,想的是潘江饿了三四天,正在啃石头……胡思乱想的后果,是她自己吃饭如同啃石头睡觉像是被倒吊,身子愈加败坏。

女婿李堂清出门行医,总会顺路过来看看她。李堂清劝她别多想。

她说:"我脑都坏了,还能想吗?更别说多想。我的脑真的坏了,有人在我脑壳挖了一个孔。"李堂清把头摇晃如钟摆。李堂清来得太勤,潘宏萍因为这事和李堂清骂过几次架,大意是让李堂清不要管她外家的事了,你希望她好,她却疑神疑鬼,难道要把我们家也拖累死?潘宏萍的怨气积累已久,李堂清为陈梅香开药,总是拎箱子就走,老潘塞过一些钱,毕竟有限,不够本钱的。也就是说,李堂清一直在白白给外家母治病。李堂清绷着脸说:"按照你的意思,不要管你妈?"潘宏萍狠狠道:"就是不管。"

李堂清冷冷地说:"你竟说出这样的话来!"

潘宏萍叫起来:"就你是好人,我是恶人。你真伟大啊,你给她看病,那也得她配合,现在这样子,她整天乱想,花药水有什么用?你伟大,白打针白开药,可你小孩,也要花钱的,她是我妈,难道我就不心疼?难道我就是蛇?冷血的?可,也得有用啊,没有用,那个坑太大,谁埋得起?你说,有什么用?你——说啊!"

李堂清颓然坐倒:"没什么用。"

"那还打什么打?"

"难道,看着你妈死?"

…………

长久的沉默,李堂清听到潘宏萍的哭泣渐入轰鸣。哭了好一会儿,潘宏萍站起来,甩着满脸的泪:"阿清,你不知道,我妈不是病,是鬼祸了!别人不知道,可是我知道。连我公也不相信,可我知道。当时我奶奶就是这样,被鬼祸了才摔断腿的,她精神好着呢,怎么会摔断了腿?是有鬼推了她!我见到过。我妈也这样,被鬼缠上了。我知道,我也被缠上了,知道我这些年为什么不愿意回外家吗?谁都不知道,只有我知道。我害怕回去了,会见到鬼,他已经把我们全家人都祸了。

堂清……没用的。你想想，我奶奶死了，我爸坐牢了，宏万把人家肚子搞大，宏亿吸毒，现在，我妈又这样……你说，好好的人家，会这样吗？就是鬼祸了，我肯定……"她陷入癫狂和恐惧，话语颤抖呼吸急促。

李堂清沉默不语。他并非没听人说过老潘家不祥的事，他甚至听人说，要不是老潘命硬，硬挺着，他全家都散了。看看现在这样子，不就是老潘一个人在挺着吗？那些闲人传这话时，不说"老潘"，说的是"潘天林"，老潘的原名"潘天林"。"那潘天林，命硬啊，你看，他全家都这样了，他还能挺着……""是不是他太硬了，伤了其他人了？""话不能这么说，不能说他克全家吧？要不是他脑子精灵命又硬，这些事换在别人家，不更惨？""也是，你不得不服潘天林！不得不服。"

让学过医、解剖过尸体的李堂清相信鬼神之事，委实太难。闲人、妻子言之凿凿，他反驳不了，也就听之任之。

可陈梅香的身子不能听之任之。

老潘全家都成了政委，轮流做她的思想工作。收效甚微，她自认死理，钻进牛角尖，别人怎么也拗不过她的心窍。任由内心和想象放逐一个多月后，一些长期积累的老毛病被引诱出来，同时复发，陈梅香卧床不起。李堂清给她全身检查后，长叹一声："能用的方法，都用了，我实在是……送到大医院去吧！"李堂清颓废沮丧，这么久以来，他的努力全等于零。他的内心也开始摇晃，难道，事情真的像妻子说的那样？不是人事……是鬼事？

潘宏万开车把母亲送到县医院。

负债越来越重，老潘的脸抹了一层锅底灰，戏也唱不出口了。县医院的医生是乐观又绝望："这些病，说是病，其实也好治得很，把心放开，吃好睡好，把身子慢慢调养起来，很快就没事了。关键是，好话都跟她说了几汽车了，她还是那样。吃没吃好，睡不睡下，铁人也挺不住，别说她。"县医院里的开药打针，就不跟李堂清那么好说话了，医生的每一张纸条，都要把一堆钱换走。杀羊、开车的钱根本没法维持住院的高昂费用。

潘宏萍和宏亿轮流到县医院照顾陈梅香。

县医院的医生毕竟高明些，起先一个多星期，陈梅香恢复得极快，吃饭觉得香了，甚至还能自己站起来，到医院门口买青菜粥了。有一次，跟她同一个病房的病号，在一次哀号之后，抢救不及，就在她面前断气了。这事给她极大的震撼，也是一瞬间，她的信心再被击垮，她觉得自己被送来了县医院，肯定是病情加重了，还能好吗？还能好吗？内心一敏锐，耳朵的听觉也灵敏了，她每天都能听到医院里的各种噩耗，就更心惊肉跳了。她在癫狂之中，再次任由内心迷乱地涌动。病情急剧恶化。最后，医生也绝望了，看到她就摇头。李堂清审时度势，跟老潘商量之后，决定把陈梅香运回家来，他按照医院所开的药水药品，给陈梅香诊治。住了一个多月花了将近一万块钱后，陈梅香病情更重地回到了家里。

刚回那两天，她有些好转，但家里人都被她的反复搞得麻木了，没人相信那是好转的迹象。果然，只第三天，她便掉进无底黑洞，急剧消瘦下去，胡言乱语，陷入癫狂。李堂清下的药越来越没效果，头一次比一次摇得急。

镇上的人都说，老潘命硬，看这一次，他能不能挺过去？

黑手义也东屋漏水西房起火，可他还是挂心老潘家的事，老潘一日比一日焦急无助，让黑手义感到惊慌失措。他坐不住了，找到老潘，压低声音："这本是你家的事，我不该多话，但你慢慢听梅香的说话，是不是像三角楼刘树球的口气？你不信鬼不信神，我也不大信，但谁又能保证不是鬼祸了呢？你听她的话，那语气，真的很像的。我听别人传了，再一听，真是很像。"老潘扭扯黑手义的衣领，另一只手就要朝他脸上招呼。黑手义不躲闪，眼睛不眨，他知道老潘不会真打——即使老潘真打也没关系，两人以前又不是没打过架。老潘回想陈梅香的说辞，果然有点像死去多年的刘树球。

真的像？还是记忆错误？就不好分辨了。

"树球那鬼，就爱找我老潘，难道跟我有过节？"扭扯黑手义的两只手都松了。

"哎，也不是有过节才找啊！他也惨，死这么些年，也没人管，也没人给做斋事超解一下，能不闹吗？我总是认为，吸毒那曾德华，也是被刘树球祸死的。曾德华一直住在刘树球房里，能不被鬼祸？"

"要真是那死鬼跟上了，怎么办？"

"该花的钱，总是要花的。"

"梅香送医院，我还借你钱呢……哎……"

"借给你，总比阿才那贼子拿去给三多妹好，我总是认为，三多妹是要骗钱的。总有一天，要骗光所有的钱。哎……"

"真要做斋超解？"

"现在这模样，不超解，能行？"

老潘一阵沉默。

"说实话，我还羡慕你，你的子孙还算听话，我那些个……唉，我也是想做一次斋超解超解，把那张孟杰的事给解决了。现在这模样，这事肯定做不成的。到我死都做不成了。人就是这样，自己做错，自己受罪，躲不了。"黑手义目光黯然。

虽然都极力挺直，两人的背仍是弯的，阳光斜射过来，打在地上的阴影，是一个倾斜的"n"形。一个顶上闭合的"n"形——两个人的头触碰到一起了。

两人要靠这么近，才能把话说得隐秘，却又清晰。

老潘决定做一场斋事。

他问李堂清的意见，李堂清觉得荒谬，又不忍掐断他最后的希望，说："做吧，做吧！"

请来主持斋事的师傅公就是江北的石头爹。在师傅公的选择上，老潘完全听从了黑手义的意见。按说，石头爹是风水先生，跟做斋的师傅公，还是两回事，可黑手义力荐，说此人有大神通，能解灾除孽。老潘就去请他了。斋事分两场，一场在乡下的祖屋进行，同族里的男丁都来了。烧香点烛后，石头爹挥舞木剑，喃喃自语，请来黄大将军、林大将军、关二爷、五海公、潘家先祖等各大神小神，一同除妖。石头爹围着坐在椅子中央的陈梅香又跳又叫。这景象老潘在别人家见过，都当成热闹来看的，不料今天发生在自己身上了，不禁苦笑。为了救人，也得信了。

石头爹抓起一把大米往大堂各角落撒，口中含着的清水也同时喷出，一切都与在其他人家的斋事无异，急急如律令一番，路数到了，也就定身收功。收功后，石头爹画了好多张符，叮嘱哪张该贴哪个方位、哪张该叠好给被鬼祸的人戴上、哪张需烧成灰泡水冲服，总之，不能乱了。这两年，石头爹须发愈发雪白，颇带有几分仙气，说话也越来越具权威。斋事后，是给师傅公包红包。由于忌讳，师傅公是不能开口报数的，他只说："随意！随意！"当然，他随意，主人家可不能随意。以前有吝啬的人家，红包太小了，惹得师傅公随手丢回，扬长而去，做斋事人家知道不妙，千般讨好，也没能让师傅公满意，那场斋事不但不能超解祸事，反引来了更大的不祥。老潘不敢怠慢，给的，比黑手义建议的还要多一些。

人群散去后，香烛依然在祖屋的大堂上缭绕，老潘静静地站到深夜。全家搬到镇上后，只有逢年过节才回来祭祖，可其实村里离镇上并不远，祖屋破败是破败，仍是每个子孙灵魂的归宿，若真有魂，祖屋肯定是灵魂要归来的地方。在自家祖屋，别人家的凶灵，定然会被祖先驱赶，闹不起来。宏万、宏亿带着母亲先回了镇上；族人各自睡去，明天都要早起下田。香烛闪烁之间，或许真是有灵魂的，不然同时点香，为何有的已经燃尽，有的才烧到一半？风吹着的香是燃得快的，可同一屋子里插在同一个香炉里的香，风的差异有那么大吗？古老的说法中，香火和元宝都是先人的食物，那些燃得快的香，是不是有看不见的先祖回来吃了？老潘在祖屋的八仙桌前胡思乱想了这许多，没一点害怕。他在心中祈求先祖护佑牢里的潘江、病重的梅香和刚戒掉毒的宏亿……至于自己，老骨头了，痛快一点吧，要带走，就痛快点，一点一点把祸事掉到子孙头上，是对他的最大折磨。老潘不知站了多久，烛已烧到尽头，开始闪烁，有风掠过，烛灭了，没燃完的香还在漆黑的大堂中亮着红点。鼻子充溢着香烛的气息，老潘感到前所未有的亲切。

第二场斋事安排在隔夜，在镇上的家里举行。过程跟在祖屋里进行的差不多，但石头爹提着木剑，绕整间房一周时，在那个羊圈面前流连好久，眉头越来越紧锁。在场的人都屏住呼吸，等待他说出什么。石头爹什么也没说，他在羊圈前多烧了几份的纸钱，长叹一声，在羊圈前独舞了有两分钟。他一边舞剑，一边念叨着口音怪异的言辞。宏万经常听香港歌手的粤语歌，知道石头爹说的是粤语。这也很正常，海南在一九八八年建省之前，隶属于广东，很多神和鬼还是人的时候，都是说粤语的。现在有神随着石头爹一起驱鬼,他自然也就说粤语。斋事完了后,石头爹建议老潘去买一些艾条回来,在各个房间都烧一烧,驱除阴气,尤其是羊圈那儿,要多烧一些。

"晚了点,晚了点。"石头爹宛若虚脱,汗水淋漓。

"什么晚了点?"老潘问。

"没什么……只是觉得,这斋要是早些做,效果会好一些,至少,不会像现在这样!"石头爹疲惫不堪,不想多说什么了。老潘猛地想起,那年去给陈梅香的外家公求符时,六角塘的婆祖也曾告诫过他,羊圈有问题。当时他不在意,只是稍微移动了一下香炉的方向,后面也就忘了这事,现在石头爹重新提起,难道羊圈那儿真的不太吉利?老潘后悔不及,要是早先就注意这问题,家里会不会就不再这么多灾多难?宏亿不会吸毒,潘江不会坐牢,而梅香不会病重……当然,这一切都是假设。

一般来说,大斋事后,有必要请一个民间木偶戏班来敲锣打鼓,唱一番。这一夜,老潘的家门口,摆起了木偶戏班。锣、鼓、钹、箫……各种乐器响起,一共八种,俗称"海南八音"。奏响的乐曲,也是每个人都熟悉无比的那些:《小开门》《比目鱼》《闹军坡》《万化灯》《怀念》《大开门》《喜盈门》《弄手花》……除了演奏者,大多数人都不懂这些乐曲怎么叫。这些无词的曲子,曾在无数场合飘散,每个人几乎都能跟着曲调的起伏而哼唱。镇上有不少人都跑来看,尤其是小孩,远远地站在街对面,想靠近来看、来听,却被大人唬吓,说走近了会衰的,也就只敢远远站着,伸长脖子。木偶戏自然也是给神、祖看的,祭台上摆放着从祖屋请来的先人牌位、五海公庙里的各位神的木身。演奏一直持续到后半夜一点多,老潘带着宏万、宏亿,爷孙三人一起下厨,招待戏团的人。

门口的祭台上,香气烛气,经夜未散。

6

镇北的木桥,是近期最忙碌的一条交通要道。很多人要通过木桥,到达南渡江北岸三多村,千方百计送钱给三多妹。三多妹声誉日隆,早先出钱的那些,回报率已经达到了百分之三十五,更让人惊喜的是,送钱过去后,还可以先把利润领回来,本金到一个月再来取回,要不愿取,就自动滚入下一个月。在这件事中最受到冲击的,是瑞溪镇的农业银行和邮政储蓄,很多人把在银行里存储多年的压箱钱尽皆取出,押宝一般,投到三多妹那里。银行的人告诫储户小心受骗,还是没法阻止那么多人取款。即使深明背后有见不得人的勾当,无奈利润太大,连银行的员工也有投资的,他们都打算捞一笔就退出。

消息传得很快,已经不限于瑞溪镇的人去投钱了,澄迈县县城也有不少生意人和官太太拎着钱到三多村去。三多妹想拒绝也拒绝不了,一捆一捆的钱,往她的家里送。这个月后,三多妹正式放宽政策,不要求熟人引荐才能投资,改为只留下身份证复印件就行;投资额度也不限死在五千以上了,而是上下都不设限,回报率也开始统一上调为百分之三十。这些消息一传出,连很多手头只有几百块的农民,也去找三多妹去了。三多妹一个人忙不过来,她多了几个帮手,个个精明能干。据见过三多妹的人说,以前她就是一个种田的,可现在,看那派头,穿金戴银,金灿灿的戒指跟番薯那么大,明晃晃的项链跟狗链那么粗。至于她背后的老板,投资的是什么生意,传闻已经太多,没人知道哪个才是真相。

黑鬼的父亲专门在病床上给他打电话，告诫他千万不要学那些无脑的人，把钱丢进去，他冷冷地说："我在银行工作几十年，一直到退休，也不知道哪种投资有那么高的回报，这是骗局。你可别贪这个钱。"黑鬼说："爸！我也在银行那么多年了，我知道。"父亲说："那就好。老实回答我，你到底投钱了没有？"黑鬼沉默了好一阵，说："投了。"他父亲说："我就知道，你爱赌，怎么能放过这种机会？这一次，你死得惨了。"顿时就在那头把话筒给摔了。黑鬼当晚就跟张小兰吵了一架，两人摔坏了几副碗筷，也没能平息下来。

黑鬼怪张小兰回县城看父亲时乱说话，透露风声给父亲，引来了训斥。张小兰则说，她根本没提这事。黑鬼说，不是你，是谁？话到这里，就扯不清了，先是丢筷子，接着，砸碗，再接着两个盘子也倒了霉。最后，还是女儿在床上撕开喉咙的哭闹，才让两人暂时休战。张小兰第一胎给黑鬼生了一个女的，这注定她还得继续往下生，直到生出男丁为止。黑鬼本人倒是挺喜欢女儿，可父亲已经下了死命令，第二胎无论怎么样，也得是个男的。黑鬼的父亲退休后，身子一日不如一日，腿上的风湿病近来愈加严重，母亲一直和父亲住在县城，照顾着他。他妹妹还没嫁人，也在父亲的打点下，进入银行系统，近来正是熟悉工作阶段，回县城照顾父亲的机会并不多。黑鬼有时会和张小兰一起带着女儿去医院看看父亲，有时则是叫张小兰一起去。近来，都是两人分开去了，因为两人都去的话，就得带女儿一起，而父亲一见到黑鬼的女儿，总是脸露不快，催逼两人生个男孙的愿望就更加迫切，根本不管黑鬼所在的农业银行对计划生育的要求。

黑鬼没想到，父亲打电话来告诫的第三天，就出事了。据说当时母亲打稀粥去了，父亲想上厕所，有些急躁，也不叫护士就冲出病房，他双腿本就风湿疼痛摇摇晃晃，地板一湿滑，就在厕所里摔倒了，头撞墙上。抢救过来后，黑鬼和妹妹都赶到他跟前。父亲还在催促他，要赶紧去把给三多妹的钱取回来，再慢，就来不及了。黑鬼说："我刚送过去一星期，这个月完，我就去取。""再晚，就来不及了。"父亲眼睛圆瞪，手指刺到黑鬼额头上。黑鬼只得答应："我明天就去。"

黑鬼没想到，他再也没机会去取了。

那天夜里，父亲呻吟了四个小时，呼吸越来越紧，医生硬是没抢救过来，断气了。之后，就是操办葬礼，哪还顾得那些放在三多村的钱。一直到头七后下葬，黑鬼还没回过神来。地方的风俗，父亲死了，下葬时儿子不能靠近棺材，他和族里人远远看着，请来的安葬队把父亲的棺材抬进挖好的坑，埋成一个土堆。鞭炮声每响一次，他的魂就飞一次。

之后再上班，便是得到同事的劝慰，便是得到同情又可怜的目光。葬下父亲十余天后，镇农行的吴主任找黑鬼谈了将近一个小时，大意是，经过县分行的决定，对一批员工做出停职停薪的处理，具体什么时候安排新职位，行里另作通知。全县处理七个人，黑鬼正是其中之一。

"为什么？"黑鬼问。

吴主任没回答。

"你不说，我也知道，是不是因为我那年开啤酒机还被抓的事？"

吴主任还是不说话。不说，等于默认。

"那已经不是刚发生的事了，为什么现在才处理我？"

吴主任更不知道怎么说了。

"哦，我明白了，因为我爸死了是吧？树倒猢狲散，我爸死了，也开始拆我的台了是吧？是不是，姓吴的，别说不是你去县里告的我？

别说不是你砸我的饭碗?"

吴主任没辩解,连头都懒得摇了。

"是不是五楼的房子,我也不能住了?是不是我也要搬出去找房子了?"黑鬼的气泄了,说话的声音也轻如断气。

吴主任开口了:"镇行给你争取了,房子,你可以继续住,和之前一样,你交水电费就行。有我姓吴的一天,没人赶你出去。当然啦……要是有一天,我也被人拆台了,就不好说了。我们已经跟县分行极力争取了,也没能保住你的位置,对不起了。我也跟你明说了吧,不错,以前你爸有能耐,当过分行副行长,认识的人多,带过的人也多,你犯了错,他能保得住你;现在你爸不在了,县分行的领导,也就没必要照顾你爸的面子了,你之前犯过的事,都要重新清查。我争取过,别以为我没争取,都在瑞溪一起工作,别把我想得那么不懂情义。你要知道,我能力有限——我要真有本事,就不会留在瑞溪镇这个鸟笼了。关在这笼里,能把人憋死,你懂不?"

黑鬼脸上阵阵烧疼,人家都挑明说以前是他父亲照应着了,他还能如何呢?继续问下去,不是给自己脸上抹屎?他站起来,转身,木然往外走。吴主任伸手扯住他,仍把他按坐在椅子上。吴主任说:"县分行安排新的工作之前,你的工资全部停发。考虑到你需要一段时间过渡,我极力争取了,给你老婆争取到一份工。我们这五层楼,不是一直没人打扫吗?以前都是各人自管门前,办公室也是值日的人管卫生,我争取了好久,同事也都同意了,你可以让你老婆小兰,给单位里打扫卫生。单位里每个月会发一些补助,不多,三百。帮不上什么忙,但现在你小孩小,三百也是有用的是不?你考虑考虑。"

张小兰就这样,成了镇农业银行扫地的。她还在给人卖私彩,可每天下午五点半,她就开始打扫这五层楼,从自己的房门前开始,扫过隔壁走廊,然后顺着楼梯四楼、三楼、二楼、一楼、大院……然后,就是在农行的人下班前,进入办公室打扫。她话不多,过于沉默,有时要背着女儿。女儿在她后背哼哼叫叫,银行的员工就跑来逗笑:"好可爱啊!好可爱啊!跟你妈一样好看!"张小兰朝他们笑笑。一九九四年,母亲带着张小兰回到瑞溪镇,她还是高傲无比的城市女孩,几年过去,那份光鲜、凌厉早就磨没了,她和每一个镇上的婚后女人一样,隐忍、平和、不事张扬。黑鬼一时还想不出要做什么,有时看着她扫地的模样,他没法忍受,远远跑开。扫帚每在地上滑一把,就是在他脸上扇一回。

张小兰很少再对外人发火——有一回碰到黑手义,她竟招呼:"黑手爹,这期你要买什么码啊?你做梦很灵的,多买两张。"

那一次突然发火,是在一个下午。她刚扫完院子,把树叶和废纸塞进一个大塑料桶里,接着,抱着塑料桶到农行边上的那条水沟边倒掉。刚走出院门,发现潘宏万直愣愣地看着她,看着她怀里的那只塑料桶。潘宏万眼神如火般燃烧,张小兰有些发麻。她说:"开车的,你不开车,看什么看?穿着衣服呢,你能看到奶?你还想上来摸一摸?"潘宏万惊醒了,嘿嘿一笑,眼睛却没转开,还是瞪着她的胸。张小兰怒火喷涌,把塑料桶朝他推过去:"去死吧,开车的,扫屋子都没见过?倒垃圾都没见过?我咒你翻车……你妈都给鬼祸啦,你还有时间站着,回家赶鬼去吧……"

要不是潘宏万躲得快,张小兰的一口痰已劈头盖脸而至。

这一次发火,并没让她解恨,反让她辗转反侧一夜没睡。

到了凌晨两点多,她还悲伤难抑,又说不清悲从何来。

7

瑞溪镇的人都没想到，让王科运恢复了贴大字报能力和兴趣的，是三多妹集资的事。他不再流着鼻涕在街心巷口讨烟抽，而是消失在镇上人的眼中，每天醒来，街上就多了无数张字迹清晰的纸，写着：某某某、某某和某某某，到三多妹那里，投入了多少钱。王科运没有多加评论，只在每张纸的最后，用红色的笔写了一行字："小心被骗。"最后这行字，笔画清晰、粗大，带有醒目的警告。当然，大多数人都没留意这鲜红的警告，而是注意那些名单和钱的数目。每个人都很诧异，这个疯子到底是怎么打听到这些消息的？被写到纸上的那些人，则充满不可遏制的愤怒，到处喊着，要打王科运一顿。

在贴出第二批名单的时候，王科运就挨打了。

那个清晨，除了四分之一早起的人，其他人都还沉浸在梦乡中，做着或迟或迟的梦，做着发财的梦、中奖的梦、抱得美人归的梦……王笑脸哭叫的声音，划破很多人的梦。王笑脸的声音溢满绝望："哪个死路头的，打上了我的子啊……雷劈啊，走神的也不放过……"他重复着这句话，在小镇的几条主要街道上奔跑，街上行人还少，天还泛黑，他的声音碰到街巷的墙壁就滚回来，在逼仄的街道上回荡，绝望逼人。那些生生被扯醒的人，第一个反应是，王笑脸已经跟他儿子一样，疯了！要不他何以如此奔跑呼号？醒来的人，没法再睡去。有的人就打开门，听着王笑脸朝另一条街奔去，声音越来越细小，过一会儿后，王笑脸返回来，声音加大。

王笑脸清晨的呼号,把很多人的心喊得忐忑了,把没变亮的天也喊得更黑了。整整一天,天没再亮起,乌云遮蔽,早上八点多的时候,暴雨如注。瑞溪镇隔天一集,今天正是集日,可这场雨让集日一点也集不起来,街上人影稀疏,旧楼掩映在风雨之中,随时有被冲垮的可能。很多人半开着门,从门缝里往外看,发愁地望着倾盆暴雨。小镇的街巷平日里堆积了泥土,雨水一冲,污脏浮泛。要是不穿水靴,一脚下去,就提上一小腿的黄泥。有人发愁,也有人享受这暴雨,冒雨去菜市场买了肉菜回来,煮着汤,就可以在屋里过一天了。很多人则敲开邻居的门,相约打麻将或扑克牌。

当然,总会有些人,出于某些缘故,不得不冒着雨走动。

走动者给猫在屋里的人的消息是,半脑运这一次被打惨啦,满口牙都掉得差不多了,而且,右手——那只写字的右手,断了,中间那个手指,也找不到啦。惨啊,半脑运家的人,哭声比雷大,眼泪比雨水多。打麻将的人齐齐抬头,"哦"一声,接着长长叹气,各自摇头。其中一个摸到一张"三万",牌一摊:"和!"开始算输赢、找钱,重新砌长城,同时谈论着王科运的事。有人问到了重点:"谁打的,知道吗?"

回来的人,正在门口抖落雨衣上的水,丢出一句:"谁知道呢?那走神的,得罪那么多人,谁知道哦?"

雨大,没事做,很多人的心思,就放在了被打伤的王科运身上;同样,也因为雨太大,很多人都没法去打听清楚这件事。事情便很扑朔迷离。当然,扑朔迷离在某种程度上也是好的,因为增加了人们谈论的兴趣,激发了各种猜疑。

新消息源源不断传来:

"老笑脸,把半脑运绑起来了,用两根大绳。这么绑着,牛都跑不掉。"

"哎呀,听说啊,半脑运力气好大,他的手都断了,怎么还那么有力气……真的哦,已经挣脱绳子啦。"

"半脑运跑了。"

"哇,半脑运跑到五海公庙啦。"

"天啊,半脑运是不是要降童啦?"

…………

雨越来越大,可要降童的消息,还是让一些人围聚到五海公庙去了,他们宁愿浑身湿透,也得看看究竟。庙里庙外围聚着太多的人,大多都穿着雨衣,没穿雨衣的就撑伞,更显得拥挤,雨水四溢,每个人身上都湿了大半。来得晚的,把脖子拉长,只恨不身高两米,左拐右弯,探进去看。里面传来轰轰鼓声,伴随的,还有一个人的呼叫:"别敲了,死路头的,别敲啦。再敲,我打死你……"这是王笑脸的呼叫。围观的,有些人看不下去了,叫起来:"别敲鼓啦,别敲啦。再敲,要死人的。"

过一会儿,又有小年轻抢过木棍,把牛皮鼓敲打得昏天暗地。又是一阵喧闹,而王笑脸再次喊叫。有人去抢年轻人手中的棍棒。喧闹又停了,传出的,是王笑脸掩饰不住的哭声。五海公庙内外,一层层的人堆叠,也让一些人忘记了此时的倾盆大雨。有些人从庙里出来,摇摇头走了,后面的人立即挤上前去。

鼓声止息,伴随着雨声的,唯有王笑脸的哭声和王科运偶尔的嬉笑。

人群渐渐散了。剩下几个,是王笑脸的熟人,两个人扶着王笑脸,另两个人扶着王科运,王科运脸上笑着,看着他的父亲,眼中似笑非笑。两人浑身没有一处是干的,王科运的右手捆绑着绷带,绷带也全湿了。王笑脸尽是绝望。当儿子挣脱绳子,冒雨奔跑出来时,家里人拉都拉不住,都放弃了,不愿再管,只有王笑脸,放不下这个儿子,怕他在暴雨中跳进南渡江，跳进因为暴雨而水位暴涨的滚滚黄汤。王科运却跑进五海公庙，跳着舞着，捆绑上绷带的右手也在舞着，任由王笑脸如何也拉扯不回，镇定不下。一些小年轻看到了，以为是不是要降童，冲进庙来，从角落里把牛皮鼓抬出来，不管上面已蒙满灰尘，奋力敲打。他们要鼓动五海公的灵魂，让其附在王科运身上。鼓声一响，王科运跳得更欢，笑声爽朗。也有人去寻找铁杖了，在这暴雨如注的时候，能见到"穿杖"，也算无聊当中一件好玩的事。王笑脸当然不能让儿子继续折腾，他只能阻止"起童"。是阻止住了，他也彻底疲累了。这个曾经承载了他、承载了他全家、承载了整个家族希望的儿子，变成了负累，也变成了瑞溪镇经久不息的笑柄。

王笑脸精疲力竭，摆摆手："你们把那半脑的放了。"

拉着王科运的人便松手了。

王笑脸说："我都快断气的人啦，跳抖不起了，让他跳抖去吧。我管不了了，随他去吧。"他的脸上没有笑，有的，是折腾之后的疲倦，是绝望和死心，是一地灰烬被风吹。他对儿子，真的已经没抱任何希望了。这几年过年过节，族人祭祀，他都是最抬不起头的那个，他都是低人一等的那个，他都是背最弯的那个。他试图经过自己的努力，让儿子恢复正常——不是以前当老师的正常，而是卖粽子的正常。只要不满大街跑，不满大街癫狂妄语，就行。努力之后，他才发现，他是在垂死挣扎。

王笑脸脖子一伸一缩，身子摇晃，挤进暴雨。有人跑上去，给他披雨衣，他一拉，掉水里；撑伞的人把伞举过他的头顶，他就步子加快，浑身泡水。有人就指责王科运："半脑啊，你要把你全家都累死啊！你看看，手也被打断了，筷子都拿不了了吧？吃都吃不了了，你还想干什么呢？你能干什么呢？"

"读那书,有什么用?"

"把脑子给读坏了。"

"一根筋,一根筋。"

"读书读成这样,不如一个字也不懂。整天在墙上贴纸,现在手也被人打断了,这算什么事嘛。"

…………

王科运跳累了,脸上的笑也就没了。他露出前所未见的疲倦,身子摇了摇,靠着五海公庙的门沿坐下,坐在一堆水中。有人要拉他,手伸到一半,缩回,摇头走开。还有零星的几个人,来得晚,什么都没见到,悔恨不已,脚把雨水踩得"啪啪"响。王科运更加疲倦了,连靠着门沿的力气都没有了,他躺了下来,在水中滚动,脸一抬,眼珠通红,头一甩,水珠四溅。

他连抬起头的力气都没有了,像一根木柱子泡在水中。

右手腕的伤口,传来剧烈的疼痛。他记得两个人抱着他的身子,有个人扯着他的右手,有一个人一棍挥下来,他的手腕就断了,接着就是一块石头砸在他的右手中指,指骨尽碎。他比任何人都清楚,这是对他贴大字报的报复,他多次因为类似的事而被责骂和殴打,也习惯了,不就是手断了嘛,有什么呢?医生配了药,用白色纱布捆住伤口,可此时,都泡在水里了,犹如被一把针猛烈地扎刺。伤处在发热,快要化脓了吧?手臂手指的疼痛,让王科运清醒过来,癫狂暂时远去了,他反而出现了瞬间的冷静。他记起了父亲脸上不会再有笑意,记起了父亲脸上越来越深的绝望——深到不管不顾,让他自生自灭。他用还能动的左手撑着,爬了起来,坐在了门槛上。左手抹眼睛,是抹不到泪的,他的泪消失在雨水中。雨水杀死了他的眼泪。哭声,也是没人听得到的。雨声加大,杀死了他的哭泣。

这场雨的势头雷霆万钧,有缝隙的地方,都潮湿了,没缝隙的,也装满了水。再这样下,南渡江水位会很快上涨,要是上游的水库放水去,瑞溪镇的人,便要做好防水的准备了。雨水让王科运清醒无比,这些年的荒唐事一幕幕闪过脑海,每闪一幅,他的绝望便加深一层,悲伤就难以抑制。他浑身骨肉就像海绵,都吸满水了吧,拧一拧,能挤几十斤吗?他想回头看看庙堂之上的五海公,看看被供奉的五海公,看看人们口中就要附着到自己身上的五海公,看看这个因为几百年前的一场水灾而被供起来的五海公;看看他,是不是即将显现,抽掉他王科运内心所有的迷乱与癫狂、所有的死脑筋和不识相、所有的痛心与伤怀,让他在这场雨水之后,重新做人?

王科运想,谁被骗,谁不被骗,关我什么事呢?那些人贪钱,举止何尝不比自己更加癫狂?我又管他们是否被骗呢?关我鸟事?被骗了才好,谁让他们贪得无厌?我连自己的手……手,手只有疼,彻骨的疼。站起,往家里走,每一滴水渗入,都是无数根烧红的铁针的刺入。他知道,只有回到那个给他无数责骂和白眼的家里,回到父亲丢失了笑脸的家里,手臂的疼痛才能缓解。

他想,希望家里不会因为这场雨,不会因为他的这次癫狂,而从里面把门闩死。

8

潘宏万犹豫许久,还是跟老潘提出,他想把车给卖了。他跟老潘已多次提起这事,没有十次也有五次了。一直被拒绝。犹豫了一些天,他又再次提出来。趁着这一趟车没有客人,他把车靠在家门口,跑回来喝了口水,听到母亲在房间里歇息,呻吟声若有若无;宏亿也窝在房间里,翻看着武侠小说;跟车的刘春芽说天太热,这几趟下来,内衣内裤都臭汗,跑回去换另一套行装去了。见到爷爷在门口哼着琼剧,潘宏万就走上去把内心的纠结说了,他说对跑车的日子心生疲倦了,不想继续了。

老潘眉头一扬:"为什么?"潘宏万说:"现在欠人家钱太多,不卖车,怎么还得起?"他说的,是事实。潘江入狱后,陈梅香一直病重,具体花了多少钱,老潘已经不愿去想了,都记在本子上。老潘说:"不是吧?"潘宏万眼睛一红:"姐夫说了,上次的药水用得差不多了,又该去县里买了。再这样下去……"潘宏万头更低了。再这样下去,会怎么样呢?他不需要说完,老潘懂,等到借钱也借不到,药水买不起,唯一能做的,就是断了药水,让陈梅香听天由命。老潘还是冷冷的:"不是这个原因吧!"

潘宏万知道瞒不住了:"公,你说,你为什么就不愿让我去给三多妹投钱呢?你要知道,那个,是来钱最快的了。我也不是贪钱,可……我妈这样了,再不快点赚钱,就顶不住几天」。你欠人家多少羊找你清楚,现在还有人愿意把羊给你?"老潘沉默,羊肉生意往来,总是你欠我我欠你,可最近,老潘已经极力把欠他的款催回来了,而他欠别人的款,却一分没还,回收的钱都无声无息地投到了陈梅香的治疗当中。老潘欠养羊户的钱越积越多,很多人不愿把羊牵给他,都说先结清旧账……

"因为这样,就要把钱送给三多妹?"

"县里有那么多领导都送去了,我们有什么不放心?你不听蛤蟆二说,全瑞溪的所有干部,都有钱存在三多妹那儿。你不放心三多妹,难道那么多人都是傻子,都会被骗?"

"他们不傻,可他们贪。贪,就会被骗。"

"这句话,你都说了多少回?可哪有人被骗?要是早点投钱,现在也有回报了。你看到谁被骗了?我就不信,三多妹会有那么大的胆子,连所有人都骗,连县里的官也骗。她一个村鳖,有那么大胆子?"

"你也知道她是村鳖,那你说她到底做什么生意,能赚那么多钱?她要是能赚那么多,干吗还要收别人的钱去?用自己赚的钱投资,不好吗?为什么要跟所有人分?她脑子坏?"

潘宏万愣了一会儿,说:"反正人家有本事赚钱就是了,管人家用什么法子。也许人家生意大,确实需要很多钱做本,所以才要召集大家的钱。有钱一块分,有什么不对?"

老潘笑了:"就你这脑子,肯定被人骗得内裤都不剩。你不是说你一直关心这件事,那你说说,现在是三多妹收钱的第几个月了?"

"第五个月了。"潘宏万把车钥匙一抛,接住。

"那已经来不及了,现在,已经来不及了,要是第一月第二个月去投钱,赚到后,马上抽手,还来得及,现在,已经慢了。那些等着月底拿钱的,已经拿不回来了,你现在竟然要卖了车,拿钱去送到人家口袋里,不是找死?"老潘握了握拳,"等着看戏吧,就要有好戏看了。再过一些天,你就能看到满街都是哭得要死的人了。"

"我还是不明白,为什么你就不肯让我赚钱?这年代,撑死胆大的饿死胆小的。你胆子太小了。"

"先不说胆子。我问问你,你想不想知道三多妹是怎么赚钱的?"

潘宏万大奇:"难道你知道?"

"我当然知道。"

潘宏万摇晃着车钥匙,表示不信。

"看那脸,都相像,像我那同吃同躺人……"老潘摇头晃脑,唱了句琼剧《林攀贵》里的唱词,十分得意。长舒一口气后,老潘说:"很简单,三多妹不是做生意,而是行骗。她用第二个月收到的钱,付给第一个月投钱的人。第三个月收到的钱,给第二个月投钱的人。就是这么简单。"

"她脑子坏了吗?干吗要这么做?"

"她脑子坏?坏的,是别人吧?她这是要赚钱!"

"她用钱生钱,给她钱的人这么多,那她不是还不起了?那她不是越欠越多?"

"欠得越多,说明交钱给她的人也越多,她手中堆着的钱就越多。多到不能再多,她就要跑了,把所有的钱带走。不然你以为她真是财神,来散财的?"

"照你这么说,那些第一个月投钱的,要是第二个月领到钱后,就不再出手了,不是赚到了?"

"不错。"

"那要是第一个月所有人都赚了,然后再也没有人投钱了,她不是亏死了?"

"不错。你不是说要胆大吗?三多妹一个村鳖,哪有这种脑子,是她背后的老板胆子大,是她背后的老板有钱来赌。你也看到了,赚钱这么容易,你看到有一个赚到钱的人退出了没有?第二个月不是有更多的人去找她了?现在第五个月了,人不是更多了?你以为我不知道早点入手,能早点赚?可,你怎么知道背后的大老板什么时候收网?"

潘宏万攥紧钥匙,手心都是汗:"公,你说的,谁信?"

"是啊,谁信?不仅仅是我,清楚三多妹这么赚钱的人多了去了,可为什么还是继续送钱?很简单,他们太贪,都想赢一把。那半脑运贴了多少张纸警告全瑞溪的人,又有谁相信了,又有谁退出了?大家不都在四处筹钱去送给三多妹?你要知道,送得越多,网就收得越快。半年快到了,也差不多啦……"老潘摇摇头,又唱,"看那脸,都相像,像我那同吃同躺人……宏万,便宜占不得,你想占'落漆三'偷的摩托车,已经把你爸送到监狱里了,难道现在还要把全家输光?好了,吃了水,解解渴,就去开车吧。苦做苦吃,别想着暴富。"

老潘一掌拍在潘宏万左肩,潘宏万肩膀一沉。

爷爷的力道还在,而他握着钥匙的手掌越收越紧,刺痛掌心。

可,没过多久,还是把面包车给卖了。

9

石头爹的驱魔除鬼没能挽救老潘家唯一一个女人。斋事后,陈梅香说话确实正常多了,没有那么多神神鬼鬼,没有那么多絮絮叨叨,可也变得沉默寡言,话比潘江还少。家里人先是很高兴她的转变,却渐渐觉得奇怪。五天以后,她再次陷入危机,她被卡住喉咙一般,什么话都说不出,只有支支吾吾的呻吟。

这一天,她站起来,默默给全家煮了饭,还在宏亿杀羊时,打了下手;还走出门口,买了一包烟,说是给潘江买的;她还在小卖部听别人闲聊了十多分钟,伸手拍了拍一个小孩屁股上的黄土;回家的路上,她吐了两口痰,其中一口被风吹歪,另一口喷在一根电线杆上。老潘因为她的反常觉得惊骇,让人把开车的宏万也喊回来,把潘宏萍也叫了来。

一直到夜里，陈梅香还极其镇定，她躺到床上，宏萍就进房门来了。过一会儿，宏萍红着眼睛到门口召集爷爷和两个弟弟。陈梅香叫着"潘江潘江潘江潘江潘江"，眼睛就闭上了。眼前的这一幕，是李堂清曾提醒过的，他让老潘做好准备，却没想到这一天会这样快。随着宏萍一声尖锐的哭声，宏亿不甘落后，及时跟进，扑在床头，和姐姐比拼声音。对于潘宏亿来说，被关在铁笼之时，若没有母亲，他是熬不过去的。之前奶奶逝世，宏亿还小，没有记忆，也就没那么伤心，此时他亲眼看着母亲双眼闭合，是另一种彻骨之痛——跟这丧亲之痛比起来，毒瘾的发作又算什么呢？

哭声一传出，好些邻居也松了一口气："老潘家的女的，终于……"在许多人看来，与其整天被病折磨，被看不见的鬼折磨，还不如早点断气，不如早点……

老潘默默走出门口，在夜色中站了许久，听孙女孙子在屋里的哭声如潮，涌动不止。

再走回房内，老潘已冷静得接近冷漠，他拉过宏万，拍拍他的肩膀，说："你可以卖车了。"

"……卖……呜呜……车？呜呜……"宏万没回过神来。

"是，卖车，明天，你就去问问，能卖多少算多少。一定要尽快出手。"

第二天，天色尚黑，瑞溪镇笼罩在深蓝色的天幕下，像泡在无波无澜的深海中，寂静孤独。老潘让宏万开车往西，到瑞溪镇八公里外的长安镇，寻到专门料理后事的长安五爹，购置了棺木和寿衣。回到镇上，天才泛白，老潘给宏万下了死任务：卖车。尽量多卖一点钱，但也不强求，关键是要快点拿到钱，安排陈梅香下葬。老潘也不愿找任何人借钱了，现在，整个瑞溪镇的人都在借钱，都在疯狂地把钱送给三多妹，不会有人有多余的钱借出。最关键的是，老潘已经借得够多了，已经处于名声破产的边缘，他不想在给家人安葬的时候，还去低声下气看人脸色。

寻好安葬地，一切程序皆依地方习俗……当然，由于是女的，丧事不宜过大，一切从简——当然，以目前挖肉补疮的现状，想不简也不行。安排葬礼程序的，还是石头爹。去叫石头爹时，他一直不愿过来，他甚至说："我去你们家赶鬼，没能把她救回来，我还有脸再见她？不是让人笑死我？"老潘说："有头有尾，就你来吧。我找你，就是想少花点钱。我已经没钱请别的师傅公了。"石头爹推辞不过，摇头晃脑而来。

这段时间里，老潘硬石般冷静，好像这事和买羊杀羊卖羊一样，再普通不过，普通到根本不值一提，普通到不该哭丧着脸。宏万、宏亿两兄弟也察觉有些不正常了。直到所有的事情办妥之后，老潘才忽然在一次和别人喝茶时失声痛哭。当时几人正聊彩票聊得欢，有人拍桌说下期一定"5"打头，有人觉得应该是"3"，就吵起来，老潘的哭声正是此时发出来的。向群茶馆里的人都愣了，有人劝老潘，有人询问他哭的原因，老潘只是号啕，不管回话，茶馆里二十多双眼睛都直了。最后，向群茶馆的老板娘把白眼一翻："老潘，你这么哭，我还怎么做生意？算了，这顿，算我请你，别鬼叫了！"老潘才停住了，说："我觉得'3'打头更准一点，我觉得是'3'，'5'在这里，根本是不对路的。"

很多人对老潘失态的谈论兴趣一度超过谈论彩票。有人认为是他想到儿媳早死，他白发人送黑发人，故而伤心；有人说他伤心，是因为潘江还在牢里关着，老婆都死了也没能见上一面，估计还不知道老婆已死……这些说法又一个个被谈论者推翻：

"安葬陈梅香期间，老潘连愁都没愁过，他会为儿媳伤心？"

"你怎么肯定潘江不知道老婆死了？老潘能忍住不说？"

……

之后不久，老潘去监狱看潘江。两个孙子都想跟着去，老潘怕他们掩饰不住陈梅香已去世的消息，断然拒绝。潘江显然已经适应狱中生活，在里面表现良好做事勤恳。老潘不断审度着潘江，犹豫要不要说出陈梅香的事。斟酌再三，还是没说出来——他不是怕潘江伤心，早晚要有直面的一天的。他是怕潘江伤心过度失去理智，在狱中做出癫狂的事，把当前的大好表现损毁，若是因此加刑，那就更亏了。潘江见父亲犹豫又悲伤，安慰说："兄，刚不说了嘛，很快就能出去，我表现很好的。"老潘嘴唇抖了抖。潘江问："宏亿的毒戒了吗？"老潘的回答让他极度满意。潘江又问："梅香身体好多了吧？"老潘嘴角一扁："好多了，梅香没事了，以后都不会有病痛了。"潘江听不出话外音，满意地笑了，让父亲别再来看他了，反正过不久就要出狱回家。入狱以来，潘江第一次感觉希望就在前头，家中一切安好，后面的生活值得期待和想象。

老潘却没法想象。他想象不出潘江出狱后只能看到一个土堆的情形。

黑手义给老潘策划了无数个委婉告知的法子，没一个让他满意。黑手义丧气地说："到时候要怎样就怎样了，猜测个鬼啊。"是啊，猜测个鬼啊？老潘抬头望着瑞溪镇那让人发蒙的街巷，内心空茫，瑞溪镇，终于成了囚禁他一生的牢笼。那年黑手义志得意满地让他搬到镇上，说镇上是另外一个天地，是一个让人能存活得更好的地方，他就带着全家上来了。当时，他何尝想到，这是一个奔往牢笼的过程呢？若是继续在村里，在那几亩地上日出日落，全家人或许不会是今天的面貌吧？或许，老伴、陈梅香……应该还在……或许，儿子不会在监狱，宏万不曾退学，宏亿没有吸毒……

老潘神情恍惚，要挣脱囚笼的欲望开始涌动。

黑手义也在念叨着："不该啊，不该啊。"到底不该啥，没个具体对象。

两人都注意到了对方的变化。与几年前几乎对调了，老潘腰板挺直精神焕发，而黑手义铁塔般的身子已不见，皮肉下垂，老态龙钟，和他说话，老潘得用喊的。当然，老潘在一瞬间想到的，是陈梅香的父亲打铁公：黑手义身材和打铁公最像，变老的速度也最像，儿孙最爱折腾也最像，以后，黑手义会不会也像打铁公一样，在儿孙的冷漠对视中过世？老潘为这个想法吓了一跳，赶紧把心事转向别处。

黑手义一手拍在桌面："老潘，你还记得，为什么我叫黑手义不？还记得不？我是怎么被人家叫黑手的？"老潘沉默许久，只能一遍遍往黑手义的茶杯里加水。壶里水干了，重新添加，再倒干。老潘用加水来掩饰悲伤，他没留意，水已灌满，溢出杯口，流到桌面，顺着倾斜的桌缝，滴到地上，滴到满是纸屑、塑料袋和花生壳的地上。

最先有卖车想法的是潘宏万，车真的卖了，领到那叠并没有想象中厚的钱，他的手是发抖的。开车去交给别人，他手心都是汗。他不能不卖，他母亲的尸体，还在等着下葬。活人的事情等得，死人等不得；活人的事可以马虎，死人的事马虎不得。交车之前，刘春芽问他："是不是以后我都不跟车了？"潘宏万想骂人，想马上把她按倒，骑一骑，他脱口而出："车都没有了，还跟个屁啊？"是啊，车都没了，还跟车？跟在车后面吃尾屁？跟在车后面吃土尘和黄泥？

潘宏万一踩油门，以最快的速度跑开。路两旁是刺伤眼目的绿色，花木郁郁葱葱，小镇灰黄、破败，是被绿色所包围的一块最荒凉的地方,是绿色地面上一块腐烂的疮。这是最后一次开这辆车了,油门踩到底,车几乎凌空飞起,地面稍有一个坑洼,都把车抖得跳起。可潘宏万不愿减速。交车、领钱、回来……他目光呆滞。把钱交给老潘,他心想,可能真的到离开瑞溪镇的时候了。

埋下母亲后,潘宏万开始打听老同学的下落。有的在读大学;有的比他退学还早,在省城海口摆摊卖消夜,三年左右赚了十几万;有的,在省内的大城市骑摩托车载客;最惊奇的一个是小学六年级的班上同学,在其他人升上初一后,他当即结婚了,几年过后,老婆生下两个女儿便跑了,他再也没把老婆找到。潘宏万掐指一算,那同学的大女儿已六七岁了,吐吐舌头,立下了过几年回头追那同学女儿的宏愿。对比了一番,潘宏万觉得最靠谱的,是那个在省城搞消夜摊的。他想联系他,在他那儿混一段,先找份工来打,时机成熟了,他也寻个小生意来做。

他没信心能在省城立足,可他决心要走。

向老潘提出时,老潘淡淡的一句:"随你,去外面看看也好。"不随他,又能如何呢?车也卖了,也没什么做,总不能叫他回村里,重新把锄头捡起,靠日头吃饭吧?年轻人有年轻人的路,就让他出去走走吧。老潘没想到的是,潘宏亿也要跟着潘宏万走,他也要离开小镇。潘宏万反对弟弟也离开,可潘宏亿一句话就把他的嘴巴塞死了:"为什么你要走,却不让我走?要留,你留咯!"潘宏万愁肠百结,无话应对。老潘还是淡淡地:"都出去看看吧。但外面不比在家,什么都要靠自己。朋友能帮一时,帮不了一世。"

潘宏万辗转问到朋友的呼机号码,打了过去,在公用电话前等了半个小时,终于回话了。还没等潘宏万说话,同学已经在那头拍着胸脯:"什么时候上海口来,我请你喝酒,喝多少,我包。"潘宏万期待的，正是这豪气，把心意跟他说了。同学在那头沉默了好长一会儿。潘宏万脸红耳赤，忙说："要是麻烦，就算了。"同学说："不是麻烦，是我这里也很拥挤，十天半个月，不怕脏，挤一挤，是可以的，要长久，怕受不了。""十天足够了。""我这最近也要招工仔，你是同学，我不敢叫你来端茶送粉，你可以让你弟来我这儿先做，钱不多，但吃住我包了，随时有别的工，他可以马上走，要没有，有我摆摊的一天，你弟都可以一直跟着做。你，就找别的事做，过渡之后，找到工，你自己租房子住。""就这样！"潘宏万言语有些哽咽，他原不抱任何希望的，没想到同学之情还在，还解决了大问题——弟弟有地方去了。同学听出他话里的异样，问："听说你爸……最近，去看了没？"潘宏万握着话筒，空茫失语，哭出声来，把同学吓得胡乱劝慰。潘宏万一咬牙："最近，我公去看了他，还得过一段才出来……我妈过世了，不然，我也不会这么急着找事做。"

"先来我这儿吧。"话筒那头又在拍胸脯。

　　决意要走，收拾东西却是要花一些日子的。母亲的那些旧衣物，也在下葬后，堆成堆，烧掉了。把要穿戴的衣服取出，其他暂时不用的，装包装柜。宏萍也过来帮忙收拾，给两个弟弟各塞了八百块，说："你们姐夫给的，不要大手脚，外面不比在家，没钱就要饿肚子的。省点花。"潘宏亿把自己那份交给潘宏万："哥，还是你拿着，我怕我手滑。"潘宏万不接："你手滑，那是你自己的事。出去了，一个人管一个人，我不替你拿。你要给我，就得送给我。"潘宏亿把手缩回来。

　　潘宏萍笑了。

　　两兄弟对视一眼，内心纠结。家里多久没看到笑容了呢？姐姐一笑，两人才发觉，原来她跟母亲，有着一张那么相像的脸，笑容绽放，嘴角微翘,眼眉低垂,皆如出一辙。一想到母亲,两人内心泛酸,不愿面对,可姐姐帮忙收拾的身影,真的是那么像。除了给两兄弟钱,潘宏萍还带来了一只鸡。她说这也是李堂清让带的,会有用。她还问老潘:"公,这鸡有什么用?"老潘没说,只微微点头,孙女婿为他想得真周到。这些年唯一一件没做错的决定,是不是就是把宏萍嫁给了李堂清呢?

这只鸡的作用,是在两兄弟离开小镇的前一天杀了,带回祖屋当祭品。

摩托车被缴了,面包车卖了,跟大肚成借了摩托车,才回乡下祖屋了。祭拜完,返回镇上,祖孙三人喝了两斤米酒。宏亿身子尚未完全恢复,就喝得少些,老潘跟宏万则几乎平分了。

到省城海口有两条路:一是到西面的县城车站坐车;另一条,则是到东面的永发镇,搭另一个县的过路车上去。起床后,两人都难掩内心涌动的兴奋,满脸红潮,早餐也不愿吃,匆匆上车赶往永发镇。老潘去菜市场割肉回来煮粉汤,在十字路口那儿看到两人各拎一个提包,已经挤在面包车上。

塑料袋里的肉顿时变沉,塑料袋的口子挂得手指生疼,臂膀也酸了。这哪是一斤肉啊,这分明是半边猪,歪嘴昆今天这一刀也太舍得了。

是的,真的沉得割手了,肯定不止一斤。

10

"三多妹不见了。"

——这是贴在十字路口电线杆上的一张纸上的话,简简单单,没用红色,是最常见的深蓝圆珠笔写的,字体细小、笨拙,却激起了巨大的波澜。见到这张纸的人,都清楚这不是王科运的笔迹。王科运是上过大学的,人是疯了,手上那字可没疯,一笔一画充满了布局感和空间性,随意挥洒,也掩饰不住手底行云流水的风度。当然,字越有风度,他被嘲笑得越猛,那些人都是这么说的:"读名牌大学,有用?写字好看,有用?能赚钱才有用。赚到钱有命花才有用。疯了,屁都没的吃……"相比王科运,这张大字报显得笨拙,可这行笨拙的字,让无数人心惊胆战。

　　在茶馆听到这消息,老潘只有一个反应,这一天果然到来了。无论有没有投钱到三多妹那里,每个人都就此事件发表自己的评论。当然,那些投了钱的惊慌失措,四处查证求实;而没投钱的,未免幸灾乐祸。人们互相打听,而镇上各种小道消息都有,被传得最多的一个消息是,三多妹的利用价值完了,她已经被幕后老板装麻袋沉海了。三多妹的任何痕迹,都不会在世上存留。这些消息绘声绘色,那些投钱进去的再也坐不住了,相互招呼,骑着摩托车,匆忙赶往南渡江北岸的三多村。

　　这是木桥修建以来人流量最大的一天。夏寮村的守桥人收钱收到手酸,让很多着急的人骑着车轰然跑过了,只好召集来村里的年轻人,一同封堵收钱。据说,以往瑞溪七月初七军坡节时,都没有这么多人往来。摩托车时时在木桥上呼啸,桥下的水面都波纹四起。瑞溪镇和周围村子很多人都跑到桥边围看这隆重的一幕。瑞溪镇所有的茶馆都爆棚,闲人忙人,都在传播各种消息。镇上的生意人去了三多村,带回消息,三多妹已经失踪了。据三多妹家里的人讲,大前天晚上,她的呼机响了,她用集资后家里安装的电话回了机,打完电话后,她满脸兴奋，跟家里的人说，我们要发财了，我们要发财了。话没多说，三多妹匆匆出门去了。她的家人对前来查找的人说："是不是有人约她在哪儿见，要交劳务费给她啊？"这个猜测很合理，也很吓人……中午时候，镇里投钱的干部也出动了；到了下午两点多，县里一些官老爷官太太也驾小车前来，要一查究竟。

全县这么多人聚集到瑞溪镇来，使得瑞溪镇前所未有地热闹。做小生意的，都笑呵呵的——当然，前提是他从没投钱给三多妹。多人出动，三多妹失踪便成了板上钉钉的事实。同时证实的还有：那些收来的钱，随着三多妹一起失踪了。她的家人惊骇万分，不见了人不见了钱，会不会出什么事，商量着要报警。还没真的去报，公安人员已经上门了，即使不去报警，县里的公安人员也在四处设防，掘地三尺也要把三多妹挖出来。一来不少公安人员就把钱放在三多妹手中，二来县里的官老爷有更多的钱在三多妹手中，这两个原因致使他们不得不出力。他们把三多妹全家人、有亲戚关系的、邻居，都控制了。警方公布的三多妹的罪名很吓人：非法集资，携款潜逃。

这个罪名一抛出，投钱的人哭声震天，在三多妹门前围住公安人员，让他们尽快破案。公安人员焦头烂额，他们比这些人还要心急！

县城里的某些官老爷官太太，其实并不是直接把钱给三多妹的，而是通过县城金江镇红旗超市的老板娘何小妹来牵线搭桥。这何小妹跟"三多妹"何海妹同龄，又同是三多村人，被称为"三多双妹"。县城里的一些人，包围了何小妹的红旗超市，让她取出本钱，那些人都说，他们放弃利润，只要回本钱就行。何小妹也傻了，她说她也没想到三多妹失踪了，她还有好几万在三多妹手里呢！那些人内心绝望，为了挽回一些损失，集体去抢何小妹红旗超市的货物，希望减少一些损失。何小妹哭声震天，拦也拦不住，只得抽出一把剪刀，威胁抢货的人，再抢她就往自己太阳穴插。乱心一起，那些人哪里还管那么多。何海妹没把剪刀插在太阳穴，扎在了自己手臂上，她疼得在超市里乱跳，血花四溅。公安人员赶来维持秩序，花费好几个小时，才平息场面。

  有的好事之人，开始计算跟随三多妹一起失踪的到底有多少钱？根据他们的估算，仅瑞溪镇、永发镇、金安农场这三个地方，就被卷走三千多万；而县城那条叫新皇马的街上的生意人，也丧失千万；住在县委里的官老爷官太太，不能暴露了数目，以免成为反腐的对象，哑巴吃黄连，有苦无处申，其数量更是难以估量。保守估算，有说卷走七八千万的，也有说一个多亿的。之后的好长时间内，三多村整天围着前来追债的人，她的家人被公安控制了一段时间，查证确实跟三多妹集资的事无关，也只得放了。但他们倒宁愿被公安管着，那样至少还能保命。回到家后，他们整天收到用鸡血画着刀斧的白纸的威胁，他们家的墙壁也常常有人倒狗血，家里的牛也不知被谁牵走，屋子的瓦被掀了，祖屋被推倒一堵墙。扬言要挖他们祖坟的人也有不少，据说还成立了一个"掘坟委员会"，已在筹集锄头铁铲，择日出动。三多妹的家人四处打听外地亲朋，抛田丢地，纷纷逃散。红旗超市的何小妹，整天被人拿刀追债，也以超低价把超市转手，逃到广东去了。

  也有一些人，是可怜三多妹的，他们认定三多妹已经被幕后老板灭口，被榨干利用价值后，她尸骨无存。"三多妹携款潜逃"事件改变了很多人的命运，这种改变，不仅仅是损失钱财那么简单的。比如说，瑞溪镇中学校长，因为此事丢了官。王科运当老师时，那人只是副教导，而此时他已经升到了校长，镇上很多人都亲耳听到校长痛心疾首，他被三多妹卷走了十多万。这消息被县教育局听到了，有人怀疑他既然投了十多万，家里的财产肯定不止这么多，深入清查，他贪污多年的事情败露。他倒掉之后，王科运并没有多大的兴奋，他对着路边一辆三轮车喃喃自语："他算什么？更大的贼还没抓呢！就抓了他，算什么呢？哎……我说他们贪，没人信；我说你们会被骗钱，也没人信……"

夫妻分离、父子反目的，层出不穷……

11

深受此事影响的，还有黑手义一家。

黑手义未能阻止儿子许召文、许召才把钱投进去，眼睁睁看着他们被骗得身无分文。当然，他们也算是拿到了一些小回报，可相对本钱来说，那点利润便不足道了。钱被骗光，黑手义并没有因为提前警告而获得两兄弟的服气，而是得到了两人一致的埋怨。两兄弟空前团结，一起在黑手义耳边说："你既然知道要被骗，为什么不拉住我们？"

"拉得住吗？我哪有力气拉啊……"黑手义说。

"你这是看着我们跳屎坑，是看着我们找死。"许召才额头已经有汗了，他和一群人时时关注着三多妹家的动静，都死心了，却又觉得父亲当时没有坚决拉住他，才让他走到这一步。

"我早说过的，你不听，我有什么办法？你要记住，你不但把你自己的钱丢了屎坑，也丢了我的钱——那是我的棺材钱，你丢了，我死了，连棺材板都没有了。我说过的，到我死的那天，你们两人，别想找到我。就算你们买了棺材，也没东西装——装屁去吧。我今天再把这话说一次，以后就不说了，你——你——召文、召才，我要死了，你们别想找到我……"黑手义的手指从两兄弟的鼻梁上滑过去。

两人怒气未消，继续指责黑手义。

许召文甚至说:"真不知我们是不是你生的,真不知我们是不是你的儿子,你竟看着我们这样?现在,钱都被骗了,我们怎么办……"

…………

道理是扯不清了,黑手义踢翻饭店剁肉的砧板,仰头走出饭店。

父子三人彻底闹翻。

许召文投入的钱里面,不仅有他自己的,也有一起做瓜菜生意的合伙人的。钱丢进了水,波纹不生。那些合伙人没法找到三多妹,不断纠缠许召文:"谁知道你有没有把我们的钱投进去?或许,钱就在你的口袋里,你就是借着三多妹逃跑的机会,骗我们的钱……"话说到这份儿上,再合伙搞生意已经不可能了。他们每见到许召文一次,就前来牢骚一次,却也不去报警——报警是没用的,全县那么多官老爷也不知道找谁还呢!口袋已空,可家里那么多张嘴却是要吃饭的,平常最阔气的许召文,不得不为生存而考虑了。他问黑手义"借钱",被黑手义断然拒绝。黑手义说:"连棺材板都没了,还有钱?"没有办法,许召文找了一个熟识的朋友,借了几百块钱,买了锄头、簸箕等农具,从镇上迁回村里老家,重新经营家里的田地。

迁到镇上后,一些田给了亲戚种,亲戚种不过来的,就任其荒着,茅草长高,荒凉不已。许召文不能直接把那些亲戚正在种的田给抢过来,只能向那些长满荒草的田地下手。起先,他白天在乡下干农活,晚上回到镇上住,十来天后,累得没法这么往返了,便住在村里。老婆和他吵了两回,他也懒得吵了,把头扭到一边。老婆的声音渐渐变大,他冷冷地说:"你再说一句?"老婆再说,他照着她的脸就是一拳:"你再说?""再说,怎么了?"老婆捂着脸哭。许召文说:"要嫌苦,明天就去'脱离'!你找你的新日子。别以为我不敢,要知道,我们家,可是有'脱离'传统的。"威胁老婆时,他还不忘挖苦父亲黑手义。老婆不敢再说,也低声下气地跟着下田。

许召才不愿回到村里去,那种晒日头的活,他能去干?要知道,他可是许召才。许召才是晒日头的人吗?可老婆和孩子都眼巴巴要吃饭,老婆和他吵闹时,他也学召文,威胁要离婚。他老婆就朝他脸上吐了一口痰:"离啊,现在就去,谁怕谁?我还找不到一个比你好的?"老婆一强,他就弱了下去。他的三轮车还在,可此时不是彼时了,大家都成了穷鬼,没被骗的也得装穷,免得别人上门借钱,哪还有人随便坐车啊?载客的生意比之前萧条了不少。他越是慌乱,越是和黑手义闹得鸡犬不宁,他老婆也就越嘲笑他。更让他难以接受的,一旦在老婆面前泄气,不但腰板挺不直,别的地方也直不起来了。

危机重重,许召才不愿被老婆彻底击垮。吃了一个哥们儿给他的几颗"灵药"和黑手义酿的"坡马酒"后,他憋了几天,才把老婆打服在身下。趁着老婆朝他投射温情之时,他说:"我想了想,我不在瑞溪镇过了。在这里,想发达是不可能的,我要去三亚。我们县在三亚的人不少,做什么过活的都有,我想去那儿找份工。在瑞溪,饿不死,也不可能发达。我就不信,凭我的本事,就赚不到钱。三亚是旅游区,捡石子卖的都发财。"他老婆眼皮一跳:"你去三亚,那我呢?"许召才毫不犹豫:"你也去。"他老婆说:"小孩呢?"许召才愣了愣:"先让黑手看着。站住脚,就让他们去当三亚人。只要有机会,我绝不让他们当瑞溪人。"

借着酒气和药力,他又把老婆要了一回,恢复了在老婆面前的威严。

许召才说到做到,过了几天,他就把三轮车卖了,筹齐了路费。在孩子的哭闹声中,在老婆看着孩子哭闹而泛红的眼珠里,他一手拎包,一手扯着老婆上车了。

三多妹把那么多人骗得口袋空空后,瑞溪镇迎来了一次人口外出的高潮。瑞溪镇出过不少会做生意的人,但在以往,都是零零散散外出,这件事迫使那些身无长物的被骗者集体外出寻活干。一些没被骗的蠢蠢欲动,一咬牙,也外出了。在那一两年里,瑞溪镇上很少见到年轻力壮的年轻人。

饭店成了黑手义一个人的饭店。此前,他掌厨,可主要的劳力是两个儿媳,可现在全家散了,得全由他来上马了。他老婆平常多是看看孙儿,现在也不得不为这个饭店而奔忙了,几个还在上学的孙子,也得动手帮忙了。有的人劝黑手义别那么辛苦,说年纪都这么大了,该闲就得闲,何必这么忙?黑手义不多说,被问得烦了,他就举例道:"你们觉得我辛苦?我还有老婆帮手呢,我还有几个孙帮手呢,有时,召文那老婆得闲了,也会来帮帮忙,我这算什么苦?吃饭的人多,我高兴还来不及呢,我苦什么?苦的人,你还没见过呢?"

"还有比你忙比你苦的人?"

"老潘不是?"

提到老潘,客人就无言了。

别说其他人,就是老潘也常常想不明白,怎么整个家,就孤零零只剩下他一个人了?

和儿子吵闹得厉害时,黑手义不愿在家见到那些让他心烦的脸,就到老潘家过夜。两个老头在空空荡荡的屋内,话就多了起来,可也有说不出话的时候。话一少,烟瘾就重,烟头的火光在黑沉夜色中暗了又亮亮了又暗。

两双老眼相对,把夜晚无限拉长。

李堂清和潘宏萍每到镇上,都会顺便帮老潘买些菜。李堂清掏出钱塞给老潘,老潘不愿接。李堂清劝他别那么辛苦,现在,就一个人了,就别杀羊了。老潘笑了,说:"我一个人,闲着也是闲着,反正,再过不久,你爸也要出来了,也不就是再过两个月嘛!小事,小事,闲得身上生虱了,也不好。你爸出来后,还得杀羊的,我得帮他把生意牵着,现在放手了,就被人家抢去了。到时想再拎起,就难了。"老潘一个人到乡下要羊,得踩三轮自行车载回来不说,欠钱多了,愿意卖给他的也不多,可还得维持着,他不能让打铁公送的那几把刀生锈。

生锈了,再磨锋利,就难了。

12

三多妹携款潜逃后,瑞溪镇发生的最大一件事,是首富死了。他的死印证了几件事,第一件,是所有人都猜测到的,他的葬礼没有他父亲的葬礼风光,前来凭吊的小车是有,可比起他父亲死时的奢华,他的葬礼只能算是简朴。第二件,就是印证了他父亲下葬时,石头爹的断言:首富家即将败落,并且,不超过三年。当年黑手义跟老潘转述石头爹的这番断言,老潘还只当笑话听,并不当真,可首富之死,引起了更多的传闻。有的传闻说,这三年来,首富的财产大幅度缩水,已经所剩无几甚至欠债累累,他们家唯一还能保证的财产,就是那栋四层楼而已。自然,也有不少据说很懂风水的人说,这一次败落,早有预兆,当时他父亲的墓就没埋对地方,要是对了,事情会是这样吗?这些马后炮,引起一阵哄笑。镇上人没法打听清楚的是,首富到底是为何而死?因为没有一个确切的消息来源,大家的猜测,也都不可信。还有的人把首富和三多妹事件联系起来,说首富就是幕后的老板!这话一出口,被其他人斥为荒谬,说首富最盛之时,资产十多个亿,他要骗，会更高明，会骗你们这些小钱？之后，还有人传出首富的公司内斗的消息，首富家里兄弟内斗的消息，等等，都属于外人的猜测，听者也不当真。

有的人就说了，首富家再落魄，不也比你们富？别的不说，那房子即使是空的，你们谁能修建得出来？谁能？谁能？把其他人的嘴巴堵死了。瘦死的骆驼比马大，何况，首富家可比骆驼大得多，他的葬礼再简朴，那三十多辆小车的气派，谁有？他家落魄，可谁的日子比他家的人更舒服？人家都去过一百个国家了，你们这些人，上一次去县城是什么时候了？有脸说人家？你们，死了，也是瑞溪一只蛤蟆，一只老鼠，一只臭虫，能跟人家比？你们这些人，见过的女人，还没人家睡过的女人多，而且人家睡的那些，啧啧啊……啧啧两声，口水就下来了。

瑞溪镇的主要领导干部，大多受邀出席了首富的葬礼。平时镇上要搞什么活动，首富不少捐钱，现在人走了，不能马上翻脸，不能即刻断了情义嘛！随着首富的下葬，又有传言流出，说是首富家人已听到首富的父亲墓地不好的流言，已经从他处请来高人深入勘探，若是属实，便会迁墓，重振家风。

这些貌似重大的事情，抵不过一阵南风、一阵急雨，不过是口沫横飞的谈资，对于某些人来说，还不如一碗粉汤要不要加蛋、加鸡蛋还是鸭蛋来得重大。至少，老潘不会为这样的事挂心，他心烦和头大的，是儿子潘江即将从牢里出来了，即将回到家不成家的"家里"，要怎么把陈梅香已死的事告诉他，足以让老潘想破三个头，足以让空荡荡的房间，装不下老潘一个人的烦躁。

有风吹过，首富家人丢下、炸开的鞭炮碎纸屑随风吹而起，随风停而落。老潘的目光在烟尘四起的街上游移。

越活越不会说话了,老潘想。

13

老潘按照潘宏万留下的那个呼机号码拨了过去,就在小卖部等。半个小时后,那边回话了,是宏万那同学,听说是老潘后,他让等一会儿。再过半个小时,潘宏万拨打了回来。老潘说:"你爸后天回来!你们兄弟,是不是也要请假回家?"沉默好一阵,宏万说:"宏亿先回吧,我去把我爸接回来。"

当天下午,潘宏亿已经回到镇上。两个多月没见,潘宏亿整个人胖了一圈,这让老潘内心暗喜,倒不是因为潘宏亿油水足,也不是因为他之前太瘦,胖点更像人样,而是他发胖,说明他在远离毒品。潘宏亿提出也要去海口,老潘忐忑不安,怕一走远,没人盯着,重新贴近毒品,就彻底完了。老潘之所以同意他去,是考虑到即使就在镇上,他真要吸,又能拿他怎么办?索性放他到笼子外面,或许还好些。想是想通了,却无时不牵肠挂肚……

宏亿开始交代在省城海口工作的各种情况。他跟着宏万的同学搞消夜,摊子在一条还算热闹的巷子里,每天晚上十点后,来吃消夜的人络绎不绝,他们的摊子,搞炒粉、粉汤,也搞烧烤卖啤酒,当然,更卖清凉解渴的清补凉,每晚三点才收摊。白天不是太忙,晚上要熬夜,习惯就好。住的地方挤了点,吃则不错,因为就搞消夜的嘛,管吃够。问到宏万的工作,宏亿支支吾吾,老潘颇是费了一番口舌才把话套出来。潘宏万不在同学那儿做,找工的压力就大一些,一直到第三个星期,才找到一家超市里当送货员,由于他会开车,顺理成章地,那家超市的货物,都由他开着一辆小皮卡来载。他先是在超市旁边租了一个小房间,后来不租了。"那住哪儿呢?"老潘问。潘宏亿脸一红:"他追了超市一个售货员,搬去和人家住一块了。现在两人每天一块睡一块吃。"老潘一愣,他晓得宏万在这方面有天分,手快脚快,又有哄人的唇舌,只要出手,一般不会空手而归,想不到却这么快。

老潘哭笑不得,摇摇头,想起了刘春芽,那个满身酒气刘春芽。潘宏万去省城后,刘春芽来问过老潘五回宏万的下落。第一次,老潘一愣:"他没跟你说吗?"刘春芽说:"说什么?"老潘说:"车卖了,他去找活干了。在海口。"刘春芽登时就哭了,掩面而跑。之后,她断断续续来过几次,问怎么才能找到宏万,在第四回的时候,老潘把宏万同学呼机号码告诉了她,她用纸小心翼翼地记下来,把希望揣进口袋,兴奋地回去了。她有没有拨动那个号码,老潘不得而知。第五回,刘春芽木着脸来,问老潘潘宏万自己有没有呼机?老潘摇头说应该没有。刘春芽失望地走了,这以后,她再没来问老潘。对刘春芽,老潘是心存愧疚的,她跟着潘宏万的车的时间也不短了,她和潘宏万睡到一块,在瑞溪镇也是尽人皆知的,不但她,连老潘心里也把她当成了孙媳妇。她手脚勤快,一有事就过来帮忙,陈梅香病重那会儿,她出力可不少。可现在,宏万又跟别的女的睡一块了,唉……有几回在镇上碰到刘春芽的母亲三婶,老潘都不敢看。三婶几近恶毒的目光,让老潘难以抬起头。有一回,实在是被盯得皮肤起毛了,老潘硬着头皮上去:"三婶……我承认,宏万对不起你家春芽,让她在瑞溪的名声不好……这是我家没福气,这么好的女孩,我们家哪有福气娶?"三婶凌厉的目光依然没收回。老潘叹气道:"我家发生什么事,三婶你是清楚的。死的死,坐牢的坐牢,吃毒的吃毒,家不成家,车也卖了。要是车不卖，宏万跟春芽，这事就成了。是我家的错，可，欠那么多钱，不卖车，行吗？死人等着埋，不卖车，能行吗？怪就怪我没本事啊……三婶，你说，现在这样，他们就算能成，不也是来我家受苦？全瑞溪的人都传了，我老潘家的女人，都命不好，你舍得把春芽嫁到这屎坑里来？"老潘表情悲伤，自哀自怜，也说出了一些道理，三婶的目光就不那么凌厉了，甚至带着些许同情。

潘宏万那么快就跟别的女的睡一起，老潘内心还是不能接受。

潘宏萍带着她两个小孩前来帮忙，她生了两个男孩，这是她在李堂清家额头很高的理由之一。李堂清出诊，要晚些才来，她先带着两个男孩来了。今天，她的父亲出牢，要庆祝一番的，她拎着一只鸭一只鸡来。

潘江是在下午两点多回来的。

潘宏万跟超市老板请了假，把那辆小皮卡也借了出来，说要耗多少油，他自己加。请假加借车，这两件事加在一块，有些过分，可一听说要把父亲接回去，老板竟同意了。走出监狱铁门，见到宏万开的是小皮卡，潘江心知不妙。一问起，宏万说面包车卖了，现在他在海口打工呢！潘江默默上了车，两人没再说话，一个只顾开车，一个闷着头，挠着那一头已全白的头发。比他头发更白的，是他的脸色，随着车的颠簸，更是没有一丝血色。潘江忍不住了，问："你妈呢？身子好了没？"潘宏万不回答，脚下油门加大，猛驰两分钟，一按刹车，车停靠在路边，熄了火。潘宏万头靠在方向盘上，肩头抽动。十几分钟后，潘宏万眼珠通红，继续开车，仍没说一句关于母亲的话。潘江也没再问，他抓着白发，一用力，就掉下一些来，那些白发太脆弱了。

到永发镇了。

接近瑞溪了，那个熟悉的地方，快到了。

进入瑞溪了,街巷依然,逼仄依然。

到家了。

下车吧!

家人都在,两个外孙也在。他的发全白了,可两个外孙都认得,没有一点生疏,上前就叫:"公,公。"潘江的眼睛在家人身上一一扫过,都在……不,缺了一个,缺了陈梅香。潘江一挠头,对靠在铁笼边的潘宏亿说:"宏亿,你妈呢?"潘宏亿失声痛哭,两只手握着铁笼,不断摇晃,摇得灰尘乱飞。宏萍赶紧拉过两个儿子,也泪流满面。

"哭什么?你妈呢?"潘江不断念叨这句话,开始找寻。翻箱倒柜、钻床底、爬楼顶,后院的羊圈也探头探脑搜了一阵,那个竹编的鸡笼也没放过,头钻进去,出来就是满头鸡毛、鸡粪。他还满怀希望地用一根竹竿伸到家里的出水道捅了捅,好像一缩回竹竿,那头就有人抓住,顺着竹竿,出现在他面前。

家人只能看着。只能看着。他们能拦吗?能骂他脑坏吗?宏萍倒是想去拉他,被面无表情的老潘喝止了。

将近一个小时后,潘江筋疲力尽瘫软在家门口,没有眼泪,没有表情,脸色比刚下车时更白。坐牢的这些日子,他的变化就是把头发和肤色都染成了牛奶的颜色。

老潘走到儿子面前。

潘江疲倦无比,说:"兄,梅香在哪儿?带我去看看吧。对了,要不要买纸钱和炮车?要买吗?"

"就在我们村的土仔坡,很近。现在就去吧,就等你呢。鸡和饭,宏萍已煮好了;炮车纸钱香烛,宏亿买了。你看看,要是嫌少,再买一些?"

潘宏万开着小皮卡把家人都拉回村里。

把潘江带到墓前,宏萍、宏万、宏亿几人点香烧烛,两个外孙争着抢着烧纸钱。老潘退到一丛竹后面,远远看着。所有祭拜的程序之后,点着鞭炮,噼啪炸响,在这坡上,激响阵阵回音。坡下是一个鱼塘,没人养鱼,荒废了,可水还在,泛着浑黄。天渐暗,老潘带着孙女孙子、曾外孙先回村里,独留潘江在坟前。老潘让宏万开车先把孙女和曾外孙送回去,潘宏萍长叹一声,抱紧两个哇哇喊饿的儿子,低头不语。

村人牵着牛、背着农具从田间回来,看到白发如霜的潘江,远远喊:"江哥,回来了?我手头有几只羊,什么时候有空,来我那儿看看,我把羊留给你。"香烛、元宝纸钱都在烧,土仔坡上的下午风一吹,灰飞烟散。潘江一动不动,也不回话。牵牛的人"嘞……嘞……嘞……"地叫着,让牛加快步子。牛不愿动,嘴在动,在反刍。村人吹着口哨,看到潘江的身子弯成一张弓——那是他双手握着墓碑,身子发抖,可能哭得肚子剧痛了吧。

潘宏万把姐姐送回去后,就跟宏亿一起,找族里的年轻人打牌吵闹去了。那些年轻人看他们衣着光鲜,都向他们打听在省城的生活,也都蠢蠢欲动,准备趁着年轻,到大城市打拼打拼,窝在村里,不是死路一条?他们很多人,连县城都很少去,瑞溪镇也不是能经常去的。就算是瑞溪镇,也有那么多好玩的事,到海口了,精彩成什么样啊?他们没法想象,让宏万、宏亿两人将车流和灯光的壮观告诉他们。

老潘又回到祖屋,点上香烛。

天已经很黑,潘江还没从墓地回来,老潘倒不担心他,他只是需要时间去适应,当年自己老伴走时,走出阴影花了多久?多久都会过去的!村里的夜比小镇更加宁静,几公里外的小镇最近开了两家私人的舞池,每一夜都有不少人去那里跳舞或者看热闹,大喇叭声震得人的耳朵都要聋了。老潘听说,其中一家舞池,就是镇派出所的蛤蟆二开的。另外一家,有张小兰的老公黑鬼的股份。那黑鬼脑子好得很,现在他银行的工作也没了,还被三多妹骗了一把,可他为人精明,竟然拉了几个手头有钱的人,投资了这家舞池,由他管理。银行的工作丢了,倒把捆绑在他身上的绳子挣脱了,他可以放开手脚,搞自己喜欢搞的事了。他叫张小兰不要给银行扫地了,张小兰倒无所谓,认为钱虽不多,但多拿一分是一分。黑鬼也就没强求,没逼她丢掉扫帚。第一家舞池,是黑鬼开的,把县城里流行的带到了镇上;蛤蟆二与别人合伙开了第二家。两家生意相争,但由于客源多,两家舞池都是满满的,倒也相安无事。两家舞池都开在离江水不远的岸边,和木桥不远。江北不少年轻人,也骑摩托车越过木桥,到舞池里跃动一把。每个夜里,舞曲会从舞池中传出好远,连几公里外的村子都听到了。夜风把舞曲顺着水面送远,把附近乡村的心也舞动了,小镇喧闹的一面便因此存于很多人的想象之中。老潘听着那隐约而动人的舞曲,也想象出另一个完全陌生的小镇,那小镇与己无关。整个村子笼罩在宁静中,整个祖屋笼罩在宁静中,风刮着,不大,却很凉爽,风中的舞曲一如心跳。老潘心绪明净如水,之前一直对去世多年的老伴记忆模糊,此时老伴的脸在祖屋下越来越清晰。模糊了的记忆慢慢清晰,心底有着的那些疑惑,也随着香烛的烟气缭绕盘旋而去。在存放祖先牌位的地方,在这盘旋着先人魂灵的地方,老潘忽然看清了。他心中溢满着前所未有的喜乐,又好像那根本不是喜乐,只是一种从未体验过的宁静。心底空空,什么都没有,什么都能盛下,一股先凉后暖的气慢慢在胸口扩散。

他口中念念有词,闭上眼睛好一阵,转身走出祖屋。

漫长又短促,利落而弯曲,一阵风从祖屋的门缝挤过:

"呜……"

第五章　喜盈门

1

黑手义都不能站直走路了。

不是因为别的，因为老。苍老不是缓慢到来的，而是车祸一般，轰然而至。某一天，想伸伸腰，却发现身子弓成一只虾，连伸直也不再可能，那就说明老年已至。老年迎面扑来的标志还有许多，比如：跨开步子，腿脚颤巍巍，找不准位置下脚；筷子夹菜，明明对准的是一块肉，夹住了，却是两根番薯叶；想方便，无论如何也尿不出，正在喝茶，下身已然湿了；脑子想着的，是一个名字，冲口而出的却又是另一个人……变老，是一个失控的过程。黑手义几乎经历了所有的失控，也有过不断的反复，某一段苍老无比，过了这一段，重新焕发活力，而这一回，不可能再恢复了——这是他唯一确信的事情。

一失控，算数也就不准了，比如说，三多妹携款失踪的那年，到底是九年还是十年前，他说不准，或许是十一年，也有点像十二年，也可能多算了，或许是八年。越算不准，他越爱想——他不能不想，他小儿子许召才在那一年带着老婆离开瑞溪镇，前往三亚打拼，一年多以后，在那里站稳脚跟，成立了一个电线装修队，日子越过越红火，终于，把儿子也接到三亚去念书了。召才好像还在计划着，把儿子的户口迁移到三亚市，他是立志不当一个瑞溪人了。也就是在那一年，"大儿子"召文回到了村里，把荒废已久的田地重新种上，撒种容易撒手难，这些年，召文一直没翻身，没再找到别的生意做，已经当定了农民，到瑞溪镇喝碗粉汤，已是难得的享受了。两个儿子的离开，成了他生命的转折点。他的饭店勉强维持了两年，就再也做不动了，拿铲的力气也没有了。某年，一场台风过后，他浑身骨头发疼，一碰就碎，叫召文来接手饭店，召文试了半个月，食客摇头叹息，召文也摇头叹息，饭店终于还是关门了。召文说他现在只会种田。

饭店关门，黑手义就把铺面出租了，有个卖杂货的人租了两三年，天天进钱如流水，看得召文眼红。租期到了之后，黑手义就没有再租，召文照着原格局，也卖杂货，可生意就是萧条无比，勉勉强强支撑大半年，他又回村里了。此番后，许召文对生意敬而远之，认为自己没有这方面的天分，彻底死了心，一心种田。黑手义没有再把铺面出租，而在里面摆放了三四张台球桌，由老婆盯着，"收水"过日子。两个老人，吃不多，"收水"得来的钱，足够维持两人的生计。镇上就这点好，随便摆点什么就能维持生计，这也是当年黑手义为何要千方百计迁到镇上搞饭店的缘故。

瑞溪镇所辖，地少人多，多少年以来，这里的人就不仰仗种田过活，有脑子的人，纷纷外出做生意。许召才颇具瑞溪人胆大爱闯之风，可回来的日子也少了。每年有两三个大节日能回来已经不错了，有时节日也不回，寻人捎了些钱，或者干脆不寄钱，只"寄声"回来。最让黑手义接受不了的，是那次台风后，他的身子彻底垮了，在医院里躺了半个月，许召才竟以最近安装电线的人多为由，没有回来，也没寄钱。许召文满裤腿泥巴，闷着头来看了两回，长吁短叹让人烦。在医院休养的这些天，除了没断气，黑手义把所有的苦都受了，他口中不想说，可心中装满了绝望。来看的有心无力，发达了的，连看都不愿看了。

  黑手义暗暗想，他或许是有机会重新站直的，但召文的拮据和召才的冷漠，终于让他腰板成虾。他不满，却又认命，这都是报应，当初要是把张孟杰认了，一切便会不一样了吧！年岁一老，他就爱假设，以没法回头的假设安慰不堪的现实。假设之所以叫假设，正是因为其无法重来，任黑手义如何惋惜，世事只滚滚向前。黑手义越来越清晰的一点是：要是有一天，他真的要走了，肯定会找一个无人知晓的地方躲着，悄无声息。这念头原先是为了报复两个儿子，让他们遍寻不着，到了最后，初衷却变了，成了黑手义的梦想，成了他临终前一定要达成的心愿。这想法从他内心源源不绝地涌动，终于生机勃勃枝繁叶茂。到了最后，他记忆出现了问题，内心认定了，当初张孟杰之所以没认祖归宗，主要是由于召文召才的阻止，要是当初认了……一切，都好了……当初错了，现在，能不遭报应？

  他的身躯日渐僵硬，而各种想法是种植在他胸腔的春笋，随雨露日光破土而出。

  老潘很清楚黑手义的想法，劝阻无效后，转为警告，让他不要多想，人嘛，不都这么过？过一日是一日，没法种树给子孙遮日也就算了，怎么能千方百计谋划着给他们带来麻烦？老潘看见黑手义的神态，和临死前的打铁公十分相像，木讷、身躯僵硬、心事重重……只有呼吸证明他还是一个活人。这十年以来，老潘看着老友一步步沉入痴呆——那也是老潘即将面临的，可毕竟还没到，他的内心还清明得很。

他不但记得三多妹骗钱那年的事，也记得镇上最后一届装军的事，十多年了，被撤掉的装军一直没再恢复。大部分人也早已对七月初七军坡节建立了新的印象，这印象和装军无关。

老潘自然也记得五年前新街私立小学关闭的情形。那时，瑞溪新街私立小学苟延残喘维持了正好十年。这十年来，越到后面越举步维艰，那些老教师纷纷选择退休，年轻的老师根本没法维持新街私立小学的正常教课，学校陷入恶性循环，学生越来越少，新的好的老师也愈加请不起，而每年的毕业生，鲜有给人眼前一亮的成绩。甚至，连私立小学最大的优势——数学奥林匹克的比赛，也被镇中心小学打得落花流水。那些老师纷纷留意新的去处，校领导和校董也离心日盛，多有吵闹，勉强又维持了一段，让学生找到新的学校后，校董终于痛下决心，关闭新街私立小学。消息传出时，好多人为之震惊，虽说新街小学不死不活，可毕竟也存在了十年，也习惯了，真要关闭，很多人感到心疼。落国旗那天，老潘没去看，可他听说了，镇上不少人都围观去了，杀猪佬歪嘴昆在国旗落下后，眼睛泛红，嘴更歪了，一边嘴角都开裂到了耳根处。老潘后来在买猪肉时还笑话了他："你很爱国啊，看到国旗落下，还流眼泪了？"歪嘴昆嘿嘿冷笑，在给老潘的肉中，多塞了两块骨头。

不说镇上，这些年，老潘家里也发生了不少变化，宏万、宏亿都结婚了。而这两兄弟的情况，又很不一样。潘宏万到海口给小超市开车，和那名女售货员睡到一起了，可最终这两人并没有结婚，两人只住了一段。据后来潘宏亿说，宏万作风依旧，又把那女的肚子搞大了，又是一阵忙乱，花了钱打掉了。之后不久，那女的离开了那超市，而潘宏万也跟另外的人好上了。新结识的那女的家世不错，潘宏万出招勇猛，三下五除二，那女的娇喘吁吁，被摆平了，不久之后，两人就结婚了。婚后,潘宏万的老婆跟到瑞溪镇上住了一段,考虑到在镇上确实没什么发展,两人收拾包裹,再次到海口工作去了。没多久,宏万的老婆肚子大了,再打工就不合适了,此时,她的外家开口了,让宏万夫妇住到外家去。潘宏万老婆的外家是农场的,在山坡上种了不少橡胶,近年来,她外家人影萧条,橡胶无人管,就动了让女儿女婿去看管的念头。而这,正是潘宏万念想多时的结果。他从没跟老婆提过此事,但他坚信,这件事肯定会到来,肯定会按照他心思涌动的方向走。他对此无比自信。老潘对孙子到外家家里,表示了些许反对,可反对又如何呢?总不能让他继续带着大肚子的老婆在海口打工吧?回到瑞溪,又没什么活给他干,他可没能力再给宏万买一辆面包车了。即使买,宏万愿意再开吗?潘宏万和黑手义家的许召才一样,不断宣称,不到山穷水尽,绝不回到瑞溪镇。宏万的话刺痛了老潘,可老潘也没话可说,要是年轻三十年,他也会离开瑞溪,寻找更大的天地吧?是啊,窝在镇上,有什么意思呢?这念头让老潘好多天沉入一种不能自拔的情绪,老觉得天色阴沉,心跳紊乱,手掌无力……他硬着把心事调了个方向,认为这么老了,该认命了,这才走出了一场内心的危机,重新恢复活力。老潘也明白了一个道理,人的变老,不是从身子开始的,而是从内心——心里抵御不住一些事情的进犯,便会轰然倒塌。

  宏亿是另一种情况,他没有在海口留多久,就回到瑞溪镇上来了。他跟着宏万的同学做消夜,倒是勤勤恳恳,出奇地让人放心,给的工资,也在增加。潘宏亿不想一直寄人篱下,不想一直当端茶送粉的小弟,他在存钱,等存到一定数,找老潘想办法筹一些,自立门户。在哥哥同学的这消夜摊,他看到了人家日赚一两千的豪奢,心中早已跃跃欲试。他还没存够钱,事情就起了变化。这事,其实跟他无关,主要源于宏万的那同学。随着摆摊那条街巷居民的增加，那同学的生意红红火火，桌椅也越摆越多。而事情就是由于地盘扩张引起的。本来，桌椅摆放的地盘扩大了，是要跟城市监管的人打招呼的，他也花了钱的，一直没什么麻烦——可一件小事，彻底摧毁了他的生意。有一回，那同学摆放桌子时，跟一个在边上摆卖甘蔗的阿婆有了冲突，双方都认为是对方过界了，侵害了自己的生意。这种生意上的争执，本来是很常见的，错就错在，宏万那同学年轻气盛，脑子一热，抱着那阿婆装甘蔗的筐，往一边丢。那阿婆既不哭，也不闹，只冷冷地让他捡回来。他当然没捡。那阿婆就说了一句："老人你也欺负，你的生意还能继续做下去？我就不信了，等着看吧！"谁也没留意这事，以前类似的争执发生过多次，也没有什么，过了也就过了。可这一次，却不同。之后的连续几天夜里，都有喝多的人在消夜摊上打架闹事。偶尔一次还罢了，夜夜这样，生意一落千丈。除了打架闹事，城管也老是找麻烦，更气人的是，城管只驱赶他这一家摊子，对旁边的摊子不闻不问。谁也想不通，到底是什么原因，让本来一些很和气的常客，变得暴躁无比，一触即发。有一天，摊子附近的一个居民，多喝了两杯，才附耳告诉了他一件事，说是他亲眼看到那老阿婆，在宏万同学摆摊的范围，烧了几堆纸钱，口中念念有词。也就是说，那摊子被诅咒了——那老阿婆是海南岛中部山区的人，出身神秘，懂得咒语，会下蛊。宏万那同学向来不信鬼神，可打架和被城管驱赶这事，每天晚上都在上演，他不得不信。有时明明都快到收摊时间了，街上人影都没有，还是会从某个角落奔出几个扭打在一起的人，跌进消夜摊，撞坏椅子和碟碗。宏万那同学买礼去送给那老阿婆，阿婆拒收。宏万那同学只得四处问懂法之人，看怎么化解掉。问到的人只是摇头，一点办法也没有，让他去找那阿婆自己解。那阿婆早已换了别的街巷，到哪儿寻去？

宏万的同学一咬牙，继续摆摊，想挺一段看看。没能挺多久，他就在一次打闹当中，被打折了一只手指。包扎之后，宏万那同学晓得这个摊子是没法维持了，再继续，会出人命的，忍着心痛就停了。消夜摊一停，宏亿无处可去，就回到了镇上。他原只想回来歇歇，换口气，没想到，就一直留在了镇上。

回到镇上，潘宏亿先是帮着杀羊，老潘觉得羊肉生意不可能太火热，有他和潘江就行了，再加上一个潘宏亿，那是浪费劳力。思前想后，老潘决定转型，把羊肉生意给停了，专门搞牛肉干。其时，瑞溪镇的特产"瑞溪牛肉干"已经名扬在外，镇上有十多家作坊在搞，生意都很好，可配方都是保密的，老潘知道也问不出来，就买来香料，跟开过饭店的黑手义研究了个把月，没能得出其他作坊的味道，却也别有风味。从此，老潘家告别了杀羊的日子，给门口挂了块木牌，刻着"潘氏牛肉干"，底下还用小字形容"风味独特，百年秘方"，旁人都不明白他的百年是怎么算出来的。三个人就开始了切肉、腌肉、油炸、晾晒等制作牛肉干的日子。对比起制作牛肉干和杀羊日子的不同，老潘说："不会再听到哭声了。"自从陈梅香死后，老潘确实也想过，在家里杀羊，羊叫如人哭，无论怎样，都不太吉利，此时改制作牛肉干，也算是远离那让人心慌的羊哭了。

如此过了几年，潘宏亿也渐渐埋没了离开瑞溪镇的心。顺理成章地，他交往了瑞溪镇某村的一个名叫郑彩英的女子，并在几次喝茶后，带到县城开房了。为了避免生变，也为了找一个锁头锁住潘宏亿，老潘和潘江商量后，就逼潘宏亿结婚。潘宏亿既不赞同，也不反对，既然说结，郑彩英也没意见，那就结了吧。再之后，第一胎生了女孩，叫潘小丽；自然还是得要一名男丁的，要知道潘宏万第一胎就生了男丁。潘宏亿的第二胎了却心愿，是带鸟的，按着族谱上的顺序，该是

"道"字辈，取名"潘道喜"。之前"宏万""宏亿"这两个浩大无比的名字，都是老潘取的，结果并没有带来浩大无比的未来，他们终究不过是普通人——差点连普通人都没资格当，险入歧途。老潘不敢自己再取名，怕伤了曾孙的命运，他封了红包去找石头爹。石头爹摇头晃脑："什么辈了？"老潘说："'道'字辈。'宏'后面接着就是'道'。"石头爹问："想要什么样的名？利财还是利丁？"老潘说："最好都有。"石头爹笑了："不能贪。好了，叫'道喜'吧。这名字好，谁要叫他，都喊'道喜''道喜'，多好。"老潘觉得这名字有些怪，叫了几声，也顺口了。

最近，老潘的情绪越来越沮丧，潘宏亿和老婆郑彩英的吵闹声一次比一次大，已经快要把屋顶都掀起来了。两人争吵的理由，是郑彩英发现了潘宏亿最近花钱如流水，将近大半年的积蓄被一次次取出，花光。她阻止了好几回，没能阻止住，哭着脸问潘江和老潘怎么办？老潘让潘宏亿坐下，好好谈谈。潘宏亿根本不理，头一扭就出去了。潘江伸手要拦，潘宏亿一推，就跑了。郑彩英抹抹眼泪，就到屋顶看肉干晒得怎么样，翻晒牛肉干时还一直掉泪。老潘的心一直往下沉，今后或许再也管不住潘宏亿了，他一天比一天强壮，潘江已经不可能和他挥拳相向了——自牢里出来，知晓陈梅香已死，潘江也很快显露了老态，跟老潘更像一对兄弟而不是父子。老潘，还是硬朗的，可他有什么办法，阻止潘宏亿的改变呢？

而据老潘所知，潘宏亿之所以性情大变，是因为近期爱上了打麻将。而镇上有一些手头宽裕之人，开了麻将局，赌注极大，潘宏亿经常往那里钻。虽说赌博有赢有输，可长期如此，毕竟会把心给搞乱，毕竟会输光内裤和屌毛。根据郑彩英的说法，潘宏亿手气很差，甚至把一直带着的手机也拿去当了，换了几百块钱，也输了。

这一天，潘宏亿回到家里来，怒气冲冲，冲着老婆和两个小孩怒吼，老潘知道他又输了。黑着脸走过去，老潘说："你废了，一点用都没有了，你还是人？"潘宏亿故作镇定："公，我想好了，我不准备待在瑞溪了，我想出去做生意。"老潘冷笑："你身上除了鼻屎，还有什么？还想做生意？"潘宏亿说："你以为我想赌？我是在筹本，没有本，怎么做生意？"

老潘的脸更黑了，一巴掌打到了潘宏亿左脸颊："想靠赌钱赚生意本？你要是能赚钱，你要能做生意，以后，你的子女我给你养，我天天给他们擦屁股。"

潘宏亿不以为然："不用，不需要你养。赚到钱了，我会把他们带外面去，不会让他们在瑞溪这鬼地方。等着吧。"

2

歪嘴昆的儿子红毛升坐在瑞溪的中国移动专营店里，把玩着两三个手机，他在翻来覆去试用各种功能，这是店里刚进的新款手机。被判十年，红毛升蹲了九年。出狱后，他才发觉已经被这个世界远远丢弃了，入狱之前，谁的腰带别着一个呼机，那鼻孔就可以朝天接雨水了，可现在，不但他的父亲歪嘴昆带着手机，连他母亲也有一部。刚出狱时，红毛升极其绝望，对改变得如此快速的世界没法接受，对镇上的网吧心生恐惧。为了克服这恐惧，他开始把玩歪嘴昆的手机，没几天，就把能玩的都玩了，产生的大量流量费让歪嘴昆差点拿杀猪刀追杀他。

红毛升爱上了玩手机，他把这当成了追回九年时光的唯一方法。镇上有两家卖手机的专营店，一个中国联通，一个中国移动。中国移动的专营店的店主，是张小兰。歪嘴昆的手机用的是移动号，红毛升就爱到张小兰的店里把玩新手机。张小兰对此人知根知底，而且心底还一直记着红毛升那年要摸她胸脯的事。张小兰对红毛升爱理不理，嘱咐两个看店的姑娘，一定要小心此人，一漏眼，被偷走什么，也说不定。

　　张小兰的脸圆润了很多，她第一胎生了女儿，第二胎给黑鬼生了一个男的，把黑鬼兴奋得快要飞起来。可接下来就发愁了，银行的工作丢了，投资在三多妹那里的钱也被骗光了，要养两个小孩，并非易事。张小兰内心顿生悲戚，她想到父亲死后，母亲杨南一个人拉扯着她和弟弟张小峰的往事。她原先很看不起母亲，竟然向黑手义低头，可此时，她瞬间明白了母亲当年的苦心和劳累。而她放弃读高中，选择嫁给黑鬼，已经是没法回头了。幸好黑鬼脑子转得快，朋友也多，很快地筹了一笔钱，开了镇上第一家舞池。起先那两年，生意火爆，赚了一些钱，把筹借的钱还完了，还赚了不少。第三年开始，生意就不行了，经常有人在舞池里打架闹事，镇上派出所经常来罚款。黑鬼明白这都是蛤蟆二在内里搞鬼，知道蛤蟆二参股的另一家舞池和自己有生意上的竞争，就用这个办法来挤压。黑鬼去找蛤蟆二谈过，说有生意一块做，不能把别人逼绝之类的道理。蛤蟆二脸色奇黑，冷冷地说："没确定的事，不要乱说，会惹事的。"黑鬼沮丧无比，很长一段时间内精神不振。不久之后，县农行开始下通知，让那些之前停职的员工参与考试，通过的，重新安排工作。张小兰鼓励黑鬼重新参加考试，黑鬼哪里提得起精神。张小兰指着女儿跟儿子，眼圈一红："他们大了，需要花钱的地方就多了，没个固定工作，能行？"黑鬼说："舞池呢？"张小兰咬牙道："争不过人家，就关了吧，我们做别的。"

镇上的舞池,就只剩下蛤蟆二的那家。

之后,黑鬼通过了考试——所谓的通过,并不难,都是开卷的,答案也都在考试之前发到考生手上了,照着抄就是。黑鬼调到另一个镇上了一年多的班,经过申请,他重新回到瑞溪镇农业银行。手机流行的速度让黑鬼看到了机会,他把开舞池赚到的钱全都投了进去,在镇上开了一家中国移动的营业厅,张小兰当了店主。头两年,资金周转不顺,时常青黄不接,过了这道坎,就顺利多了。张小兰成了让人羡慕的老板娘,她迷上了打麻将,店里就大多交给两个招来的小姑娘打理。张小兰在店面的后屋开辟了一个小房子,当作麻将屋,和一些妇女躲在里面,昏天暗地。

张小兰每在营业厅里见到红毛升,就讽刺道:"监祖来了?监祖来了哦,我们这的手机那么差,哪有好手机给你玩啊?哎呀,红毛啊,你的头发都掉了哦?再过两年,就光头了吧……"张小兰的尖酸让红毛升狼狈不堪,得等到张小兰坐到麻将桌前,他才适时钻到营业厅里,靠着玻璃柜:"拿这部手机给我看看咯,对,要这部有三个喇叭的……"小姑娘瞥了他一眼,一动不动。红毛升嘻嘻笑了:"拿出来啦,给我看看咯,别以为你红毛哥没钱。"小姑娘嘴一扁:"你自己不是有手机?我们这是要卖的,不能给你玩。"红毛升脸一沉:"我想换手机了,不行吗?给我看看,顺眼了,我就买了。难道有生意你也不做?"坐牢多年的红毛升一旦露出杀气,那小姑娘就把有着三个喇叭的手机递了过去。

开机,然后开歌,是《月亮之上》,声音震撼了整个店面,手机键盘闪烁着彩灯,要是在夜里,那会炫目无比。红毛升说:"有没有那首《两个蝴蝶》啊?"小姑娘说:"两只蝴蝶。"红毛升说:"两个就是两只,有没有啊,把那首歌传进来听听咯!"《两只蝴蝶》早是过气的歌了,却是红毛升的最爱,他觉得这首歌是为他量身定做的,他的手机铃声是这首,他骑着摩托车呼啸飞驰时,手机里播放的,也是这首。小姑娘把手机索回来,切换了一下,响起了《两只蝴蝶》,红毛升极其满意,陶醉其中。歌响到一半,红毛升问小姑娘:"你手机号码多少啊?""为什么要告诉你?"红毛升笑了:"我带你去玩咯!下班了,我带你去县城玩咯,去KTV喝酒,很好玩的。"小姑娘干脆转头,不理他。老板娘张小兰曾告诫过,对来店里的客人都要客气,可对红毛升这样的贼子毛遛,可以不用搭理,更不能跟这样的贩毒仔扯上关系。红毛升打开自己的手机,凑近前去,说:"过来看看我手机,看出什么问题了。"小姑娘凑过去,脸一红,眼睛一闭,把头缩回,骂道:"贼子!"红毛升却捂着肚子大笑,笑得肚子都酸了——他的手机正播放着一男一女赤身裸体相互搏斗的视频。

笑完了,红毛升说:"有没有什么新片,给我拷一下咯。"

"有!"小姑娘看都不看他。

"那给我拷拷嘛。"红毛升两眼放光。

"那是要钱的,五块钱拷一次,这有十个片子呢。"

"拷完再给你钱嘛,先拷。"

"别人可以先拷,你要先给钱。"

五块钱、手机和数据线同时递了过去,小姑娘把下载好的短片,从电脑里传到手机存储卡上。红毛升心满意足,他决定,是该找父亲歪嘴昆要点钱换手机了。手上这个,旧倒不旧,但过时了,键盘也没有彩灯,喇叭不够大,屏幕也小,太不好玩了。想到新手机带回去后,躺在床上,在黑夜里看着那些黄色短片,红毛升就有一点激动。猛地,他想到了张小兰,心里一阵叹息,这个美人嫁给了黑鬼,可惜啊。当年在新街竟然没有摸到她的奶子,可惜。要是摸到了,她不就是我的老婆了?红毛升有这自信。看一眼手机屏幕上的时间,红毛升起身离开,再待一会儿,张小兰打完麻将出来,会继续讽刺他。他脸皮厚,被讽刺一下又没什么,死不了,关键是,有人等着了,等着要给他货。货来了,是大事,不能误了时间。

红毛升朝三角楼走去。自从曾德华死后,刘树球留下的房间就更加荒废了,关于闹鬼的传闻更甚,哪有人胆敢靠近。红毛升便和人家约好了,把那废屋子当成了碰头的地方。有时在外面玩得晚了,懒得回去和歪嘴昆吵架,懒得听母亲比苦瓜还苦的叹气,红毛升就在这窝点过夜。红毛升一想到杀猪的父亲就生气,歪嘴就算了,还话那么多,整天念叨着,说瑞溪新街私立小学关门了,多可惜啊,多可惜啊!在红毛升看来,不就是一所破学校吗?办不下去,没人报名,也教不好,关门太正常不过了,可歪嘴昆竟好像丢了宝似的,随时把这事挂在嘴角。最让红毛升愤怒的,就是他说也就罢了,竟然还红着眼睛说——红着眼睛啊,红毛升坐牢,他眼睛还不红呢,为一所破烂学校眼睛红?

"早该关掉了,还挂国旗呢,早该关掉了……"每听歪嘴昆口若悬河,红毛升就这么想。

红毛升加快了步子。

3

老潘心灰意冷,他没想到孙子潘宏亿堕落如此之快。这些年都熬过来了,陈梅香死时欠别人的款,也早还清了,家里的生活,有了很大的起色。他看到黑手义苍老垂暮,原还抱着很大同情,想不到风水轮流转,这么快就转到自己头上。潘宏亿不再是十几岁的小孩,不再是能听进话的年龄,他早把自己当成了潘家的主心骨,说这几年从事牛肉干的生意,大多是他和老婆出力,可钱却被老潘掌管着,他看不到任何盼头,他得重新想办法,离开瑞溪,到外面做生意去。这话说得多了,不但潘宏亿自己坚信了,他老婆也相信了,甚至连潘江和老潘也开始反省,是不是他们此前对潘宏亿管得太严,是不是该放放手?

老潘想起自己在某年也曾深陷赌博的泥潭,那些记忆随着老伴的死去而死去,此时又随着宏亿的迷上赌博而复活,他懂得当一个人赌红了眼,是什么事都做得出来的。老潘曾私下告诫潘江,让他把那个金戒指藏好点,潘江不以为然,说:"没关系吧?"可就在几天之后,潘江翻箱倒柜,也没能找到这戒指的任何踪迹。这枚金戒指也不大,也不太值钱,可是,那可是陈梅香留下的遗物。当年打铁公打铁是一把好手,也打得金银首饰的,他用石膏做的戒指、项链模型,就有三十多副,他死了,那堆石膏模型才一块丢的。那戒指,是陈梅香嫁到潘家时随身过来的,是打铁公在多年制作首饰中,捡用一些残存的粉屑融合而成,色泽不纯,却有一些金子的成分。潘江出狱,有时根本没法相信,村里土仔坡那堆隆起的土,就是他老婆。可没法不相信。她留下的东西,就剩这枚戒指了。

潘江脸色越来越黑,郑彩英吓得拉着两个小孩躲到隔壁去了。

老潘冷冷道:"让你藏好的。"

潘江冲出去,老潘拉不住。

潘江在七步街上狂奔,到了张小兰的移动专营店,坐在电脑面前的两个小姑娘就一起问道:"要交手机费吗?"潘江没回答,一步向前,从玻璃柜边角侧身而过,去推那扇通往后屋的门。离得最近的那小姑娘喊起来:"我们这是前台,你不能进来。"潘江哪管,手一拨,把小姑娘推到一边。潘江拉开木门，发出一声震天响："潘宏亿，你这贼八生的，给我出来。"潘江听说镇上赌注很大的麻将局，就设在这家专营店的后屋。传来一阵噼里啪啦声，张小兰黑着脸走出来："你儿子没在这里，你喊什么喊？我们这儿要做生意的。"

"叫他出来。"

"他没在，他从来没来过这里打麻将。你怎么来这儿找人？好笑。"

潘江进了后面的屋子，还有三个赌客和两个"闻衣领"的，确实没有潘宏亿。里面一切如常，也不像刚躲藏过人。潘江说："我儿子真没在？"张小兰冷笑："你眼瞎了，不会看？说句不好听的，以你儿子那些零钱，有资格来这里？"潘江垂头丧气，腿脚沉重，站在店口无助张望，身后传来张小兰训斥两个小姑娘的声音："你们，看店都不会？怎么能随便让人闯到后面来？"黑鬼的这家中国移动专营店开在镇委镇政府对面的粮所边上，近几年，由于取消了农业税，起先每到收获季节就繁忙不已的场面已经不再出现，粮所的房子也都分割来卖了。黑鬼这家店面，原就是属于粮所的，粮所改革后分给了个人，黑鬼才租下来的。潘江无比茫然，要是在这里找到赌博的儿子还好点，在这儿找不到，到底去哪儿了呢？他不是忙着赌，那会忙别的什么事？

潘宏亿一直到傍晚才回到家里，潘江扑过去要打他，他一闪身，潘江就扑倒在墙边。

老潘喊道："别蹦了。"

"我到乡下问牛去了，最近不是有人要订大批量牛肉干嘛！怎么我一回来，就要动手动脚？"潘宏亿黑着脸，在他记忆里，父亲总是这样扑向他和他大哥，大多数情况下都是父亲取胜，而这一次，父亲扑空了。他那头白发比爷爷还多，能不扑空？

扑空的潘江无力站起，靠在墙边，双手掩面。

"把你妈的戒指交出来。"老潘直说了。

"什么戒指?"潘宏亿一脸茫然。

"别说你不知道?你妈留下的那个金戒指。"

"哦……原来你以为我偷了妈的戒指,然后拿钱去赌了是吧?"潘宏亿也懒得辩解,他冲到后面,回到前屋时,手上已经拿着一把明晃晃的刀。郑彩英惊叫:"宏亿……"潘宏亿不慌不忙,把刀丢在地板上,把手掌伸出,在一张椅子上展开,淡淡地说:"很好办,刀在这儿,我的手也在这儿,你要是觉得戒指是我拿的,就把我的手指剁下来。千万不要留情,剁下来。"郑彩英扑过去,握着他伸出的那只手,一直哭。她一哭,潘小丽和潘道喜也不愿落后,跟着共鸣共振,像是回音。

老潘走到墙边,把手放在潘江的肩膀上,久久不言。

好多天内,潘江郁郁寡欢,潘宏亿塞死屁眼说他从没拿过,也没办法让他承认。在老潘心里,其实是希望潘宏亿继续不承认的,这说明他真的没拿——要是有一天,塞不住了,原形毕露,对潘江是一个致命打击。这件事也让老潘看到了潘江的内心,这些年过去了,潘江还在为陈梅香的病逝耿耿于怀。

老潘有时心事走神,恍惚之间想到,潘宏万之所以不愿待在镇上,是不是和陈梅香的死息息相关?潘宏万跑到老婆的外家住着,以割胶过活,除了割胶赚钱轻松外,是不是还因为他不敢面对潘江呢?要是潘宏万当时不贪图便宜,坚持要买那辆摩托车,后面的牢狱之灾便不会发生;没有潘江的牢狱之灾,陈梅香的病或许便不会出现。归根结底,潘宏万可能会认为,母亲的死,是他贪图那辆摩托车才引起的……这些联想让老潘黯然神伤,要是潘宏万这个心结真的存在,那又该如何去化解？

本就木讷的潘江更木了，两天不说一句话——只有当孙子潘道喜笑嘻嘻地过来摇着他的大腿，央求他买零食，他绷紧的神经才稍微松缓。潘道喜眼珠浑圆，黑白分明，十分有神。这么一双大眼睛，是老潘家的一个异数，老潘、潘江、宏万跟宏亿，眼睛都不大，都眯成一条线；宏万生的男孩，眼珠也是扁小的；潘道喜眼睛的灵动，赚取了潘江所有的欢喜。潘江只有带着这个孙子，才能从手脚僵硬中走出来，那头白发才闪亮有光泽。

老潘担心潘江被这种情绪纠缠，会落得和当初的陈梅香一样，神志模糊。老潘冷冷地对潘宏亿说："不管你拿没拿，反正你想办法找回来，再不找回来，你爸那模样……估计就得叫你姐夫来吊针了……"潘宏亿眼角一跳："我没拿，怎么找？你说个办法，怎么找？花钱重新打一个？要是重新打一个能解决问题，我现在就出去借钱，给他打一个……关键是……重新打的，跟我妈留下的，一样吗？"

老潘语气更冷了："你也懂得你妈留下来的不一样？"

"你还是怀疑我拿的……没说错吧，你还是怀疑……"

"不是怀疑，是认定：就是你拿的。你就继续塞屁眼吧，塞得越紧越好，别漏气了。"

4

也是在第三天后，黑手义的老婆才惊觉事情不妙。以往黑手义也有离开家里几天的时候，他忽然想起要去拜访哪个老友，要去哪个亲戚家住两天，他便走了，一般都会打招呼，有时事情急了，也不打。不过这样的突然外出，都是在他之前身体好的时候，这两年以来，他步履蹒跚，基本的活动范围，都在镇上。黑手义的老婆给召文打了个手机，许召文一边裤脚直一边裤脚卷，两腿黄泥就赶来了。

在母亲的哭诉声中，许召文晓得了大概，父亲是在大前天早上不见踪影的，连续两天没回。镇上的熟人都问了，没有人看到。许召文心口发闷，喉头一涌，把头一歪，哗啦啦吐得一地都是。据母亲所说，大前天早上，她照常早起，到菜市场买了菜，就打开了店铺，看着那几张台球桌，没注意到黑手义已经不在房内。也是后来她才想起，黑手义失踪当天，被子蚊帐很整齐，这在以往是没有的，黑手义腿脚不便，早已不整床被多少年了，而那天竟然是整齐的……这不能不让母亲回想时哭出声来。许召文也无从下手，拿出手机，翻开所有号码，都打了一遍，依然没有任何消息，他绝望地说："报警吧，去找找蛤蟆二，看能不能问得到。"

失踪的案子，不是没有，但大多是附近村子的牛、羊和猪的，现在竟说人丢了，蛤蟆二也愣了，说："问问人咯？"许召文几乎一拳打在蛤蟆二鼻子上："要能问到，我还来报个屁啊？"蛤蟆二把派出所值班的人派出去，在瑞溪镇上查问，没有任何人看到，黑手义悄无声息就人间蒸发了。蛤蟆二当晚给许召文回话："明天再问问，不一定能问到。没什么线索，难问出来。你们也是，老人了，不能看好点？"第二天，仍旧没有消息。许召文亲自问了老潘，这个他父亲最好的朋友。老潘正陷入某种强烈的悲哀，不知是为了潘宏亿还是黑手义。

扇了自己两巴掌，老潘说："召文，你还记得你爸说过什么没？"

"说过什么？"

"说过，有一天他要过世了，就躲着让你们都找不到。"

老潘的话让许召文浑身发抖。许召文并非不记得这话，他只是不敢往这边想。当这句话从老潘口中出来，那就证明，越不想发生的，已经发生了——黑手义在临死前躲到一个无人察觉的地方，证明了他的言出必行。

老潘是较早知道黑手义失踪的人，他早已把平时黑手义会去的地方都走了一遍，哪有什么痕迹？相识多年的老友，毫无征兆地消失了。老潘心如死灰，言语呢喃吞吐，最后告诉许召文的是："去问问半脑运，要是他也不清楚，问谁也没用了。"

半脑运永远都是嬉皮笑脸的，许召文恨不得把他按倒，狠狠打一顿。问有没有看到，他只是笑。威逼、利诱，都不管用，他要么笑嘻嘻，要么甩出一句："黑手爹去见王笑脸啦，他去找我爸玩啦，别找啦。"王科运的父亲王笑脸在三年多以前死于一场急病，据说死时，那张僵硬多年不会再笑的脸，反而舒展松弛，笑意盎然。王科运的家人把王笑脸死的原因归在王科运身上，王科运成了家人的仇敌。王科运这两年更落魄了，他身上的衣服已经不能叫衣服了，那只是几块破布，臭气熏天。王科运也以闪电的速度衰老和瘦弱，皱纹丛生，腿脚颤抖，这和他翻找镇上的垃圾堆寻吃食有关。王科运成了镇上的行尸走肉，或者说被忽略的游魂。还有一个变化是，他父亲的标志性笑容神奇地爬上了他的嘴角和唇线，长久地挂在他油黑而污脏的脸上，他成了新的"王笑脸"。他说黑手义去找王笑脸了，言下之意当然是黑手义已经死了。

"你见过没有？"

"嘻嘻。"

"到底有没有？"许召文手上用力，几乎要把王科运提起来。

"嘻嘻。"

许召文没法子了，把裤袋里的半包烟递过去。

"嘻嘻。你问谁呢？"

许召文顿时绝望。

"是黑手爹吗？"

许召文点点头。

"那你就问嘛，你都不说是他，我哪儿知道你要找他？我看到他了，那天，天还没亮，他就去瑞溪中学了，他到学校去了。奇怪，他那么老，还去上课？"这个疯子掌握着镇上最多秘密的疯子，说出了他所见的。

许召文带着所有的亲戚朋友，到镇中学去查找。这么一群人，引起了现任校领导的注意，说明缘由后，校领导也只得任他们在校园里翻天覆地。掐指一算，黑手义走丢那天正是星期五，按说学校里还在上课的，要是黑手义躲藏进校园里，应该会有学生看到。校领导让各班主任到各个班级去问询学生，得到的回复是，没人见过黑手义。瑞溪中学并不大，那么多人一起行动，任何角落都不会错过的。许召文彻底绝望，疯子王科运的线索到了这里，就断了。有一个老师说了："学校里要有，早有学生说了。会不会从操场后面上下村岭了？"

这句话又燃起许召文的希望。

镇中学背靠着下村岭，这个荒芜的山坡，埋着无数的坟墓，围了围墙的操场，还有小门是可以通往下村岭的，黑手义会不会从小门爬到岭上去了？许召文朝着下村岭狂奔而去，当爬上了下村岭，许召文便绝望了。这个岭看起来不大，可一旦深陷其中，便觉浩大如海，树木花草极其茂密，要在这里找到黑手义，无疑似大海捞针。捞针也得捞，一群人在山岭上翻了两三天，没有任何痕迹。有人又提了建议，会不会根本不在下村岭上，而是顺着山岭，走到几百年前崩塌的崩岭那儿去了？崩岭的边沿，就是浩浩东流的南渡江，水汽逼人。提议人的意思是，会不会黑手义已经顺着崩岭的边沿跳进南渡江里面去了？从崩岭边看，南渡江缓缓奔涌，流往天边去。许召文已不抱任何希望了，带着人到木桥那里搜寻，若是黑手义真的从崩岭上跳下，尸体肯定会顺流而下，被木桥交错的木桩给卡住。在水面水底又搜寻两天，依然没有任何痕迹。黑手义像是滴入南渡江的一滴水。

许召才在搜寻的第五天才从三亚赶回，这让许召文极其不满，两兄弟自然又是一顿争吵和怒骂。许召文把弟弟看成了冷漠无情的人，连父亲的生死都不管，要不是他一直冷漠多年，父亲能这样？能躲起来？要不是他长期和父亲对着干，父亲能会在"临死"前开这么一个巨大而可悲的玩笑？许召才则不断辩解，说他怎么怎么走不开，怎么怎么放下正在装修电路的一间房子，才抽出时间赶回来的，他说："能说的，我都说了，你要不信，我能怎么样？"许召才忍住不说的一件事是，接到哥哥许召文的电话后，他一直心不在焉，他所带领的电路装修队也不是很顺，在一个高档小区的新房里，他带头安装的电线，拉线出了问题，烧掉了大半的电线，还差点引起房间起火。幸好房东已远到东北出差，没在现场监工，否则他将面临巨大的赔偿，重新运来电线，也让手下的人闭紧嘴巴，才算是平息了一场风波。他心里知道，不回家不行了，父亲出了这样的事，解决不好，别说装修会有问题，后半辈子都过得不舒坦。以前他在瑞溪之时，见多了这样的事——首富不就因父亲的坟墓埋得不好而出事了？首富不但钱亏了不少，四十出头就丢了性命，那是鲜活蹦跳的例子。

许召才买来米酒，花钱请了镇上一帮十几岁的小年轻喝，封了红包，让他们四处搜寻，说若是有消息，还会好好报答。可准备好的答谢，没法送出去，那帮小年轻也没找到任何黑手义的蛛丝马迹。黑手义的老婆，情绪连连失控，在门口咒骂黑手义，说怎么能这么折磨她，怎么能这么折磨子孙？她时而自哀自怜，说怪她没看好黑手义，她早该发现黑手义行为异常了。那两天黑手义竟能每顿吃一碗半的干饭了，那两天黑手义竟每天洗澡了，那两天黑手义洗澡后竟不忘换衣服，还对着镜子梳头了，甚至还把一块老手表找出来戴在手腕上……这一切不是他要出事的征兆？她何以竟视而不见？她也不忘了声东击西指桑骂槐，说生儿子没有生女儿好啊，死也没人管，有的只管种田，有的钱是有了，却忘了家里断了根，生了这样的儿子，不是白生？当年肚子白肿大了，当年的奶白喂了，喂猪这么多年，也能养到六百三十二斤了吧？她哀伤绝望的诅咒，让召文、召才心烦气躁，也让两人互相指责，口舌重了，还得拳脚交加。一个骂对方就住在村里，离瑞溪就三公里半，也不来看好父亲？另一个则更是愤怒，说你多久没回来看一眼了，埋怨我？你有脸埋怨我？你除了有几个臭钱，还有啥？你的心肝都是硬的、冷的、臭的，要不是你……两人的脸上都是瘀青，可还源源不断长出新的伤痕。

求人，没用了，有人建议，要去求神，求祖先。

那就求吧。这一次，两兄弟也都舍得了，许召文选了自养的最肥的一只鸡，许召才则花钱请人烧了一头毛除脏后净重八斤的烤乳猪。两兄弟回村里祖屋拜了祖先，村里的宗祠也拜了，最后，扩大范围，把瑞溪镇的五海公也顺便祭拜了。隔了一天，许召才也买了好多香烛炮仗去问询六角塘村的婆祖，希望能问出一些下落来。声音尖细的婆祖则不断反问："你们家是不是以前有什么事没处理好？"许召才想起了张孟杰，把牙咬紧："哪有什么事？就算有，我也不清楚是哪一件啊。我要清楚，还来问你？"婆祖摇头不止，把一些知道的缘由都列举了一下："你们家屋顶的梁，没有用船木吧？"

"你们家祖屋的牌位，顺序对不对？去看看，可能是顺序错了。"

"你们家的族谱,是不是漏写了谁的名了?"

……………

种种的似有还无,让许召才深感无力,他说:"我就想请婆祖告诉我,我爸到底在哪儿?"婆祖想了好一会儿,说:"以前的事没处理好,后面的事能好吗?以前的没理顺,你爸能回来吗?"许召才几乎是带着一股怒气,在婆祖的屋子前点着了炮仗,噼里啪啦,头脑眩晕,他记起父亲好几次说死了要让你们找不到的事,记起了父亲说那话时的决绝。他本以为那只是戏言和气话,是丢出就该消融在空中的水汽,可这一切偏偏发生了。许召才愧疚和气愤相伴,祈祷和咒骂同在,他想,要是真的找不到父亲了,即使他在三亚的生意越来越大,大到身家百万,他又能如何?他下辈子还能找到些许的快活?

找寻了大半个月,许家人心力交瘁,所有该用的方法都用上了,剩下的,是无边的绝望。许召才带着一根木棒,到派出所砸坏了一张桌子,大骂蛤蟆二无能,大骂他只是一只蛤蟆。蛤蟆二也不生怒,他说:"谁说不是呢?我就是一只蛤蟆,我都叫蛤蟆二多少年了……"他倒是和颜悦色,没有和许召才追究到底。黑手义躲起来死了的消息,也成了瑞溪镇很长一段时间人们关注的焦点。有不少人还买了烟,塞给衣衫褴褛的王科运,希望从他口中得知黑手义的最后身影。无论半包还是两包,都不能打动王科运,他只是摇头,说:"谁知道呢?我不知道!你眼尖,你怎么没看到?"

之后,许召才要赶去三亚处理装修队的一些事,召文又和他大闹了一场。很罕见地,许召才哭得撕心裂肺,说:"哥,你以为我是石头人,不会心软,不会心痛?要是待在瑞溪,能把爸找到,我就是把三亚的生意全丢了,又有什么?关键是,我在这儿,有用吗?那边工仔又打坏了人家三四千块钱的玻璃,我不回去处理,能行?我处理完,就马上回来，两天就行了。你需要我做什么，打我手机……"许召才的痛哭，不但镇上人觉得惊奇，连许家的人也觉得难得一见。果然，他赶去三亚后，两天就回来了，还带回厚厚一叠钱，作为寻找他父亲的花费。不但许召才的装修队频频出事，许召文田里的庄稼也冒出种种异象，灌水，烂了庄稼的根；撒了肥，却下手过重，反把种苗给毒死了；刚锄了草的地方，第二天又郁郁葱葱。

　　这些不顺把两兄弟吓得眼珠发红，要是不找到父亲，好好安葬，家中指不定还会发生什么更可怕的事——可以预见，母亲会因此而陷入癫狂，或者染上重病。不用预见，这两天，她哭肿了眼睛，哭肿了脸，整个人瘦了一圈，不是已经开始说胡话了吗？镇上诊所来的白袍医生不是已经开始摇头并挂盐水了吗？

5

　　潘宏亿是铁了心要离开了，他忙着张罗，时不时就往省城海口跑，说是查找能做的生意，说是问问那些在海口发家的瑞溪人，要怎么在海口生存下来？他考察了十来个瑞溪人在海口做的小生意，有摆消夜摊的，有开小杂货铺的，有骑摩托车载客的，有在街上卖熟玉米的……这些人里混得好的，已经在海口的边缘地带买了地建了房。考察得出的结论就是，海口哪条巷子，吃的都最火爆，结合到数年前到海口的经历，潘宏亿也决定摆消夜摊，决定先找一处偏僻的地方，从小的做起，从摆三两张桌椅做起。考察期间，潘宏亿还厚着脸皮去找了潘宏万，死赖着让他借四千块。潘宏万电话回来问老潘，老潘说："你看情况吧，有，就给他一点。"潘宏万就挤出了两千五给潘宏亿。

唯一的牵绊，就剩潘小丽和潘道喜了。潘宏亿下定决心，这对儿女就交给家里两个老人了。郑彩英问："真的要去？"

"决定的事，能不做？"

"小丽和道喜怎么办？他们还小。"

"管不了了，爸和公会管的……"

她洒出一些泪水。

潘宏亿瞧着，心软了："要不，我先一个人去，你先在镇上照顾，等我安定下来，你再去……"

她不出声。等于默认了。

潘宏亿离开瑞溪已成定局，潘江也不能不表示一下，他掏出积蓄，给了儿子一千五。递出这钱时，潘江也递出了威胁和警告，递出他内心隐隐的忧虑："能不能搞起来，看你自己了，要是把钱赌光了，别让我给你擦屁股。"老潘则没什么表示，一来，他能表示什么呢？以他之力，阻止不了子孙的四散，阻止不了越来越凋零的家。二来，黑手义失踪的事，让他心里某个支撑点崩垮了，让他魂不守舍。

潘宏亿离开前两天，老潘拎回几斤粉条一斤肉。他招呼潘宏亿到厨房，说："过来，过来，你去海口，不是要做夜宵？要搞夜宵，得会弄炒粉和粉汤，我不信你能搞好。来，学学。"老潘的动作迟缓，可迟缓中自有韵律，先放油，把蒜头末炒香，然后放肉丝、加调料，翻炒，放入青菜，再翻炒，最后，把粉条撒进锅里……铁锅烧出一股扑鼻香。铁铲翻飞，关火。炒粉上盘，厨房里的烟味呛得潘宏亿眼角发酸。潘小丽和潘道喜早在一边等着，争抢着要吃"公祖"的炒粉。

冒着呛眼的烟味，潘宏亿接过铁铲，眼角更酸了。

由于母亲绝望的哭诉，由于老潘的建议，由于镇上老人的指指点点，由于族里人训斥和指责，召文和召才两兄弟决定"查黑"。所谓的"查黑"，是所有人都不愿意涉及的，因为这意味着家里有了没法解决的麻烦，意味着因为某些纠缠不清的旧事，子孙正承受着某个可怕的后果。而"查黑"，就是通过那些有法力的人，把事情的缘由查询清楚，并通过某种仪式、通过某种补偿性的追悔，把之前的缺失和错漏补上，让事情平息、前人安宁、子孙不再受扰。"查黑"对于哪个家族来说，都是玩笑不得的事，即使到了不得不查的时刻，也得思前想后斟酌良久。也有过一些人，好心"查黑"，却因某个环节出错，反把事情搞得更难以收拾。

　　许召才经过对比了好几个"师傅公"，才决定请石头爹来帮忙。本来，石头爹这些年早已走不动，也几乎没人请他查问风水算命消灾了，比起其他两三个新近冒起的红人，石头爹早已过气，被遗忘在历史的垃圾堆里了。用某一个算命新人的话说："石头爹，那是封建，是迷信，懂不？懂得什么是封建迷信吗？意思是，假的，没有根据的，都是乱说的。而我，用的是科学算法。什么是科学？那就是有证据的，可以说得服你的。看看，我用什么算，电脑，懂了吧？我用最新的高科技……"许召才决定请石头爹，并非因为他的准，而是因为他和父亲黑手义有着旁人所不知的亲近。这是老潘告诉召才兄弟的，早先黑手义多次找过石头爹，这至少说明，石头爹对父亲有着一定的了解，查起"黑"来更有优势，更能把"黑"查得彻底。

　　找到石头爹家时，召文、召才两人便丧气了。石头爹这几年，老得话都不连贯了，拄着拐杖走路，摇摆不止，像台风中的老树。更关键的是，听两人说了来意后，石头爹就笑了："我年轻时，就是个打石头的，哪懂这些事？你们来找我，不是让人笑？"召才说："全澄迈县，谁不知你石头爹啊?有钱人结婚,都请你去安床,你一安床,生的都是男崽。"石头爹眼睛发直,嘴角漏风:"我以前都是乱说,也有好多不准的,你没听过?也有好多,生了女的。番薯大的字,我会不了一箩筐,懂什么风水?年轻时打石头太累了,把身子都打伤了,就想换个动嘴不花力气的活换饭吃,才跟人学了去胡说,这些事,你要学不?两天就教你学会。"石头爹笑了,一行口水顺着嘴角下流。

他顾不得擦。或许,是没察觉。

两兄弟垂头丧气,回镇上了。

"真的没办法了,潘爹,真的没办法了。"召文说,带着哭腔。这些天以来,他已经哭过多回。两兄弟没了主见,只得来问老潘。老潘的手抖了抖:"没去找石头爹?"许召才埋怨道:"潘爹啊,你说那石头爹,他自己都快死的人啦。以前还打石头呢,我看牙签都拿不起。他自己说他不懂。"三人都没话说了,闷着头,一遍遍地喝茶。向群茶店的老板娘过一会儿就来加水,借机偷听三人在说什么。向群茶店的老板娘是瑞溪镇唯一一个不会老的人,不但不老,还继续引领着镇上的潮流,她不但用手机,而且用的都是名牌机,对那些用山寨机的,她表示强烈的鄙视。她还把头发染成了红色,说这是韩国新近流行的,某某韩剧上那个女的,就是这发型。当然,不用多说,这些都是她去海口学到的。她的女儿嫁对了人,使得"海口"这个地名和海口人的风尚一直挂在她的嘴角。加水的时候,她随口问:"还没消息?"三人都没应她,她叹了叹:"让人心乱啊,都那么久了,一点消息都没有,叫人怎么办呢?我这儿……还等他来喝茶呢!"许召才把茶杯一敲,老板娘赶紧往边上闪。过一会儿,她又凑近来,说:"是啊,真是不识怎么做呢。"许召才简直要把茶桌掀翻。

老潘心神恍惚。在以往，他坐在向群茶馆这张靠门的桌子旁时，一般来说，黑手义就坐在他的对面，两人闲扯着一些无关紧要的事，时间就过去了。两人闲扯时，老板娘时不时加入进来，而当老板娘加入，两人的嘴边就抹了黄油，影射老板娘一个人睡觉，会不会觉得双脚痒，会不会觉得夜漫长……

"打算怎么办呢？"老潘从回忆里抽身，随口问。他没留意，这也是召文召才两人需要他回答的问题。老潘和黑手义关系好，知根知底，老潘的任何建议，对他们两人都是有用的。老潘说："这样的事，谁懂呢？石头爹不懂，也是正常的。你们做子女的，把能做的做了，别的也就管不了啦。还是去找石头爹吧，让他看一看，让心安一下就行了，不是吗？"老潘说得很沮丧。是的，他自己其实也不信石头爹，那年石头爹给他家做斋驱鬼，陈梅香不也照样死？许召才说："石头爹不肯来。去叫了，他不肯来。"老潘说："钱的问题，钱够数，他走不动，还会叫人抬过来。你们能出多少钱？我帮你去叫。"许召才一咬牙，不是心疼钱的时候："两千三千都行，能把这事解决了，再贵点也行。"

"我帮你去叫。"

果然，只是钱的问题。

老潘一点点把钱往上加，在数额达到一千四的时候，老潘看到石头爹嘴角抽动。"一千五，一千五，不去，也罢了。我找别人去，也不只有你石头爹一个师傅公。"老潘站起要走。石头爹说："让他们定好日子，我去。"老潘笑了："日子，是你定，他们要能选日，还来找你？"石头爹也笑了："为了钱，我可以去，可我真不懂啊老潘，别人我可以瞒，可以骗，在你面前，我哪敢？而且，我也是真对不起你。我可真不懂，那年在你家做斋，也是乱来的。换作别人，你家梅香，说不定已好起来了……"

6

在一个风和日丽的天气里，石头爹坐上他儿子的三轮摩托车，穿过南渡江上的木桥，来到瑞溪镇，找到黑手义家。儿子也不多说，把石头爹放下，转身就走。石头爹手上拿着一个罗盘，上面的指针方向紊乱，而他本人走路，则比罗盘还要乱。这罗盘是他早些年托人在省城一个旧货摊买的，他也不懂看，但当时教他算命的人教给他的很重要一条是：不管懂不懂，一定要派头足，一定要认为自己很懂。当罗盘端在手上，石头爹的身子还是颤颤巍巍的，可颤巍之中，自有规律。他脸色庄重严肃，眼神幽深，和召文召才去找时所见的模样完全不同了，嘴角挂痰这种低级的丑样，自然也没了。更关键的是，他的中山装齐整合身，精神倍增。石头爹也是在当了多年算命先生后，才意识到服饰的重要。他并没认为自己懂得多少风水堪舆，可他见过很多比他更胡说八道的，却赚了大钱——每年十几二十万收入，常有的事。对比了许久，他才发现那些敢狮子大开口的，都十分留意衣服和妆容，算命时，非唐装和中山装不穿，头发油光可鉴，脸面也收拾得十分严正，让人一看就满怀信任。客户信任了，赚钱，就是小问题。可惜石头爹领悟得太晚，很快也就干不动了。他专门叫人剪裁的这身衣服，每到重要的场面，都穿出来。

石头爹也不跟许家兄弟打招呼，自顾自在以前的饭店而目前的台球室转。发生这样的事，台球的生意，当然也早停了。石头爹盯着罗盘，好像上面告诉了他所有的秘密。转了几乎一个小时，许家的人头都晕了。石头爹也长舒一口气。许召才正要递烟给他,让他歇一阵,石头爹脸色猛地一沉,端着罗盘,走出门,顺着七步街朝西。街上不少人跟在后面看热闹,召才、召文不敢怠慢,以为有了蛛丝马迹。石头爹腿脚沉稳,一直走,竟然在张小兰的移动营业厅门口停住了。召文、召才面面相觑,大惊失色。石头爹也不进去,只在门口盘桓,一会儿左一会儿右,围着看的人就更多了。看店的两个小姑娘也不懂,见门口热闹,一个盯紧店里,一个就到后面的麻将桌前告诉了张小兰。张小兰黑着脸出来,石头爹还在踱步,召文和召才跟在一边,不知道将会发生什么。张小兰叫起来:"你们要抓神抓鬼,到别的地方抓去,堵在我店门口,还让不让人做生意?"许召才不敢看张小兰,许召文还好点,对着张小兰笑了笑。石头爹猛把罗盘一收,盯紧张小兰。

张小兰心底发毛,没敢再叫。

石头爹又看了看召文和召才,再继续打量张小兰,点点头,长叹一声。

吃过午饭,石头爹让许召文、许召才带路,要去他们老家看看。看两样东西,一样是祖屋,一样是旧房。这事一旦接手,石头爹便恢复了十足的精神,没有一点疲惫,更没来得及擦擦身上的汗,中山装纹丝不乱,白发闪着光泽。此时,不但许家的人,连石头爹自己,也预测不到将会有什么话从口中挤出。可以肯定的是,无论脱口而出的是什么,都是不容置疑的。在村里的勘察,就更久,不但看罗盘,还问两兄弟一些杂事。两人知无不言,不知的直言不知,没任何隐瞒。石头爹点头赞许,胸有成竹。

招待,是少不得的;招待,是少不得酒的。当然,这是男人的事,召才的老婆还留在三亚,而召文的老婆帮忙照顾母亲,也没上桌。这些事,要全由男人决定,女人是不能近的。长头发大屁股的女人近了,吱吱喳喳，能不坏事？石头爹累得气喘吁吁，连喝两杯后才回了神，把身上的灰尘拂了拂。许召才说，这酒还是他从三亚带回来的，有一次跟一个大老板装修，那老板送的，别看瓶小，价格可高，没有一千也最少八百。石头爹舌头一伸："我舔一口，得多少钱？"算了半天算不出，那一小口，没三十块也二十块，足够他全家两天的伙食。或许是喝了嘴软，或许是酒劲壮胆，石头爹把头一歪："该看的，该问的，我今天都看了问了。就看你们愿不愿意去做了？"他捋捋中山装的衣领，即使喝酒，他也不让衣衫有一点歪斜之处。

"讲笑了，请石头爹来，就是要听意见的。"召文闷着脸。

召才又给倒了一杯酒。

石头爹摇摇手："别把我想那么灵，我也就提个建议，要不要做，怎么做，你们决定，这不是好听的话，我也不随便说。"

"说吧。"召才还在倒，酒已溢杯。

"你们俩是不是还有个兄哥，还没认的？到死都没认？"石头爹仰头，杯子见底。

召文、召才对视一眼，一下子接不上话。

许久之后，许召才尴尬一笑："阿爹，这跟我爸……有什么关系？这不是一回事吧？"

"你们不是想查黑？什么叫查黑？懂不？要不懂，我……"石头爹自己倒了一杯，他没想到今天为何来了喝酒的兴头，以往每次斋事后，他都觉得气力耗尽，要喝点酒暖暖身，但一般也不超过三杯，今天，已经不止了。酒好，就是不一样，身子热了，头不晕，酒瓶已空了一小半了。石头爹倒满杯子，却没喝，他说："事情都有前因后果。黑手爹怎么会无缘无故躲起来？难道没有一点理由？我不敢塞住屁孔鼻孔说黑手爹是完全因为你们兄哥的事而这样，但肯定有这个原因在里头。

这些年，黑手爹不愁吃穿，子孙也好，还有什么挂心的事，还有什么让他放心不下？我想，也只有这件事了吧！"

许召才没喝一口酒，可他的脸又白又红的，猛地站起："石头爹，我们是请你来办事的，不是请你来讽刺我们的。能办不能办，一句话的事，可你也不能这么笑我们两兄弟吧？"许召文拽弟弟手臂，许召才一甩，一只碗已歪斜，摇摇晃晃，差点就摔到地上。召文手快，摁住了。许召才骂道："石头爹，这是你查出来的，还是老潘爹跟你说的？那杀羊的，又跟你讲什么了？"许召才十分后悔去问老潘，把早前的事牵扯出来，让他在焦头烂额之时，还不得不面对这让人无法释怀的前尘旧事。

石头爹摆摆手："别激愤，坐下，坐下。"

许召文想按弟弟坐下，许召才却嚷着要去找老潘理论，问他怎么舌头那么长，没有三米也有二米五！

石头爹脸一黑，起身要走。许召文见状，赶紧上前拉住，一番好话，才又把石头爹拉回椅子上。石头爹拳头在桌子上狠狠一捶："我好多年不帮人查黑了，知道为什么不？近这些事，你们以为很吉利？我还想多活几年。我早不干了。要不是老潘去求我，以你们能叫得动我？竟说是老潘教我这么说，也太小看我了，老潘不说，我就不知道了？你们把一泡屎砸我脸上，还想让我教你们怎么解祸？你们家的事，全瑞溪谁不清楚？不是我托大，我比你们还清楚。你们知道张孟杰哪天死的？知道他埋在哪儿？你们又知道黑手爹去看过张孟杰的坟墓几回了？不知道吧？可我知道……"

召文只得赔笑，而召才也安静地坐下，赔礼的办法，就是倒酒。

"当然，我没那么神，能算出这些来。这些，都是黑手义跟我说的，他已经想把张孟杰认祖归宗好多年了。他问过我好多次怎么弄，却一直没动手脚。"石头爹不屑许召才双手递过来的那杯酒,"我现在明白了,黑手义一直没把张孟杰认了,是因为你们——因为你们两兄弟,他不想因为张孟杰认祖归宗,却惹得你们兄弟不和气。你们笑我不会算命,不会做斋,没错,我确实不会。但你们去请谁来,教给你们的,都是这个法子,先把前面处理不好的事处理妥当,也就是,先把张孟杰的事做完,让他认了祖宗,上了你们许家的谱。这件事完了,黑手义,想藏也藏不住,他自己会回来的。"

石头爹十分沮丧,他觉得自己也是够贪,在家吃闲饭多好,偏偏被老潘说的一千几百块给打动了,这不是自找苦吃?石头爹端起杯子,想了想,放下:"别怪我说难听的话,即使你们俩同意把张孟杰改回姓许,同意他认了你们祖宗。他的老婆会同意?他的女儿和儿子会同意?你们多准备几块布,把膝盖包住,跪着求人的时候多着呢,别把腿磨伤了。"

7

又一个夏天开始肆虐了。

进了新历六月底,天越来越热。小镇被浸泡在蒸笼般的暑气中,街上到处都是袒胸露背的人,到处都是男人伸着舌头,狗一般散热。女人恨不能脱得跟男人一样彻底,满怀一腔怨气。很多骑三轮车的女人,不但不能少穿,还得包脸包头,裹得像茧。每年这个时候,日光强烈而万物萎靡,瑞溪镇外的柏油路,都被晒得软化了,骑自行车的人,发觉轮胎都被粘住,机动车开过则压出一道道痕,没人敢在这时候光脚走在柏油路上,会被粘掉脚底的皮。每到下午,每家每户在手摇井前打水，泼洒街面，也有装了马达的，拉出一条水管，对着街面乱射。泼水之后的街面，没有立即降温，反升腾起一股蒸汽，瑞溪镇更像一个蒸笼了。

在此时，有一个消息传出来，瑞溪镇即将在今年军坡节恢复装军。消息刚出来时，镇上人都没多大兴趣，一来军坡节已经停了十几年，忽然说要恢复，不大让人相信；二来，天确实太热了，连这彻骨的闷热都没法应付了，谁还管得了什么装军呢？十几年了，还有人愿意出来当"公首"吗？还有人懂得如何装军吗？几天之后，这事的热度就被搅和起来了。有人问了镇政府的官员，得到肯定的答案，大意是"恢复装军，有利于地方文化风俗的挖掘和传播"。有人嘲讽："说装军是迷信的是你们，说文化风俗的，也是你们。官有两张嘴，用来喝水也用来放屁，怎么说都是理。"

恢复装军的传言，源自几个月前。

其时全省在搞一个历史文化乡镇的普查，镇领导信心满满，把镇名"瑞溪"报了上去。很快来了一个文化普查团，顺着小镇的鸡肠小街钻了几圈，相机闪不停，戴着厚厚眼镜的老专家直摇头，感慨地说："要是有些老房子就好了，要是有一些风俗保留下来就好了。可惜，可惜，只有下酒的牛肉干，总显得单薄。"经过一番权衡，镇上出产的牛肉干的香味也总算征服了一部分专家的味蕾，瑞溪镇象征性地获得了一个聊以自慰的"特色乡镇"称号。跟"文化名镇"这正房所生的大公子相比，"特色乡镇"怎么看都像是一个野合的私生子。镇上最古旧的房子是镇中学那座炮楼，也已被学生推倒了大半，再加上历史原因，这屈辱的见证，当然也没法成为骄傲的理由。老房子是没法修的，民俗倒是可以恢复，因为开发旅游，全省各地不但把以往丢掉的风俗和节日捡回来，甚至还硬生生恶狠狠造出许多节日来，什么欢乐节、什么嬉水节、什么换花节……恢复装军之说日渐热烈。

临近暑假，学校开始挑选学生仪仗队，镇上的人议论纷纷，看来今年七月初七军坡节是要比往年都热闹了。恢复装军就恢复吧，装军多热闹啊，而且，那么多年没看到五海公"降童"了，今年是一个契机。那么多年了，该显身了，是该让瑞溪镇的子民见识见识五海公的神明之光了。也有对恢复装军十分不满的人，就是杀猪的歪嘴昆，他嘴里唠叨着："我办学校时，不让我的学生装军行街，我的学校关门了，你们又要上街玩了，这不是故意跟我过不去？拨你母的屁眼，不是玩我？再玩，我还卖肉给你们这群狗？"他跟无数人表达他的愤怒，谴责镇委镇政府和县委县政府的不靠谱，当然，他人微言轻，没法阻挡滔滔浪潮的涌动——他儿子红毛升，便可以把他推翻了。

掀起谈兴高潮的是，镇委镇政府大院门口贴出了盖着红印的告示：

告 示

为挖掘地方风俗文化，挖掘瑞溪镇的旅游资源，发扬瑞溪人团结、热情、智慧的光荣传统，镇委镇政府经过审慎考虑，决定从今年七月初七军坡节开始，恢复装军活动。请全体干部群众积极配合，为办好今年的军坡节尽心尽力。瑞溪镇下辖各村委会，可根据实际情况，到镇里报名，组织装军队伍，展示各村委会新农村建设的风采。

瑞溪镇人民政府
6月23日

告示贴出之后，立即有五个人口比较密集的村委会响应，到镇政府报了名，将组织村民参加装军游行。除了镇上组织的排练轰轰烈烈地展开，下辖的一些村委会也在紧锣密鼓地找村里发财的外出人口筹钱，然后组织排练，等到七月初七当天，比拼一场。

对于大多数人来说，瑞溪镇的镇委镇政府是形同虚设的，多年来没被任何人注意，这一回，可算是少见地有魄力了一回，赢得了不少的好口碑。当然，装军已停多年，重新恢复，太多的东西需要从头开始，镇里便组织人员，去一些从没断过的镇考察学习。镇上一些父老式的人物，重新被委以重任，深感光荣，难得夕阳红一把，脸红脖子粗，拍着胸脯保证："一定配合好。"首先，要把一个捐款最多的"公首"选出来。担任了最多届"公首"的首富的父亲已死，首富也死了，可镇政府觉得他们家瘦死的骆驼比马强，照样选了首富家的一个堂弟当了"公首"，捐钱比以前少了，却也比其他人都多。

这个夏天，要燃烧起来了。

8

没被卷进热闹中的，是许召文和许召才两兄弟。两人承受的压力越来越大，亲戚朋友非议不说，镇上人挂在嘴边不怀好意的"好心询问"不说，仅仅族里的人，就千言万语压得他们俩抬不起头。族人都认为，黑手义的事，不仅是黑手义家的事，更是牵连到族里每个人。召文和召才知道，再没有一个进展，两人连过年祭祖的资格都将失去。族里的老人已经明确告知了两人："石头爹都那么说了，不会无风起浪，不会没柴就着火。张孟杰跟你们不同母，可同着一个父呢，都是黑手的鸟巢里飞出来的。他要回来，就让他回吧。他是我们老许家的人,一直姓张,是个事?"

许召才闷着头,好几天不说话。

许召文叹息一口气,钻进张小兰的移动营业厅后屋,低三下四地把打麻将的人"请"了出去。许召文求张小兰,让张小兰跟母亲杨南商量张孟杰回归许家的事。愣了好一阵,张小兰动手把麻将牌往许召文脸上丢,噼里啪啦,许召文不喊疼,不闪躲。麻将牌丢完了,张小兰端起一个水杯,伸到一半,终于没砸出去。她颓然倒地,号啕大哭:"……我爸……求着要回,你们不肯,还打他……现在,出事了,不好过了……来求了?你想得美!我不姓许,我没有你们姓许的这么贱……"

黑鬼从镇农业银行跑来,把妻子扶起来,朝许召文挥挥手。

许召文回到家里,顾不得用正骨水抹擦脸上的印痕,一觉睡下,就觉得脑子烧热。许召才看着脸一阵红一阵白的哥哥,起身去找老潘。

老潘开门见山道:"你可以出多少钱?"

"潘爹,多少,你开口,我就是把'鸟'割了卖,也得出啊。"

"那就好办了。等消息吧。"

当晚,老潘安排了一个饭局,赴会的有瑞溪镇常务副镇长、黑鬼、老潘和许召才。在这个饭局上,许召才答应给瑞溪镇这一次军坡节游行捐款两千五百块;答应捐款得到的结果是,副镇长向黑鬼说好话,让他向老婆和岳母求情,把此前的纠葛解决了。黑鬼起先很尴尬,他也跟老婆一样,对许召才充满怨恨,不断说:"这是外家的事,我哪敢插手啊?"副镇长脸一沉:"阿雄啊,这是不给面子咯。""不是,不是,不是面子的事。外家的事,封建的事,我哪儿懂?哪儿敢乱说!"副镇长筷子敲击酒杯:"阿雄,在瑞溪这小地方过活,有些事,我是不大想说,你开移动店,就开了,为什么要在后屋赌博?你以为天天打麻将,我们都不知道?不愿查而已……"黑鬼冷汗津津。

老潘知道该轮到自己说话了。

"嗯……"了好长时间,老潘才插口,大意是,这不仅仅是黑鬼外家的事,也和黑鬼有着千丝万缕的关系。"你不想想,你的移动店开着,这个月不是被砸了两次玻璃门?上个月不是也有一次?你儿子——我说的,不是你女儿啊,是你儿子,前两个星期不是被小贼子抢了,也折伤了手?"老潘把这些事和"查黑"的事联系起来,"阿雄,你想想,这些事难道是没有原因的吗?以前的事,不处理清楚,后辈能过得顺利?后辈能安心?你再想想,小兰过门时,还得租房……连外家都没有,你以为,这很吉利?现在有机会补偿,你想想……"

话到这里,就停了。

黑鬼周开雄流了更多的汗。抽了一根烟,接着又是一根,黑鬼说:"我问问,不一定成。我去问问。"

"就是嘛!"副镇长笑了,"阿雄啊,军坡节快到了,大家爱玩,也正常,我也不是死板的人。可军坡过完,麻将桌就不要摆了啊!"

黑鬼点头:"是是是。"

"什么时候提来新款手机,跟我说说,我跟你定一部,我那手机摔过两次,不好用了。"

黑鬼笑了:"是是是。"

再一会儿,饭局就散了。

许召才问老潘:"就这样?"

"还想哪样?钱你准备好了,我给你捐。但我要跟你说清楚,你出两千五,写在你名字上的,只有一千二,你就别到处乱说了。不要以后说我吃了你的。"

"不是吃了,那一千三去哪儿了?"

老潘笑了:"黑手没你这么笨。副镇长不是要买手机?"

钱是花了，可效果十分明显。

黑鬼周开雄不但把老婆摆平了，很快地也把外家母杨南和弟弟张小峰捋顺了。黑鬼通过老潘把杨南的手机号码告诉许召才，让许家去找杨南商量具体事宜。

电话通了，杨南的声音冷冰冰的："来了再说，这些事，电话里，能讲得清？"

发烧的许召文爬起，说一块去。

挂着盐水的黑手义的老婆也爬起，说：

"我也去。"

9

潘宏亿缩手缩脚，没敢去看眼前的张小峰。从省城海口回来这些天，他不敢看任何人。他信誓旦旦，豪言要在海口闯出一条路来，没几个星期，钱散光了，灰溜溜回来了。整个过程无比狼狈，看别人做得很轻松的事，在他，竟难如登天。他没脸见老婆和孩子，没脸见父亲潘江，更没脸见老潘。老潘并不多问，对他视若无睹，连一句"回来了"也不说，不把他当作还存在的活物。

这些年，潘宏亿最害怕见的，是往日的同学，尤其是那些混得好的同学。他当初因为吸毒退学，而他的同学，却有很大一部分读了高中，读了大学，然后留在大城市工作。这些人在外面过得好不好不得而知，但他们顶着的"读书仔"三个字就让潘宏亿无比煎熬。这三个字意味着手脚干净、肤色白皙和衣服齐整,意味着在宽阔的超市和广场上留下脚印,也意味着大城市的光影繁华。看看自己,黑得跟鬼一般,整天为小孩和生活的事发愁,还像个人样?还有脸见那些走出去的人?在门口见到张小峰,他心里又再次掀起波澜——要是我当初不吸毒,会跟他一样吗?会……这个假设是他内心最严重的伤,很多时候他以为已被遗忘,可一有机会,伤口迅速化脓,痛入骨髓。

潘宏亿心不在焉:"怎么?"

"我们找个地方坐坐。也好些年不见了吧?"

"是哦……真快。当时我的铁笼,早卖废铁了。瑞溪……没地儿坐啊……"

张小峰是回来参加许家的斋事的。

那天,杨南接到黑鬼的电话后,就给张小峰打了手机,问他的意见,张小峰当时正为一个广告单的版面设计而愁容满面。他大学学的平面设计,毕业后,在广州待了一年多,机会虽多,还是回到海南来了。母亲年纪在增加,越来越念叨着他,和其他海南人一样,他没在内地待太久,辞工南归了。海南的工资极低,他也在一天接一天地消磨着内心的热情,消磨着对生活的热望和信心。经常有同学结婚的消息传来,那些没结的,也忙着到处相亲,一派繁忙,他被杨南催着,压力一天比一天大。有时母亲催逼得紧了,他随口一句:"屁都没有,拿什么结?"杨南就没话可说了。杨南把黑鬼的意思说了,犹豫了一会儿:"峰仔,你说,要不要同意你姐夫说的,要不要把你爸……还有,你要不要改回姓许?"张小峰喊出来:"我都姓张二十多年了,还改什么改?难道连身份证也要换掉吗?我大学毕业证也要作废吗?"杨南就沉默了许久:"……我知道……你们排斥,我也一样。可……你爸……

可是一直……"

她挂了。

半个小时后，张小峰给杨南打了电话："妈，姐夫怎么说，就怎么做吧，这些事，我不懂，你们懂的决定就是……我照办。"他情感上排斥此事，可理智上不能不同意。这些年，母亲嘴上不说，可无论遇到什么事，母亲把最根本的原因，归结为他的父亲张孟杰没能认祖归宗：工作不顺，他读大学时恋爱失败，姐姐的孩子感冒发烧……种种鸡毛蒜皮，都让母亲无奈叹息。张小峰知道，父亲的认祖归宗，不仅是父亲一个人的梦，更是奶奶的，那个和黑手义"脱离"后一直没嫁、梦想着儿孙再回到黑手义家的姓张的奶奶。张小峰从一些隐约的记忆中知道，晚年的奶奶，很是后悔让父亲姓张的，要是他还姓许，一切顺理成章，回归的路，也不会那么遥远。张小峰早先不明白为什么父亲一直希望能回去，过了这些年，他还是不明白，但不明白是一回事，父亲的愿望，却几乎完整地移植到了他的身上。那个愿望不随着时间更迭而减弱，反伴随着年岁增长而翻倍，时时喷涌而出，把他淹没。这是每一个海南人的宿命吗，不希望自己是祖宗血脉的终结点，所以怎么都要生个男孩；不希望自己是无端而来的，才这么强烈地要在族谱上，填写下自己的名字。给自己找到来龙去脉，把虚无的生命，塞进整串链条。

张小峰给姐姐张小兰打了电话，性情暴烈从不妥协的张小兰，也在浩瀚无边的传统力量面前低下了头，她说："人不都这样吗？我嫁了，是周家的了，可你……你以后还要面对这些事的，该怎么样，就怎么样吧。早点解决了，也好……你也是大人了，自己做主。"

他就回来了。

许召文、许召才两人带着母亲去请，杨南就带着张小峰回来了。由于杨南是女的，这样的斋事不宜到场，她就住在张小兰家，或者到张小兰的移动营业厅看缴费人的热闹。她悄悄建议张小兰："你不能这么懒，缴费的事那么简单，你自己来就是，非要雇两个小女孩，一个月不得花好多钱？"

张小兰说："妈，有些钱省不了……"

…………

斋事由石头爹主持。首先要做的，是为张孟杰招魂，让他唯一的儿子张小峰认祖归宗；第二场，则是为失踪的黑手义招魂。许家乡下的祖屋里，已经站满了许家族人。张小峰拥挤在人群当中，没觉得有衔接上血脉之感，反而感觉即将要和这群陌生的人建立亲戚关系，委实荒诞。张孟杰的牌位由张小峰握持，已摆放到祖屋里的八仙桌上。香烛点上，祭品摆上——许召才下了重本，让镇上卖烧猪的老曾爹烧了一头十二斤的小公猪。族人围聚四周，看着长袍加身、潇洒飘逸的石头爹主持斋事。张小峰心乱如麻，没留心石头爹念的是什么——留心又如何？他念的，是无人能懂的咒语。他还走着一种奇异的步子，像舞，又不像。

最后，引领许家族人三叩九拜。

"一叩首！——起！"

"二叩首！——起！"

"三叩首！——起！"

这样的叩首，出现过好几次，所有人都看着石头爹，他叫叩，就叩。进行了约有大半个小时，石头爹宣布为张孟杰招魂的仪式结束，但还有些事是要等到斋事之后补上。比如要找人，重新为"张孟杰"——不是张孟杰，已经改叫"许召杰"——为许召杰刻一块牌位，等新的刻出来，还要经过一番祭祖的仪式，旧的烧掉，启用新的。石头爹宣布，小峰的辈分是"世"字，他在族谱上的名字，叫"许世峰"。宣布完这一切,石头爹说:"可以放炮了。"族里一年轻人执一支香跑到屋外,点着了早挂起的鞭炮,噼里啪啦,声音震耳,烟气扑鼻。张小峰——许世峰鼻子一呛,眼角发酸。这样的祭祖仪式,对于每个海南人来说,都是司空见惯的,而对于他,却是第一次。

他能说什么?望着父亲的牌位,他想,我姓许吗?他觉得很迷糊,难道跟着我二十多年的名字,就这么丢了?就这么没了?族里的老人都上来拍他的肩膀,捏他的手,掐他的手指,有几个还给他兜里塞红包,让他收好,"大吉大利,呵……""拿着,吉利吉利,公祖保佑……"许召文、许召才两兄弟也塞了红包,说:"七月初七快到了,到时,在瑞溪过军坡吧?"族里更年轻的,就来给许世峰塞烟,他说不抽。许召才给了塞烟那小子一拳:"谁都像你啊,一天不抽两包就死!"烟鬼"嘻嘻嘻"跑到祖屋院门外,打开手机,超大的喇叭播放出庞龙的"你是我的玫瑰,你是我的花",歌声中,一阵谈笑和议论。

担心许世峰被冷落,族人不断上来找他说话,连石头爹都不断和他谈笑。做斋时,石头爹满脸严峻,此时,却笑语如风,精神也极好——他已经多年没主持大斋了,想不到他还能在其间找到让他精神振奋的东西,仪式一开始,他的力气就足了。

歇息了有大半个小时,开始第二场,为黑手义招魂。这仪式其实也差不多,但又有不同,比如说石头爹念咒之时,不时有一些劝说之语,大意是,现在他在外的儿子也认祖归宗了,孙子也回来了,有什么事,都该放下了,不能让子孙不宁,该回来的时候,就回来吧……免不了的,当然还是种种叩拜:

"一叩首!——起!"

"二叩首!——起!"

"三叩首!——起!"

……………
斟酒、点鞭炮、烧纸钱……

"好笑不？你说咯，好笑不？"张小峰对潘宏亿说。

"好笑？"潘宏亿不解。

"我姓许了啊，叫许世峰啊，我不是张小峰，那张小峰是谁？哪儿去了？我想到这个就头大，让我怎么去把身份证、户口、毕业证、银行卡的名字换掉？想想就头大……"

"你在外，就不要改了啊，继续叫你的张小峰……"

"我也这样想，那些材料，都填了档案的，怎么改？改了，谁还会认我啊？你还是叫我张小峰吧，习惯了，真改不了。"张小峰哭丧着脸。

小镇上，到了夜里，没什么地方可以坐的。两人顺着狭窄的街走来走去，就走到了镇北的舞池那儿。"江南不夜城"五个大字在夜色里闪耀着各种光泽，白天的破败不堪，在夜色里消遁了。蛤蟆二这家舞池开了有一些年头，早已破旧，镇上人的兴奋度也早已消失了，晚上来的人，也就越来越少了。可还是有些年轻人在围聚着，拼着桌，十来个人，点着蜡烛，摇着色子，呼喊着喝啤酒。张小峰和潘宏亿挑了一张靠边角的桌椅坐下，点了五瓶冰镇啤酒。

舞池北边不远处——大概五十米吧，就是南渡江了。浩浩南渡江，在夜色里，在舞池把人心脏赶出心房的舞曲中，寂静流淌，没有任何东西阻挡它向东北方向奔流的脚步，没有任何沙土和水草让它停歇涌动。这大概五十米的沙地，早些年长满长茅，无数镇上的年轻人在茅丛里抛洒过精液与初夜，抛洒过欢笑、压抑和放纵。现在这块地早不长茅了，那些在茅草里发生的故事，遥如高古，让人只怀疑是记忆出错了，而非真正发生过。舞池西北边不远，就是那座孤独的木桥，那座每次被台风与洪水摧毁,又在风和水之后被重新架起的木桥。木桥的两岸亮着昏黄灯光,把夜色照得更深。

一瞬间,张小峰恍惚失神。小镇多年以来,一直泛着黄尘,一直破旧,却又一直在变化,而在镇上度过的那几年,也以某种形式在他体内存活,并没有离去。

"新街小学还有吗?"张小峰问。

"早没有了。一直没学生考上重点初中,哪坚持得下去,那些老师早就心散了。"

"所以就关了?"

"关了。听说学校不办时,歪嘴昆最心疼,哭得嘴更歪了。"

"我们第一届毕业生没考好啊!要是我们那一届学生考好了,有个榜样,会不会不一样呢?"

"我们是第一届吗?"

"你连这个都忘了?那个《雄鹰展翅》的镜框,还是我们俩带同学去选的——那个镜框,你总记得吧?就是我们送给新街私立的那个毕业礼物啊。那年红毛升被抓坐牢了,歪嘴昆差点疯了,就把那个镜框也砸了。"

"是吗?"潘宏亿显得心不在焉,狠狠喝了半瓶酒,"学校都没了,还要什么镜框?"

张小峰也喝了半瓶。

"你去大学,好玩不?"潘宏亿问。

"不就那样,整天蒙蒙的,就过去了。什么叫好玩呢?"

"你去过了,就这样说,我没去过……"

"唉……"张小峰不知怎么接口。他不知什么样的话,便会刺伤眼前这个黑瘦的旧日朋友。潘宏亿眼神飘忽,过于敏感。

"我们同学朋友这么多年了,好像还没有像这样好好坐过哦?"潘宏亿笑了笑,又是半瓶酒不见了,他说,"我前些天到海口摆消夜,没做成,烧了一笔钱,把我爸、我哥给我的钱,都花光了,什么都没做成。我太心急了,我不想在瑞溪待了。我想快跑……想跑得快点,却跑不了……瑞溪,其实好大的,想离开,哪有那么容易?"潘宏亿摇摇酒瓶,已经空了,他又握紧另一瓶。

"是啊……哪有那么容易?我奶奶都跑了几十年,她还想着回来,我爸还想着回来,轮到我了,还不是要回来?哪是说走就走的?"张小峰觉得酒味越来越苦,站起来说,"我去点些烧烤,只喝酒,太难喝了,酸。"把潘宏亿落在烛火摇曳的桌前,张小峰长舒一口气,眼角泛酸——白天被香烛、纸钱、鞭炮的烟熏太久了,眼睛就一直很干,动不动就觉得涩麻。

…………

10

"彩英。"潘宏亿叫她老婆。

在以往,他靠床即睡,有时还打鼾,可现在,辗转到了深夜三点多,他还是没法合眼。他也很少叫她名字的,在床上的时候,就更不需要叫了,只要用眼神,用一声"嗯",她便会意了,她便明白他心底的猴子已经乱跳。潘宏万住到外家家里,隔开的小房间,便成了宏亿女儿和儿子的房间,潘宏亿和老婆有一个独立的房间。潘宏亿年纪尚轻,还不到三十岁,在很多时候,需要一个封闭的空间与老婆相处。

这已经是他第三次喊"彩英"了,彩英把眼睛张开。

屋里没开灯,黑沉沉当中,自有另外的亮白。

"彩英,你觉得我是个人不?"

"说什么呢?喝多了?回来就一身酒气,喝多了,就早点睡吧。"

"我跟小峰坐了坐。"

"黑手公家刚认的那个?"

"他跟我是同学。你看,他过得多好,还上了大学,在有空调的地方上班,哪像我……你觉得我,还像个人吗?"潘宏亿言语竟有些哽咽,他的手掌摊开,遮住了嘴。

"真喝多了?把衣脱了,我帮你捏捏背。"

"我说真的,我觉得我真不是个人。"

"好啦……"彩英有些生气了。

"你听过我以前的事没有?"

"以前什么事?"

"因为……所以被关在铁笼里,你知道吗?"

"这有什么不知道的?我嫁给你时,铁笼还在呢。你以前的事,全瑞溪谁不知道的?怎么了?"

"你嫁给一个吸毒仔,不怕吗?"

"嫁都嫁了,还说这些!"

"怕吗?"

"刚开始的时候怕,现在不了。听说吸毒的,生仔都不好,有的还生出呆子,眼歪鼻裂、舌头乱吐……我怀的时候,老担心这个。现在不了,我们生了两个,不都很好?灵精得很,你看道喜那双眼,贼子似的精。你以前肯定也吸得不深,也都戒了,我还怕什么?不怕了!"

"我生意没做成,你不怪我?没多少天就败了这么多钱,你不怪我?"

"哪有做生意稳赚的？"

"要是我不是拿去做生意，而是做别的了呢？"

"乱讲……我信你，你说要做生意，阿公都信你，我怎么会不信你？"

"可……"

"你听过阿公那句话吗？他说的，我觉得很有道理。"

"什么话？"

"做生意，肯定有人赚有人赔。要是都赚，那就谁都抢着做生意，没人干别的了；要是都赔，这世上就没人做生意了。"

"我说了……"

"别说了……睡吧。"

"你说，你不怪我以前吸粉……要是我以后……"

"什么以后，乱讲酒话……潘宏亿，我告诉你，我不管以前，却不能不管以后，以后要有什么，我去跳溪——看到南渡江没有，人家挖沙那一段，深得跟什么一样，我要跳，就去挖沙那里跳，让你找不到尸体……"彩英的话里带了哭腔。六七月的天，热得什么一样，可她在此时却感到了一股寒凉，她只得伸手环抱住潘宏亿，手指恨不得插进他后背的肌肤。她闻到了他口中喷出来的酒气，可她不在乎，她凑近了，像贪婪的小孩看到糖，像久饿的猪拱向装满潲水的石槽。两人都陷入一种癫狂，毕竟是火炉焚烧般的盛夏，即使在深夜，一扭动，便扭出汗水淋漓。很快地，两人都不说话了，只有声声呻吟，像起伏的溪水，像多年前水岸边起伏的茅草。

没多久，潘宏亿便感到即将临近的快感。也是和彩英之后，他才有了一个对比，原来世上还有不需要靠白粉便可以抵达极乐的事，不过，这极乐过于短暂，前后不过几秒，接着便是长长的虚空。潘宏亿有时也按捺不住，回想当年吸毒的快感，可……毕竟是当年了，他每次想到，便心跳加速，额头冒出些许汗水来。他知道，要是任由心思不断回想，任由欲望无边涌动，让心瘾重新冒头，他总有一天会忍不住，重新走近白粉。到那时，摧毁的不但是爷爷、父亲，还有老婆、女儿和儿子。他也知，内心最深处的瘾一直都在，藏得极深，却时不时折磨得他痛不欲生。当然，他还能控制得住，他还能在权衡之后，用别的事把内心的瘾转移掉。

但最近，他坚守的防线面临崩溃。那个诱惑是歪嘴昆的儿子红毛升带来的。红毛升出狱回到瑞溪镇，对手机有着极大的兴趣——他在玩各种手机的同时，也用手机把一些瑞溪镇吸白粉的人联系到一起。在以往，这些人都是由瘾君子曾德华来串联起来，曾德华横死之后，一个环缺少了一个角，红毛升觉得缺掉的那个角，就是等着他来填上。曾德华找到过潘宏亿，若无其事地跟他说："听说你以前关在铁笼里，戒掉了！厉害，真厉害……不过呢，要是你以后想吸了，找不到人买，记得找我。找我，要比以前找那白粉华放心得多，不会有任何事，你把钱放在指定的地方，我就在手机里告诉你到哪儿去拿粉，不用碰面——多安全啊。记得哦，记得找我……"红毛升这番话，把潘宏亿埋藏已久的心瘾彻底放出牢笼。好多天内，潘宏亿像是被施了咒，没法摆脱。

他赌了，想借此转移注意力，他想离开瑞溪镇——若是留在这镇上，不需要多久，便会被红毛升拉下水。他清楚，真的，不需要多久，只要迈开一小步，戒了十来年的毒，将会汹涌而来，势若癫狂，把他淹没。他需要离开瑞溪，在这个单调到极点的小镇上，他没法抵御红毛升的引诱。急急忙忙筹了钱，跑出去，没想到，只是一个小石头丢进水中，连波纹都没泛起，就无声无息了。

"彩英。"他有话要说，彩英却没再回话，而酒劲这时才涌上来，他想了好一会儿，只喊出一声"彩……"，也睡了去。

11

"过来！过来！过来咯！"王科运伸出手，像随风摆舞的树枝。没人向他靠近。每到热天，南风一起，便是疯子频繁活动的时候。在这样的季节里，他们很容易出现幻听，说是耳朵里安装了信号接收器，能听到各种奇异的声音，美国试图颠覆中国的、外星人要入侵地球的、某某家那个死人要准备祸害他的……旁人听来荒诞不经，疯子则以为自己掌握了这个世界最终极的秘密，他们往往还背负巨大的责任感——整个世界的安危，就维系在他们身上。他们呼朋唤友，没人搭理，他们只能独自面对世界危机，并通过解救，让其他人获得新生。

天这么热，王科运也感到世界上危机四伏，可没人愿意听他说。他身上的破布已经仅仅能遮住身上的私处了，他和别的疯子最不一样的地方，就在于无论他癫狂成什么样，他也没在镇上人面前脱光过，他在街角脱裤就拉屎撒尿的行为，也很少有人看见。他最近最感兴趣的，就是要拦住别人问："真的要装军吗？"

"政府都贴出来了，都训练了，肯定要的。"被拦的人要躲开他脏兮兮的手，要躲开他浑身散发的莫名臭味。

"真的哦？你有烟吗？"

"没有，我不抽烟。"那人捂紧口袋，捂紧里面残剩的几根烟和打火机。

"哦……我还想跟你借根烟呢，借了，我要还的。"

"你都这样了，有饭吃就不错了，还要抽烟呢？"

"我不抽，我只是要一根，要做好准备的。我有用呢！"

"要烟,有什么用?你肯定是要抽的。"

"不是的,不是的。"王科运面红耳赤,忙着辩解,"我接收到信号了,美国鬼要来了,要炸掉海南岛。"

"你怎么接收到的?"

"我睡醒了,就发现有人在我脑中装天线了。你听过收音机吗?像收音机一样,能听到的。我拍一下耳朵,还可以调台。"他手掌就拍着耳朵,脸还向各个方向倾斜,寻找着信号最强的位置。

"哦,现在收到什么了?"

"现在没有,白天收不到,讲话的人太多,收不到哦,都是讲话声,遮住了,不但有人话,也有鬼讲的话——鬼白天也讲话的。什么都有,听不到。要半夜了,很静才能听到。美国人说了,用英语说的,你不懂咯,我也只懂一点点,说要来了,海南岛危险了啊。很危险。但我能解救。"

"用一根烟解救?"

"他们现在用的炮弹很危险的,只有我知道,我点了一根烟,吐一口烟气,那炮弹就全没了。只有我才能救。"

"一根烟就能救?"

"一根烟不能救吗?两根肯定行。"

被拦住的人见他背负着这么大的责任,背负着海南岛数百万人的命运,也不好意思拒绝,就给了他两根烟,算是为海南的和平做出力所能及的贡献。王科运很惊喜,叫着:"有救了,有救了……"他跳着,很快地,掏出一个破旧打火机,摁了整整十一次,才把一根烟点着。他含着烟跑到一个墙角那儿,抽一口,对着墙角喷一口气;再抽一口,再喷。过了好一会儿,他还在街上跑起来,像是追着什么……经过他一番折腾,美国所带来的危机便全都解除了。他油然而生一股荣誉感。可他没有兴奋多久,还有更大的危险要来的。他捡到一张破了一半的报纸，上面说，英国又有人见到飞碟了。外星人到英国去了，很快也会来中国的，在他们到来之前，他还有很多事情要做，要收听到外星人的信号，并能听懂。要不然，怎么救呢？

两根烟抽完了，他陷入忧郁，继续发愁，又伸手拦人："过来！过来咯！有话跟你说嘛……"

…………

12

斋事之后，许召才是最放松的一个。钱倒是花得心痛了，可毕竟把外人和族人质疑的目光解除了，把指责的言论封死了。黑手义还没有出现，可你让许召才怎么办呢？该做的，都做了，钱也花成了这样，斋也办得这么大，把早先在门外的子孙也召回来认祖宗了，还想怎么样呢？人人都赞扬许召才舍得花钱，是孝子的真正体现，到了这时候，没出现的黑手义便成为人们指责的焦点。他还想要什么？连他不能完成的心愿，召文、召才都帮他完成了，他还没回来，这不是有意折磨当儿子的？魂也召了，还不回，就那么大款？也是哦，他躲起来死，哪像个当父的，召才赚了那么多年的钱，全丢进去了，这哪儿像个当父的，太不像样了……

斋事后，两兄弟得以摆脱当地人的口水危机，重新挺直腰板做人。许召才本想立即赶去三亚，他拉扯起来的装修队，由于缺少管理，人心涣散，问题集中爆发。在忙家事之时，他老婆留在三亚管理着那些人，却因为女人掺和，矛盾显得更多。队里的小青年已经打了三次架了,还有的手脚不干净,顺手牵走主人家的东西……他想立即赶去三亚,把该甩掉的人甩掉,该解决的问题解决,重新树立装修队的名声,这么败坏下去,他的队伍会再也接不到任何生意了。转念一想,反正七月初七也就几天了,再着急也不差这几天,还不如在镇上过完军坡节,再赶去三亚重整旗鼓。

13

这一年的七月初七就剩十来天了,瑞溪镇的人明显多了起来,有些是趁着暑假从远处赶回的,也有一些是附近村子的农民,比平常来镇上更勤了。镇政府早早和镇上的商铺打好了招呼,让每家商铺出面挂两条横幅一条彩带,至于横幅上到底书写着"热烈庆祝瑞溪镇军坡节"还是"要想信号好,请用中国移动",都没关系,镇政府只要把氛围搅得热闹起来。由于隔了十几年才重新装军,平常的排练也极为吸引人。镇小学的仪仗队当然是少不了的,镇中学也派出了高跷队和武术队,准备抢夺眼球。

晚上,到镇上赶热闹的人就更多了。蛤蟆二的舞池人满为患,是近几年难得的景象。不过,蛤蟆二对此并不满意,他涌起一股雄心,打算借着军坡节这个机会,重新把"江南不夜城"舞池的生意振兴起来。经过一番斟酌,他决定走一步险招,跑到县里问了一些人后,问通了一些门路。一咬牙,请来一个来自四川泸州的小剧团,到江南不夜城驻场演出。这个小剧团,由六名脱衣舞女组成,她们的表演,就是跳一阵舞后,便在众人的喧哗、鼓动声中,把身上的衣服一件一件脱下——还不是脱,而是甩，衣服那么宽那么薄，一甩就掉下一件，一甩，又一件没了。

驻场演出的消息一传出去，把年轻人的心都震撼了。不仅年轻人，年迈的人更踊跃凶猛。本来萧条的生意，立即沸腾起来，场地内随时都有两三百人在围观。蛤蟆二的这个"江南不夜城"舞池修建在一栋半拉子楼内，原先只是搭着铁棚，外面围了一圈护栏，生意赚了钱后，蛤蟆二就把这块地买了下来，简易地修了个两层的半拉子楼作为舞池。此时的江南不夜城，远远便能看到灯光闪亮，走近一些，便看到门口悬挂着的"迷情式大型演唱会"的广告招牌。表演开始之前，剧团的几个姑娘穿着暴露地站在广告牌边上，招引顾客。蛤蟆二雇来的一个嗓门大的年轻人站在广告牌边上，指着那几个暴露的"明星"喊道："看这六位美女脱衣表演，门票为每人八元，实在是超值享受，机不可失。"

几个暴露的姑娘，本身就是极具诱惑的活广告了，买票进场的人络绎不绝，很快地，场内就坐满了。正式的表演是从九点五十分才开始的，这是蛤蟆二基于生意的考虑，八点售票到九点五十，已经有不少人进场消费，酒水和烧烤已卖了不少。舞台极其简单，在舞池中央挂起一块布，便是舞台背景，观众三边围绕观看。主持节目的男子要求观众不准用手机、照相机、摄影机等拍摄，并称有工作人员随时在观众中巡查，一旦发现有人拍照将马上取消脱衣舞表演。在观众的喧闹声中，一位穿着三点式的女子随即登台，随着舞曲，扭动身躯，每一个手势，每一个扭动的姿势，都把人们的想象引向某个地方，引向某些让人吞咽口水又不好放到台面上说的事。最后，在观众的叫嚷声中，那女子终于一丝不挂。中间穿插着一些简单的演艺节目后，又是一女子登台表演脱衣舞。每次一丝不挂，都引起现场的一阵慌乱。那些穿插的演艺节目，其实是为避免场面过于癫狂导致失控而存在的，是缓冲剂和减速带。

这个"迷情式大型演唱会"开始两三天后，一算账，给蛤蟆二带来了很大的一笔进账，钱是和剧团一起分成的，他还有酒水等其他收入。蛤蟆二没想到的是，第四天早上，他在吃粉汤时，察觉到粉汤店里所有的人都在盯着他看，并议论纷纷。有人给他丢了一份报纸过来，是《南国都市报》，海南一份专门以刊登小市民八卦为主的报纸。蛤蟆二一眼就看到了那个黑体字的长标题《澄迈瑞溪镇夜生活乏味　女子跳脱衣舞引骚动》，正文刊登的，是一个记者查访他的舞池跳脱衣舞的情况，对细节刻画十分细致。很显然，那个暗访的记者观察得极其仔细，把所有的细节都写到了，配发的，还有一张经过马赛克处理的照片。

蛤蟆二脑子眩晕。

他想，到底是谁报告了记者？他想不出来，或许是镇上嫉妒他的人；或许是某个想跟他佘酒账，被他拒绝的小年轻；或许是某个花钱进去，觉得不够过瘾脱得还不够的观众……总之，记者悄悄来了，并把此事写成了一篇很长的报道。文章的最后，记者把这件事发生的原因，归结为"当地文化生活较为贫乏，居民晚上无事可做，感到生活比较空虚……"蛤蟆二没有再细看，他心想，上报纸了，钱是省不了啦，多少都得花，这些天赚的，估计都得吐出来。

在军坡节之前发生这样的事，是镇领导不想的。不仅镇领导，县里的领导也觉得脸上抹黑，打电话来查问情况了。领导一过问，当然就直接揪出了蛤蟆二这幕后老板——江南不夜城一直挂在蛤蟆二堂兄名下，可谁都知道真正的老板是蛤蟆二，没有蛤蟆二罩着，怎么能开那么多年？镇领导问他："你自己说怎么办啊？"蛤蟆二沉默了一会儿，把《治安管理条例》翻看了一下，说："根据《治安管理处罚法》第六十九条规定：'有下列行为之一的处十日以上十五日以下拘留，并处五百元以上一千元以下罚款。一是组织播放淫秽音像的，二是组织或者进行淫秽表演的，三是参与聚众淫乱活动的。明知他人从事前款活动，仍为其提供条件的,依照前款规定处罚.'我这算是组织淫秽表演,按条例来,该怎么办就怎么办!"镇领导说:"就这样?"蛤蟆二说:"那以后我把舞池封了,再也不开了?"镇领导说:"也没必要封……你按条例办就是了,但,该表示的,你要表示表示,快过节了,谁都手头紧……"

这事的处理结果,是拘留了蛤蟆二的堂兄十五天并处罚五百块(事实上只拘留了三天便出来过节了)。幕后的活动,是蛤蟆二把这几天表演赚的钱吐了出去,当然,吐给谁,他不会说。为了积极引导舆论,镇里主动配合《南国都市报》,蛤蟆二代表瑞溪镇派出所给《南国都市报》打了电话,报告此事的处理事宜,说得极其严重,同时,又寄望记者,让他再次呼吁"群众文化生活的重要性"。暗访记者很快发了一篇后续报道,说"民警取缔了脱衣舞表演,阻止了色情表演对群众生活的影响,然而,这里的群众文化生活的枯燥问题仍没有得到解决,瑞溪镇群众和附近村民迫切希望晚上有丰富多彩的健康文化生活,迫切希望政府有关部门对此积极重视,尽快改善这种状况……"

瑞溪人对表演被取缔很感可惜,这种"迷情式"的表演,难得一见啊,现在取消了,舞池也停业整顿,晚上要喝酒都没一个地儿,还让不让人过?群众都对那个给记者报料的人怨恨不已,并对暗访的记者表达了强烈的不满。有的人一拍手掌:"是啊,为什么瑞溪镇的群众生活这么乏味?"

为什么没有任何文化生活?

…………

这些问题一提出来,有人就让这一次军坡节的"公首"带头去找镇领导商量去了。镇里的几个重要领导望着"公首"及他身后那十几个满脸质疑的人,对视了一下,频频擦汗。来找镇领导的,都是镇上一些有头有脸的人,真闹翻,不是太好。幸好有一副镇长脑子转得快,深吸一口气，说："我们镇里一向都比较重视群众文化生活的。要不，为什么这一次大张旗鼓，举行装军？这，还不是为了百姓好？这，还不是为了丰富百姓生活？"这话开了个好头，其他几人也顺着这个话头，表现了瑞溪镇领导对群众文化生活的关心，说镇政府的工作目标和重心，就是丰富群众的业余文化生活。说着说着，豪情就上来了，镇委书记跟镇长一合计，当场拍板，促成两件事：一是特事特办，在军坡节快来临的时刻，江南不夜城的整顿立即结束，今晚就开业，当然前提是不能再表演色情节目——副镇长当场给蛤蟆二打了电话，通知他做好开业准备；二是镇政府从所剩无几的经费里，拨一部分钱给瑞溪镇上正在进行装军训练的人作为吃喝的补助，这些钱以往都是从捐款里出，现在政府出一部分，不正代表政府的重视？

"公首"和他身后十几个人点头满意，对镇领导表示佩服和感谢。

"公首"一干人一转身，书记和镇长已后悔主动开口吐出这份补助，追悔莫及。

红毛升不够解恨，盯着才关几天又重新开张的江南不夜城，恨得牙痒痒。"有势力就是好，当警察的，就是好。"他想。当然，也不是一点点恨都没解，比如说，他照着报纸上的报料电话打了过去，果然就有人来暗查了。报料时，他并不当真，甚至报完后，他都忘了，之后听人说起，他也买来一份《南国都市报》来看。上面的字，他还是懂的，可他对那记者的说法很不以为然，他就觉得瑞溪镇一点都不乏味，多好玩啊，瑞溪镇的好玩，是一个晚上来站一会儿的记者能了解的？"根本说不到关键的地方，请这个歌舞团来，那蛤蟆二就是想赚钱，想赚钱，赚很多钱，这才是真正的原因——什么文化生活？什么是文化生活，能当饭吃？能当粉……抽？"对记者很不以为然，可红毛升还是很得意，有了报复的快感。

"妈的，竟赶我出去，让你没的演。"

江南不夜城一向没什么好玩的，红毛升平时也不大去，可"迷情式"歌舞团的表演，他还是很想去看的。不仅仅是看裸女，更重要的是，里面拥挤、喧闹的人群是他下手最好的场所。他把手练得很快，到了这种地方，随便一个晚上，不从那些人的口袋中掏个两三百四五百？八块钱的门票，他还是愿意买的，进场后，他专门往拥挤的地方钻，等待表演进入高潮，等待人们喧闹欢叫陷入癫狂，他便瞧准时机，出手偷钱。正当他把手伸向一个头发光滑、两眼发直、频吞口水的老头的口袋时，一只手伸过来，握住了红毛升的手。

是蛤蟆二。

蛤蟆二不声张，在这时喊抓贼，喧闹声变为愤怒的杀贼声，红毛升会丢了命也难说——就算他能逃脱，场面一乱，出了什么事，蛤蟆二负责不起。他没声张，把红毛升拽到了场外，走了几十步，舞池更像是沉沉黑夜里唯一狂欢的地方。南渡江吹上岸来的风带着潮湿水汽。蛤蟆二说："下回再让我碰到，我折了你的脚，插进你屁孔里。"红毛升说："你哪只眼看到我偷了？我没偷，你可以搜身咯，可以搜身。"蛤蟆二懒得理会，说："别跟我玩这个，我抓贼子的时候，你还没生。曾德华那吸粉的，还不是我爱打就打，你还能烂得过他？他的死尸还是我收的，你跟我玩？"红毛升软了："我不偷了，我进去看跳舞了。"蛤蟆二说："你不能进去了。你再进去，有人丢东西，我就直接找你，不管是不是你偷的，都叫你赔。"红毛升吐了一口痰："我买了票的，你不能拒绝我进场。"蛤蟆二从口袋里掏出一把钱，挑出一张十元的，丢在红毛升脸上："多给你两块，你别进去了。"红毛升叫起来："我想看，买票也不让看……"蛤蟆二照着红毛升的鼻子就是一拳："拔你母的，给你面子，你偏要惹我？再他妈废话，我让你吸不到粉。你以为你那蟑螂招数我不懂？你以为我不知道你最近在做白粉生意？你卖多少，卖给谁，以为我不知道？老实说，你的招比曾德华笨多了……我警告你，军坡节期间，你最好少动手脚，不然……"一抬腿，给了红毛升屁股狠狠的一踢。

蛤蟆二走回灯光闪亮的舞池，红毛升觉得很没意思，他只能走到南渡江边。江水在夜里的流动，好像比白天要更快。捡了几个石头丢进水中，扑通、扑通……好没意思，他想起当年江岸长满茅草的时候，他跑来看别人偷情，却什么都没看到——他还想带个女同学来，却也没追到，没意思。镇上人都传说，说很多人拿着手电筒钻到茅草里，其实，哪有啊？他整晚整晚来看，就看到有些人钻到里面大便，哪有人在里面偷情，不怕被蚊子咬死？红毛升走上木桥，守桥人睡在江北，江北桥头的木棚里，一灯如豆。红毛升踩在木桥上，觉得整座桥随着夜风摇动，像是走在半空中。走过桥了，守桥老人在木棚里说："过桥，两毛。"红毛升顿了顿，飞奔而去，冲过木棚："两毛个屁股，追我啊，追上我，我给你二十。"过一会儿，他又奔驰回来，站在桥上，照样向守桥人示威。守桥人年纪已大，哪有力气追他，只能任他戏耍。

在桥边听舞池里传来阵阵尖叫，他只能幻想，恨恨地幻想。第二天，他就给《南国都市报》报料了，他没想到真的有结果了。这是他个人独享的秘密，听到镇上人议论纷纷，他差点忍不住喊："是我叫记者来的。"他不敢，真那么喊了，蛤蟆二会把他连根端掉。不用蛤蟆二，父亲歪嘴昆就要把他灭了。

在红毛升眼中，父亲歪嘴昆被他放入最看不起的人之列。本来吧，以前还算好，杀猪爹，说话，像说话。瑞溪新街私立小学一关闭，他就被抽走了骨头一样，软了，时时念叨着那小学。"妈的，那是小学吗？破烂学校，妈的，教室都没有，还学校呢？关得好，这样的学校，还不是只教出贼子?"红毛升常用这样的话激怒歪嘴昆,歪嘴昆满街追杀他。红毛升也不怕他,有一回干脆不跑了,站住,把脖子伸长,比画着:"从这里砍,从这里,这个位置好,你不是经常砍猪排骨?这里,最适合下刀了……"他一比画,歪嘴昆也没兴趣了,怏怏转身,回到猪肉铺前。

他拎着那份盛满着他的得意的报纸回到家里来了,得意得想吹口哨,他就吹了,靠着门吹。歪嘴昆出来:"回来了?"歪嘴昆笑着,嘴更歪了。红毛升有点沮丧,他想跟所有的人说他给报纸报料的事,就是不想跟父亲说。他不理歪嘴昆。歪嘴昆说:"会看报纸了哦?读书人哦!"红毛升更不想理他了,他知道个屁。歪嘴昆说:"不但读报纸,还收藏报纸了哦!"红毛升用眼角看了看歪嘴昆,啧啧两声:"我藏的东西多啦,手机就四部,还有金块呢!我什么都藏,就是不藏报纸。"

"那,这是什么?"歪嘴昆从裤袋一掏,丢下一张折叠成三角的报纸,有二分之一烟盒大小。

红毛升脸上一变,扑过去抢那个纸块。

歪嘴昆任他抢。红毛升把折叠展开,只是报纸的一角而已,空空如也。

红毛升尖叫:"哪儿去了?倒哪儿去了?"

"臭水沟……"

"拔你母,你知道那多少钱吗?你卖一个月的猪,也赚不到那么多。"红毛升扑上去,拧起歪嘴昆的衣襟。

歪嘴昆冷冷一笑:"死猪不怕开水烫,当时怎么坐牢的,又忘了?还来,想死?"

"跟你没关……我拔你母的,我不想跟你一起宰猪!你就是个宰猪的,还当文化人呢,学人当知识分子哦!当校董,你败了多少钱啊?把家底都败了吧,还说我呢!你个宰猪爹,把我的东西还给我。"

歪嘴昆深赤色的脸越来越严峻，歪斜的嘴，像笑又不像。他伸出手指勾了勾："想要？来，跟我来。我给你。伸手！"

红毛升的右手伸出，摊开。

就在这一瞬间，歪嘴昆左手在腰板间一掏，把挂在腰带上的磨刀棍迅速提起——那是他卖肉时用来磨刀的——铁棍狠狠劈下，噼啪一声。折断声——那种手骨瞬间被击断的剧痛之后，红毛升知道，他的父亲，杀猪的歪嘴昆，已经破坏了他的计划。他准备在军坡节期间把那几包粉卖出去，大赚一笔，现在，歪嘴昆发现了，破坏了，还打伤了他的手。父子间的战争，真正展开了。奇怪的是，歪嘴昆这么暴烈地一击，红毛升反而没有气恨，这个杀气腾腾的人才是他愿意承认的父亲，那个因为新街私立小学的关闭而忸怩作态的人，不是。

红毛升没时间思考了，歪嘴昆又举起了磨刀棍。

跑。跑。

跑。

红毛升狂奔而出，像一道划过瑞溪镇狭窄街巷的灰光。

14

潘宏亿闪闪躲躲，眉眼间的兴奋遮挡不住，他说："公，我要去三亚了。"

老潘没理他，低头摆弄着牛肉干。明天就是七月初七军坡节了，镇上每家每户都得头些牛肉干待客，来到镇上的亲朋，也要带走一些，生意便特别好。而此时在竹筛上晒着的牛肉，散发出诱人的香味，老潘要把肉片翻身，把晒不到的另一面也晒晒。

"我要去三亚了，公，召才叔的装修队招人，我跟他说好了，跟他装修电线。过完军坡节就走。"

"要走了？"老潘说。

"要走了！"

"你是要走的。红毛升不是也跑了嘛！"

"公……什么意思？"

"什么意思？什么意思，你不懂吗？还需要我全说？"老潘露出绝望的神色。

"我是不懂。"

"红毛升被歪嘴昆打断手了，跑到外面去了，瑞溪的吸粉仔不都害怕了嘛，买粉不方便了是吧？你是应该走了，不走，躲在瑞溪，多不方便啊。不吸嘛，瘾一发作，受不了；吸嘛，又怕我们知道，心里难受。你到外面了，想怎么吸，就怎么吸，对不对？红毛升都跑了，你也该跑了……"

"公……什么……你……以为……我又吸……吸……吸了？"

"难道不是？"老潘把竹筛移一个位置，以便能晒到更多的日光，"一定要我清清楚楚说出来？嗯？你根本没赌钱，你骗你爸和你老婆说你赌，可我知道，你根本没赌。你的钱，是买粉花光的，还都是跟红毛升买的。你妈留下的戒指，你卖了，换了粉——别说不是你，你卖了三百零五块。你四处借钱去海口做生意，我更清楚，你是借钱买白粉——可笑啊，我都活成这个年纪了，还存着幻想，认为你可能真的可以把生意做起来，远离了瑞溪，然后戒掉。你说，阿公可笑不？竟然相信你真要做生意了。你根本没做生意，你把那几千块都买了粉，吸完了，就回来了。做生意亏了……真可笑，你会做生意？你一个人能摆消夜摊子，骗鬼啊你？"

老潘没抬头，阳光射下，闷热得很，他的脸藏在光的暗面，看不出挂着什么表情。潘宏亿靠着墙,缓缓坐倒。在家里,他最不敢面对的,就是爷爷,在爷爷面前,一切无所躲藏。而要是让家里人知道他重新染上白粉,又该是一个怎样的打击?他想离开瑞溪,想在外面自由支配自己,不用躲藏和表演,不用背负难以承受的心理重压。可,老潘还是知道了,他自以为躲藏得很好,可……

"你要走,就走吧。我也不会再把你关到铁笼里了,你大了,关不住了。你要去三亚,就去吧。我已经去过长安镇了,到长安五爹的棺材铺那里交钱了,帮你留了一口棺材,你什么时候死,棺材马上送来。"阳光强烈,老潘直直腰身,走到门口去了。门口摆了一个玻璃框,框里堆放着晒好的牛肉干。有人正在问价砍价,潘江和彩英正在称斤算钱,打包装袋。

老潘也帮忙卖牛肉干。歇息时,他抬头看看对面大肚成的修车铺。店铺门口停了几辆农用车,里面则停着好几辆摩托车——军坡节快到了,连修车的生意都变好了。老潘想,难道我又得再叫大肚成焊一个大铁笼?看着汗都没来得及擦的儿子潘江,看着孙媳妇彩英脸上布满笑容,老潘摇头不止,真相一暴露,眼前的一切,又被彻底摧毁。所有的安稳成了动荡,所有的平和后面藏着撕心裂肺。暗里的涌动,一旦暴露到明处,将激起绝望的癫狂。

老潘无比疲累。

大肚成一身油气,挺着那孕妇般的肚子,在几辆车之间转来转去。这些年来,大肚成一直都这么干着,雇了一个工仔,可他一直单身。他并没有一开始就单身的,他的老婆,是越南的。在乡下,娶不到老婆,就花钱买越南新娘,他买了一个。某一年,他的越南老婆带着两岁的儿子失踪了,这对他打击极大。她要跑就跑,反正越南老婆经常有跑的,可怎么能把儿子也带走呢?遍寻未果之后,当时还瘦竹竿似的大肚成憔悴生病,眼看就要熬不过去,后来慢慢缓过气来,可也落得一身皮包骨。他听人说南蛇的油滋补,就补了一下,竟把肚子补圆了,那么多年了,一直消不下去。镇上没人再敢去找"南蛇"油来补身。真正熟悉大肚成的人都知道,没有"南蛇",他的肚子也会这么大,他沉迷啤酒多少年了,每天收摊的第一件事,就是灌几瓶冰镇的啤酒。多年下来,喝的酒都有半条南渡江那么多了,肚子能不给灌大?

对于老潘来说,找大肚成再焊一个铁笼,需要的勇气,要远远超过十几年前。当时他心气还足的,可现在……连老朋友黑手义都屁一样消失无踪了,他能硬得起心肠面对潘宏亿在铁笼里困兽般的吼叫?

下午时候,潘宏萍送来一只鸡两只鸭,说是养得多,带来给老潘明天宰杀了,招待亲朋。她帮忙购菜、洗菜……明天事太多,这些都要在七月初六准备好。潘宏万在下午五点左右打了个电话回来,说明天会回到镇上,他骑摩托车回来,带着老婆和孩子回来。老潘也叫了村里的族人,明天能来的,都来,这毕竟是难得的喜气盈门的日子啊。老潘到镇上的杀羊人家订购了八斤羊肉,明天早上八点去取——这家杀羊人的生意,是在老潘改做牛肉干生意后做起来的,随着经营扩大,已颇具规模。自己杀羊时,老潘很少吃羊肉,封刀后,倒是对羊肉怀念了起来。夜里,出诊回来的李堂清,送了一瓶两斤的药酒,用海马泡的,说是一个病人送的,没开封呢,让老潘七月初七喝一喝。

好日子啊。

15

七月初七,晨,所有瑞溪镇的人都拥挤在街上,等着装军的开始。

而传出的消息却是，镇政府经过审慎考虑，经过县政府的决定，今年瑞溪的装军取消了。这个消息的传出，无疑是掉进油锅里的一滴水，激起沸腾无数。县里面怕这个消息会导致众怒，引发公共事件，临时调拨了很多穿制服的治安人员，在瑞溪镇的街巷上巡逻。

取消装军，也不是镇政府愿意看到的，是被逼的。

由于几天前，镇政府花钱补助了瑞溪镇上的"装军队伍"，瑞溪镇管辖下报名的另外六个村委会的"装军队伍"，也都派人来找镇政府索要补助，他们的理由很充分，我们是支持镇政府工作，为了反映新农村建设的风采，才组织了训练队伍的，村里的经费，本来就比镇上的钱要少得多，可镇政府只把补助给镇上的队伍，不给村里，这是不公平的，这完全是两套政策。这使得村里的队伍，没和镇上的队伍处于同一起跑线上，怎么公平？镇领导商量了一下，否决了几个村委会的要求，说没有那么多钱补助。吵闹了一通之后，没能达成任何妥协，村委会来的人都表示，即使少，也得给一点表示一下，不然对不起训练队员，回去没法交代。镇政府咬死，确实拿不出。最后，谈崩了，在七月初六的晚上，原本计划着要在天亮后展示风采的装军队伍提前"起义"了。村委会的队伍都表示，要是不给补助，他们拒绝参加七月初七的装军表演。其中一个镇领导说："你们不上来，不是还有镇上的队伍嘛。人少一点也好，太多了，还应付不过来呢！我早说不要那么多队伍的……"他这句话无疑惹怒了前来理论的人，一个村委会的头头讥笑道："我在这里拍胸脯，假如明天瑞溪镇的装军队伍敢上街，我就带人拿着锄头打到街上来，我看你们谁能应付。要么给钱，要么所有的表演都不举行，都取消……妈的，我们村里的，就比镇上的低一级了？"说完，带人扬长而走。镇领导挥汗如雨，争论了后半夜，争论得眼圈发黑，确实没钱补助那么多人，更重要的是，那些人喊出要闹事的口号了,那就不是钱的问题了,是"稳定"与"和谐"的问题了。"维稳"出了麻烦,是要丢脑袋的,哪有人担负得起?连夜向县领导请示后,决定取消装军,取消这个酝酿已久的盛大游行。

装军取消了,却来了大批穿着真正警服的队伍。失望的情绪在街巷拥堵的人流中蔓延,那些穿插的警服,要负责把人群中凝聚在一起的悲愤冲散掉。人一多,引人注意的事情也就多,没多久,人们互相问好、招呼、笑语和咒骂,心也就散了。五海公的祭坛已经摆出,正对着菜市场前搭建起来的戏台,那戏台今夜即将上演琼剧《五女拜寿》。彩旗招展,人声鼎沸。祭坛的布帘上挂着对联,右联是:五神恩情浩瀚面向南渡水;左联是:海公功德巍峨暗接五指峰;横批是:祝贺五海帝君千秋华诞。祭坛前,烧香点烛祭拜者,络绎不绝。也摆放了竹签,供信徒求签求福。

镇上越来越热闹,农用车早不让进来了,被安保人员堵在镇外,从一条正在修建得烟尘四起的新路绕道而行。涌动的人群之中,老潘备感陌生,这么多新面孔哪儿来的?凭空就冒出来,挤满了整个镇子,平常镇上可是够空的。要是往前回想,刚搬到镇上那阵,那就更萧条了,人影稀疏,街面昏黄,屋巷破旧。那一年,黑手义急切地搬离村里,急切地想改变面朝黄土背朝天的命运,可他难道只是想逃离村里吗?是不是还有另外的原因在催迫着他离开?比如说,他之前那个姓张的老婆,是不是时常带着张孟杰出现在他梦里,蚕食他的夜晚和梦境?他迫切离开农村,是不是只想换一个能安稳睡觉的地方?当然了,在那时,瑞溪镇是村里人最大的向往,宛若一切活动的中心,宛若是世界的中心,不承想,这里只不过是一个狭窄的牢笼。黑手义是不是都要死了,还想着往外逃,所以才一声不吭,悄然隐蔽?现在,潘宏亿也要去三亚了,那是一个国际化的旅游城市,可,那里,难道就不是另外一个狭窄的牢笼吗？老潘觉得脑子发热，心口跳得厉害，想把心收回眼前的热闹，却收不回。

人声太吓人了，太吵了。老潘想静一静，可在此时，瑞溪镇上哪里是没人声的呢？老潘想到了镇中学那间日本楼，那间日本人留下的坚固地标。可惜，那间楼还是经不住时间和人为的损坏，塌了大半，镇中学要扩建教师宿舍，那剩下的一半，很快也要拆掉了。在以往，那间日本楼，是镇上闹鬼最多的地方，时常有人在那附近见到已经逝去的老人——老潘的老伴也在那儿出现过。老潘忽地想道：是不是黑手义躲到那破楼里面去了？王科运看到黑手义最后的背影摇摇晃晃进了镇中学，而校园里和靠着校园的下村岭都翻遍了，也没寻到他的踪迹，是不是他已经死在那栋日本楼里了？老潘又摇摇头，笑自己笨，许召才带人都把镇中学掘地三尺了，能放过这破地方？

"哈哈哈！"

"哈，装军啦，有人装军啦！"

"哈哈哈……怎么就他一个人啊？笑死我啦！"

"半脑运啊……你就别行街啦，你准备准备，美国鬼要打来啦，外星人也要来啦，你赶紧去把他们都收了。我们都靠你救了啊……"

…………

人潮聚拢，穿插其间的制服们也紧张起来，赶忙维持秩序，不让人们太过拥挤。老潘也不自禁朝前挤着，目光越过肩膀的缝隙，越过穿插的人群，隐隐约约看到一个人，正踩着正步走。衣衫破烂，仅能遮体，可他面容严肃，像是在进行着某次庄严的行军，在行驶着某项个人不可放弃的权利，在为某个理想而昂头。是王科运。他含着一个体育老师用的哨子，"喂喂喂"地吹着。他左手摇着一面捡来的破旧国旗，旗布带风；右手挥着的是一块白色破布，上面竟然写着几个字：

"庆祝军坡"。他一个人就是整个游行的队伍，他一个人就是整个瑞溪镇和之前报名的六个村委会的装军队伍，他一个人就是冼夫人手下的士兵和将领。他的步子踩不正，可正奋力地踩。有个穿制服的看得怪异，要上前拉他，旁边另一个制服扯住他，摇了摇头，任由他去。

人一拥挤，即使还没到中午，热气已迫人而来。

这个夏天终于燃烧了。

张小峰站在十字路口的电线杆下——若干年前王科运卖粽子的地方。王科运摇着国旗和破布行街，人太多，前进和后退都由不得个人，人群把他向前挤推。张小峰在发愁，中午到底是要回姐姐张小兰家还是黑手义家？两边都备好了丰盛的酒菜，等着他去大醉一场。在此时，在酒意将要翻滚的时候，他几乎都不能思想了。一走向前，张小峰就看到了，老潘的肩膀上坐着他的曾孙——潘道喜。老潘年纪老迈，手臂摇晃，可还在费力地把曾孙举得更高些。潘道喜哪里见过这么热闹的场面，坐在老潘的肩膀上欢叫。王科运带着围观的队伍，钻到另一条巷子去了，涌动的人向各个方向散流。

张小峰觉得嘴有些痒，想起了一九九四年他参加瑞溪新街小学仪仗队的事，他吹小号，可到了最后一刻，他也没能到街上吹一吹。在仪仗队训练时，他是很刻苦的，也把曲调吹得无比熟练。他想，即使此刻给他一个小号，他还能把那曲调吹得和当年差不多。可惜了，一直没能上街吹；可惜了，今年准备看看热闹的，也被取消了。

人群又跑动了，很多人兴奋地大叫：

"去看公祖啊！"

"'起童'了？"

"'降童'了。'降童'了！"

"在五海公那儿,五海公'降童'了。"

"终于要'降童'啦!"

"这一次肯定穿杖啦!是不是还要过火山?是不是?"

"屁话,当然,今天都不穿杖,要到什么时候?"

"降到谁身上了?"

"鬼知道哦,去看看不就清楚了……跑啊。"

"哦……"

…………

每个人嘴里喊着些什么,人群迅速向五海公的祭坛涌动。取消装军的事,暂时被忘却了,眼前的"降童",才是他们最关心的。维持秩序的制服,也混杂在人群中,跑起来,像流水中泛起的泡沫。张小峰远远看到,在一个巷口那儿,王科运也把国旗和破布丢了,随着人群跑动,他跑动的姿势有些怪,有点像蹦跳,加上衣服破烂长发如草,一眼就能辨出。杂乱的人声中,从五海公祭坛那儿传来隐隐约约的锣鼓声,那鼓动的"起童"声音,听来很不真切——犹如镇北南渡江的浪,波随风动,茅草站高又低下。

猛地回头,多年前他父亲回镇上,是不是也看过眼前这样的场景?

他再次回头,除了慌乱的人群、飘飞的垃圾、扬起的黄尘,他没看到什么,可他听到了。

他很肯定,听到了。

那声音翻山越海穿透辰光,淹没了所有方向尽失的癫狂,淹没了所有人声喧闹的癫狂,也淹没了所有独自面对无边夜色的癫狂。那声音在南渡江水面上光泽温婉,终于漾上江岸边的小镇,把一切喧嚣带走,把缓缓涌动留下。那声音鼓震人心:

"呜……"